Rachel Eliza Griffiths

La promessa

ROMANZO

Traduzione di Manuela Faimali

MONDADORI

mondadori.it

ISBN 978-88-04-78271-1

Titolo dell'opera originale
Promise
I edizione febbraio 2025

Scrittori italiani e stranieri

La promessa

Ai miei genitori
Michele Antoinette Pray-Griffiths
Norman Dwight Griffiths

Come potrei, dunque, non rispondere alla sua vita
con la mia, quando lei mi ha salvata con la sua?

NATASHA TRETHEWEY

Gli dei veri vogliono il sangue.

ZORA NEALE HURSTON

PARTE PRIMA

1

Il giorno prima dell'inizio della scuola sanciva la fine del tempo che Ezra e io amavamo di più. Non il tempo inteso come gli orologi che ticchettavano e facevano suonare la sveglia ogni mattina; sapevamo che *quel* tempo non aveva realmente inizio né fine. Quello che intendevamo era la felicità, una gioia spensierata che allargava le sue calde braccia scurite dal sole sulle nostre giornate e i nostri sogni per otto gloriose settimane, finché gli insegnanti tornavano nelle nostre vite, e i nostri genitori si ricordavano delle loro regole su scarpe, bagni, quiz lessicali e compiti a casa.

Sopra ogni altra cosa, pregavamo che l'aria rimanesse mite il più a lungo possibile, anche fino a metà ottobre, per conservare parte dell'indipendenza estiva e la libertà di vagare in quella terra che conoscevamo e amavamo. Non eravamo ancora cresciute, ma gli adulti sapevano indicare il momento esatto in cui il tempo avrebbe sancito la fine della nostra giovinezza.

Piangevamo la fine dell'estate e facevamo previsioni sull'autunno e su di noi. Ma, soprattutto, ripetevamo i tanti modi in cui l'estate era più onesta delle altre stagioni. Era l'unico periodo in cui Ezra e io potevamo portare pantaloncini e magliette corte senza ricevere troppi commenti da nostra madre. Ci era consentito andare a piedi praticamente ovunque: per il resto dell'anno dovevamo chiedere il permesso anche solo per andare al molo del villaggio. E il cibo! Come si mangiava bene! Mamma allentava la cinghia su sale e zucchero. Ogni giorno era come avere di fronte il menu dei nostri sogni: pannocchie fresche, gelato, pomodori a fette con sale grosso e pepe, aragosta fredda, affogato alla root beer, anguria, ostriche, insalate di granchio e gamberetti, pollo fritto, sorbetto al limone o al lampone fatto in casa, pesche grigliate, insalata di patate e ghiaccioli alla fragola.

D'estate tornavano i fiori di campo, anche nella piazza del villaggio. Anni prima, un funzionario locale ormai defunto si era convinto che costruire una piazza intorno a un laghetto con una manciata di panchine fosse un'idea decorosa. E in effetti sarebbe stata incantevole, non fosse stato per il mare. A pochi passi dalla piazza, in fondo all'angusto vicolo centrale del villaggio, la strada si apriva su uno stretto pontile luccicante dove succedeva qualsiasi cosa.

Dio affacciava sull'acqua.

Una chiesa solitaria, la St Mary Star of the Sea, sorgeva abbastanza in alto da attirare i fulmini che balenavano durante gli straordinari temporali estivi. Sulle porte grezze erano intagliati pesci, delfini, angeli, pellegrini e santi afflitti. Il mare sfidava le campane corrose dal sale che suonavano ogni ora, mentre gli abitanti pregavano contro il frangersi delle onde.

Alla chiesa era annesso un giardino pubblico ben curato, con panchine macchiate e una statua in pietra della Vergine che veniva ridipinta ogni anno al termine dell'inverno. La stagione fredda strappava via la vernice dal profilo della Madonna, lasciando un cumulo di pietra vecchia e sfaldata dalla parvenza primitiva. Agli abitanti del villaggio non era mai venuto in mente di coprire la statua quando arrivavano il gelo e la neve. Anzi, sembravano stranamente orgogliosi nell'assistere all'azione degli elementi sulla madre di Dio.

Papà e mamma nutrivano ben poca fede nel nostro villaggio. Non avevamo mai pregato o celebrato le festività alla St Mary Star of the Sea. Per anni ci avevano ripetuto che si erano stabiliti a Salt Point, nel Maine, solo perché nostro padre aveva trovato un buon lavoro. Era un insegnante. Erano riusciti ad acquistare alcuni ettari che nessun altro voleva, nell'entroterra, lontano dal mare.

Ma io sapevo che c'erano altri motivi. Dopo la nascita di mia sorella maggiore Ezra, mamma e papà volevano lasciare Damascus per trasferirsi in un luogo che fosse all'oscuro della tragedia dei Kindred.

A Salt Point nessuno avrebbe ricordato a mio padre le ambizioni dei suoi nonni. Nessuno si sarebbe scomodato a chiedere come avesse perso il braccio sinistro, perché anche al villaggio c'erano pescatori che avevano perso le gambe, le braccia, la fede, la vista. Gli abitanti del New England non si sarebbero interessati alla sua ostinata gioventù in qualche località del Sud, e non l'avrebbero collegata alla sua incapacità di arrabbiarsi o causare problemi di qualunque tipo.

Papà era convinto che un uomo acquisisse grazia e dignità attraverso la vita che conduceva. Disdegnava l'idea di un padre ignoto del quale non aveva mai visto il volto se non nel fuoco eterno. Forse non sapeva come cercarlo, non avendolo mai incontrato. Gli sarebbe bastato riconoscere il proprio volto. Sul paradiso e la resurrezione, però, non aveva le idee chiare. Abitavamo in un villaggio in cui i nostri volti non sarebbero stati accolti favorevolmente alla messa della domenica mattina.

Per lunghi anni mio padre si era rifiutato di inginocchiarsi a un dio che aveva portato via il suo braccio e la vita del fratello minore, di cui si rifiutava di parlare. Avevamo sentito pronunciare il nome di nostro zio solo quando papà si svegliava urlando dai suoi incubi. Mamma diceva che si riteneva responsabile, anche se chiunque altro avrebbe imputato quella tragedia a un momento di stupidità. L'unico luogo in cui papà non aveva paura era tra le pagine dei libri che amava e insegnava.

Oltre alla chiesa, il villaggio era formato da schiere incomplete e asimmetriche di case, molte delle quali condividevano cortiletti pieni di polli selvatici, galli iridescenti, capre legate ai pali, corde del bucato allentate e orticelli stentati.

In fondo alla via principale, sul lato opposto rispetto alla St Mary Star of the Sea, c'era un altro agglomerato di attività essenziali: il bar, il salone di bellezza, un piccolo complesso di uffici in affitto. Di fronte a quelle costruzioni imbiancate c'era un piazzale che al sabato ospitava un mercato all'aperto. Ogni tanto, d'estate, era occupato da sagre, fiere dell'antiquariato, e da un circo itinerante nel quale si esibivano magnifici fenomeni da baraccone. Quando non veniva affittato, gli adolescenti arrabbiati lo usavano per scorrazzare in macchina, consapevoli che molto probabilmente avrebbero finito per sposarsi tutti tra loro.

Oltre il piazzale vuoto, la terra si incurvava come un dito ossuto verso il mare. Era una zona accidentata di cenere e ghiaia. Lontana dalla strada principale e dalla chiesa, era il luogo in cui gli abitanti consegnavano il loro vero io al vento. Era l'ambiente ideale per picnic, amanti, giochi dei bambini, litigi, e ore solitarie in cui dedicarsi con impegno alla pesca e all'alcol. All'estremità del promontorio c'era un basso faro di cemento in disuso. Alberi artritici, piegati all'indietro dai venti marini, bordavano le scogliere in tutta la loro lunghezza. La crudeltà fisica della terra non lasciava nemmeno intravedere le scarpate a picco, un pericolo che angosciava da sempre i miei genitori.

Noi vivevamo dove la terra era appena più tenera, ma anche più abbandonata. Annidata nel bosco che saliva verso le scogliere più alte, la nostra casa in Cove Road era quasi un'anomalia, con il suo laghetto e le sue curve dolci. Dietro l'abitazione, ancora più in alto, c'erano i terreni stitici della scuola in cui insegnava mio padre, la stessa che frequentavamo Ezra e io, fondata da un uomo di nome Benedict Hobart.

Le incarnazioni precedenti di questa proprietà includevano una sontuosa residenza privata, un monastero, un convento, un manicomio, un orfanotrofio e un ospedale militare. Era frequentata gratuitamente da tutti i bambini del villaggio che non erano indispensabili per le attività domestiche.

L'assunzione di mio padre alla Hobart aveva suscitato le proteste di molti abitanti del villaggio. Non sopportavano l'idea che un nero vivesse in mezzo alle loro famiglie e insegnasse ai loro figli. Una volta compreso che papà sarebbe stato sulle sue e non avrebbe forzato un'integrazione al di là di qualche cenno fugace al volante della sua automobile, ci avevano lasciati in pace.

Nel 1957 eravamo una delle due famiglie di colore che vivevano ai margini del villaggio. Gli altri erano i Junkett, i nostri unici veri vicini di casa e amici.

Caesar e Irene Junkett e i loro quattro figli, Ernest, Lindy e i gemelli Rosemary ed Empire, erano arrivati a Salt Point quando avevo nove anni. Le nostre famiglie avevano subito instaurato una di quelle amicizie intime e calorose tipiche del Sud. I miei genitori erano nati a Damascus, una comunità a malapena incorporata nella contea di Sussex, nel Delaware. I Junkett venivano da un posto chiamato Royal, rintanato nell'entroterra rurale della Virginia. Entrambe le cittadine vantavano una profondità di spirito che noi figli potevamo dedurre solo da ciò che veniva detto e non detto su cosa avesse significato lasciare quelle rigogliose culle intagliate a mano. Mr Junkett, che per noi era Mr Caesar, era stato assunto alla Hobart come capo custode. Parlava spesso della decisione di trasferirsi all'estremo Nord, spiegando che difficilmente avrebbe guadagnato così tanto se fosse rimasto nel Sud come suo padre. L'altro problema, secondo lui, era che quasi tutti gli uomini bianchi che aveva incontrato nel Nord erano molto più inclini a lasciare in pace lui e la sua famiglia rispetto a quelli del Sud.

Alcuni abitanti del villaggio ricollegavano l'assunzione di mio padre e Mr Caesar al fatto che Mr Benedict Hobart era noto per la sua disonestà e per la tendenza a eludere i sindacati. Essendo nella parte più settentrionale del paese, non c'erano organizzazioni locali che aiutassero i neri a risolvere i problemi di salario o impiego. E se fossero esistite, dubito che mio padre vi avrebbe aderito. In genere evitava qualunque cosa potesse minacciare il suo bisogno di silenzio, logica e ordine. Mi sembrava ironico che avesse creduto di trovare tutto questo a Salt Point.

Stando così le cose, mio padre e Mr Caesar facevano il possibile per non attirare l'attenzione. Quando si arrabbiava, Mr Caesar definiva Salt Point un villaggio segregazionista, e anche se non avevo mai chiesto agli adulti cosa significasse sapevo che non era niente di buono. La propensione della gente ad applicare un proprio personale senso di giustizia rendeva pericolosi anche gli equivoci più innocenti, aiutata in questo dal supporto delle armi in bella vista che facevano da sfondo alla nostra quotidianità. Mr Caesar rideva fragorosamente dei pescatori del villaggio che tenevano la canna in una mano e un fucile nell'altra. E Miss Irene, sua moglie, roteava gli occhi vedendo le donne andare dal panettiere con le pistole delle loro nonne, quindi spiegava a noi ragazzini che i bianchi avevano il costante bisogno di sentirsi sotto minaccia per dare valore alle loro vite. «Quassù ci sono solo uccelli, orsi e scogliere che possono metterli in pericolo» aveva detto una volta, succhiando l'aria tra i denti. «Non hanno idea della sensazione che danno gli alberi giù al Sud, quando i nostri corpi dondolano dai rami.»

In effetti, gli abitanti di Salt Point erano intimoriti da qualunque cosa esulasse dal loro piccolo mondo; quasi tutti sarebbero nati e morti senza mai allontanarsi più di trenta o quaranta chilometri dalle loro case, in cui erano stipate generazioni di parenti.

La situazione a Salt Point era così da tempo immemore. Ma sul finire dell'estate del 1957 qualcosa stava cambiando. Mentre dagli altri angoli d'America giungevano notizie di scontri per rivendicare libertà, uguaglianza e giustizia per i neri, la nostra presenza cominciò a turbare sempre di più la gente del villaggio. Al tempo stesso, gli uomini avevano cominciato a guardare in silenzio Ezra, a malapena quindicenne, e me, che avevo tredici anni, nei nostri pantaloncini corti. Alla sera Mr Caesar e mio padre si assicuravano che le loro famiglie fossero al sicuro dentro casa.

La scuola sarebbe iniziata l'indomani, e mia sorella e io assaporammo il nostro ultimo pranzo in libertà. Tra un boccone e l'altro, notai che gli occhi di Ezra guizzavano verso l'orologio sul muro della cucina. Sapevo che questo suo riserbo c'entrava qualcosa con la nostra vicina di casa Ruby, la sua migliore e unica amica, perché era sempre così. Ruby era bianca, ma essendo povera la gente la considerava di poco superiore a noi.

Seguii Ezra in camera sua al piano di sopra, implorandola di portarmi con lei dato che non avevo una mia avventura del "giorno prima dell'inizio della scuola". La croce delle sorelle minori di tutto il mondo.

Sospirando, Ezra mi prese per mano e mi accompagnò in camera mia passando per il nostro bagno comune.

«Dobbiamo fare una *cosa*» mi disse.

«Che cosa?»

«Forza, Cinthy. Buttati su un vestito e sbrigati. Non metterci tutto il giorno, però.» Pronunciò il mio nome come se avesse un serpente sulla lingua, non al solito modo, con la stessa dolcezza di mamma, che mi aveva chiamata Hyacinth in onore del suo fiore preferito, il giacinto.

«Fa caldo. Voglio mettermi i pantaloncini.»

«Un vestito» ribadì Ezra con voce piatta e inflessibile, e non mi perse d'occhio un secondo mentre si faceva scorrere le dita tra i capelli annodati per domarli in una treccia che scendeva tra le scapole.

Con un altro sospiro, si abbandonò su un cuscino sbiadito sopra il davanzale della grande finestra in camera mia. «O ti metti quel vestito, o rimani qui a leggere uno dei tuoi adorati mattoni. Per me cambia niente.»

«*Non*» dissi. «*Non* cambia niente.»

Fuori dalla finestra vidi luccicare le foglie verdi della mia amata quercia che facevano brillare la stanza come fossimo in una sala subacquea con la carta da parati a fiori.

Di fronte a noi, rientrante rispetto alla strada, c'era una casa carbonizzata la cui facciata nera era annidata, come un teschio putrefatto, nell'erba selvatica. Da bambine non avevamo mai avuto una capanna sull'albero, ma io ero convinta che fossimo ancora più fortunate, perché avevamo una casa stregata.

Dalla mia finestra vedevo fluttuare ali bianche e verdi di farfalle sopra l'arbusto che ostruiva l'ingresso originario dell'edificio in rovina. La veranda e la porta erano cumuli fuligginosi di legno e intonaco dove ogni tanto scoprivamo qualche gattino o un serpente, oppure ci trovavamo davanti alla nostra più grande paura: lo spettro della donna che aveva incendiato di proposito la sua abitazione, una madre fantasma che si rifiutava di abbandonare questa terra finché non si fosse ricongiunta con le tre figlie. Le bambine, intrappolate tra le colonne di fumo, si erano calate in vestaglia dal lato della casa. Non era rimasto un solo membro della famiglia che potesse raccontare la tragedia, accaduta molto prima del nostro arrivo. Noi non c'entravamo niente, eppure il villaggio ci aveva eletto a fantasmi. La gente parlava di mia sorella e me come di due spettri, due ragazzine negre possedute capaci di resistere alle fiamme, al fumo e alla morte. Queste percezioni ci avevano rese trasparenti agli occhi dei nostri compaesani. Potevano incolparci di qualunque cosa. Avevamo ereditato il loro disagio per l'inspiegabile. Alcuni anziani, quelli che non sopportavano dicerie e infiorettature, sostenevano che le bambine in realtà non fossero riuscite a fuggire e avessero perso la vita nell'incendio. Altre voci insistevano che fossero cadute in mare dalle scogliere o che, smarrite e sopraffatte dalla pazzia della madre, avessero attraversato strisciando la stretta Clove Road avvolte dalle fiamme per poi annegare nel nostro laghetto.

Scesi le scale scivolando lungo la ringhiera, pur sapendo che con un gesto così infantile rischiavo che Ezra ritirasse l'invito ad andare con lei. Mia sorella mi ripeteva di continuo che alla mia età non era immatura quanto me. E puntualmente io le ricordavo che l'unico motivo per cui sapevo scivolare giù dalla ringhiera era perché me l'aveva insegnato lei. A soli tredici anni l'avevo quasi raggiunta in altezza.

Ezra, scalza e con i sandali di cuoio premuti contro il petto, scese la scala principale con passo leggero, evitando i punti in cui gli scricchiolii del legno ci avrebbero tradite. La scala sul retro portava direttamente in cucina, per cui non potevamo passare di lì.

Quando mamma ci presentava a qualcuno, e in pratica erano sempre estranei perché esclusi i Junkett non avevamo amici al villaggio né altrove, i primi commenti erano sempre riferiti alla nostra statura. «Le vostre figlie sono alte» diceva lo sconosciuto, come se stesse leggendo ad alta voce il giornale che annunciava una giornata mediamente soleggiata ma con possibili piovaschi.

Non sapevamo da chi avessimo ereditato l'altezza, mia sorella e io. Casa nostra, a differenza delle altre, non aveva immagini di parenti incorniciate e appese ai muri o sulla mensola del caminetto. Al loro posto, sulla sua scrivania, mio padre teneva dei sassi lucidati o dei teschi di uccello come compagnia spirituale. Ogni volta che nonna implorava mamma di mandarle qualche nostra istantanea da inserire nell'album di famiglia, lei rifiutava. Per quanto mi piacesse l'idea di una nonna che guardava le foto mie e di Ezra, mi rendevo conto che per mamma sarebbe stato intollerabile e doloroso concederle il nostro possesso, anche solo su carta.

Ginny, che si rifiutava di farsi chiamare "mamma" o "nonna", telefonava ancora alla figlia sperando in un riavvicinamento, incurante di tutte le volte in cui la voce sommessa di nostra madre le aveva chiesto di lasciarci in pace. Ogni tanto, quando mamma si lamentava con papà perché eravamo troppo scalmanate, mi sembrava che il vero motivo che la spingeva a farlo fossero i dissapori tra lei e Ginny. In realtà la nostra disubbidienza non c'entrava quasi niente con ciò che davvero non funzionava.

Mentre ci muovevamo furtive in soggiorno, sentimmo mamma, appoggiata sul davanzale sopra il lavello della cucina, canticchiare una ballata lenta che stava passando alla radio. Mi fermai, perché amavo Sam Cooke. Quando cantava *You Send Me* mi sembrava di essere sotto un incantesimo. Seguendo l'ombra di mia sorella, pensai a mamma nella cucina soleggiata, le braccia scure sollevate, il grembiule stretto sopra la vita. Sicuramente aveva in mano uno spelucchino o un cucchiaio di legno. Nell'altra un drink pieno di ghiaccio. I polpastrelli freddi a contatto con il bicchiere, dove il ghiaccio si stava sciogliendo nel whisky. Quando era nervosa le piaceva prendere la sua "medicina", come la chiamava lei, e ormai sembrava che fosse nervosa ogni giorno. Sapevo che la sua faida con nonna era una delle ragioni dietro la sua tristezza.

La voce di Sam Cooke ricopriva le pareti di miele. E aiutava mamma a tornare in un ripostiglio nascosto dentro di lei nel quale riusciva a infilarsi soltanto bevendo.

Ma quel giorno non avrebbe fatto visita al suo ripostiglio

privato. Avrebbe sorseggiato il suo drink annacquato per poi passare a una limonata una volta finito di cucinare. Stava preparando la cena speciale del "giorno prima dell'inizio della scuola", la stessa che ci preparava fin da bambine. Era una tradizione che ci faceva sentire orgogliose e amate.

Quella sera avremmo mangiato brasato con purè di patate e carote selvatiche, il tutto condito dalle erbe fresche – timo, rosmarino, salvia e lavanda – che mamma coltivava ed essiccava. Avremmo assaporato i suoi panini fatti in casa, abbrustoliti sopra ma soffici dentro, con il burro. Per festeggiare il primo giorno di insegnamento di papà nel nuovo anno scolastico, ci sarebbe stata una torta al limone con glassa al limone.

Sulla porta di casa, Ezra si voltò di scatto e mi fulminò con lo sguardo. «Sei così lenta che mi verrebbe voglia di lasciarti qui.»

Accostai un dito alle labbra sorridenti e le mostrai la lingua, dandole una spintarella per farla uscire in veranda. La porta si chiuse con un tonfo sonoro.

Ci mettemmo a correre, superando la casa infestata che non ci faceva paura. Di recente mamma ci aveva chiesto di rallentare il passo. «Le signore vanno piano» aveva detto. Ez e io ci eravamo guardate facendo spallucce. Le uniche signore che conoscevamo erano nostra madre e Miss Irene. Non potevamo dirle che avevamo già deciso che non saremmo mai diventate due signore. E poi correre ci piaceva. Avvicinandoci alle lunghe ombre del bosco che saliva alle scogliere, ci piegammo in due dalle risate. Alla fine ripresi fiato, mi drizzai e osservai il retro della casa infestata, che non era mai uguale a se stessa perché perennemente in rovina. Era proprio il suo stato fatiscente a farci tornare lì di continuo. Attraverso un buco enorme nel tetto era cresciuto un albero intero. Come noi, anche quella casa aveva una forza di volontà e un'idea di sé che non si curava delle opinioni della gente.

«Qualunque cosa faremo oggi sulle scogliere, non puoi correre a spifferarlo in giro» disse Ezra di punto in bianco.
«Spifferarlo a chi?»
«Non hai problemi a mantenere i tuoi segreti, Cinthy» chiarì mia sorella. «Ma quando ci sono di mezzo i *miei*, è come se non riuscissi a controllarti.»
«Be', questo sarà il *nostro* segreto.»
Ez annuì roteando gli occhi. «La scorsa primavera, quando ci è arrivato il ciclo, Ruby e io abbiamo deciso di fare questa cosa il giorno prima della scuola. Non cambieremo programmi solo perché ci sei tu.»
«Ruby viene a scuola, domani?»
«In che senso?»
«Ha trovato acqua e sapone?»
«Cinthy! Non mi piace che parli male di lei, che la tratti come fanno tutti gli altri.»
A volte mia sorella si prendeva a cuore i problemi di Ruby neanche fossero i suoi. Toccava a me ricordarle che i problemi delle ragazze bianche non erano gli stessi che avevamo noi due. Mamma e Miss Irene non facevano che ripeterlo.
Ruby era stupidamente convinta che il nostro fosse uno scambio reciproco. I problemi di una appartenevano a tutte. Era un bel pensiero, e poteva anche essere vero, ma Ezra e io sapevamo che c'erano altre verità di cui tenere conto.
Se qualcuno ci trattava come pezze da piedi, Ruby si immedesimava nella nostra offesa. Se ci vedeva camminare per il villaggio a testa alta come ci aveva insegnato nostra madre, drizzava il mento anche lei senza rendersi realmente conto delle forze, ed erano tante, che ci volevano senza testa, senza vita, senza sogni.
Le volte in cui tentava di prendere le nostre difese non la sopportavo. Nella vita di Ruby Scaggs vigevano poche regole, e trovavo che agisse sempre in modo subdolo: non aveva alcun motivo per comportarsi così, in realtà.
«Hai messo le mutandine pulite, Cinthy?»

Ammutolii per la sorpresa mentre distoglievo lo sguardo dalla casa infestata.

«Ez, lo sai che a mamma le cose brutte non piacciono.»

«*A mamma non piace niente*... Gesù! Spero che non ti esploda la testa a furia di pensare a cosa farebbe mamma, anche perché ti ho già detto che questa cosa è un segreto. Te l'ho ripetuto cento volte, Cinthy. Il mondo *è* un brutto posto. Miss Irene dice che conoscere le brutture, conoscerle sul serio, è la vera saggezza.»

Il sospiro di Ezra mi fece vergognare. Niente era peggio della sensazione di averla delusa. Tranne il pensiero che mia sorella mi considerasse noiosa.

«Ruby mi starà già aspettando nel bosco» disse.

«Chi se ne frega di quella ragazza bianca? Per me può aspettare lì fino al Giorno del Giudizio.» Mi misi una mano sul fianco come Lindy, la primogenita dei Junkett. Una mano sul fianco era la massima espressione di autorità di cui fossi capace.

Ogni volta che erano agitate, mamma e Miss Irene invocavano il Giorno del Giudizio e poi tornavano a fare quello che stavano facendo. Se c'era una cosa che avevo imparato era che il Giorno del Giudizio apparteneva alle donne nere, che lo invocavano quando il mondo attuale dava loro sui nervi o esauriva la loro scorta di tolleranza. Senz'altro anche nonna aveva rivendicato per sé il Giorno del Giudizio, perché spesso sentivo la voce di nostra madre sbraitare contro la cornetta del telefono proprio su questo argomento: «Mamma, non hai alcun diritto di giudicarci! Non sarai mai il mio giudice, e lo sai il perché».

Inclinai la testa e inspirai una lunga boccata d'aria calda prima di tornare a parlare. «Ehi, tu, faccia di tartaruga. Vediamo chi arriva prima?»

«Certo» rispose mia sorella. Il suo viso si aprì come un fiore sorridente mentre scattava in avanti, gridando sopra la spalla: «Scommetto che ti straccio!».

Ci lanciammo nel bosco sul limitare della nostra proprietà fino a raggiungere un vecchio sentiero che divideva casa nostra da quella di Ruby, e poi un altro sommerso dalle erbacce. Corremmo tra le sterpaglie finché gli alberi non si diradarono, e arrivammo a una radura dove il vento ci scompigliò i capelli e ci pizzicò le palpebre, riducendole a due fessure sotto la luce intensa. Era mezzogiorno e mezzo, e il cielo era abbagliante.

Ruby ci stava aspettando. Invece di opporsi al vento, aveva spalancato le braccia, sollevandole verso il sole rovente. Aveva i capelli neri come sua madre, raccolti in una coda che mi faceva pensare a un cavallo stizzoso. Sembrava che avesse deciso di tagliarsi da sola la frangia in vista del primo giorno di scuola. Grave errore.

I genitori di Ruby si interessavano ben poco ai suoi spostamenti, a meno che non avessero dei lavoretti da assegnarle o non si sentissero in dovere di darle qualche lezioncina che loro non avevano recepito in gioventù. La reputazione della famiglia Scaggs al villaggio era stata infangata molto prima del nostro arrivo. Avevamo conosciuto Ruby più o meno nello stesso periodo dei Junkett, quattro anni addietro. Essendo la sorella minore di Ez, e bramando le sue attenzioni, la presenza di Ruby mi feriva.

Sotto il caldo sole bianco, le loro sagome erano quasi speculari. Ruby ed Ezra avevano il collo lungo, e le loro linee sinuose si intravedevano sotto gli abiti leggeri che il vento premeva contro i loro corpi come fossero appena uscite dal mare. Ma mentre la coda di Ruby saltellava sul posto, i capelli arruffati di Ezra si sollevavano, intrappolati in una lunga treccia voluminosa, e si dimenavano come un covo di serpenti rossicci in grado di innalzarla, fisicamente, verso la piatta finestra azzurra del cielo.

Ezra corse incontro a Ruby. Scoppiarono a ridere senza motivo. Decisi di mantenere le distanze da entrambe finché non avessi scoperto cosa stavano tramando.

La mia ombra tremolava davanti a me. Allungai le braccia come loro, temendo che il vento fosse abbastanza forte da trascinarmi via. Il terriccio mi si infilò sotto il vestito e mi colpì in pieno viso. Mi leccai le labbra e strofinai la lingua contro le gengive coperte di sabbia salata. Qualche ciocca di capelli si sfilò dalle trecce ai lati del viso. Sentivo il sole premere sulla scriminatura al centro dei miei folti capelli castano scuro che mamma oliava ogni fine settimana. Eppure, lassù sulle scogliere, le punte delle trecce mi sferzavano le orecchie.

Si stavano sciogliendo.

Siamo disposte a triangolo. Ruby ed Ezra di fronte a me.

Guardo Ez togliersi le mutandine e passo le mie a Ruby senza incrociare il suo sguardo. Vedere una persona diversa da mamma toccare la mia biancheria intima mi dà l'impressione che stia mettendo le mani dove non dovrebbe. Sono infreddolita e sudata allo stesso tempo. Muovo appena il bacino, voltandomi in modo da sentire il vento sui fianchi.

Ruby appallottola insieme i nostri slip e infila il mucchietto umido nella tasca del vestito. Quindi gira la testa. La sua frangia nera ricorda la visiera sbilenca di un elmo da gladiatore. Gli occhi, di un azzurro intenso, sono più scuri del celeste del cielo, che per qualche ragione mi sembra più vasto ora che mi sono tolta le mutandine di cotone.

Ruby si siede sulla pietra calda. Ezra si siede. Io mi siedo.

Ruby allunga le gambe a formare una V, ed Ezra la imita, dimenandosi e scivolando sul terriccio fino a toccare con un piede quello di Ruby. Poi agita il piede destro avanti e indietro, stizzita, per segnalarmi di fare come loro.

Mi spingo indietro, sentendo la pelle dei palmi grattare contro la roccia frastagliata. Anche le mie gambe si aprono a V. Piego il piede sinistro in modo che poggi contro quello di mia sorella. Mi rendo conto che il destro dovrebbe toccare quello di Ruby, ma non mi va. Non porta nemmeno le scarpe.

Inclino la testa verso Ez, e lei mi guarda impassibile. Mi

sembra di sentire nostra madre imprecare. La vedo sollevare gli occhi talmente tanto da riuscire a guardare all'indietro. "Hyacinth Kindred, nel nome del Signore, cosa stai facendo? E se stai pensando a quello che direi io, forse sai già che non dovresti farlo. Cosa ne è stato della brava figlia che ho cresciuto?"

Mamma non dice mai queste cose a Ezra, non la invita a riflettere perché sa che lei non si ferma a pensare prima di agire.

«Sbrigati» dice mia sorella. «Fa caldo quassù.»

Premo con forza la suola del sandalo contro il piede scalzo di Ruby, sperando di farle male.

«Col cavolo che tocco una ragazza bianca.»

«Stronza» commenta Ruby.

«Non parlare così a mia sorella» si affretta a dire Ezra.

«Sta rovinando tutto.» Sotto di noi si sono formate delle pozze di sudore. Mi chiedo se le formiche sarebbero in grado di intrufolarsi tra le mie gambe e dentro di me. Nella mia mente vedo una sottile scia nera di animaletti che marciano diligenti in mezzo ai miei organi, zampettando sul tetto viscido del mio stomaco ed entrando nella chiesa del mio cuore fino a imboccare la galleria della gola e salire dritte nel cervello, che immagino tempestato di gemme, come una cattedrale. Quante formiche ci starebbero, lassù nella mia testa? Poi penso di pisciare formiche nel gabinetto di casa e per poco non scoppio a ridere.

Il viso di Ruby e quello di Ezra si sono scuriti sotto il sole pomeridiano. Sono impegnate a capire qualcosa. Non so cosa sia, so solo che quello che stiamo facendo ci costerebbe sicuramente una punizione, se i nostri genitori lo scoprissero. Mamma e papà non credono in quelle che Miss Irene definisce "vergate d'amore". Invece il padre di Ruby, Mr Scaggs, crede nelle punizioni corporali. Eccome se ci crede. Picchia lei e sua madre ogni volta che gli sembra che siano felici e che potrebbero vivere senza di lui.

«Avviciniamoci un po'» dice Ezra mordendosi il labbro.

Ruby borbotta qualcosa ma ubbidisce.

Io sistemo meglio le gambe e mi spingo in avanti. Con una gamba sfioro la pelle di Ruby, che è calda. Non avevo mai pensato alla sua pelle prima d'ora, se non per lamentarmi del fatto che è bianca.

Penso a mamma, come mio solito, e a tutto quello che fa per noi. Per tenerci al sicuro. Nel tardo pomeriggio, prima di cena, ci laverà i capelli e li acconcerà in vista del primo giorno di scuola. So già che mi chiederà da dove arriva questa polvere, e perché ho della sporcizia sulla testa, e se sono impazzita a mettermi a giocare nel terriccio solo per farla faticare di più. Per la frustrazione, mi strattonerà le radici dei capelli con il pettine. I miei capelli sudano molto, soprattutto se mi scateno. Mamma dice *aggrovigliati* anziché *crespi*, ma tanto lo so che quando si bagnano sono impenetrabili, soprattutto sulla nuca. Ci tiene che abbiamo la testa in ordine perché sa che gli altri, i bianchi in particolare, pensano sempre ai nostri capelli. Lei non aveva nessuno che la aiutasse a pettinarsi da ragazzina, essendo cresciuta in convento. Papà ci ha detto di non tempestarla di domande su com'era da giovane. Mamma ha sepolto quasi tutto dentro di sé, e intravediamo qualcosa solo le volte che attacca il telefono in faccia a nonna o si rintana nel ripostiglio del suo cuore con un bicchiere di whisky e Sam Cooke.

Forse è per questo che Ezra e io spesso attingiamo alla saggezza di Miss Irene, che dice di averla ereditata da sua madre, da sua nonna e dalla sua bisnonna, ancora tutte vive. Queste donne hanno mantenuto un lato fanciullesco in lei, mentre noi vediamo mamma respingere nonna in continuazione. È difficile trattenerci dal chiederle come fosse da ragazza, ma sappiamo che domande del genere non la invoglierebbero a condividere quello che ha fatto per se stessa e per noi, le sue figlie.

Ruby si sdraia con naturalezza, come se fosse abituata a stendersi con le gambe aperte e niente sotto a proteggerla. Le sue gambe, abbronzate quanto le nostre, proiettano un'ombra. Le parti che sarebbero state coperte dalle mutandine sono talmente pallide che sembrano appartenere a un'altra ragazza, chiara e delicata nella pelle e nei modi, e più incline ai lividi. Penso a quante volte le ho visto dei lividi addosso, e a quanto tempo impiegano le sue ferite a guarire perché lei continua a staccarsi le croste.

Copiamo i movimenti di Ruby, che adesso si è girata su un fianco e ha afferrato alla bell'e meglio l'orlo del vestito sollevandolo fino all'ombelico.

«Anche voi» ci ordina. La sua voce schizza come una freccia tra le nuvole che si sono ammassate in cielo, fermandosi a guardare i nostri corpi esposti.

Le nostre tre V formano una strana stella.

Ezra dice che guarderà per prima. Poi Ruby. Poi io.

Il vento si è placato, ma una brezza impertinente fa tremolare il mio vestito all'altezza dell'ombelico. Mi chiedo se Ruby ed Ezra abbiano chiuso gli occhi come me o se li abbiano rivolti verso l'alto, inscindibili dal cielo azzurro che sembra estendersi anche sotto i nostri corpi. Non sento più la voce di mamma.

Ezra mi dà un calcio. Il bordo del suo sandalo è duro. Tocca a me. Con la testa immobile, volgo lo sguardo a sinistra, verso di lei. Ha l'avambraccio adagiato sugli occhi come un mezzo scudo. L'impietoso sole pomeridiano tinge di un rosso scuro la sua treccia floscia. Dal modo in cui i muscoli del suo polpaccio si tendono sotto la pelle, capisco che lo sta premendo contro il terreno per farsi forza, preparandosi a essere guardata. Non ricordo quand'è stata l'ultima volta che ho visto mia sorella nuda. Ma quello che stiamo facendo non mi sembra una cosa che potrebbe indurre qualcuno a puntarci contro il dito dicendo "che brutto" o addirittura "erano nude". Il nostro è il genere di nudo descritto nella Genesi. Il genere di nudo che rattrista Dio.

Ho un sussulto quando mi giro a guardare Ruby, che si nasconde il viso con una mano mentre con l'altra tende la pelle proibita sotto l'ombelico.

La sua mano sembra una porta in carne e ossa: le nocche graffiate, le unghie mordicchiate fino alla carne viva, la pelle sfregiata. Nel varco tra le dita intravedo un occhio che guarda fuori. Non è rivolto a me ma verso l'alto, come fosse sepolto sotto un cumulo di macerie.

Ezra e Ruby stanno scostando deliberatamente la pelle sottile con le dita. Esperimento, discussione, gioco o preghiera: non so cosa stiamo cercando di conquistare, cosa stiamo implorando di ottenere, o cosa dobbiamo dimostrare a noi stesse.

So che per Ruby ed Ezra la vergogna è noiosa. Abbiamo visto i nostri insegnanti ricorrervi a scuola. A casa, mamma e papà la usano contro di noi anche senza volerlo. So che i nostri genitori sperano di trasformarci in due donne perbene, ed è strano pensare che si sbaglino. Eppure è proprio quello che penso. Sembra un segreto, il modo in cui mamma fa sembrare cattivo qualcosa di naturale, vietandomi di guardare o toccare le mie parti intime a meno che non sia nella vasca da bagno con una saponetta in mano.

Trovandomi di fronte alle parti intime di Ruby, mi vergogno di guardarle. Mi vergogno del motivo che ha spinto lei e mia sorella a fare tutto questo. Ripenso a com'è cambiata la loro andatura da quando hanno avuto il ciclo la primavera scorsa. Ho notato lo scintillio nei loro occhi mentre si lamentavano dei dolori, dei crampi, dei fastidi. Adagiando la mano su quello che, con un'assurda inflessione drammatica, chiamavano "utero". Mi scacciavano ogni volta che proponevo uno dei giochi scalmanati che un tempo amavamo. Sostenevano che l'essere diventate improvvisamente donne le autorizzava a riflettere più a fondo sulle loro vite future, per questo trovavano innaturale che le seguissi ovunque. Non potevo saperne niente finché non fossi cambiata anch'io.

Vorrei che Ezra dicesse qualcosa. Ho bisogno di sentirle confermare che tutto questo non merita una punizione ma è qualcosa di lecito, di doveroso. La consapevolezza dei nostri corpi mi fa venire voglia di piangere: sebbene l'atto di guardare non abbia una spiegazione, sento che possiede un significato più grande di quanto immaginiamo. La nostra pelle vicino a quella di Ruby mi suscita paura e irritazione. Vorrei che Ezra mi dicesse che prova le stesse cose. Vorrei che dicesse che le nostre gambe sono più belle, più forti, però so che non lo farà.

Oggi mi ha permesso di unirmi a lei e Ruby anche se non ho ancora avuto il ciclo. Forse è per questo che non capisco cosa sto guardando, perché lo sto guardando, o cosa ci sia di tanto importante. Se fossimo tutte dello stesso colore, magari questa cosa non mi sembrerebbe così sbagliata. Ma Ezra e io non avremmo mai invitato Lindy Junkett a fare questo gioco.

All'improvviso Ruby si drizza a sedere, infila la mano in tasca e senza preavviso mi lancia le mie mutandine appallottolate prima di porgere a Ezra le sue, di un verde sgargiante. Ruby è l'ultima a rimettersi la biancheria consumata.

«I ragazzi fanno di peggio» dice, fissandomi.

2

Scendemmo dalla cima delle scogliere nel bosco che separava casa nostra dalla radura. Ruby ed Ezra parlavano sottovoce tra i sibili degli insetti. Mamma si aspettava che rientrassimo in tempo per farci lavare e acconciare i capelli prima di cena. Temevo che le sarebbe bastato guardarmi in faccia per accorgersi che avevo fatto una cosa talmente vergognosa da non avere nemmeno una spiegazione. I rami mi pungevano i piedi. Nel giro di qualche settimana le foglie dorate si sarebbero sparse nell'aria, cadendo a spirale. L'aroma leggero del bosco a breve sarebbe esploso, e quel caldo odore di decomposizione sarebbe mutato in una fragranza simile al fumo.

«Sono proprio tutte uguali» osservò Ruby, neanche l'avessimo interrotta nel mezzo di una frase. La sua voce era compiaciuta e infastidita al tempo stesso.

«Siamo in ritardo» dissi a mia sorella. Non volevo più stare a sentire le idee di Ruby, speravo solo che chiudesse la bocca.

«Com'è *possibile*?» chiese Ez, come se Ruby avesse condiviso con lei la frase mai pronunciata. «Solo tu e io abbiamo avuto le mestruazioni.»

«Anche la sua sembrava mestruata.» Ruby mi indicò con un cenno del capo. «Eppure non ha il ciclo come noi. Non ancora. Forse quello non c'entra.»

«C'entra con il fare figli» la corresse Ezra. «C'entra quando siamo al villaggio e gli uomini che non ci avevano mai guardate iniziano a fissarci.»

«*A-ha*» mormorò Ruby. «Dopo aver preso la licenza di volo magari lo farò, un figlio. Così almeno non dovrò diventare la schiava di uomo, come dice mamma. Le donne al villaggio dicono che la maternità le ha rese libere. Non capisco bene cosa significhi, però lo ripetono da anni. Mamma dice che non è la mia schiava e mi fa sempre fare tutto da sola.»

«Di che schiavi parli, Ruby?» domandò Ezra con sguardo torvo.

«Mamma dice che papà la tratta come una schiava» spiegò lei. «Ed è vero.»

«Tu non hai idea di cosa sia uno schiavo» intervenni.

«Taci, Cinthy» ribatté lei. «Non stavo parlando della gente di colore. Mi riferivo a uomini e donne. Sei una tipa sveglia, ma non sai un bel niente.»

«Credi che lasceranno pilotare un aereo a una poveraccia come te?» la schernì Ezra.

Andarono avanti a parlare come se non ci fossi, come se Ruby non mi avesse appena insultata. Di solito Ezra la rimetteva in riga quando si rivolgeva a me in quel modo, ma adesso erano troppo concentrate su quello che avevamo appena fatto.

Ruby si abbandonò a una risata divertita. «Di sicuro non aspetterò la benedizione di uno come mio padre. Se vuoi volare devi pensarci da sola.»

«Stai facendo i conti senza l'oste» disse Ezra. «Non lasciano pilotare gli aerei alle femmine. Farai prima a fare un figlio che a procurarti una licenza.»

«Io piloterò un aereo» insistette Ruby, tendendo la sua voce roca fin quasi a spezzarla. Sapevo che erano a un passo da uno dei loro frequenti battibecchi. «Se non sarai troppo cocciuta, il giorno che prenderò la licenza sarai la prima che porterò in volo con me.»

«*Ah!*» esclamò Ezra. «E secondo te lascerebbero salire una *nera* su un aereo, quando non ci lasciano neanche sedere davanti sull'autobus?»

«Non vedo perché no.»

«No che non lo vedi» commentai sottovoce.

«Per la *miseria*» sbottò Ruby. «Non stavamo parlando con te.»

Arrossii.

«Dev'esserci un altro motivo se gli adulti si comportano così. Non può dipendere solo dal buchino della pipì» disse Ruby in tono pensoso.

«E quale sarebbe?» chiesi. Non avrei più permesso che mi escludessero, dopo quello che avevamo appena fatto. Per quanto mi riguardava, avevo acquisito un diritto perpetuo, a prescindere che avessi il ciclo o meno.

«Non lo sanno neanche loro» disse Ezra. Era palesemente scocciata dagli adulti. Inspirò tra i denti come se avesse leccato un limone.

«E se ci comportassimo anche noi come i maschi?» disse Ruby. «Cavolo, per loro è tutto un gioco, sparano fuori la pipì come un idrante su qualsiasi cosa gli capiti a tiro! E figurati se finiscono nei guai, sono solo ragazzi. E se in realtà avessimo sempre avuto una scelta anche noi, proprio come loro?»

«Chi è che vorrebbe essere come i maschi? Non *tutti* possono fare quello che vogliono, come dici tu. I bianchi sì, ma quelli di colore? Papà dice che se un ragazzo nero fa a botte è solo per evitare di farsi ammazzare per una stupidaggine» commentai. «E comunque è noioso pensare che vogliamo solo il permesso di fare quello che fanno i maschi.»

Eravamo quasi arrivate al sentiero che portava sul retro della casa infestata. Immaginai con sollievo il momento in cui avremmo salutato Ruby, attraversato Clove Road e salito i gradini puliti e verniciati di casa nostra. Mi chiesi se avrei potuto dare un bel pizzicotto a Ruby facendola franca. Sapevo che mamma si sarebbe dispiaciuta vedendoci rientrare tardi. Ormai era metà pomeriggio, e ogni volta le ci voleva più tempo del previsto per sistemarci i capelli e apparecchiare la tavola.

«Pensi davvero che abbiamo le stesse possibilità dei ragazzi?» tornò a dire Ez, cercando di vedere le cose dalla sua prospettiva.

«Non *adesso*» rispose Ruby. «Un giorno. Non appena diventeremo donne.»

«Né adesso né mai» la corressi. «Non ce lo permetterebbero. Soprattutto le nostre madri. Soprattutto *tua madre*, Ruby.»

«Di' a tua sorella che non deve azzardarsi a nominare mia mamma.» Si era rivolta a Ezra, ignorandomi. «Dico solo che ho il diritto di essere libera tanto quanto un maschio. Farò di tutto per conservare la mia libertà, voglio qualcosa di meglio di quello che hanno gli adulti. E credo che la libertà sarebbe importante anche per voi. Come per la vostra gente.»

Quando Ruby parlava della *nostra gente*, quando dichiarava che la nostra gente era virtuosa e perlopiù attraente, che la nostra gente un tempo erano re e regine, grandi atleti e artisti sublimi, probabilmente i primi esseri umani a vivere sulla terra dopo la morte dei dinosauri, noi ci limitavamo a borbottare qualcosa in risposta. Era *ovvio* che avevamo letto della schiavitù e della paura dell'uomo bianco. Chi era Ruby per parlarcene? Quando si lanciava nei soliti discorsi sulla lotta e sull'Uomo, quando ci spiegava la salvezza e il riscatto del nostro popolo, noi restavamo in silenzio, serrando le labbra in attesa che finisse la sua tirata e si ricordasse una buona volta che era bianca.

«In cosa consisterebbe questa libertà che sembri conoscere così bene? Tuo papà te le dà di santa ragione e hai il coraggio di parlare di libertà a mia sorella e me? I nostri diritti civili vanno benissimo così» disse Ezra. Senza aggiungere altro, le lanciò contro il ramo spezzato che aveva in mano. Il ramo emise un sibilo prima di colpire un albero vicino alla testa di Ruby e cadere in un cespuglio che sembrava edera velenosa.

Ruby emise un gemito di offesa. Si avventò su di lei, artigliandole il braccio nudo con le unghie. Stetti immobile mentre mia sorella se la scrollava di dosso senza difficoltà. Nei suoi occhi notai un'espressione che aveva già rivolto ad altri bianchi, ma mai a Ruby.

«Lo sai cosa mi succederebbe se afferrassi una donna bianca come hai appena fatto tu con me?»

«All'improvviso sono una ragazza bianca? E perché, sentiamo?»

«Non mi hai risposto» insistette Ez. «Perché sai quello che so io. Non c'è bisogno di vivere in mezzo al nulla per capire di cosa sto parlando.»

«Credevo che mi avessi sempre detto la verità» rispose Ruby. Stava trattenendo le lacrime, come mia sorella. Sentii bruciare gli occhi di fronte a quel momento orribile eppure inevitabile. Mamma, Miss Irene: loro lo avevano previsto già da un pezzo.

«Tuo padre, tua madre, mio papà, mia mamma» proseguì Ezra. «Davvero credi che si sbaglino tutti?»

«Noi siamo diverse» protestò Ruby con voce supplice. «Lo abbiamo sempre detto.»

Strofinandosi il braccio nel punto in cui l'aveva afferrata, Ezra scosse la testa con foga. «Non è vero.»

«Ma abbiamo appena *visto*...»

«Cosa hai *visto*, Ruby?»

«Ez, *ti prego*.»

«Dobbiamo andare» dissi.

Ezra mi fece segno di tacere. Ma sentivo che quello che stava succedendo aveva avuto inizio nel suo cuore la primavera precedente. Aveva tenuto duro il più possibile, nonostante mamma e Miss Irene l'avessero ammonita a diffidare delle ragazze bianche che, diventando adulte, vivevano in mondi al contempo sicuri e pericolosi.

«Non invecchieremo insieme. Non *possiamo*. Lo so che vorresti convincerti che stiamo inseguendo la stessa libertà, la stessa vita. Ma non è così» disse Ezra, vagliando le parole. «Non siamo *sorelle*. Ce l'ho già, una sorella.»

Ruby si mosse come per aggredirla, ma una forza invisibile la trattenne. Forse la vista improvvisa di me e mia sorella spalla contro spalla la aiutò finalmente a capire.

«Non ti ho mai chiamato con epiteti razzisti o altro» disse Ruby. «In tutto questo tempo non ho fatto altro che proteggerti. E anche quella presuntuosa di tua sorella. E adesso è tutto finito perché sono bianca? È questo che vuoi?»

«Proteggermi da cosa? Sei tu che hai bisogno di essere protetta da tuo padre, Ruby» ribatté Ezra. «E lo sai.»

«Papà mi vuole bene» protestò lei con un filo di voce. Le sue spalle si sollevarono. Sapevo che era affezionata a Ez, forse ancor più che a sua madre. Ma Ruby Scaggs non avrebbe mai tollerato un insulto, neanche in nome dell'amore. «Di' un'altra parola, Ez, e ti farò ingoiare tutti i denti.»

Sapevo che Ruby non avrebbe fatto niente. Il suo cuore si era spezzato di netto, come quello di mia sorella, lasciandola senza fiato.

«*Andiamo*» dissi a Ezra toccandole il braccio. Eravamo sul limitare del bosco, all'ombra della casa in rovina. «Mamma sarà una furia.»

3

Ruby guardò le sorelle Kindred scappare via dalla sua voce. Le loro sagome diventarono indistinte sotto il sole del tardo pomeriggio che ne assorbiva le forme. Diede le spalle al varco tra gli alberi che avevano imboccato e prese un sentiero non segnalato in mezzo al bosco per tornare sulle scogliere.

Trattenne le lacrime. Possibile che stesse così per quello che aveva visto nella sua migliore amica e in se stessa? Era difficile ammetterlo, ma Ruby si aspettava di trovare qualche differenza tra ciò che aveva lei e quello che avevano Ezra e Cinthy. Il mondo intero aveva tentato di convincerle di questo fatto. Se l'interno sembrava uguale, l'esterno era effettivamente diverso. Ora conosceva la verità, e ne avvertiva il peso addosso. Ruby non si sentiva quasi mai sola, anche se spesso lo era. Ebbe di nuovo voglia di piangere, poi pensò a suo padre, che piangeva di continuo ed era la persona più sola che avesse mai conosciuto.

Jonah Reuben Scaggs, da cui Ruby aveva preso il nome, possedeva ancora la magrezza dei ragazzi affamati e spiantati che si tuffavano dai ponti ferroviari per pescare. Suo padre sapeva trattenere il respiro anche quando non era sott'acqua. Per anni lo aveva guardato tuffarsi dal ponte della sua memoria nelle rovine del suo passato.

I capelli biondi, quasi bianchi, stavano ritti in testa. Gli occhi azzurri davano l'impressione che stesse provando a intonare un pezzo blues senza trovare lo spirito adatto a cantarlo. A quei tempi li teneva spesso chiusi. Ruby arrivava nella veranda sbilenca della loro baracca e lo trovava assorto nei suoi pensieri, impegnato a osservare il proprio passato come se stesse seguendo una mappa incantata per scovare tesori sepolti. Suo padre disdegnava il presente e il futuro. Era il passato ciò che lo spronava a tirare avanti. Stava cercando di individuare il momento in cui la sua vita era andata a rotoli. Ruby aveva creato una propria mappa in modo che i suoi attacchi non la cogliessero alla sprovvista.

Mentre usciva dal bosco ed entrava nella radura della sua famiglia sulle scogliere, sentì odore di fumo dal braciere della carne. Papà non era in casa, ma aveva messo del maiale ad affumicare sul retro.

Suo padre odiava i ladri, e non aveva idea che la figlia fosse diventata un'abile borseggiatrice. Quando aveva capito che rischiava di morire di fame, non potendo fare affidamento sui genitori, aveva imparato a derubare la gente del villaggio. E in questo modo aveva dato loro qualcos'altro su cui spettegolare. Gli abitanti parlavano già dell'alcolismo di suo padre e dei sogni di sua madre. E adesso potevano dire quello che volevano anche di lei, perché non era esattamente una bimbetta sprovveduta. Per loro non meritava di essere niente più di un prodotto infausto dell'orgoglio disastroso degli Scaggs.

Ruby si premette le mani in vita e sulle cosce, ripensando alle serate estive e alla tristezza che le provocavano le ultime notti d'agosto perché sembrava sapessero che le lunghe giornate di sole erano destinate a finire.

Avrebbe voluto una serie infinita di quei perfetti cieli azzurri. La aiutavano a sognare, a immaginarsi come un'aviatrice in volo sul suo aereo.

Attraversò il fango indurito del cortile imprecando contro i segugi del padre che le correvano intorno famelici. Si rese conto che quello sarebbe stato il suo ultimo anno di scuola. In primavera aveva iniziato a temere che sarebbe rimasta per sempre a Salt Point, costretta a sposare uno dei sei John in classe con lei. Era qualcosa di cui Ez e Cinthy non dovevano preoccuparsi. Una volta, in un articolo trovato su una delle riviste di bellezza di sua madre, aveva letto che le donne si lamentavano perché avrebbero voluto trovare nuovi tipi d'amore e invece finivano per sposare uomini tali e quali ai loro padri. Quando aveva tentato di parlarne a Ez, l'amica si era accigliata e aveva risposto che suo padre era un uomo perbene che aveva insegnato a lei e a Cinthy le stelle, l'anatomia umana, le piramidi egizie, e come diventare brave giudici dell'indole umana.

Le uniche stelle che il papà di Ruby avesse mai visto erano quelle che gli balenavano davanti agli occhi ogni volta che finiva al tappeto dopo una scazzottata al bar. Jonah Reuben Scaggs faceva vedere le stelle alla figlia ricoprendola di lividi verdi e viola. Non avrebbe mai potuto insegnarle com'erano fatti gli uomini.

Quanto a sua madre, l'unica cosa che le interessava era evitare di farsi prendere a botte. Come il marito, anche Mrs Scaggs aveva trovato rifugio nel passato. Un tempo era stata incoronata reginetta di bellezza a una sagra locale, e ancora adesso andava in giro per Salt Point come se la gente del villaggio fosse pazza a non vedere la sua corona.

Quando Mrs Scaggs era ancora convinta di dover essere una buona madre, si preoccupava molto per il benessere di Ruby. Era un altro modo per indispettire il marito. E nel momento in cui la gente del villaggio aveva guardato sua figlia dicendo: «La bambina dovrebbe già saper leggere», si era resa conto che forse la pessima istruzione della figlia era imputabile proprio a lei.

Un pomeriggio, mentre era al villaggio con Ruby per comprare dei fiori dandosi un sacco di arie, avevano incontrato Mr Hobart. Lui, che indossava un completo di sartoria, si era tolto il cappello e aveva accarezzato la chioma arruffata di Ruby. Le aveva chiesto quanti anni avesse, e lei si era timidamente rivolta alla madre, che aveva risposto con orgoglio: «Otto o nove». Guardandola con attenzione, Mr Hobart sarebbe senz'altro riuscito a scorgere la sua corona. O così sperava. Invece si era limitato a chiedere se Ruby avesse già imparato a leggere e, in tal caso, se fosse brava. La madre, dandosi dei colpetti sugli occhi come se fossero irritati dal peperoncino, si era augurata che quell'uomo comprasse perlomeno un mazzolino di margherite a Ruby. Non si era accorta di quanto fosse a disagio. A quel punto, sollevando di nuovo il cappello, Mr Hobart aveva augurato un buon pomeriggio a madre e figlia aggiungendo che, siccome immaginava che gli Scaggs fossero una famiglia povera e molto bisognosa, la bambina avrebbe potuto frequentare la sua scuola per avere un futuro migliore.

Quel pomeriggio Ruby aveva percepito la fitta che si era irradiata nel corpo di sua madre.

Ricordava ancora come l'aveva trascinata via dalla piazza del villaggio, imboccando un sentiero tortuoso per tornare alla loro baracca. I fiori freschi nella vecchia borsa di rete erano ammaccati e laceri. I variopinti fiori di campo intorno a loro – liberi – avevano attirato lo sguardo di Ruby mentre la madre inveiva per l'offesa subita da Mr Hobart. «Povero sarà lui. Al mondo non esiste uomo più povero di quello che si crede talmente ricco da propinare a una donna degli squallidi insulti invece di farle i complimenti che merita.»

«Propinare che?» aveva chiesto Ruby, e per tutta risposta la madre le aveva mollato un ceffone.

Ruby si era seduta in veranda con la mano premuta sulla guancia e aveva ascoltato sua madre piangere di rabbia. Quando si era decisa a entrare, mamma si stava applicando con cura la Pond's Cold Cream sul viso spiegando che le lacrime erano pericolose perché potevano rovinare l'incarnato di una donna. «Almeno frequenterai una buona scuola» continuava a ripetere, tentando di schiacciare i fiori avvizziti tra le pagine di un libro malconcio.

La verità era che Ruby sapeva leggere. Ma i testi a sua disposizione l'avevano scoraggiata. Non c'erano avventure, fantasmi, guerre o favole nelle riviste di bellezza di sua madre. Gli unici mostri e cattivi che avesse mai visto su quelle pagine erano cumuli minacciosi di biancheria sporca, mariti infelici, smalto rosso scheggiato, calze di seta smagliate. Troppe stramaledette regole su come fingere di essere qualcosa che non eri, tipo rimanere adolescente a cinquant'anni. Le sole immagini che la turbavano davvero erano quelle delle madri che sorridevano ai loro bambini dalle guance rosa, accuditi con una premura che Ruby sapeva di non aver mai ricevuto.

A otto o nove anni si era ribellata alla fede di sua madre. Voleva avventure che non prevedessero di cucinare agli uomini bistecche deliziose stando a dieta. Aveva cominciato ad allontanarsi da lei, per quanto le volesse bene, perché ai suoi occhi era invisibile. All'inizio era stato doloroso, ma si rendeva conto che era l'unico modo per avere la vita che voleva. Qualunque fosse. Ruby si era convinta che l'incuria dei genitori le avesse fornito un'armatura speciale. Rinunciando a ciò che non aveva mai posseduto, si era sorpresa ad apprezzare la propria compagnia e a inventare le sue personali avventure.

Ruby si era appassionata all'idea del volo molto prima di assistere alla manifestazione aerea annuale a Briggley insieme a Ezra e Cinthy. Ricordava quanto era affascinata dagli uccelli marini che si libravano sull'orizzonte di Salt Point, e i nidi che esplorava girovagando nei boschi; a volte la visione sgargiante di un cardinale o di una ghiandaia azzurra la faceva bloccare nel bel mezzo di qualche faccenda domestica. Sapeva che il volo era *dentro* di lei, in attesa che lo scoprisse e smettesse di dubitare dell'esistenza di quel genere di amore.

Il volo era il mezzo che le aveva permesso di ascoltare la propria anima.

Ruby collocava l'inizio della storia di quel sogno alla manifestazione aerea di Briggley, una cittadina poco più grande di Salt Point e a pochi chilometri di distanza. Ezra e Cinthy si erano unite a lei, ma ovviamente non avevano smesso un secondo di preoccuparsi di cosa avrebbe fatto la madre se avesse scoperto che erano uscite di nascosto. Ruby era scoppiata a ridere, e aveva assicurato alle amiche che quello che stavano per vedere valeva qualsiasi punizione.

Quel giorno avevano ammirato le ombre degli aerei che planavano e scendevano in picchiata nel cielo azzurro come banchi di pesci. Come schiere di squali dai colori brillanti, con il muso lucido e i fianchi lisci e cromati. Anche gli aerei più sgraziati le facevano inumidire gli occhi per la speranza. Ricordava che quel risveglio del desiderio le aveva provocato un fermento interiore come quello descritto dalle donne del villaggio parlando dei primi movimenti fetali. Era una sensazione al contempo psichica e fisica, la consapevolezza di una nuova presenza all'interno di una casa familiare. E Ruby aveva avvertito questa *casa* in modo estremamente vivido mentre lei e le sorelle Kindred fissavano il cielo.

Alla manifestazione aerea vendevano biglietti per compiere brevi voli. Ruby era già stata in mongolfiera, alle sagre di paese nel vecchio piazzale di Salt Point. Si era librata sopra l'acqua guardando le scogliere sottostanti. Qualche volta aveva riconosciuto il tetto della sua baracca, ma non si era mai sentita a casa in quei momenti. La mongolfiera era troppo lenta. L'operatore era annoiato, demotivato, tranne quando adocchiava un bel visino. Non importava quante domande lei gli facesse: sapeva che quell'uomo la considerava insignificante, anche più di se stesso.

Allo spettacolo di Briggley Ruby aveva ignorato gli sguardi curiosi della gente, rivolti a lei e alle due ragazze nere che le stavano troppo vicine. Le occhiate sprezzanti di uomini e donne le scivolavano addosso. Era troppo impegnata ad ammirare il cielo.

Pur sapendo che le sorelle Kindred avevano dei soldi nascosti nelle scarpe, aveva deciso di derubare una madre impegnata a strofinare via il latte dal viso del figlio che piangeva su un passeggino celeste. Le amiche non erano rimaste sorprese. Non più. Il loro unico timore era che venisse scoperta e la colpa ricadesse su di loro.

Quando Ruby aveva spiegato il suo piano, Ezra le aveva dato della pazza e aveva sorriso. «Noi non veniamo» aveva detto la sorella. «Non abbiamo il permesso.» Queste parole erano il suo ritornello costante. Erano andate a cercare popcorn e zucchero filato, e Cinthy si era messa a blaterare di quanto sarebbe costato il dentista se la madre avesse scoperto che avevano mal di denti e carie. «Noi ci sediamo da qualche parte a guardare» aveva gridato Ezra sopra la spalla, sfoggiando un sorrisone. «Casomai l'aereo andasse giù anziché su.»

Ruby si era messa in coda da sola. Era talmente entusiasta da non accorgersi dei bambini davanti a lei con le manine teneramente strette in quelle di uno o entrambi i genitori.

Arrivata in testa alla fila, un uomo che somigliava a suo padre l'aveva scrutata dall'alto con gli occhi iniettati di sangue dietro una finta maschera da aviatore. Il suo corpo tondo l'aveva fatta pensare alle bocce con cui gli anziani di Salt Point ogni tanto giocavano nella piazza del villaggio.

«Hai una madre o un padre?» le aveva chiesto a voce alta, per far sapere ai presenti che stava svolgendo il suo lavoro. «Se non li hai, non vai da nessuna parte.» Non aveva riso, anche se alcuni bambini che aspettavano impazienti dietro di lei sembravano divertiti.

Accigliata, Ruby aveva teso la mano con le monete rubate. Stando a quello che aveva imparato da sua madre, era convinta che avrebbe preso i soldi e chiuso un occhio. Ma quello non l'aveva degnata di uno sguardo. Era rimasto lì a osservare la lunga fila.

«Sparisci» le aveva detto, togliendole i soldi di mano come se potessero farle del male.

Ruby si era vista negare un semplice passaggio verso il suo sogno, ma non per questo avrebbe smesso di credersi capace di volare.

Dopo la manifestazione aerea di Briggley aveva rubato una rivista dalla biblioteca scolastica. Di solito i ragazzi più grandi si litigavano le riviste con aerei e automobili, eppure quel numero era rimasto intonso. In copertina c'era un'aviatrice.

Harriet Quimby aveva ottenuto la licenza molto prima che entrasse in scena Amelia Earhart. Ogni volta che Ruby tentava di elogiare Harriet o Amelia, Ezra si affrettava a ricordarle di Bessie Coleman, che come loro aveva solcato i cieli azzurri. Ruby era abituata a sentire commenti del genere se parlavano di musica o sport, ma di recente la seccava che l'amica sentisse il bisogno di collocare il nome di una donna di colore in uno spazio che Ruby era convinta appartenesse soltanto a lei.

Poco tempo dopo, durante una lezione di storia, la loro insegnante Miss Burden aveva accennato all'esistenza di aviatrici viventi. Le loro storie non si trovavano sui libri, aveva precisato, ma riteneva importante far sapere ai suoi studenti che anche le donne erano in grado di volare. Per Ruby era stato un segno: una delle poche volte in cui era grata per qualcosa che aveva imparato a scuola.

Per il resto, la scuola la disorientava. Anche quando rispondeva correttamente agli insegnanti, sembrava che in lei ci fosse qualcosa di sbagliato.

Non le piaceva ammetterlo, ma questo le faceva tornare in mente l'uomo che si era preso i suoi soldi alla manifestazione aerea negandole l'accesso alla cosa che più desiderava solo perché non era accompagnata da una madre o un padre. Ruby, che non aveva il senso del decoro, si era chiesta cosa avrebbe fatto quell'uomo – l'avrebbe compatita, forse – di fronte alle occhiatacce ebbre di suo padre.

Diffidava delle lezioni impartite dagli adulti, soprattutto dagli uomini. Era vittima di continue prepotenze. Tra il tizio dello spettacolo aereo, che l'aveva quasi minacciata di violenza con lo sguardo se mai l'avesse accusato di averle rubato i soldi, e le violenze reali subite da suo padre in nome dell'affetto che provava per lei, Ruby voleva inventare nuove storie in cui l'eroina era lei. Non voleva essere una principessa o una regina o una povera sguattera accompagnata a una festa su una zucca. Voleva storie vere con immagini capaci di riempirle la mente. A scuola non condivideva l'estasi dell'insegnante per Elena di Troia o per le donne punite e corteggiate da divinità con sembianze animali. Non c'era niente di reale in quei racconti.

Per lei Harriet Quimby era più interessante delle stupide lezioni di mitologia di Miss Burden. Era stata la prima in tutto. La prima donna a sorvolare la Manica. La prima donna, conosciuta, a morire precipitando dal cielo.

Be', non si era focalizzata sulla parte della morte. Era stata la vittoria, il trionfo della donna, a inserirsi nella sua personale narrazione. Pensava a Harriet Quimby mentre si aggrappava al cielo turbinoso intorno a lei dopo essere stata espulsa dal sedile del suo aereo che stava cadendo in picchiata in una densa tomba di fango. Forse il volo valeva lo schianto. Forse quelle donne aviatrici che affidavano le loro vite al cielo avevano meno paura di morire lassù che non qui sulla terra, in un'esistenza orrenda che non avrebbero mai voluto ma si erano comunque ritrovate a vivere.

A tredici anni Ruby aveva fatto a pezzi la copertina della rivista con Harriet Quimby e aveva masticato la carta gessosa, ingoiando quella donna e le sue ali di metallo. Era l'unico modo per assicurarsi che le loro vite rimanessero connesse. E in quel momento aveva sentito tutte le sue paure volare via dal petto come mille pipistrelli da una caverna rossa. Ogni morso, ogni ingestione, ogni respiro l'avevano sollevata sempre più in alto, sempre più vicina al sole. Un giorno anche Ruby Scaggs avrebbe avuto le sue ali.

La sera prima dell'inizio della scuola, Ruby aveva appena finito di friggere due uova fresche e di cuocere la carne che suo padre aveva lasciato sul braciere dietro casa. Ne mangiò poca sapendo che papà l'avrebbe rimproverata per essersi tenuta le parti migliori, una cosa non del tutto vera. Erano quasi sempre scoiattoli, opossum, anatre, procioni o cervi. Quali erano esattamente le parti migliori? Non mangiavano mai i cibi preferiti di Ruby, come cheeseburger con ketchup e patatine.

Accovacciata in uno dei loro vecchi barili di zinco, si strofinò con una vecchia spazzola per cavalli e si lavò i capelli con lo shampoo. La pelle lentigginosa era arrossata ma pulita. Non aveva modo di sistemare la frangia, ma i capelli le crescevano in fretta, proprio come a sua madre; entro Natale non sarebbe rimasta traccia di quel taglio orribile. Si era addirittura concessa un po' dell'adorata Pond's Cold Cream di mamma. Stava diventando una donna, e forse era il caso che iniziasse a proteggersi dai danni del sole. Da quando aveva avuto il ciclo si era ripromessa di curarsi di più sotto ogni aspetto, incluso quello fisico. Non le importava di essere *povera*, dato che gran parte degli studenti della Hobart era in difficoltà. Ma il fatto che i compagni la definissero *sporca* (di solito senza dirglielo in faccia, ovviamente) aveva assunto un significato diverso. Non voleva più litigare con gli altri ragazzini o gli insegnanti, se poteva evitarlo. Aveva altre cose per la testa: il volo, una vita migliore. Con la pancia piena e i vestiti pronti, non riusciva a capire se fosse entusiasta o agitata per il primo giorno di scuola. Immaginava che i suoi genitori si fossero dimenticati dell'inizio delle lezioni. Per fortuna era sola. Avrebbe lasciato credere a suo padre e sua madre di non avere progetti che l'avrebbero allontanata da loro.

Era pronta a separarsi dai suoi genitori. L'unico motivo per cui avrebbe valutato un cambio di programma era Ezra.

Ruby aveva guardato lei e Cinthy allontanarsi lungo il sentiero ed entrare in casa. Aveva avuto uno spasimo pensando a come sarebbe stato avere una sorella.

Eppure il suo rapporto con Ez era intimo quanto quello tra due sorelle, se non di più. Dal giorno in cui si erano conosciute, a dieci anni, Ruby era rimasta ammaliata. Nessuno l'aveva avvertita delle risate tra ragazzine. La risata di Ezra Kindred era come un profumo. Ruby vi si era immersa al punto da coglierne l'intensità solo quando erano lontane. Le piaceva credere che anche la sua risata trasmettesse qualcosa di palpabile a Ezra. Avere finalmente trovato un'amica la faceva sentire potente.

Negli ultimi tempi, stare vicina a Ez era diventato impegnativo. Le risate si erano diradate. Dopo un litigio, non si lasciavano tutto alle spalle come un tempo. Era importante vincere. C'erano silenzi nuovi, tra loro. Forse era perché stava per cominciare l'ultimo anno di scuola. Presto Ruby ed Ezra avrebbero dovuto sapere dove e come inserirsi nel mondo. E il mondo e le sue barriere sembravano insistere che Ruby dovesse essere una cosa ed Ezra un'altra. Ma si rifiutava di credere che questa barriera non si potesse abbattere. Dopo il diploma non avrebbero potuto continuare a ridere insieme?

Inspirò a fondo, cercando di godersi semplicemente il cielo prima che il sole calasse dietro l'orizzonte. Guardare il cielo le dava pace. Si chiese come sarebbe stato vedere il tramonto da un aeroplano. Si perse nei suoi pensieri mentre l'aria intorno a lei rinfrescava. Le immagini nella sua mente la aiutavano a eludere le assenze nella sua vita.

Dopo il tramonto decise di scendere alla proprietà dei

Kindred in Clove Road passando per il bosco. Lo faceva sempre la sera prima dell'inizio della scuola, fin dai tempi in cui aveva dieci o undici anni, dal giorno in cui aveva conosciuto Ezra e Cinthy Kindred e aveva capito che, nonostante fossero nere, vivevano in un mondo molto diverso dal suo.

A casa dell'amica, Ruby sapeva che era Mrs Kindred a occuparsi dei loro vestiti da stirare, della loro igiene, delle loro lamentele e dei loro pasti. Mr Kindred era quello riflessivo dei due, e quando se ne ricordava provvedeva alla loro disciplina, anche se non gli piaceva per niente urlare e impartire punizioni come faceva con gioia il padre di Ruby.

I Kindred stavano per conto proprio, al punto che a volte ci si dimenticava della loro esistenza. La loro religione era la privacy. Se fossero stati bianchi, Ruby era convinta che sarebbero stati tali e quali a lei.

La minima domanda sulla loro famiglia faceva innervosire le sorelle, perciò Ruby aveva imparato a non sollevare l'argomento, soprattutto perché la sua situazione familiare non si poteva certo definire rispettabile.

Spesso sua madre diceva che i Kindred erano i negri più strani che avesse mai visto, ma Ruby sapeva che ne aveva visti ben pochi in vita sua. Ecco perché, come molti altri abitanti del villaggio, ne era un po' intimorita.

Ruby si alzò tremando. Voleva arrivare a casa dei Kindred prima che finissero la loro cena speciale. Le piaceva guardarli attraverso l'immacolata finestra panoramica della cucina. In tutti quegli anni non si erano mai accorti di lei. Non li stava esattamente spiando. Parte della sua fame era rivolta ai deliziosi pasti di Mrs Kindred, però sapeva che c'era sotto dell'altro, qualcosa che non le andava di spiegare a nessuno, neanche alla sua migliore amica. Cos'avrebbe pensato Ezra se avesse saputo che da anni Ruby rovistava nella loro spazzatura per allestire un suo banchetto di fine estate? Ruby inventava storie di incantesimi che un giorno sarebbero stati spezzati rivelando come Ruby, in tutto quel tempo, era stata la loro terza sorella segreta. Queste storie la appagavano al punto da farle credere che, nonostante vivesse nella natura selvaggia intorno alla casa dei Kindred, in realtà era una figlia che meritava una sua stanza e un po' d'amore in quella casa. In passato, le volte in cui Mrs Kindred apparecchiava un posto a tavola per lei in modo che mangiasse insieme a loro, Ruby si sforzava di non mostrare a Ezra quanto era importante per lei, quanto desiderava essere considerata parte della famiglia.

Il momento della sera che preferiva era quando Ez, Cinthy e i loro genitori scendevano al loro amato laghetto per condividere storie ed esprimere desideri alle stelle sopra di loro. Una volta Ezra gliene aveva parlato e poi, con imbarazzo, aveva detto che per lei non significava niente. Ma Ruby sapeva che per la sua migliore amica significava tutto. Adesso, ferma sul limitare del bosco, guardò l'intera famiglia ridere tenendosi per mano, con gli occhi rivolti al cielo e le voci serie levate in quella che sembrava una preghiera.

Anche Ruby aveva un paio di desideri da esprimere il giorno prima dell'inizio del suo ultimo anno di scuola. Uno era quello di volare, di volare per davvero, e di essere abbastanza coraggiosa da fare tutto ciò che era necessario, per quanto spaventoso, pur di iniziare a essere la persona che voleva. Il secondo, che sembrava altrettanto impossibile, era di non perdere l'affetto di Ezra Kindred.

4

«Adesso sì che riconosco le mie figlie» disse mamma alzandosi dalla seggiola della cucina. Raccolse i pettini, la spazzola, i nastri e l'olio per capelli, che conservava in un vecchio barattolo dei biscotti. La rabbia per il nostro ritardo si era finalmente placata. Per una volta ringraziai in silenzio il freddo bicchiere di liquore marrone che aveva addolcito la sua voce. La aiutammo a riporre tutto, e ubbidimmo senza fiatare mentre ci ordinava di apparecchiare la tavola per la nostra cena speciale. Sembrava un po' malferma sui piedi, ma quando le passai accanto mi attirò a sé e mi diede un bacio sulle trecce appena fatte. Mi rendevo conto di quanto fossero puliti i miei capelli dal modo in cui l'aria mi sfiorava il collo e le orecchie, confortante quanto la voce di mamma.

A me i nastri piacevano ancora, mia sorella invece aveva detto a mamma che ormai eravamo troppo grandi. Ezra non si sarebbe mai fatta vedere in giro con un nastro fra i capelli, e adesso non si sarebbe fatta vedere in giro neppure con me se lo avessi portato, anche se avevo solo tredici anni.

«Al posto del nastro, metti una bella fascia» mi consigliò.

«Le fasce mi fanno venire il mal di testa, Ez. Mi irritano la pelle dietro le orecchie e cadono quando faccio la ruota.»

«Sei troppo grande per fare le ruote. Giusto, mamma?» Ezra socchiuse gli occhi, e con un canovaccio si mise ad asciugare i piatti buoni che mamma aveva tirato fuori e sciacquato per cena.

«Ovunque tu vada, le donne portano foulard e si legano i capelli. In alcuni paesi si coprono la testa ogni volta che escono. Sono state cresciute così. E scommetto che al mondo ci sono migliaia di donne molto più vecchie di tutte noi messe insieme che portano ancora i nastri. Anche Irene si avvolge i capelli in quei suoi bei turbanti che indossa fuori casa. Non ti ho insegnato a sprecare del tempo pensando alla criniera che hai in testa. La tua sorellina può fare quello che vuole» rispose mamma.

Mentre passavo un altro piatto a mia sorella, ridacchiai e le feci gli occhi da triglia. Era di cattivo umore. Sapeva che non avrebbe dovuto dire quelle cose a Ruby su lei e suo padre prima che ci separassimo nel bosco. Anche se loro due litigavano in continuazione, Ezra riusciva a ferire l'amica in un modo di cui nemmeno suo padre era capace.

Come l'intera scuola, anche Ezra e io avevamo paura di Mr Scaggs.

Negli anni Ruby ci aveva fatto vedere i tanti lividi lasciati dal padre. E probabilmente ce n'erano molti altri che non ci aveva mostrato. Pensai al suo vizio di rubare qualsiasi cosa a portata di mano quando nessuno guardava. Era più forte di lei, eppure sapeva che non avrebbe dovuto. Mi chiesi se Mr Scaggs avesse un problema simile. Se non riuscisse a trattenersi dal picchiare Ruby anche se sapeva che non avrebbe dovuto. Mi spaventava pensare che gli adulti potevano comportarsi così nonostante sapessero distinguere giusto e sbagliato.

Senza darci una spiegazione esaustiva, mamma e papà ci avevano ammonite a non stare mai sole in presenza di uomini bianchi. Neanche alla Hobart. Se ci fosse capitato di rimanere da sole con uno o più bianchi, inclusi i nostri insegnanti, dovevamo allontanarci il prima possibile.

Mamma disse a Ezra di aiutarla con la tovaglia inamidata. Apparecchiammo una tavola così elegante che ci sembrava di essere in un ristorante di lusso. Per la nostra famiglia, il giorno che precedeva l'inizio della scuola era importante quanto il Natale, se non di più.

«Non possiamo fare un picnic in riva al laghetto?» chiese Ezra. «Sarebbe più semplice.»

Mamma fece una pausa e incrociò le braccia sul petto. Sul suo abito giallo c'erano schizzi d'acqua. Mentre ci lavava i capelli si era tolta il grembiule che usava per cucinare, e si era dimenticata di rimetterlo. Ormai si era lasciata alle spalle la tristezza, chiudendo i sentimenti suscitati dal whisky e da Sam Cooke nel suo ripostiglio interiore. Era tornata a essere nostra madre. Non era esattamente arrabbiata, ma si respirava una certa tensione in cucina. Il suo sdegno si irradiava lungo la mascella in un codice che avrei riconosciuto da qualsiasi angolazione, da qualsiasi distanza.

«Mi sembra che voi due abbiate già fatto una specie di picnic.»

«In che senso?»

«Era da parecchio che non tornavate con la testa così sporca. Dove siete andate, oggi?» Mi fissò, consapevole che io, a differenza di mia sorella, non ero capace di mentirle.

«A giocare, mamma» rispose Ezra. Andò verso il cassetto e si mise a tirare fuori rumorosamente l'argenteria.

«Vi ho chiamate per venire a darmi una mano. Dopo che ho cucinato tutto questo cibo, che vi ho sistemato i capelli fino all'ultimo minuto prima di cena, che ho passato la giornata di ieri a pulire e strofinare fino a spaccarmi la schiena, voi avete il coraggio di sparire neanche avessimo una domestica in casa. Vostro padre e io siamo i proprietari di *questa* casa. Voi non siete proprietarie di niente, neanche della sporcizia che avete tra i capelli. Voglio sapere dove siete state e cosa avete combinato. E mi aspetto una risposta che non offenda la mia intelligenza.»

Le sue parole erano rivolte soprattutto a Ezra, perché era più grande di me ed era subdola per natura, eppure mi guardai i piedi puliti e scalzi rimpiangendo di non essere fuori a camminare nell'erba selvatica intorno al laghetto, che era senz'altro fresca e umida a quell'ora della sera.

Mamma mi metteva tristezza quando parlava così.

La sua voce diventava salata, come se qualcun altro stesse parlando con la sua bocca. Non piaceva neanche a papà. A volte interrompeva le sue lamentele per ricordarle il motivo per cui avevano lasciato Damascus. Diceva di non voler vivere in una casa in cui sua moglie minacciava di fare del male alle figlie perché era l'unico modo per dimostrare che teneva a noi. Mamma ci frustava con le parole, non con la cinghia. La cosa orribile era vederla esausta dopo averci fatto una bella ramanzina. La collera la indisponeva. Erano entrambi contrari alle punizioni fisiche. A differenza di Ruby o di Lindy Junkett, noi non avevamo mai preso ceffoni o pizzicotti sulle braccia. Non ci era mai stato ordinato di andare a cercare una verga in cortile mentre mamma o papà ci aspettava in casa. Lindy diceva che era uno dei nostri problemi.

«Ma mamma, lo sai anche tu che c'è sporcizia *dappertutto*» disse Ezra. «Funziona così quando sei costretto a vivere in mezzo al nulla.»

«Tra tutta questa sporcizia c'era anche Ruby Scaggs?»

Non dissi niente, sentendo i suoi occhi addosso. Mamma sapeva.

«Ragazze, state arrivando a un'età in cui dovete avere amiche come si deve. Amiche con cui crescere insieme. Ezra, ormai sei una giovane donna. So che sai di cosa parlo. È ora che ti trovi delle amicizie che possano renderti più forte, che ti aiutino a tirare avanti in questo mondo.»

«Cosa vorresti dire?» chiese Ezra. Smise di armeggiare con le posate. Le sue trecce appena fatte scivolarono in avanti, gli occhi fissi su un punto al di là della voce di mamma.

«Ragazze come Lindy Junkett, ecco cosa vorrei dire. Lei è affidabile. Non sto dicendo che Ruby non mi piace. Ma anche se non ve ne rendete conto, tu e Ruby avete raggiunto un'età in cui non siete più uguali. Preferirei che tu e Cinthy passaste più tempo con Lindy, che è una bella ragazza con un buon futuro davanti. È determinata a migliorare se stessa. Irene e Caesar Junkett faranno in modo che ci riesca. Terranno i loro figli sulla retta via.»

Sospirai piano, per non farmi sentire. Come gran parte dei neri adulti, mamma adorava la retta via. Lei e papà ne parlavano da che avevo memoria. A volte questa via era la cima di un monte. Altre volte era dove Mosè aveva aperto le acque rosso scuro così che il popolo eletto da Dio potesse giungere alla Terra Promessa. La retta via era un sentiero, una strada, un'interstatale morale per i neri di tutto il mondo. Poteva anche diventare personale, come quando papà sospirava e diceva: «Fossi in voi starei attento. Stamattina vostra madre è sul sentiero di guerra».

Mamma seguì l'intero profilo della sua testa con il palmo della mano. I suoi capelli scuri, di un castano che rasentava il nero, erano raccolti sulla nuca in una folta crocchia.

Spesso si rivolgeva a noi come fossimo sue amiche o sorelle anche se ci stava rimproverando. Di amici veri lei non ne aveva, malgrado la sua propensione a dare consigli a Ezra in materia. Era figlia unica, cresciuta in convento dalle suore come atto di carità dopo che era stata abbandonata (da Ginny, aveva scoperto tempo dopo) in un mucchietto solitario di lenzuola per neonati sui gradini di una chiesa da qualche parte nel Delaware.

Sapevamo che mamma ci voleva bene, a noi due e a papà, ma a volte aveva i suoi momenti bui. Il suo amore per nostro padre era forte, eppure dentro di lei c'era una casa infestata la cui oscura intimità era ancora più forte. Secondo Ezra dipendeva dal fatto che aveva trascorso la giovinezza in un luogo sacro senza nessuno con cui parlare tranne le suore, la polvere e Gesù. Quando sprofondava in questi buchi neri, aspettavamo con ansia che ne riemergesse. Non duravano mai a lungo. Uno degli antidoti erano le attenzioni che rivolgeva a noi e a nostro padre. La gestione della famiglia la trascinava fuori dai posti in cui la vita l'aveva ferita. La sua irritazione di quel giorno ci aveva a malapena sfiorate perché mamma era indaffarata e non poteva starsene sdraiata a letto ascoltando la radio per ore. Quel giorno non aveva tempo di fingere che non stesse piangendo mentre lavava i piatti. Per quanto si sforzasse di nascondercelo, le figlie vedono certe cose meglio di chiunque altro. O perlomeno, era quello che credevo.

Asciugandosi le dita su un canovaccio pulito, mamma sistemò il piccolo anello di diamanti che portava all'anulare e sospirò. «Cinthy, vai in dispensa a prendere i candelieri. Abbellisci la tavola.»

Sorrisi, sollevata che non avesse insistito per sapere dov'eravamo state e cosa avevamo fatto con Ruby, anche perché non lo avevo ancora capito. Mamma sapeva che eravamo al sicuro e pulite, e che la stavamo aiutando a rendere tutto perfetto per quella serata. Speravo che dopo non sarebbe stata troppo stanca per accompagnarci al laghetto, che chiamavamo il Lido fin da bambine. Era piacevole stare in sua compagnia e sentirla augurarci belle cose per il nostro primo giorno di scuola. Averla accanto nei suoi momenti di calma era come trovarsi dentro un tramonto. Il tramonto è l'unico momento in cui puoi guardare il sole senza accecarti.

La dispensa era una delle stanze di casa che preferivo. C'era una grande finestra sghemba affacciata sul laghetto. Le altre tre pareti erano occupate da scaffali nascosti dietro tende a scacchi. L'avevamo soprannominata il Negozio. C'era una lampada a pavimento nell'angolo dietro la porta, che aveva una maniglia luccicante di porcellana bianca con lo smalto crepato. L'intonaco dei muri, un tempo avorio, era ingiallito e scrostato. A volte portavo lì una seggiola dalla cucina e chiudevo la porta. Tiravo la catenella, accendevo la lampada tenue e mi mettevo a leggere da sola, oppure guardavo la luce naturale scivolare sulle tende finché la stanza non sprofondava nel buio. A quel punto riuscivo a scorgere il laghetto, dove le stelle si immergevano in acqua come monete d'argento lontane.

«Ragazzina, stai facendo le candele lì dentro? Perché ci metti tanto?»

«No, mamma, non sto facendo le candele. Stavo pensando.»

«Allora porta qui le candele e i candelieri e mettili sul tavolo» disse lei. «Accidenti, che stanchezza» biascicò. Non sapevo se dipendesse dal whisky o se fosse davvero più stanca del solito. «Dopo potremmo andare tutti insieme al Lido, se vostro padre finisce di preparare le lezioni. Sarebbe carino. Ho qualche desiderio che vorrei esprimere.» Sembrava tornata se stessa. «Allora» proseguì, «me lo dite dove siete andate oggi pomeriggio? Cosa avete fatto?»

Distogliemmo lo sguardo dalla sua voce dolce.

«Davvero non volete dirmelo?»

«Non c'è niente da dire» rispose Ezra in tono sommesso.

«Ci siamo.» Mamma scosse la testa come se lo avesse previsto anni prima, mentre ci cullava tra le sue braccia. «State diventando due donne con dei segreti. Ma io non sono una delle vostre amichette. Non potete avere segreti con me.»

Non avevamo il divieto di parlare a tavola, ma dovevamo avere qualcosa di interessante da dire. O meglio, qualcosa che gli adulti, nello specifico nostro padre, reputassero interessante. Non sapendo cosa potesse interessare agli adulti, restavamo in silenzio e ci concentravamo a masticare in attesa del dolce.

Ci piaceva quando papà stava seduto a lungo a tavola invece di mangiare in fretta e tornare alle sue lezioni. Adoravamo il suono della sua voce, roca e grave. Papà era un uomo serio. Le volte in cui sorrideva, spesso sembrava che gli costasse uno sforzo enorme accantonare i suoi pensieri e ricordarsi dov'era e che aveva la felicità proprio di fronte agli occhi.

Nostro padre riservava le parole all'insegnamento.

A volte, percorrendo i corridoi della Hobart, Ezra e io lo vedevamo camminare davanti a noi, con una fragile corona di autorità che fluttuava sopra la sua testa, un grosso libro infilato tra l'unico braccio e il lungo fianco; faticavamo a riconoscere l'uomo affettuoso che era a casa in quell'uomo che lottava per sopravvivere nel campo di battaglia dell'istruzione. Con il passare degli anni gli riusciva sempre più difficile entrare e uscire da quel distacco.

Anche se era un letterato, papà descriveva spesso la vita in termini di costi e prezzi. C'erano cose vaghe che gli erano, o gli sarebbero, costate troppo. Odiava la sensazione che la sua vita fosse in vendita. Parlava del ricovero per senzatetto come se potessimo vederlo dalle finestre di casa. Aveva i suoi buoni motivi per diffidare del mondo.

Conoscevamo pochi dettagli sui nostri bisnonni Theodore e Calliope Kindred. Rivendicando il diritto di costruire una propria chiesa, avevano fatto innervosire il mondo. Prima che potessero vivere abbastanza da nutrire fede e speranza nel loro duro lavoro, gli uomini bianchi di Damascus avevano acceso un fiammifero e innescato un incendio nella nostra stirpe che stava ancora bruciando nella memoria di mio padre, anche se lui non lo avrebbe mai ammesso.

Lui incolpava la religione per le fiamme che erano divampate tempo prima nella sua infanzia. A differenza di mamma, non provava alcun rimorso per il fatto che non andassimo in chiesa ogni domenica. Ogni tanto ci accompagnava alla Rising Star, una chiesa nera a Gunn Hill, quando riteneva che avessimo bisogno di Dio. Ma in casa nostra vigeva la tacita regola per cui la religione non doveva essere usata come un mezzo per controllare la nostra mente o il nostro comportamento. Papà non ci ordinava mai di pregare o di pentirci dei nostri peccati.

Piuttosto, ci incoraggiava a usare l'intelletto per capire come mai avevamo detto o fatto una determinata cosa. Riconosceva l'utilità di Dio, ma era più probabile che dicesse: "Se dovessimo analizzare l'origine di queste lacrime...".

Durante la cena di quella sera parlò di quello che aveva intenzione di spiegare all'inizio del nuovo semestre. Mi tornò in mente Miss Burden, che era la mia insegnante da quando avevo undici anni. Mi chiesi come stesse trascorrendo la sua ultima serata di libertà.

Miss Burden viveva da sola al villaggio, in uno degli appartamenti scalcinati sopra un negozio affacciato sul mare. Credo che non avesse ancora compiuto quarant'anni, eppure sembrava che alla nascita le avessero strofinato dell'aceto di mele sul viso. Il suo alito dava l'impressione che avesse scambiato un lungo bacio francese con intere trecce d'aglio. Nelle rare occasioni in cui sorrideva, mi sembrava che fosse in risposta a qualcosa di buffo capitato dentro di lei, anche perché dubito che trovasse particolarmente divertenti gli studenti, o la sua vita.

Noi, i suoi allievi, eravamo un'interruzione tra le ore che poteva dedicare alla lettura. Avevo la sensazione che nascondesse una vita segreta nelle maniche dei suoi sobri cardigan verde pisello. Miss Burden aveva posto una certa distanza tra sé e noi, e il villaggio.

Io ero sensibile, e Miss Burden in qualche modo aveva riconosciuto questo mio tratto. Mi prestava i suoi libri, e redigeva complicate liste di lettura che potessero soddisfare la mia sete di storie. A volte, se Ezra era a casa malata, mi permetteva addirittura di passare la pausa pranzo insieme a lei. In quei pomeriggi di beatitudine, Miss Burden e io leggevamo in silenzio godendoci i nostri sandwich e la frutta. Perché, quando Ez era assente, i compagni di classe mi trattavano malissimo, e non c'era niente che Lindy Junkett o perfino Ruby potessero fare per salvarmi da qualche scherzo umiliante. I maschi fingevano di non vedermi mentre tiravano i pesanti palloni da football, che mi lasciavano dei lividi sulle gambe. «Era in mezzo ai piedi» era la cosa più simile a una scusa che Miss Burden riuscisse a strappargli. In aula, i miei compagni diventavano artisti. Aprendo il mio banco o il mio quaderno trovavo caricature di me, mia sorella e mio padre come primati o genitali. Questi disegni erano solo leggermente meno umilianti delle filastrocche sul braccio mancante di mio padre e sui mangiabanane africani.

Mentre papà parlava degli interventi di manutenzione che Mr Caesar aveva dovuto fare durante l'estate per evitare che il tetto della Hobart crollasse, mi interrogai sulle vacanze di Miss Burden. Non l'avevo vista per tutto luglio e gran parte di agosto. Qualche giorno prima, Ezra e io stavamo aiutando papà a rivestire i vecchi libri di testo con della semplice carta da pacchi, sfogliandoli per cancellare qualsiasi disegnino osceno, e a un certo punto mi era sembrato di sentire la voce di Miss Burden echeggiare in corridoio, rivolgendo un saluto cinguettante a qualcuno di passaggio. Ero corsa fuori, non sapendo bene cosa dirle, ma non c'era nessuno.

Il telefono squillò, interrompendo il monologo di mio padre.

Negli anni avevamo imparato che non dovevamo alzarci a rispondere. Guardai la mascella di papà muoversi in codice, gli occhi fissi su quelli di mamma. Nonna stava tentando, come ogni anno, di augurarci un buon primo giorno di scuola. Di solito nostra madre non rispondeva. Si sforzava di aspettare che desistesse, artigliando l'orlo della tovaglia finché le nocche non sbiancavano. Papà aveva rinunciato a chiederle di fare pace con nonna, mentre lei insisteva che la sua pace stava nella capacità di proteggere le figlie da una donna come Ginny Abbott. «Nessuno ha protetto me» aveva detto una volta, la voce così bassa che Ezra e io eravamo rimaste sveglie a parlarne per settimane. L'avevamo sentita mormorare che Ginny era un avanzo di galera, che non era adatta a fare la nonna.

«Ginny si è cacciata in un brutto guaio, e la cosa non ha sorpreso nessuno. Era una cantante, e il diavolo le è entrato nei polmoni. L'unica persona di cui si interessava era lei stessa, a quanto si diceva in giro. Non appena ha avuto modo di lasciare Damascus, ha abbandonato vostra madre. Non si è voltata indietro, non ha versato neanche una lacrima per sua figlia.» Era quello che aveva raccontato nostro padre una volta, quando volevamo sapere perché ci avessero ordinato di dire a tutti che non avevamo parenti in vita. Non che per noi fosse difficile, dato che nessuno a Salt Point ci chiedeva mai niente della nostra famiglia.

Certi anni il telefono squillava una sola volta, ed era spaventoso perché mi veniva da pensare che nonna si stesse stancando di provare a riavvicinarsi a mamma, e a noi.

«Ha smesso» disse mamma, voltandosi a guardare il telefono con disprezzo. Poi diede un forte colpo di tosse nel tovagliolo. Nostro padre le offrì il suo bicchiere d'acqua, che accettò con gratitudine. Dopo aver deglutito fece un lungo sospiro.

«Forse la smetterebbe se le rispondessi» osservò papà.

«Non ricominciare» sussurrò mamma asciugandosi gli occhi.

«Pensa alle nostre bambine» insistette lui. C'era pazienza, nella sua voce. Si spostò sulla seggiola. Nostro padre era alto poco più di un metro e ottanta. Continuò a parlare. «Pensa a quello che tu e io non abbiamo mai avuto. Potrebbero avere una nonna, Lena. E tu potresti avere qualcun altro con cui parlare, oltre a Irene.»

«Irene è un angelo» disse mamma, quindi serrò le labbra, drizzò la schiena e ordinò a Ezra di versare altra acqua al limone dalla caraffa.

«Ragazze, questo autunno non datemi un solo motivo per pensare che vi stiate cacciando in qualche guaio» disse papà a Ezra e a me, cambiando argomento. Bevve un lungo sorso d'acqua e si schiarì la voce. Mia sorella e io ci sorbivamo una versione della stessa ramanzina ogni semestre. «Bisogna iniziare con il piede giusto e, be', anche finire con il piede giusto. Stiamo affrettando il passo sulla retta via. State diventando due giovani donne. A volte i problemi ci colgono alla sprovvista, ma se terremo alta la guardia e faremo del nostro meglio, niente potrà sconfiggerci. Non possiamo starcene con le... insomma, con le nostre cose al vento. La sconfitta parte sempre da qui» aggiunse, picchiettandosi la fronte che aveva cominciato a sudare.

Ezra e io non ricevevamo un trattamento di favore per il fatto che nostro padre insegnava alla Hobart. Il resto del corpo docenti non si curava minimamente di noi: eravamo soltanto due nere. Poco importava che da piccola avessi fatto per due volte il salto di classe, e che adesso Ezra e io fossimo sempre le studentesse migliori.

Mia sorella, i figli dei Junkett e io eravamo gli unici ragazzini neri alla Hobart. I docenti non ci interpellavano quasi mai, se non per umiliare un altro studente, puntualmente bianco, in modo che si impegnasse di più. Miss Burden era l'unica a chiamarci con i nostri veri nomi, anziché dire: «Sì, tu».

«Non ci cacceremo nei guai» dissi, parlando per entrambe mentre fissavo le fiamme delle candele. Poi chiusi gli occhi e immaginai le porte dorate della Hobart che scintillavano come due lunghe e maestose tavole di fuoco.

5

Due pescatori del villaggio trovarono Miss Burden che galleggiava faccia in su lungo la costa nella bassa marea, con indosso una vestaglia nuova. Interrogati su quest'ultimo dettaglio, i pescatori dichiararono che aveva ancora attaccato il cartellino, visibile a pochi centimetri dai polpastrelli raggrinziti. La vestaglia era spettrale, dissero, per il modo in cui fluttuava intorno alla donna quasi fosse diventata un fantasma già da parecchio tempo.

L'omicidio era stato subito escluso. Non c'erano ferite evidenti, e Miss Burden non aveva mai fatto del male a nessuno al villaggio. Non aveva soldi, nemici o relazioni segrete. Non c'erano eredità né beneficiari di un'assicurazione sulla vita.

Quando si accennò alla sua solitudine, gli uomini si strinsero nelle spalle. Dissero che non potevano perdere tempo a interrogarsi sulle motivazioni della nostra insegnante. Erano uomini semplici che avevano passato anni in compagnia delle onde al chiaro di luna. Nella solitudine di un uomo c'erano cose capaci di uccidere. Non erano interessati a indagare la solitudine di una donna. Si lamentarono delle loro reti, che piangevano miseria perché il cadavere aveva intralciato la rotta che seguivano d'abitudine, costando loro mezza giornata di profitti.

C'erano due agenti di polizia a Salt Point. Uno, il vicecapo Charles Hobart, era il nipote di Mr Hobart. La gente del villaggio che lo conosceva fin da giovane lo chiamava Charlie. L'altro, l'agente Howard Walsh, era conosciuto in zona con il soprannome di Howie. Era più vecchio del vicecapo, e la sua voce si alternava tra un affettuoso sarcasmo e la formulazione di idee precise e agghiaccianti sulla condizione umana, neanche fosse un filosofo. In genere la sua giurisdizione era Gun Hill, dove c'erano più omicidi che solitudine. Era a Salt Point per assistere Charlie, come faceva da sempre.

Era il primo giorno di scuola. Tenemmo gli occhi fissi sui due agenti armati che si muovevano lentamente nell'aula in cerca di indizi, girandosi di scatto come se all'improvviso potesse comparire un movente. Seduti in silenzio ai banchi, ci domandammo se avessimo in qualche modo contribuito alle sofferenze della nostra insegnante.

Gli adulti che entravano e uscivano di corsa dall'aula per rilasciare una dichiarazione erano nervosi e parlavano di Miss Burden senza riguardi, come se avessero previsto quel giorno e li infastidisse che non fosse successo prima. Miss Burden non aveva mai tentato di ingraziarsi i colleghi. Non si lamentava degli studenti, a differenza loro. Di fatto, aveva frapposto una tale distanza dagli altri docenti che questi si erano risentiti al pensiero che si ritenesse migliore di loro. Mi chiesi se anche mio padre sarebbe entrato in aula per rilasciare una testimonianza. Eppure sapevo che non avrebbe mai voluto immischiarsi in una faccenda seria come una donna bianca trovata morta tra le onde senza una storia evidente su come fosse finita lì. Meglio farsi gli affari propri, dicevano sempre lui e mamma.

Peraltro, non era la prima volta che i pescatori di Salt Point tiravano su una donna dall'acqua. Ma, per me, era la prima volta che conoscevo qualcuno che era morto.

Incrociai lo sguardo di mia sorella e notai una strana espressione. Sapevo che stava tentando di capire se aveva paura o se era l'ennesima situazione in cui avrebbe lasciato che gli adulti se la sbrigassero da soli senza perdere un briciolo del suo buonsenso.

Mrs Clay, un'insegnante che viveva in un dormitorio della scuola, stava parlando con gli agenti vicino all'appendiabiti in fondo alla stanza, dove non potevamo vederla in faccia. Il suo naso umido strombazzava nel fazzoletto. A volte rispondeva alle domande sbraitate dall'agente Howie. Altre volte no. Quando gli agenti non le stavano parlando, mormorava senza sosta tra sé: «Non lo sapevo non lo sapevo non lo sapevo». Era spaventoso sentirla borbottare così, anche per i maschi della nostra classe che di solito schernivano la sua voce infantile ed emettevano forti rumori corporei, consapevoli della sua estrema repulsione per qualsiasi faccenda scatologica.

Gli agenti congedarono Mrs Clay, e le loro voci si rincorsero sopra le nostre teste mentre parlavano tra loro. Gli insegnanti non si erano neanche degnati di invitarli a mostrare un certo tatto in nostra presenza. Sapevano che il vicecapo Charlie era il nipote del loro datore di lavoro.

«Dev'esserci una lettera.»

«Nel suo appartamento non ce n'erano.»

«Le donne le lasciano sempre.»

«Ti ricordi di Maria? Nel '51? Lei non aveva lasciato neanche una virgola.»

«Cavolo se mi ricordo di Maria. Anche lei è entrata dritta in acqua con addosso solo la vestaglia. Ci sarà un mucchio di vestaglie in fondo alla baia.»

«Io mi ricordo che Maria era nuda.»

«Davvero?»

«Forse. Ma da queste parti lo sanno tutti che sarebbe quasi impossibile immergersi così. L'acqua è troppo fredda. E c'è tanto di quel sale che potrebbe strapparti via la pelle dalle ossa. Ti farebbe rinsavire.»

«Be', questa era abbastanza fuori di testa per farlo.»

«Possiamo classificarlo come incidente, se non ha messo niente per iscritto.»

«Neanche una *parentesi*. Ho setacciato casa sua. Non aveva questa gran vita, a quanto ho potuto vedere.»

«Oggi qual è la specialità del giorno da Linda? Cheeseburger?»

«Non hai idea di come vivono davvero le persone finché non muoiono.»

«Oh, neanche quando muoiono. A maggior ragione quando muoiono. Cavolo, non possono più dire niente. Da dove veniva? In origine?»

«Da sud... Boston, mi pare, o da quelle parti. C'era un certificato di nascita.»

«E come ci è finita qui? Di solito le donne vanno al Sud, se possono. Ho sentito che lì ci sono più mariti.»

«Non sembrava che la cosa la interessasse.»

«Ah, no?»

«Secondo me Linda fa gli spaghetti con le polpette, al lunedì. Non sono male. Mia nonna faceva delle polpette fantastiche. Era irlandese. Cucinava polpette irlandesi all'italiana.»

«E se fosse stata una sonnambula? Ti ricordi di quella ragazza, Rosa, nel '55?»

«Questa sembrava il ritratto della solitudine. Hai notato che le nostre donne non fanno mai numeri del genere? Sono sempre quelle venute da fuori.»

«Cavolo, hai proprio ragione.»

A quel punto si ricordarono di noi e moderarono i termini. «Ragazzi, tranquilli, sono arrivati i buoni» disse il vicecapo Charlie, armeggiando con il mazzo di matite spuntate in una tazza scheggiata sulla cattedra di Miss Burden. La sua voce era sottile e allegra. «Faremo il nostro lavoro come sempre. Non permetteremo che vi succeda niente di male.» Usando i lati delle mani nude, spinse verso le orecchie il sudore che gli imperlava le guance. Il cuoio degli anfibi cigolò mentre si girava sotto la cascata di luce rossa e blu che entrava dalla bella vetrata istoriata. La stanza un tempo era una sorta di cappella.

Ripensai alla volta che Mr Caesar aveva parlato del rapporto tra il vicecapo Charlie e Mr Hobart. «Suo zio lo tiene per le palle» era l'espressione che aveva usato, e i nostri genitori ci avevano detto di non ripeterla mai, anche se era vero.

Miss Irene lo definiva un bullo. In presenza di suo zio, il vicecapo Charlie si rivolgeva a mio padre e a Mr Caesar usando i loro cognomi: Kindred e Junkett. Ma in tutte le altre occasioni li salutava chiamandoli "ragazzo" o peggio. Si era preso la briga di intimidire la nostra famiglia, come quella dei Junkett, ma papà gli dava ben poche soddisfazioni. Era Mr Caesar quello che lo esaltava di più. Era Mr Caesar quello pronto a farsi male quando l'agente accostava fuori da casa sua mentre era seduto in cortile con la famiglia. Era Mr Caesar quello che non esitava ad avvertire il vicecapo che era armato anche lui.

Ezra, Lindy Junkett e io fissavamo la pistola annidata nella fondina dell'agente Howie. I nostri compagni erano impegnati a inventare storie di mostri marini strisciati in camera di Miss Burden per trascinarla in acqua. O magari era finita a Salt Point perché aveva commesso un crimine e in realtà era una fuggitiva.

Io non riuscivo a distogliere lo sguardo dagli uomini in uniforme, e immaginavo Miss Burden ripescata dall'acqua dentro una rete come uno sgombro. Forse i poliziotti avevano ragione ed era stato solo un incidente. Ma dal modo in cui ne parlavano era chiaro che non ci credevano neanche loro.

La voce del preside gracchiò all'interfono. Stava convocando un consiglio d'istituto d'emergenza. Gli insegnanti addolorati ci passarono accanto in gran fretta, salutandoci con la mano. Per una volta la fine anticipata delle lezioni mi diede ben poca gioia.

Ezra, Ruby e io ci fermammo nella pozza di sole che girava intorno all'ingresso della scuola. Avevamo reso la nostra insegnante talmente infelice da buttarsi in mare? Era triste immaginare Miss Burden sofferente senza nessuno, neanche i suoi studenti, ad aiutarla.

Lindy Junkett ci raggiunse, scrutando Ruby. Di solito non ci rivolgeva la parola se c'era anche Ruby. Le dava fastidio che Ezra la considerasse un'amica. Miss Irene aveva dissuaso i figli anche solo dal pensare che potesse esistere qualche bianco gentile. Lindy disse lo stretto necessario, senza essere scortese, per farci capire che non poteva abbassare la guardia neanche per noi in presenza di qualcuno da cui sua madre l'aveva ammonita a stare in guardia. Ruby ci era abituata, eppure sapevamo tutte che avrebbe voluto starle simpatica e diventare sua amica.

Rimanevamo spesso in silenzio quando Lindy parlava. Come tutti i Junkett, aveva un adorabile accento del Sud che Ez e io apprezzavamo e invidiavamo. Emanava una dolcezza che avrebbe commosso perfino Dio. Tanto per cominciare, era giudiziosa e carina. Aveva sempre le unghie impeccabili. I palmi delle mani erano chiari e solcati da linee sottili. I grandi occhi dalle ciglia lunghe, scuri come quelli di Mr Caesar, brillavano. Miss Irene le aveva insegnato a essere al contempo diretta e misteriosa. Lindy era proprio figlia di sua madre, nel senso che aveva uno scopo e ne era consapevole. Non la smetteva di ricordarci che era la cocca di mamma. E per lei era la cosa più bella del mondo. In secondo luogo, era orgogliosissima di suo padre, più di qualunque ragazza avessi conosciuto, anche nei libri che leggevo. Non importava che Mr Caesar pulisse i bagni o staccasse le gomme da masticare da sotto i banchi e le seggiole. Suo papà le voleva bene. Lindy non si stancava mai di ripetere che lei e tutta la sua famiglia erano bellissimi e non si curavano di quello che avrebbero dovuto essere nell'opinione degli altri.

Lindy ci fece un cenno e scrutò Ruby con la coda dell'occhio. «Mia mamma mi ha detto di chiedervi se volete venire a casa nostra sabato.»

«Andiamo a cercare papà» dissi a mia sorella. Temevo di vomitarmi addosso. Non volevo che Ruby assistesse a quella scena. Era strano vedere Lindy così calma, come se l'unica cosa che le premesse fosse capire se le nostre due famiglie si sarebbero riunite per un barbecue nel fine settimana. Aveva un'aria pacifica mentre stava lì con la sua camicetta e la sua gonna nuove e inamidate. Si lisciò indietro le folte trecce che la madre aveva raccolto sopra la testa in un'acconciatura ad ananas. Miss Burden era *morta*. Sapevo che Lindy seguiva la raccomandazione dei genitori di non impicciarsi negli affari dei bianchi. Però credevo che la scomparsa della nostra insegnante l'avrebbe commossa di più.

Ezra si era tolta le scarpe nuove, restando a piedi scalzi, e stava arrotolando una calza formando una ciambella variopinta. Evitò i nostri sguardi.

«Davvero non volete parlarne?» chiesi. Mi bruciavano gli occhi. Lasciai scendere qualche lacrima, anche a costo di diventare lo zimbello di Ruby e forse di mia sorella. «Non avrei mai immaginato che una persona che *conosciamo* potesse fare una cosa del genere. Un'insegnante! Secondo voi è stato un omicidio o *cosa*?»

«Oh, non abbiamo mai saputo niente di quella donna» rispose Ruby. «Non serve che piangi per lei, Cinthy, anche se lo sappiamo tutti che eri la sua preferita.»

«Ernest rientra venerdì» disse Lindy. «Forse è meglio se facciamo venerdì. Nel fine settimana non lavora. Mamma cucinerà un sacco di roba.»

«Tuo fratello mangia parecchio» commentai, distraendomi per un momento. Miss Irene preparava delle ottime torte, e il pensiero di un dolce bastò a tranquillizzarmi.

«Tutti i maschi mangiano molto» ribatté lei. Faceva valere la sua autorità ogni volta che parlava di Ernest ed Empire.

I fratelli erano qualcosa che mancava a tutte noi, inclusa Ruby. E li avremmo tanto voluti.

«Cinthy mangia come un maiale» osservò Ruby.

«Non è vero» protestò subito Ezra, colpendola con la calza arrotolata. Poi la recuperò in tutta calma e la infilò nella cartella.

«Se lo dici tu» tagliò corto Ruby. «Mi sta venendo caldo. Scendiamo al villaggio. Farà più fresco vicino all'acqua.»

«Io devo stare qui ad aspettare mio padre» rispose Lindy.

«Anche noi» intervenni. Mi piegai e cominciai a slacciare le mie scarpe nuove.

Ezra roteò gli occhi mentre mi drizzavo con una calza ripiegata. «No, invece. Papà potrebbe rimanere qui tutto il giorno.»

«Allora torniamo a casa ad aiutare mamma.»

«Mi piacerebbe farle un saluto» disse Lindy.

Annuii, sapendo che mamma, come tutto il resto del mondo, adorava vedere Lindy il primo giorno di scuola. Guardandola avevamo la certezza che stesse rendendo onore alla nostra razza. Notai che Lindy non si era tolta le calze. Probabilmente le sembrava indecoroso mostrare i piedi nudi davanti a una ragazza bianca.

Nella luce intensa, la frangia nera di Ruby solcava la fronte come una lama. Aveva raccolto i capelli in una coda di cavallo, legandola con un nastro. Lo riconobbi perché un tempo era di mia sorella. Ruby scacciò una mosca. «Possiamo andare a vedere se ci sono poliziotti dappertutto.»

«Non riesco a credere che l'abbia fatto» rifletté Lindy. «È peccato.»

«Sarà stata forse la cosa più coraggiosa di tutta la sua vita» disse Ruby.

«In che senso, è peccato?» chiese Ezra. «La vita era *sua*, poteva farne quello che voleva. E lo ha fatto.»

«Perfino *io* so che è una cosa proibita. Lo dice la Bibbia» intervenne Ruby guardando Lindy. «Ez e Cinthy non conoscono le regole di Dio perché ai loro genitori Dio non piace. Sono pagani.»

«Lo sai almeno cosa vuol dire *pagani*?» ribattei. Mi sentii avvampare in viso. «Ti conviene controllare sul dizionario. Perché qui l'unica pagana sei *tu*.»

«Quella ragazza bianca non sa un bel niente delle preghiere» disse Lindy, e mi si avvicinò per far capire a Ruby che non stava parlando con lei.

«Come faremo senza un'insegnante?» domandò Ezra. Aveva lo sguardo distante nell'aria caliginosa.

«Ne arriverà una nuova» rispose Lindy.

«Non conosciamo le altre persone» rifletté Ezra, ripetendo quello che nostra madre ci diceva almeno una volta al giorno. «Non abbiamo idea di come vivono.»

«La Burden sapeva un sacco di cose» disse Ruby. «Era una donna intelligente.»

«Che cose sapeva?» chiese Lindy aggrottando la fronte.

«Forse non saremo più costrette a leggere libri.» Ezra sembrava speranzosa.

«Cavolo, mi sarebbe piaciuto leggere *Frankenstein*» disse Ruby. «Non vedevo l'ora.»

«Ci scommetto» ribatté Ezra. Scoppiarono a ridere.

A quel punto Lindy decise di andarsene. Roteando gli occhi, si voltò di scatto e gridò sopra la spalla di farle sapere se saremmo andati da loro venerdì. Avrei voluto seguirla. Era proprio come aveva detto mamma. Lindy Junkett andava sempre nella direzione giusta.

«Tanto non sarebbe mai venuta al villaggio» disse Ruby.

«E perché?» domandai.

«Perché non le piacciono le avventure.»

«Ma cosa dici?»

«Non va mai nei posti dove non dovrebbe andare, fa sempre la predica a tutti come se fosse migliore di noi. Non mi viene in mente una persona più *noiosa* di Lindy Junkett» rispose, parlando lentamente neanche fossi una bambina.

«Cinthy, quando parti per un viaggio non sai cosa potrebbe succedere. È questo il bello. È così che diventi forte e coraggiosa. Per questo è importante non fare quello che ti dicono.»

«Voi non siete tristi che sia morta? È terribile» commentai. «Abbiamo imparato tante cose da lei. La vedevamo ogni giorno.»

«Voglio vedere dove l'hanno trovata» disse Ruby. «Andiamo, Ez. Nessuno sentirà la nostra mancanza.»

«Vedere cosa? Non c'è niente da vedere» protestai. «È *morta.*»

Ma Ruby si incamminò. Ezra sistemò la spallina della cartella in modo che le rimbalzasse sul sedere come una tournure. Le sue dita giocherellavano con le trecce, disfacendo il lavoro di mamma. Le loro lunghe falcate lasciavano intendere che avrei già dovuto sapere tutto quello che c'era da sapere nella vita.

6

Imboccammo uno dei vecchi sentieri sconnessi che scendevano al villaggio. Il rabbioso groviglio di rami e radici ci fece prudere le gambe e arrossare il viso. Le uniformi di scuola erano inumidite dal sudore e dall'aria di mare. Quando sbucammo su una stradina che conduceva alla via principale parallela alla costa, il chiarore del cielo incontrò il ruggito dell'acqua. Proseguimmo, un po' disorientate, attraverso le sottili lame di sole che splendevano sopra la piazza del villaggio.

Scambiavamo a stento due parole prima di innervosirci. Ero soprattutto io a parlare, perché credevo di essere ancora in tempo a convincere mia sorella che non avevamo alcun diritto di ficcare il naso nella morte della nostra insegnante.

«Nessuno baderà a voi» mi interruppe Ruby. Alzò la voce per attirare l'attenzione di Ezra. «Andiamo al suo appartamento. Sarà più interessante.»

«E nessuno ci vedrà» aggiunse mia sorella annuendo.

«Ezra» dissi. «È violazione di domicilio.»

«Cinthy, non è reato quando qualcuno è morto» spiegò Ruby. «Non ha più diritti o proprietà. Non finisci nei guai per una cosa del genere.»

«Per te è facile» dissi. «Tu non hai idea delle attenzioni che attiriamo Ez e io anche solo girando per strada.»

«Da come parli sembra che la gente stia a guardare ogni singola cosa che fai» ribatté lei. «Stai dando troppa importanza al mondo.»

«Taci, Ruby» intervenne Ezra. «Il mondo ha un sacco di potere.»

«Può ucciderci» aggiunsi.

«Stai sempre a parlare di morte» commentò lei, e scosse la testa mentre sferrava un calcio a un sasso spostandone altri lungo la strada. «Non hai vie di mezzo.»

«Secondo te ci è concesso avere vie di mezzo? Mamma dice che le ragazze di colore non hanno praticamente niente. Solo fatica. La fatica di nascere e la fatica di morire.»

«Cosa cavolo vuol dire, Cinthy?» Ruby sospirò. «E poi, neanche Miss Burden aveva vie di mezzo, no?»

«Queste zanzare mi stanno dando sui nervi.» Ezra agitò le mani intorno al viso per la frustrazione. «Se mi becco più di tre punture giuro che torno a casa.»

«Non ha più senso parlarne» proseguì Ruby. «Se sei troppo fifona per venire con noi, allora non tenevi davvero a quella donna. Eppure sembra che ti importasse tantissimo di lei. Se è vero, non capisco perché non vuoi scoprire qualcosa di più sulla sua vita prima che la sbattano sottoterra domani.»

«Adesso basta» intervenne Ezra. «Cinthy tiene agli altri. È semplicemente rispettosa. Siamo state educate così.»

«E *io* come sono stata educata?»

Ezra fece spallucce, e si diede una spinta in avanti in modo da accelerare lungo la discesa. Capii che ci stava andando cauta con Ruby. Forse si sentiva ancora in colpa per il commento che aveva fatto il giorno prima su suo padre. Tra l'altro, non mi aveva detto niente su quello che avevamo fatto alle scogliere con Ruby. Credevo che prima o poi me l'avrebbe spiegato, perché avessero sentito l'esigenza di esaminarsi in quel modo. Sembrava sollevata che potessimo concentrarci sull'insegnante anziché litigare tra di noi. Se aveva dei dubbi sulla proposta di Ruby di controllare l'appartamento di Miss Burden, li teneva ben chiusi dentro la mascella tesa. Fin da piccola l'avevo vista catapultarsi in una sorta di stoicismo che rasentava l'idiozia. Non le piaceva rivalutare le proprie decisioni.

Nella piazza del villaggio, il sole fuso che rivestiva la statua della Vergine mi fece bruciare gli occhi. Un forte vento salmastro mi asciugò il sudore sul viso. Era bellissimo stare vicino alla St Mary Star of the Sea e lasciar scivolare lo sguardo verso il punto in cui la terra sprofondava nel mormorio ondeggiante dell'acqua densa. Le ombre dei gabbiani scorrevano sul terreno intorno a noi. Sentii la mente mollare gli ormeggi. Guardando l'acqua, niente era impossibile.

«È perfetto» disse Ruby. «Fa caldissimo, sono tutti al chiuso. Diamo solo un'occhiata in giro e ci leviamo di torno.»

Quando mi resi conto che Ezra non avrebbe confutato quel semplice ragionamento, dissi: «Vengo solo per assicurarmi che non roviniate niente. Non voglio che mia sorella si cacci nei guai per colpa tua».

«Non si possono rovinare i morti» commentò Ruby, accigliandosi.

La porta di Miss Burden era rimasta aperta. Non ero mai entrata negli appartamenti sopra i negozi. La stanza era così semplice da risultare brutta. La vista, però, era meravigliosa. C'era uno scorcio del sottile crinale di roccia nera e poi onde verdi che lambivano la costa e si ingrossavano, sollevando schizzi arcobaleno mentre l'acqua avanzava e si ritirava, frangendosi contro i vecchi piloni.

«Credevo avrebbero messo un cartello per tenere fuori la gente» disse Ezra. «Sembra tutto normalissimo.»

«Non è mica annegata qui, scema» rispose Ruby prima di darle le spalle. Ma notai che si muoveva con passo felpato, quasi temesse di innescare una trappola esplosiva. «E poi non è contro la legge togliersi la vita.»

«Taci, Ruby.» Roteai gli occhi per l'irritazione e una leggera nausea. «Non sappiamo cos'è successo.»

«E allora? È morta comunque.»

Una brezza marina cominciò a smuovere le tende chiare e leggere che incorniciavano i vetri.

Andai alla finestra e guardai la scrivania di Miss Burden lì sotto. C'era un diario rilegato in pelle con le sue iniziali. Lo aprii, non sapendo se in quel modo avrei inquinato le prove. Sul retro di copertina aveva scritto il suo nome, LILAC MARIE BURDEN, e la sua data di nascita con un trattino che si apriva su uno spazio vuoto.

L'aria di mare acquistò forza, sollevando le tende trasparenti fino al soffitto.

Lilac era un nome delicato che evocava romanticismo, conforto e affetto. Non sapevo che anche la mia insegnante avesse il nome di un fiore. Sua madre, come la mia, doveva volerle bene quando era nata, abbastanza da chiamarla come un elemento naturale. Miss Burden aveva il nome di qualcosa con un profumo specifico e perfetto. Come la cannella, il basilico o le arance, non si poteva confondere con qualcos'altro.

«Guardate qui» disse Ezra. Era seduta sul letto matrimoniale rifatto e teneva in mano una fotografia incorniciata.

«Chi è?» chiese Ruby, uscendo dal bagno di Miss Burden e raggiungendola sul letto.

«Cosa ci facevi là dentro?» le domandai.

«*Pisciavo*» sbottò lei. «Problemi?»

«Non è una maledizione?» suggerì Ezra. «Pisciare nel bagno di una persona morta?»

«Oh, Ez, *chiudi la bocca.*»

«Sono seria» insistette lei.

«Allora siamo tutti maledetti!»

«Taci, Ruby. Tu sei una pagana» dissi. «Non dire a mia sorella di chiudere la bocca mentre cerca di aiutarti.»

«È sua mamma?» Ruby mi ignorò e osservò la fotografia tra le mani di Ezra.

«Non penso» rispose mia sorella. «Guarda come sono vicine le facce. Si toccano quasi.»

Mi avvicinai per dare la mia opinione. «Era giovane, qui.»

«La Burden non era tanto vecchia» disse Ruby. «Avrà avuto l'età di mia mamma, forse anche meno.»

«Sembra felice in questa foto» osservai. «Non l'ho mai vista sorridere così a scuola.»

«Sorride come se questa donna fosse il suo fidanzato.»

«Magari lo è» replicò Ruby.

Restammo tutte in silenzio, studiando con attenzione le braccia della donna strette intorno alla nostra insegnante, che aveva la testa piegata indietro nel bel mezzo di una risata.

«C'è una valigia» disse Ezra. Era sotto il letto, la picchiettò con il piede.

Mi chinai a controllare: una valigia di cartone celeste, con la fibbia di ottone. Era coperta da adesivi di viaggi. La maniglia era di plastica dura, del colore dell'avorio.

«Prendiamola» disse Ruby.

«È un furto» protestai.

«Ai danni di chi?»

«È una prova.»

«Di cosa?»

«Non è tua, Ruby. Non ti appartiene.»

Ruby sospirò, fulminandomi con lo sguardo. «Non *appartiene* a nessuno. Per caso vedi i suoi parenti in fila fuori dalla porta per recuperare i suoi effetti personali?»

«Tu la odiavi» disse Ezra.

«Mi trattava da schifo.»

«Stai zitta, Ruby!»

«Giuro su Dio che è la verità, Ez, mi trattava come una pezza da piedi.»

«Tacete, tutte e due!» esclamai. «C'è qualcuno sulle scale!»

«Merda!» Ezra saltò giù dal letto e mi afferrò il polso.

Corremmo tutte insieme verso l'armadio. Dentro c'erano

tre abiti di Miss Burden appesi alle grucce di ferro. Notai un suo paio di scarpe. Mi venne voglia di piangere.

«Merda merda *merda* merda!» sibilò Ruby, sentendo qualcuno parlare dietro la porta.

«È inspiegabile» stava dicendo una voce femminile. «Però ha pagato l'affitto di questo mese e del prossimo. L'ha pagato per tempo. Non era mai in ritardo.»

«Fai venire Judy a pulire la casa» replicò una voce maschile. «Henry dice che può ritinteggiare per qualche dollaro. Ci sarà pure qualcuno che la vuole. Con quel panorama...»

«In effetti ha un bella vista» ammise la donna.

«Non è bastato.»

«Charlie dice che stanno cercando qualche parente.»

«Da dove veniva? Da Lila, giusto?»

«Sì, da Lila» confermò la donna sospirando. «A me non ha mai parlato di nessuno. Non passavano amiche a trovarla. Non aveva un fidanzato. Non c'era niente di indecente in lei. Per questo ho detto a Charlie che dev'essersi tolta la vita. Non ha mai avuto una fiamma che le bruciava dentro.»

«Brucerà comunque all'inferno.»

«Oh, non credo che se lo meriti» osservò la donna. «Guarda, un pacchetto di sigarette e una bottiglia di scotch. Vuol dire che ogni tanto se la spassava.»

«Dubito che l'abbia preso da queste parti» commentò l'uomo in tono pensoso. «È roba costosa. Cavolo, è un peccato sprecarlo. Tienilo, se vuoi, sempre che tu non sia superstiziosa su queste cose. C'è una ciotola sul pavimento della cucina. Un gatto?»

«Un cane, credo.»

«Ti fai pagare di più?»

«No. Era un randagio che si era affezionato a lei.»

«*Mmh.*»

«Era un cane tranquillo. L'ho visto solo un paio di volte, ma può darsi che lo avesse da qualche anno.»

«Non l'ho mai vista portare a spasso un cane. Anzi, non

l'ho proprio mai vista, se non alla St Mary qualche volta. Se era una tipa religiosa, doveva sapere che chi si uccide finisce all'inferno.»

«Avevo uno zio che si è suicidato.»

«Come?»

«Fucile.»

«Di' a Judy di impacchettare tutto. Non c'è molto.»

«Certo» replicò la donna. «Fred dice che metterà un annuncio sul giornale di sabato.»

«Secondo Howie finiranno di scavare la fossa entro domattina.»

Dalla fessura sotto l'anta dell'armadio distinguemmo le sagome dei loro piedi che si muovevano per l'appartamento. Volevo uscire. Non mi piaceva che gli orli dei vestiti di Miss Burden mi sfiorassero la testa.

«Lascia aperte le finestre, così quando torno dal pranzo si sarà arieggiato un po'. Dirò a Judy di portare su un ventilatore mentre prepara tutto.»

«Certo.»

«Qualche segno che l'abbia fatto di proposito? Ho detto a Charlie di ricontrollare.»

«Neanche uno. Diglielo pure.»

Avevo i crampi alle braccia e alle gambe. Premetti con forza le ginocchia contro il petto. Dovevamo aspettare a uscire dall'armadio perché c'erano ancora due piedi che facevano avanti e indietro dall'altra parte dell'anta. Una tosse secca femminile scandiva il loro lento incedere.

La mia pelle assorbì il calore di Ezra e Ruby. Pensai a Lindy, che non sudava mai neanche in pieno sole. Aveva sempre del talco nella borsetta, per sicurezza. Rimpiansi di non averla seguita dai Junkett, o di non aver aspettato che papà terminasse il consiglio d'istituto, o di non essere anche solo tornata a casa da mamma per conto mio, passando dal bosco. Ma siccome avevo scelto di seguire mia sorella, adesso ero intrappolata nell'armadio soffocante della nostra insegnante morta, che non avrebbe mai più potuto insegnare niente a nessuno. Leccai il sudore che gocciolava sulle labbra dalla punta del naso.

La persona rimasta nell'appartamento di Miss Burden aprì e chiuse gli armadietti rumorosamente. Sentimmo scorrere l'acqua del bagno, poi guardammo l'ombra dei suoi passi dirigersi in cucina. Ci fu di nuovo lo scroscio dell'acqua che dal rubinetto sgorgava nello scarico.

La donna, probabilmente la moglie del proprietario di casa, non faceva rumore. C'era solo la sua presenza: una signora assorta nei suoi pensieri, ignara delle tre ragazzine sciocche bloccate dentro un armadio. Un armadio che avrebbe potuto aprire da un momento all'altro per controllarne il contenuto. Per una volta, Ruby ed Ezra non proferirono parola.

La mia mente tornava di continuo a quello che avevamo fatto il giorno prima. Rividi la brutta stella formata dalle nostre sei gambe. Forse avevamo fatto una specie di incantesimo al villaggio, guardandoci in un modo proibito. Forse il gesto di Miss Burden era stato colpa nostra.

Sentii il viso bruciare nel buio. Premetti i talloni sul fondo dell'armadio. La biancheria intima e la pelle delle cosce si appiccicavano e si impigliavano al legno scheggiato. C'era un chiodo allentato che premeva nella carne. Avevo il coccige infiammato. Nascondersi era doloroso.

Poi un rumore sommesso riempì l'aria, crescendo poco a poco. La donna dietro l'anta stava singhiozzando. Il suo pianto, denso e gutturale, mi ricordò lo starnazzare di un'oca. Forse si stava coprendo il viso con le mani. Conosceva personalmente Miss Burden, o era solo rimasta turbata dalla sua storia inquietante, dal suo destino incompleto?

La sentimmo tossire e sospirare. «Basta» disse con voce ovattata, come se si stesse tappando la bocca. Il pavimento di legno scricchiolò mentre i tonfi dei suoi passi tornavano verso la porta d'ingresso. Il rumore della chiave girata nella serratura mi diede i brividi.

«Se n'è andata» sussurrò Ruby. «Leviamoci subito di qui!»

Ezra spalancò l'anta con un calcio, talmente forte che si richiuse di scatto per poi riaprirsi scricchiolando. Strisciai fuori sulle ginocchia intorpidite, tra le imprecazioni di mia sorella. Il vento si era fermato, e la temperatura nella stanza era aumentata. Era come se avessimo spalancato lo sportello di un forno trovandoci sommerse di colpo da un calore rovente.

Ruby era già ai piedi del letto vuoto di Miss Burden e armeggiava con la valigia celeste infilata lì sotto. O era molto pesante, oppure si era incastrata nelle molle rotte della rete.

Per quanto temesse le maledizioni, Ezra andò in bagno. Il suono della sua urina echeggiò con forza dalla tazza.

Scappava la pipì anche a me, ma mi rifiutai di usare il gabinetto di Miss Burden. Ascoltai Ezra che si insaponava e sciacquava le mani. Uscì con gli occhi lucidi.

«Guardate» disse, mostrandoci un rossetto rosso e un pacchetto di Viceroy. Il cilindro scanalato del rossetto era dorato, e lo stick rosso brillante si era sciolto in una sagoma smussata e tondeggiante. Non avevo mai visto Miss Burden portare il rossetto. Non l'avevo mai vista fumare.

«Tanto butteranno via tutto» disse Ruby, e sorrise mentre esaminava la distesa ordinata di lozioni e orecchini sul vassoio a specchio della toletta. Prese una boccetta di profumo in cristallo e si strizzò la piccola sfera paillettata intorno al viso e al collo.

«Fanno bene» rispose Ez.

«Vorrei tenere il suo diario» dissi, sorpresa dalla fermezza della mia voce. Ripensai ai saggi che avevo composto, alla cura con cui Miss Burden aveva messo per iscritto i suoi pensieri e le domande rivolte a me. Li avevo conservati in una cartelletta speciale, e ogni tanto mi piaceva rileggerli perché mi sembrava di sostenere una conversazione con la mia insegnante che non avremmo mai potuto fare in aula. Non sopportavo l'idea che non mi avrebbe mai più scritto niente. Poi pensai ai miei diari a casa. Erano nascosti in vari punti di camera mia così, se qualcuno li avesse cercati, avrebbe dovuto rovistare dappertutto e sollevare oggetti pesanti. Forse Miss Burden avrebbe approvato che proteggessi le sue parole più intime dai ficcanaso del villaggio.

«Le zanzare ti divoreranno» dissi, «con tutto il profumo che ti sei messa. Puzzi di signora.»

«Non lo è» disse Ez ridacchiando. «Anche se le piacerebbe.»

«Perché non ve ne tornate a casa?» Ruby si alzò, distratta. «Cinthy, posso mettere il suo diario nella valigia e dopo la porto da voi.»

«Non portare quella robaccia a casa nostra» la ammonì Ezra. «Finiremmo nei guai se ti presentassi con la roba di una bianca morta, poco ma sicuro.»

«Queste cose non le ha viste nessuno, Ez.»

«Però ci farebbero delle domande» dissi. «Mamma e papà.»

«Ci scommetto» fu la sua replica secca. «Però il diario lo vuoi, vero? Pensi di scoprire cos'è successo? Pensi che abbia lasciato alla sua cocca la chiave di accesso alla sua vita intera?»

Buttò indietro la testa e scoppiò a ridere. Mi chiesi quanti secondi avrei impiegato per sferrarle un pugno alla gola. A differenza sua, io non ero una ladra. Volevo il diario perché ero convinta che tutti gli adulti volessero buttare via la vita di Miss Burden invece di provare a scoprire chi era.

«Allora possiamo nascondere tutto in quella casa infestata dall'altra parte della strada» propose Ruby, parlando come se vivesse da noi. Per quanto si sforzasse, non faceva parte della nostra famiglia. Non abitava con noi e neanche dall'altra parte della strada.

«Puoi nasconderlo *tu* a casa *tua*, Ruby» dissi. «In quella topaia dove vivi. Non sai neanche cosa c'è in quella vecchia valigia.»

«Magari ci fosse la tua testa» ribatté. «Così potrei lanciare la tua stupida zucca vuota giù dal molo.»

«Taci» intervenne Ezra, dandole il rossetto e il pacchetto di sigarette. «Noi ce ne andiamo prima che arrivi qualcun altro. Non vogliamo niente.»

«Io voglio il suo diario» insistetti.

«Allora mettilo nella tua cartella, idiota» disse Ruby. «Cavolo, sei sempre pronta a scaricarmi addosso la colpa di tutto. Se vuoi qualcosa, fatti avanti.»

Timidamente, andai alla scrivania e infilai il diario nella mia cartella, in mezzo ai quaderni nuovi di scuola. Prendendolo ebbi come la sensazione di aver tagliato una ciocca di capelli a Miss Burden senza il suo permesso. Nell'istante in cui chiusi la cartella e me la misi in spalla, una folata di vento sparpagliò buste e ricevute in tutta la stanza. Era come se Miss Burden in persona avesse spinto via quei documenti dalla sua scrivania.

«Cinthy, dobbiamo andarcene, *subito*» disse Ezra.

Mentre la seguivo, mi girai velocemente e vidi che Ruby si era di nuovo accovacciata di fianco al letto. Il suo viso lentigginoso era corrucciato sotto le punte aguzze della frangia. Era quasi riuscita a tirare fuori la valigia.

Il bagaglio celeste era talmente sgargiante che mi chiesi dove l'avesse trovato. A un certo punto del suo passato, la mia insegnante dalla vita semplice doveva essere stata una donna diversa, una donna capace di entrare in un grande magazzino e indicare quella vistosa valigia celeste come se potesse comprarsi il mare.

7

Sollevata per essere sfuggita alla ronda notturna del vicecapo Charlie nella piazza del villaggio, Ruby rallentò avvicinandosi al sentiero che portava alla sua casa sulle scogliere. Quell'uomo la trattava con lo stesso disprezzo che riservava a suo padre. Anche se era solo una ragazzina, le parlava come se desse per scontato che sarebbe diventata tale e quale al padre: un'ubriacona triste e violenta. Di recente aveva cominciato a seguirla dappertutto, a "pedinarla". Ruby non aveva nessuno a proteggerla dai gesti e dai commenti osceni del vicecapo. Nessuno la considerava innocente. Sapeva che avrebbe danneggiato se stessa, suo padre e sua madre, se avesse tentato di difendere la propria reputazione. Quell'uomo le ricordava il tizio alla manifestazione aerea che si era preso i suoi soldi e l'aveva sfidata con lo sguardo a reagire. Era come gli uomini del villaggio che provavano a toccarla quando andava a riprendere suo padre al bar all'orario di chiusura. Aveva paura di quello che avrebbe fatto il vicecapo se avesse trascinato suo padre nella patetica e minuscola prigione di Salt Point, una cosa che si ripeteva da quando lei aveva memoria. Più di una volta aveva minacciato di sbattere in galera anche lei.

Raggiunse la vecchia strada dove nessuno avrebbe potuto vedere lei e quello che aveva trascinato fuori dall'appartamento della donna morta. Mise tutto il suo peso in ogni passo per non farsi sbilanciare dalla valigia e dal sacco, che aveva riempito con tutto quello che era riuscita ad arraffare della vita di Miss Burden. Il bordo della valigia le aveva già tagliato un ginocchio.

Dopo che Ezra e Cinthy se n'erano andate, lei era rimasta all'appartamento e aveva preso il più possibile: gioielli, una vestaglia di raso, due abiti orrendi, argenteria, un flacone di L'Air du Temps di Nina Ricci quasi intonso che aveva avvolto nei vestiti dell'insegnante morta, e perfino un paio di sandali con il tacco alto. Quelli erano stati una sorpresa.

Miss Burden le aveva dato qualcosa di speciale anche senza volerlo. A volte è solo dopo la morte che la gente fa qualcosa per te.

Ruby si stava preparando a nascondere il sacco nella boscaglia – sarebbe tornata a recuperarlo più tardi – quando una voce gridò il suo nome.

«Ruby? Ragazza, sei tu? Non avevi scuola stamattina?»

«Papà, sei tu?»

«Che giorno è?»

«Lunedì, signore» rispose Ruby. «Vado a scuola tutti i giorni questa settimana.»

«Dammi una mano ad alzarmi.»

Ruby seguì la sua voce e trovò l'ombra del padre sotto un groviglio di cespugli, dov'era chino con le braccia distese ai lati del corpo inerte. La sua voce era collerica. Era raggomitolato come un serpente notturno, anche se Ruby non aveva mai visto un serpente che puzzasse in quel modo. La sbronza gli era passata, ed era scontroso. Non trovò il coraggio di lasciar cadere il sacco, nonostante fosse buio. Non vedeva se c'erano dei rami che si sarebbero spezzati sotto il suo peso. Avrebbe attirato l'attenzione del padre.

Mentre lo aiutava a mettersi seduto, sentì le sue unghie

frastagliate affondare nella spalla. Per poco non la trascinò a terra insieme a lui.

«Ecco fatto» disse il padre, usando il corpo della figlia per sollevarsi e mettersi in piedi. «Sei stata al villaggio?»

«Sissignore» rispose, sentendo la vena minacciosa in quella domanda.

«Stronzate» disse lui. «Mi hai appena detto che sei andata a scuola. Quale delle due?»

«Stamattina sono andata a scuola, ma ci hanno fatti uscire prima.»

«*Mmh*» borbottò. «Cos'hai lì?»

«Cose di scuola» rispose. «Abbiamo un bel po' da studiare per diplomarci. Un tempo il primo giorno di scuola era una passeggiata, adesso no.»

«Tua mamma è dalle zie?» Anche le sorelle della madre di Ruby vivevano nella proprietà degli Scaggs, che era una sorta di caotico complesso residenziale.

«Sissignore» disse Ruby. I suoi muscoli sembravano sul punto di staccarsi dalle ossa. Dalla piazza centrale di Salt Point aveva dovuto seguire un percorso accidentato, portando il sacco strapieno e la valigia in salita attraverso la fitta boscaglia fino ad arrivare alle scogliere. Non si aspettava di trovare suo padre in mezzo alle radici esposte, ma era come se, nel suo stato confusionale, fosse riuscito a intuire gli spostamenti della figlia.

Era grata che il doposbronza avesse rallentato la sua andatura abituale. Non aveva notato la valigia celeste, che teneva nascosta lungo il fianco.

Ruby e il padre attraversarono il bosco fino alla radura, dove la luna illuminò la loro baracca; le tegole spaiate brillavano sotto il velo di luce che ammantava il tetto ondulato e arrugginito. In casa non c'erano lampade accese. Quando papà era fuori a bere, e soprattutto quando tornava stizzito e belligerante, la madre di Ruby non faceva neanche un tentativo di essere sua moglie. Sopra il tetto, Ruby vide tantissime stelle sparpagliate qua e là come spore argentee sulla piatta distesa della notte.

Guardò il viso del padre, che con le dita si stava scostando dagli occhi i capelli biancastri. Vide la sua mente affannarsi e capì che tutti i suoi pensieri erano rivolti al passato o al tempo che gli restava prima di morire. Da un momento all'altro sarebbe scoppiato a piangere per qualcosa che gli era capitato da ragazzo.

Il padre rovistò nella tasca e tirò fuori una sigaretta e un accendino. Aveva una macchiolina di sangue nell'angolo destro della bocca. La camicia era strappata. Ruby lo aveva visto così per tutta la vita. Lo sbattevano sempre fuori dal Thirsty Lad, dove beveva troppo e andava in cerca di risse che non poteva vincere. Riusciva a visualizzare con precisione il modo in cui il Dannato Charlie – non lo chiamava mai vicecapo – lo aveva afferrato per il colletto, trascinandolo e pestandolo per le strade del villaggio sotto gli occhi di tutti. Il Dannato Charlie si comportava come se lei e papà fossero i personaggi di un film muto, i cui corpi si contorcevano grottescamente in una danza farsesca davanti allo sfondo silenzioso di una scenografia marittima.

Nel buio, sapeva che avvertivano entrambi la rabbia del padre, la sua amara ilarità. Le guance scavate sbuffarono una volta, due, poi buttò la testa indietro e strizzò gli occhi verso il cielo come se fosse già stato in quel posto e lo trovasse noioso. «Che senso ha quella roba, Ruby? Andare a scuola? So che quel bastardo di Hobart è un uomo peggiore di me. È un furfante, e sua moglie è stupida come la scoreggia di un lombrico. È quello il tipo di donna che vuoi diventare?»

Non parlarono per qualche minuto. Alla fine Ruby capì cosa le stava chiedendo. Voleva sapere se avesse intenzione di abbandonarlo.

«Non lo so» rispose. Almeno era una parte della verità. Si guardò bene dall'accennare ai propri sogni.

Il padre annuì e sembrò soddisfatto. «Non ti sarai mica

mangiata tutta quella carne, vero? Mi fa bene per il mal di testa.»

«No, papà, ce n'è un sacco.» Aveva la gola serrata dalla minaccia della sua violenza.

Prima di preparare la carne e friggere qualche uovo per lui, Ruby andò di soppiatto a nascondere quello che aveva preso nell'appartamento della sua insegnante. Senz'altro Miss Burden non pensava che sarebbe finita così. O, peggio ancora, forse lo pensava? Si immaginò una ragazza con il viso tondo e sorridente che guardava dentro la propria vita solo per rendersi conto che tutte le finestre della sua casa dei sogni erano state murate prima ancora che vi si trasferisse.

Quando il padre ebbe finito di mangiare, Ruby riempì il barile in cui si era lavata il giorno prima in modo che si facesse un bagno anche lui. Lo aiutò a sfilarsi i jeans inzuppati mentre imprecava e minacciava di vomitare se lei non avesse smesso di essere così stupida. Una gamba nuda tremava sotto la luce calda del fuoco, l'altra era ancora avvolta dal tessuto scuro. Quella scena la fece pensare all'unico braccio di Mr Kindred, e si chiese se Ezra avesse mai guardato suo papà così, sbigottita dall'asimmetria delle sue membra. «Portami un asciugamano bagnato, così mi lavo prima il petto» sbottò lui. «Non hai ancora imparato a lavarmi senza farmi venire voglia di insultarti» aggiunse, la voce intrisa di lacrime.

Ruby sapeva che era il momento in cui si preparava a odiare se stesso.

Andò a cercare l'asciugamano a righe che uno dei segugi del padre aveva trascinato chissà dove, e si rese conto che i cani stavano ululando per la fame. Non mangiavano dal giorno prima.

«Ruby, porta subito il culo qui» lo sentì urlare. Immobile, a torso nudo, il padre sollevò di nuovo la testa e inspirò a fondo. «Questo cosa *cazzo* è? Ruby?»

«Eh?»

«Dove. Accidenti. Sei. Stata?»

Erano davanti al braciere, e le fiamme rischiaravano il bordo metallico del barile. Ruby temeva che si stesse scaldando troppo. Se papà l'avesse toccato, si sarebbe scottato le mani. E avrebbe trasferito quel dolore su di lei. I segugi addentarono la sua grassa collera e la masticarono fino a schiumare. I loro latrati erano gutturali, virili.

«Scusa» disse. «Adesso gli do da mangiare.»

«Ragazza, non me ne frega niente di quei cazzo di cani» ribatté lui. «Ti ho *chiesto* dove sei *stata.*» Allungò il viso verso i capelli della figlia. «Questo profumo? Sei stata con qualcuno? Me ne accorgo. Lo sai che me ne accorgo.»

La pelle di Ruby si tese sulle ossa al punto che il respiro rischiò di strozzarla. Il padre avrebbe interpretato il suo affanno come un'ammissione di colpevolezza. Non rispose. Indietreggiando adesso, forse sarebbe riuscita a scappare prima che le dita di papà trovassero la fibbia della cintura.

A quel punto lo sentì anche lei. Buon Gesù. Il profumo giovanile alle rose dell'insegnante morta aveva pervaso il suo corpo con una fascinosa fragranza di gardenia, bergamotto, pesca, tuberosa, orchidea, cedro. Gelsomino in fiore. L'essenza rubata aveva ammantato il suo corpo in una veste fiorita dalla punta della testa fino ai piedi scalzi, induriti dal tragitto scosceso verso casa.

«Hai combinato qualcosa, sicuro come l'oro» insistette il padre. «Lui chi è?»

Ruby scosse la testa. «Papà, te lo *giuro.*»

Tutta l'aria abbandonò il suo corpo. Cadde a terra, liquefatta dal tocco del padre. Il peso enorme di quel sacco l'aveva stancata troppo per mettersi a correre. Tra i gemiti e gli sbuffi della figlia, il padre si chinò sopra di lei e, sospirando tra le lacrime, iniziò a colpirla alla pancia, ancora e ancora.

Alla fine si lisciò i capelli e accese una sigaretta. Jonah

Reuben Scaggs fumava Marlboro da quando aveva l'età della figlia. Ruby sentì la fibbia della cintura tintinnare mentre cercava di sfilare la seconda gamba dei pantaloni. Suo padre imprecò, armeggiando con il cuoio. Poi fece guizzare in aria la cintura.

8

Venerdì sera Ezra, papà e io andammo a casa dei Junkett per assaporare uno dei famosi pasti di Miss Irene. Negli anni avevamo finito per considerarli con lo stesso rispetto che nutrivamo per la parola "domenica". A volte erano picnic a lume di candela. Altre un barbecue ardito che rasentava il pagano. Ogni occasione in cui Miss Irene e Mr Caesar ci accoglievano alla loro tavola era un momento piacevole, e la normalità di due famiglie che mangiavano insieme assumeva un'aura sacra. Non c'erano altre tavole a Salt Point disposte a ospitarci. Miss Irene prendeva sul serio quei venerdì sera. Esigeva gioia e riempiva i nostri corpi di carne speziata, verdure fresche, torte fatte in casa e balli furiosi.

Tra partite a carte e compleanni da festeggiare, gli adulti avevano alcune cose serie di cui discutere, e spesso noi ragazzi eravamo liberi di giocare a stickball o saltare la corda sulla strada sterrata davanti alla loro umile casa, a pochi chilometri dalla nostra. Il senso di felicità e sicurezza era palpabile come un sapore. Stare con i Junkett mi procurava lo stesso piacere della scuola e del mare. L'immaginazione e l'affetto di Miss Irene erano istintivi, connaturati. Li elargiva ai suoi figli, a noi, a se stessa.

Quel venerdì sera ebbi la sensazione che stesse cercando di donarcene ancora più del solito.

Al nostro arrivo, i loro figli erano già fuori in cortile, impeccabili negli splendidi vestiti cuciti a mano dalla madre. I gemelli, Rosemary ed Empire, indossavano tenui capi di cotone a righe rosa e verde lime. La pelle irradiava innocenza e olio di cocco. Lindy stava disponendo piatti e candele sul tavolo. Il suo prendisole verde chiaro era decorato da vistosi fiori bianco e oro che mi fecero pensare a dei quadri con ragazzine sorridenti che portavano piatti carichi di frutta. Ernest si stava occupando del barbecue. Aveva una camicia azzurra e un paio di pantaloni fantasia sicuramente confezionati dalla madre, come gran parte del guardaroba della famiglia. A Miss Irene non piaceva comprarli ai grandi magazzini. Aveva le idee ben precise su come dovevano calzare gli abiti, e la sua tavolozza di colori era insolita; i motivi dei tessuti attiravano di continuo lo sguardo.

Mentre parcheggiavamo, notai che Ezra si stava lisciando la gonna dell'abito oro scuro. Premette le dita sulle trecce e applicò un velo di lucidalabbra, picchiettandolo frettolosamente sulla bocca con soddisfazione prima di chiudere di scatto lo specchietto celeste a conchiglia che le aveva regalato mamma per il compleanno. Contenta di ciò che aveva visto, buttò entrambi nella borsetta di perline, un dono di Miss Irene. Io indossavo calzoncini viola e una camicetta bianca estiva legata sulle spalle con due soffici gale. Avevo i capelli raccolti sopra la testa in una crocchia morbida. Mi era piaciuto il tragitto in mezzo agli alberi. Era stato bello mettere le dita fuori dal finestrino e avere la sensazione che il vento mi tenesse per mano. Il profilo di mio padre era bellissimo mentre guidava l'automobile lungo la strada. Portava una camicia bianca e pantaloni verde scuro inamidati. Notai qualche fiore di campo infilato nel taschino sul petto. Sembrava una stella del cinema o un poeta. Aveva canticchiato con noi i brani che passavano alla radio. Mi ero accorta che la sua mascella si stava rilassando e i muscoli intorno agli occhi erano meno tesi.

Mamma era rimasta a casa perché non stava bene. Aveva lamentato una certa stanchezza per tutta la settimana, pur non sapendo indicare una causa specifica. «A volte le donne hanno dei dolori» mi aveva risposto quando le avevo chiesto dove sentisse male. Era talmente sfinita da non aver nemmeno toccato il suo whisky. Alla fine papà le aveva proibito di fare qualsiasi cosa tranne riposare. Le aveva detto che saremmo tornati dalla cena con i Junkett prima del solito, ed Ezra ne era dispiaciuta perché sperava di ascoltare qualche nuovo disco con Ernest e Lindy.

Scendendo dall'auto, inspirai il profumo della cucina di Miss Irene e il nodo che mi serrava la bocca dello stomaco si sciolse.

«Ehi, Kindred.» Mr Caesar uscì di casa e scese i gradini della veranda con un vassoio che passò a Ernest, sorridendo e ammonendolo a fare attenzione alle costine speziate della madre.

Poi andò incontro a mio padre in strada, e si abbracciarono ridendo. Lindy appoggiò i piatti e ci raggiunse dal cortile. Fece un sorriso raggiante, dando un bacio sulla guancia a mio padre e abbracciandoci. I gemelli, dolci come uccellini, mi si avvicinarono saltellando, pigolando, e parlando uno sopra l'altra: «Cinthy, c'è la torta. Mamma ci ha preparato una torta grande grande! Possiamo mangiare prima le verdure, così ce le togliamo di torno, okay? Dopo tutto il resto mangeremo anche la torta».

Accarezzai la testa a Empire e finsi di leccarmi lo zucchero dalle dita.

Voltandomi, vidi che Ernest aveva lasciato la sua postazione alla griglia per salutare mio padre ed Ezra. Mentre parlava con papà teneva gli occhi fissi su mia sorella, con il suo abito oro scuro e la pelle luccicante. Questa sua nuova abitudine, di guardarla intensamente senza rivolgerle la parola, era iniziata in primavera. Ce n'eravamo accorti tutti, anche se loro due sembravano ignari o timidi o sulla difensiva ogni volta che i nostri genitori facevano la minima battuta sul loro giovane amore. Ernest aveva diciassette anni ed era una copia quasi perfetta di Mr Caesar, anche se aveva gli occhi e le ciglia incurvate di sua madre. Nell'ultimo anno la sua voce era cambiata al punto che certe volte, se ero distratta, lo scambiavo per il padre. Osservai i suoi muscoli sotto il tessuto leggero della camicia, e i pantaloni attillati mi fecero avvampare leggermente in volto.

Entrai in casa bramando la voce di Miss Irene e i suoi abbracci vigorosi. Le pareti del soggiorno erano di uno sgargiante blu e giallo. Le foto di famiglia mi sorridevano dalle cornici in legno intagliate da Mr Caesar. C'era anche qualche quadro di Miss Irene: ciotole di fiori, paesaggi marini, disegni a matita dei loro figli da neonati. I cimeli di famiglia provenienti da Royal – cucchiai d'argento, piatti dipinti a mano, le scarpette e l'abito del battesimo di Miss Irene – trasformavano il soggiorno in un brioso museo della loro vita. C'era perfino un machete, lucido e impressionante, che Mr Caesar sosteneva fosse appartenuto al suo bisnonno.

In cucina, Miss Irene stava ballando mentre controllava le pentole gorgoglianti. La trovavamo quasi sempre lì, con le dita impegnate e la bocca ancora più impegnata a raccontare storie della sua infanzia a Royal. Quando la nostalgia di casa si faceva troppo forte, rivolgeva il suo entusiasmo alla nuova America che era convinta stesse nascendo per contrastare la tediosità dei bianchi. Quel giorno, senza alzare gli occhi, strillò un saluto con la sua voce melodiosa.

«Miss Irene» sospirai, quasi lanciandomi tra le sue braccia. Il suo profumo era denso e inebriante, come un paradiso da un altro mondo. Olio di cocco, pepe, menta, limone, alberi da frutto, talco, sudore. Mi premette contro il suo corpo e si mise a ondeggiare prima di lasciarmi andare e guardarmi negli occhi. «Come stai, piccolina?»

«Non è stata la prima settimana di scuola che avrei voluto» risposi, sapendo di poterlo dire senza che mi rimproverasse come avrebbero fatto i miei genitori.

Lei annuì e mi fece assaggiare una nuova salsa barbecue, che era celestiale. Buttò il cucchiaio nel lavello, indicò una ciotola di limoni perfetti e mi passò una caraffa. Ogni volta che parlavo con lei era sottinteso che le dessi una mano in cucina. Mi sembrava giusto.

«Immagino che avrai un sacco di domande» disse, abbassando il volume della radio. «Vorrei avere le risposte da darti, tesoro. Ma non le ha nessuno, quando succedono cose del genere. Le morti misteriose in certi casi riescono a sopraffare la vita stessa, che è ancora più misteriosa e più importante. Sapendo che qualcuno se n'è andato troppo presto, può capitare che ci dimentichiamo come ci fa sentire la vita. È come una tempesta che potrebbe spazzarci via, vero? Alla fine, però, il sole fa di nuovo capolino e ci ricorda che è sempre stato lì, sopra i tuoni e la pioggia. È così che funzionano la vita e la morte, si appartengono a vicenda anche se ci sembrano agli antipodi. Quello che ti chiedo è di capire come essere felice dei regali che ti ha fatto quella donna. Se ti capita di essere triste perché se n'è andata, sforzati di ripensare alle cose che ti facevano percepire il suo affetto nei tuoi confronti.

«C'è dell'amore che non vediamo nemmeno» aggiunse, quasi tra sé. «Non dobbiamo vederlo, ma sentirlo dentro.»

In quel momento Ernest ed Ezra entrarono dalla porta sul retro con dei mucchi enormi di verdure. Sorridevano sopra le ciotole di latta traboccanti che avevano tra le braccia.

"Le verdure non ti fanno sorridere così" pensai.

Mia sorella salutò Miss Irene con un bacio. Non era un segreto che Ezra fosse la sua preferita. Forse perché erano tutte e due primogenite. O perché avevano lo stesso modo di guardare il mondo, nutrendo una strenua fiducia in se stesse e nelle loro famiglie. Ernest se ne stava lì, bello e impacciato. «Sciò» disse Miss Irene, e il figlio indietreggiò goffamente, scappando dalla cucina.

Ezra riportò la radio al volume esatto in cui l'avevo trovata al mio arrivo.

«Ragazze, mettiamo a cuocere qualcosa» disse Miss Irene. «E intanto che le mie pentole si animano, faremo dell'altro.»

«Che cosa?» domandai mentre spremevo mezzo limone. Mi voltai sentendo il rapido ticchettio dei braccialetti di Miss Irene. Aveva sollevato un braccio nell'aria fragrante, stringendo la mano di Ezra e facendola roteare. Il sorriso di mia sorella mi contagiò, e le raggiunsi danzando, dimenando i fianchi e muovendo la testa a tempo con una musica che non riuscivo a vedere ma sentivo irradiarsi nel cuore.

Dopo la cena con i Junkett avevo la sensazione che gli eventi di quella prima settimana di scuola fossero già relegati al passato, e stava a me scegliere se ricordarli o lasciarli andare.

Non avevo mai vissuto una settimana del genere. Ero ancora disorientata ripensando a tutto quello che era capitato. Avrei voluto che la mia insegnante fosse viva. Avrei voluto provare di nuovo la sensazione piacevole di incrociare lo sguardo di Miss Burden mentre mi chiamava per avere la risposta esatta. Avrei voluto la sua consapevolezza della mia intelligenza, i pranzi silenziosi in cui la lettura era il nostro banchetto condiviso. Cosa avrei fatto se il nostro nuovo insegnante mi avesse disprezzata come il resto del corpo docenti? Avrei voluto immaginarmi capace di rifiutare una richiesta che ritenevo sbagliata, come permettere a una ragazza bianca come Ruby Scaggs di guardare le mie parti intime.

Ci stavamo preparando a tornare da mamma quando Miss Irene prese in disparte Ezra, allontanandosi dal tavolo dove avevamo cenato. Le prese il viso tra le mani e le parlò con voce ferma. Su una panchina di legno erano raggomitolati Rosemary ed Empire, avvinghiati tra loro nello speciale sonno paradisiaco dei gemelli, che sembrava dolce come il gelato al cioccolato fatto in casa che si erano spazzolati.

Mr Caesar aprì il cancello, accompagnato da papà. Il balsamo della cucina di Miss Irene aveva ammorbidito le loro voci baritone. Amavo ascoltarli parlare. Era come avere due padri. Mi sentivo due volte più al sicuro e amata. Anche se papà era più serio e Mr Caesar più scherzoso, mi sembrava che si completassero a vicenda come fanno i fratelli.

Stavo reggendo con entrambe le mani un piatto pieno di cibo per mia madre.

«Dobbiamo tenere d'occhio tutto e tutti di questi tempi, perfino la nostra ombra» stava dicendo Mr Caesar. «Le cose stanno così. Eisenhower ha firmato il documento. E questo è quanto. Hai già letto qualcosa sui giornali? Jim Crow, Jim Cat, Jim Monkey, Jim Mule. Ai bianchi sembra impossibile che il presidente voglia costringerli a trattarci meglio dei cani.

«Ma almeno è un inizio. Poco a poco ci arriveremo. In generale non ce la passiamo male da queste parti. Immagina se fossimo in prima linea, a tenere sermoni sulla non violenza di fronte a quei porci in Alabama. Probabilmente finirei ammazzato se facessi una cosa del genere. Ho imparato a essere paziente solo perché mi sono reso conto che avevo dei figli da crescere. Dio benedica la nostra razza. Quelle ragazze e quei ragazzi neri saranno il motivo per cui i miei figli da grandi non dovranno sedersi in fondo all'autobus. E potranno bere da qualunque fontanella vorranno se hanno sete. Ti rendi conto di quanto devi essere fuori di testa per emanare una legge che impedisce a qualcuno di bere la tua stessa *acqua*? Perché *tu* sei bianco, ma l'acqua di che cavolo di colore è? Se non sai rispondere a questa domanda, chiudi la bocca.

«Nei miei sogni metto sempre in guardia l'uomo bianco. È così da che sono ragazzo. Troppe volte ho visto uno di quegli zotici far saltare la testa a un negro per niente. Ho sentito di bianchi che sono entrati in una chiesa e l'hanno incendiata solo perché ci rifiutiamo di pregare come sostengono di averci insegnato loro. Da piccolo ho visto un bianco sparare a un predicatore dritto in testa perché si era dimenticato di rivolgersi a quel diavolo chiamandolo "signore".

«Heron, amico mio, dobbiamo tenerci pronti. Il fronte sarà ovunque. Lo è già.»

Papà annuì, e disse sottovoce: «Lena è molto in pensiero per le ragazze, in questo periodo. Stanno diventando due giovani donne. È preoccupata perché non c'è legge qui, Caesar. Sul serio. E quando c'è, è parte del problema. Il villaggio sembra infuriarsi ogni volta che ci vede, dal vicecapo ai pescatori. Tutti quegli sguardi torvi. Lena e io continuiamo a discutere se sia il caso di andarcene non appena finiranno la scuola in primavera».

«Davvero?» chiese Mr Caesar. «E dove? Ti servirebbe un buon lavoro, un posto dove tu e la tua famiglia siate trattati bene. Potresti provare con una di quelle nuove scuole per neri. Le stanno aprendo in tutto il paese. College e università che insegnano tutto quello che dobbiamo imparare per badare a noi stessi. Sarebbe meglio. Aiutare la nostra gente.»

«Certo» rispose mio padre. Guardai il suo stuzzicadenti inserirsi con precisione in ogni fessura.

«La verità è che potremmo addirittura mandare le ragazze da qualche parte. In un collegio o qualcosa del genere, hai presente? Non vogliamo più che rimangano al villaggio. Anche se la casa è già saldata. Mi pare di averti detto che l'ho pagata sull'unghia. Non mi sono mai fidato dei crediti, almeno per noi neri. E non posso dare per certo che una banca lontana chilometri ci aiuterà a tenere un tetto sopra la testa. I mutui in America sono una truffa. Lena e io ci siamo risparmiati la trafila e abbiamo usato i nostri risparmi per comprare casa. Adesso possiamo fare quello che vogliamo. Perfino vendere quella maledetta casa o darle fuoco.»

Non avevo mai sentito mio padre parlare così. Chiaramente non mi ero resa conto che le nostre vite si stavano rapidamente allontanando da quello che credevo di sapere, vale a dire che ci eravamo stabiliti a Salt Point in via più o meno definitiva.

Il villaggio doveva aver fiutato il loro rancore perché, mentre papà e Mr Caesar erano in strada con lo sguardo perso nel vuoto, comparve un'auto di pattuglia.

Il vicecapo Charlie era a bordo da solo, e in uniforme. Senza fermarsi, si sporse verso il finestrino abbassato del passeggero e ci fulminò con lo sguardo. Sollevò una delle sue mani enormi e mimò una pistola con le dita. Poi, con un sorrisone, premette più e più volte il grosso pollice sul calcio immaginario della pistola, come se stesse sparando a dei pagliacci a un gioco del luna park.

«Pezzo di *merda*» disse Mr Caesar, la voce chiusa dentro la mascella serrata. Non imprecava quasi mai, ma in quel momento sembrava la scelta giusta. Alzò la voce in modo che il suo monito arrivasse alle orecchie del vicecapo. «*Porco* schifoso.»

L'auto si fermò.

Girai invano la testa, come se bastasse non guardare per evitare che succedesse qualcosa. Ernest aveva attirato a sé Lindy per proteggerla. Lasciai cadere a terra il piatto per mamma. Ero talmente spaventata che sentii qualcosa di bagnato fuoriuscire dal mio corpo. Mi comparvero davanti agli occhi delle macchie, delle specie di scintille rosse. Era come se le dita del vicecapo avessero sparato dei proiettili veri. Nessuno parlò finché l'auto non si fu allontanata. Lo scricchiolio degli pneumatici sulla ghiaia sembrava un rumore di denti premuti fino a spezzarsi.

«*Cristo*» disse mio padre espirando. «Cosa *diavolo* crede di *fare*?»

«Oh, ormai siamo abituati a queste stronzate. Siamo nella sua ronda abituale. Voi abitate lontano dalla strada, perciò non viene a rompervi le scatole. Non ancora, almeno» spiegò Mr Caesar sottovoce. «Ma era da un pezzo che non faceva lo stronzo in presenza dei miei figli. La prossima volta che quel pezzo di merda mi punta addosso il dito, gli faccio saltare la testa.»

«Non ci dev'essere una prossima volta, Caesar. Non può fare così» ribatté papà. «Non può terrorizzarvi. Voi *vivete* qui. Non ne ha il diritto.»

Mr Caesar fece una risata fragorosa.

«Cazzo, Heron, sei proprio un burlone» disse. «Non crederai davvero che questi poliziotti non ci metterebbero tutti in fila in piazza e non ci sparerebbero a sangue freddo? Per poi scaricarci in mare insieme al resto degli africani. Sono incavolati perché respiriamo. Non facciamo *altro* che *respirare* e loro hanno già i proiettili in canna.»

«Caesar?»

Era la voce di Miss Irene. Era uscita dalla cucina ed era ferma in cortile, sul viso un'espressione che non avevo mai visto. In una mano aveva una pistola. L'altra stringeva quella di Ezra. Nel buio, i loro occhi emanavano lo stesso luccichio. Mi aspettavo quasi che anche mia sorella avesse un'arma, invece teneva premuta contro il petto una bustina di cuoio che doveva essere un regalo di Miss Irene.

«Ernest, Lindy, portate subito dentro i gemelli.»

«Sì, mamma.»

«Mi dispiace, Miss Irene» dissi. Le parole mi si appiccicarono alla lingua come pane secco. «Ho fatto cadere il cibo per mamma. Ho rotto il suo piatto buono. Non volevo.»

«Cinthy, piccola, non preoccuparti» mi rassicurò Mr Caesar, mettendomi una mano sulla spalla. «Irene passerà a controllare vostra mamma domani. E le porterà qualcosa da mangiare. Per vedere se sta meglio.» Fece un cenno a mio padre.

«Ezra, andiamo a casa» disse papà. Uscì in strada e si fermò a guardare nella direzione in cui si era allontanata l'auto di pattuglia.

«È ancora lì?»

«Sì, Caesar, si è spostato appena più avanti. Vedo le luci posteriori.»

«Merda» disse Mr Caesar. Con quattro lunghe falcate attraversò il cortile e rientrò in casa. La moglie lo seguì in silenzio.

Ezra e Lindy corsero verso il tavolo e si misero a impilare piatti e bicchieri. Ernest si avvicinò alla sorella. Le sussurrò qualcosa all'orecchio, poi si chinò e prese in braccio i gemelli senza difficoltà. Salì con cautela le scale per portarli dentro.

«Ezra, Cinthy, raccogliete le vostre cose e salite in macchina. Ora.»

«Sì, papà» risposi. Impiegai un momento per girare intorno ai cocci del piatto e al cibo sprecato e salire sul sedile posteriore. Cercai di distrarmi dalla chiazza umida tra le mie gambe, che per fortuna nessuno sembrava aver notato.

La notte serrò la bocca dorata del crepuscolo. Ezra abbracciò stretta Lindy prima di raggiungere la macchina. Intorno al cortile erano disposte tante candele in vasetti di vetro. Il chiarore delle fiammelle sull'erba, che fino a pochi istanti prima trovavo romantico, assunse un'aria spettrale. Mia sorella aprì la portiera del passeggero. «Ehi» disse. «Vieni a sederti davanti con me.»

«Okay, Ez.» Scesi dall'auto e andai a sedermi accanto a lei. Il calore del suo corpo mi sorprese. La bustina che teneva sulle gambe emanava una fragranza intensa.

«Miss Irene dice che serve a proteggerci.»

«Da cosa?»

Volse la testa altrove, ma i suoi occhi si alternavano tra papà e il cortile, dove Lindy correva intorno al tavolo per sgombrarlo dalla nostra splendida cena. Riuscivamo a vedere la sua bocca muoversi nella luce tremolante delle candele. Lindy stava pregando.

Poi Mr Caesar uscì di nuovo. Ernest era subito dietro di lui. Disse qualcosa alla figlia, che rientrò. Si accese una luce nella veranda chiusa sul lato della casa.

Mr Caesar ed Ernest erano soli. Raggiunsero la strada, le camicie scurite dal sudore e dalla rabbia. La mano di Ezra era adagiata sul finestrino abbassato. Ernest si chinò per darci la buonanotte. Forse credeva di non dare nell'occhio, ma vidi la sua mano sfiorare appena quella di mia sorella.

Tra il gracidare delle rane e gli insetti, gli uccelli notturni e gli spostamenti furtivi di animali invisibili, la voce di Mr Caesar era bassa e chiara. «Gli uomini bianchi hanno il diritto di essere buffoni e presidenti» disse. «Ma noi no. Heron, amico mio, stammi a sentire. Se quel pezzo di merda ti fa accostare, spara per primo. Non ho intenzione di seppellirti nell'immediato futuro, e ti garantisco che questo mondo non seppellirà neanche me, finché non sarò io a deciderlo.»

9

Seduta tra mio padre e mia sorella ero al sicuro, eppure il sangue pompava forte dal cuore, allagando le ossa dall'interno. La fragranza magica nella bustina di Ezra riempiva l'abitacolo, insieme alle altre spezie invisibili trasportate dalla brezza serale. Papà stringeva forte il volante con la mano, eppure parlava in tono sommesso. Non vedevo la pistola che aveva sulle gambe, però sapevo che era lì. L'episodio con il vicecapo aveva sciolto qualcosa dentro di lui. La sua voce si liberò nel buio dell'auto. Dopo aver relegato il passato nell'oscurità per tutti quegli anni, disse che voleva raccontarci la storia della chiesa bruciata a Damascus.

«Io non ero ancora nato» aggiunse.

Come noi, anche lui sembrava sorpreso nel sentire la propria voce riempire l'automobile, sovrastando lo stridio degli insetti. «Non ero ancora nato quando è successo, ma lo so» disse, quasi tra sé. «Ve ne sto parlando perché lo sappiate anche voi. Magari vi darà la forza che non ha dato a me. Io mi sono illuso di poterlo cancellare semplicemente dimenticandolo. Ma non è così che il sangue vive in noi. Vostra madre e io vogliamo che non vi sentiate mai sole. Le storie che ci portiamo dentro risuonano in voi. Potreste aiutarmi a ricordare che l'amore mi ha salvato dalla sofferenza.»

«Come possiamo aiutarti, papà?» chiese Ezra. La sua voce

sembrava vecchia, la voce di qualcuno vissuto molto tempo prima, quando nostro padre non era ancora nato. Non avevamo mai sentito quelle dei nostri bisnonni, ma era come se fossero anche loro nell'abitacolo silenzioso.

«Magari ascoltando» rispose. «E ricordando.»

La macchina attraversava pozze di oscurità. Le ombre dei rami guizzavano debolmente sul parabrezza. La luna proiettava schegge di luce sulle nostre braccia e sui nostri volti. Mi protesi in avanti ascoltando mio padre, rapita come ogni volta che mi leggeva qualcosa. Pensai a tutte le storie, a centinaia, che mi aveva donato. A quel suo modo di raccontare che dava l'impressione di essere proprio lì in quel preciso istante. Mia sorella mi teneva la mano, trasmettendomi il battito regolare del suo cuore.

Chiusi gli occhi, e la voce di mio padre si fuse con la mia, quella che sentivo nella testa e mi aiutava a immaginare cose che non avrei mai potuto scoprire altrimenti. La storia di mio padre apparteneva a me e a mia sorella. Era l'unico modo in cui avremmo potuto ricordare, nel nostro stesso sangue, quello che mio padre si era costretto a dimenticare.

Theodore e Calliope Kindred

È una calda serata del 1902, e il mio bisnonno Theodore Kindred è libero.

Si incammina su un sentiero fangoso lungo il corso del fiume Delaware per raggiungere la chiesa che sta costruendo con le sue mani. Accanto alla chiesa ha cominciato a gettare le fondamenta di una scuola. L'istruzione e la conservazione dello spirito e della carne sono sempre andate di pari passo per lui. Il mio bisnonno è giovane, anche se non ha mai visto il suo certificato di nascita e ha usato esclusivamente le canzoni nel suo cuore per contare gli anni vissuti in questo mondo. Discende da uomini liberi, quindi anche il suo Dio è sempre stato libero.

La struttura, quasi ultimata ma ancora senza nome, sorge su una collinetta, in uno spiazzo incluso in un eterogeneo appezzamento di terre gialle e verde oliva che ha acquistato con i soldi guadagnati e risparmiati in anni di duro lavoro. Il lotto si trova in un luogo che sua moglie, la mia bisnonna Calliope, battezzerà Damascus, ed è talmente piccolo che non otterrà mai un riconoscimento ufficiale.

Vedo gli occhi rossicci del mio bisnonno osservare quel lotto con approvazione. Mia sorella e mio padre hanno i suoi stessi occhi terrosi. Papà, nato parecchi anni dopo, erediterà dal nonno questo bisogno di possedere il luogo nel quale vivrà. Ecco perché ha pagato per intero la nostra proprietà a Salt Point, rifiutando il giogo emotivo di prestiti o debiti. È un bisogno di indipendenza che si può ricondurre al fondale dell'oceano Atlantico, dove le voci dei nostri antenati sono rinchiuse nelle ossa trasformatesi in preziose conchiglie. Mio padre e suo padre e i padri che li guidano con le loro voci invisibili formano una bussola nel nostro sangue. Per gli uomini della famiglia Kindred sarà sempre importante avere la consapevolezza immediata di dove verranno seppelliti, in modo da venerare quella terra più di ogni altra cosa.

Theodore dà qualche pacca al suo cavallo Canaan mentre si avvicinano alla chiesa in costruzione. Ha appena smesso di piovere, e gli zoccoli del grosso cavallo producono una specie di risucchio ogni volta che affondano nel fango denso e grumoso. Il mio bisnonno è preoccupato per i punti in cui il tetto non è stato rappezzato a dovere. Il santuario ha bisogno di essere arieggiato prima che arrivino Calliope e i suoi dodici alunni adorati per le prove del coro e lo studio della Bibbia. La mia bisnonna ha già trasmesso alcune nozioni di base ai bambini che ha scelto per comporre la sua prima classe. Le loro aule sono il mondo naturale, la cucina, il giardino, e una stanza in casa sua che ha le pareti tappezzate di libri e un pianoforte verticale con cui sta insegnando agli allievi a innalzare le loro voci gioiose. Nessuno di loro è suo consanguineo, eppure si è guadagnata la fiducia e l'affetto delle loro famiglie. I genitori sono arrivati dai luoghi più disparati portando con sé la speranza e la determinazione di plasmare il futuro dei figli in un mondo pieno del potenziale e delle sfide dell'indipendenza. Questi dodici alunni sono stati affidati alle cure della mia bisnonna perché i preziosi semi di un villaggio minacciato possano solcare segretamente gli oceani per essere piantati, innaffiati e coltivati in territori ignoti.

Il suo nome completo è Calliope, ma per tutti gli abitanti

della nuova cittadina battezzata Damascus è stata sempre e solo Callie. Stando a mia madre, i miei bisnonni si erano innamorati a cinque o sei anni. Erano cresciuti da qualche parte in Georgia, mamma non è sicura del nome e papà lo ha dimenticato di proposito. Mamma dice che il mio bisnonno, quando sapeva a malapena parlare, aveva detto a Callie: «Un giorno ti sposerò». I vecchi avevano riso mentre lei, con la sua voce infantile ma determinata, aveva risposto: «Va bene!».

E così il mio bisnonno cammina tranquillo pensando a Callie, a quanto è fortunato, e a quell'enfatico: "Va bene!" che ha colmato e migliorato la sua vita. Tra poco sua moglie e gli alunni riempiranno il santuario con il loro dolce canto. Dopo il coro e lo studio della Bibbia condivideranno un pasto freddo. Sotto le prime stelle della sera, i miei bisnonni li accompagneranno a casa insegnando loro a riconoscere un sentiero sicuro nel bosco buio. Una volta rimasti soli, la mia bisnonna accosterà la mano di Theodore alla sua pancia, dove la polvere di nuove stelle si è mescolata per concepire il loro secondo figlio.

La primogenita, che diventerà mia nonna Alma Elizabeth Kindred, è affidata alle cure amorevoli di una vicina di casa. Il mio bisnonno sta costruendo la scuola per Alma, con la felicità della figlia come unica guida. Ha intenzione di tirare su anche una biblioteca cittadina.

Come Alma, Damascus ha quasi tre anni di vita e sta crescendo. I miei bisnonni si erano stancati di cercare casa e così, con Damascus, avevano tentato di creare un paradiso per sé, una via di mezzo tra un insediamento e una Terra Promessa. Immediatamente avevano cominciato ad arrivare famiglie nere disposte a investire in un sogno che non le avrebbe uccise, e nel 1902 se ne stavano aggiungendo ancora di nuove. Grazie a un sommesso passaparola, avevano capito come trovare il fiume che scorreva a ritroso e un piccolo accampamento di neri che si stava sviluppando lungo la costa orientale del Maryland, non lontano da Bucktown.

Queste famiglie erano alla ricerca di una nuova vita lontano dalla brutalità che aveva portato loro e i loro avi africani su questo lato dell'Atlantico.

Vedo la mano di Theodore adagiata pacificamente sul collo muscoloso del suo cavallo. Pare che il mio bisnonno superasse i due metri di altezza, per questo aveva bisogno di un animale così formidabile.

Forse, quella sera, Theodore ha trovato la pace interiore nella compagnia del suo cavallo e nella vista della sua chiesa costruita a regola d'arte. Via via che il suo terreno si ampliava, il mio bisnonno aveva attirato l'attenzione indesiderata di un gruppo di bianchi che all'inizio avevano riso, agitando le mani con fare sprezzante alla vista di quel piccolo insediamento nero sottosviluppato. Ma quando erano tornati a controllare quella comunità che non credevano potesse resistere, men che meno prosperare, avevano inaugurato un'incessante campagna di sabotaggio. Presto l'incredulità e la derisione avevano ceduto il posto alla collera mentre quei cristiani rivendicavano i loro diritti divini e la loro supremazia economica.

Theodore aveva visto in azione l'orrenda arte della collera per tutta la vita. Ogni uomo di colore in America aveva ricevuto questa pessima istruzione, contro il suo volere e il suo stesso spirito. Di recente aveva sorpreso Callie a piangere davanti alle sue aiuole devastate e all'orto distrutto. L'unico animale che aveva i denti e la fame necessari a sradicare i suoi fiori e i suoi semi con una tale brutalità era l'uomo bianco.

Un'altra sera, marito e moglie erano rimasti dentro casa osservando gli uomini armati e senza volto appostati nel loro cortile, la testa nascosta sotto un cappuccio scuro. Un fugace coro di voci ovattate aveva giurato che l'avrebbe fatta pagare ai miei bisnonni usando corde, proiettili, fiamme o peggio. Ripassando il suo indice mentale del terrore bianco, Theodore si era reso conto che prima o poi quelle vili minacce si sarebbero tramutate in azione.

Le persone che si erano unite sotto la sua fede abbracciavano il dio che viveva nella dignità quotidiana dei loro volti. Molti avevano dimenticato cosa fosse l'orgoglio finché non si erano recati nel santuario in costruzione dei Kindred. L'accettazione di quell'orgoglio significava che nessuno di loro era disposto a voltare le spalle a ciò che stava sorgendo a Damascus.

Adesso, però, Theodore teme che non sia stato saggio lasciare che Callie e i bambini andassero in giro da soli dopo la tempesta. Ma i bianchi dedicano la domenica al loro culto proprio come tutti gli altri, ha assicurato Callie. Con un po' di fortuna saranno a riposo anche loro.

Alma era agitata quando il padre le ha dato un bacio e ha strofinato il naso sulla sua fronte liscissima prima di passarla a Mrs Whitaker, i cui versolini affettuosi hanno dipinto un sorrisone completo di fossette sul viso della bambina.

Poi lui e Canaan si sono incamminati lungo il fiume che scorre a ritroso prima di addentrarsi nel bosco in direzione delle colline, dove la vista di quella semplice chiesa gli riempiva sempre il cuore di gioia. Era quasi giunto il momento di decidere il nome, e Theodore era convinto che Callie avrebbe scelto bene. Immaginava già con entusiasmo di portare entrambi i figli nella nuova chiesa, nella loro nuova cittadina battezzata dalla madre.

Dopo la morte di Calliope Kindred, gli abitanti troveranno un foglietto nel suo diario in cui esprimeva il desiderio di chiamare la chiesa "Hinder Me Not".*

Theodore lega il cavallo e sente avvicinarsi Callie e i bambini.

Chiama la moglie, quindi va verso il davanti della chiesa a salutarla mentre i bambini entrano tutti insieme per asciugarsi dalla pioggia improvvisa.

* "Non trattenetemi." Bibbia CEI, Genesi 24:56. (*NdT*)

Le trecce di Callie sono raccolte in una crocchia morbida. Le spalle snelle sono avvolte in uno scialle verde. Gli occhi neri che osservano dal suo viso ovale e lentigginoso sono intelligenti, sensuali e affettuosi.

Theodore si preme il polso di lei sulle labbra. Le loro quattro mani si posano sul pancione tondo e alto. Callie gli chiede di Alma, e lui risponde che la loro bambina sta benissimo. Mrs Whitaker aspetterà che passino a prenderla tornando a casa. Quando le gira il viso per darle un bacio, rivede la mia bisnonna a tutte le età in cui si sono baciati. Uno dei suoi primi e più nitidi ricordi è la volta in cui ha tentato di baciarla e lei gli ha assestato un pugno sul naso prima di ricambiare.

In questa serata del 1902, Theodore risente tutta l'umida inesperienza delle labbra giovanili di Callie; ricorda il sapore di glassa al burro rimasto sulla bocca di lei dopo la fetta di torta che hanno diviso la sera delle loro nozze, una sera di primavera in cui i petali di magnolia soffiavano dentro la finestra della camera d'albergo che Theodore aveva pagato con i soldi messi da parte dai suoi stipendi, sulle lenzuola bianche e fresche dove hanno fatto l'amore per la prima volta. Ricorda anche il sale sulle labbra di Callie durante le sedici ore di travaglio; lo ha baciato tenendo finalmente tra le braccia dolenti la piccola Alma. Rammenta ancora il bacio pieno e spontaneo che le ha dato dopo avere condiviso la sua idea di costruire una cittadina da zero, una cittadina in cui avrebbero potuto invecchiare insieme in libertà.

Più ancora dell'edificio che sta sorgendo davanti ai loro occhi, è Calliope la sua chiesa.

Theodore sente gli amati alunni ridacchiare sbirciando lui e Callie. Sorride e saluta con la mano quei dodici visini timidi. Dice che accenderà le lampade per evitare che le zanzare succhino il loro sangue dolce. «Meglio le zanzare del diavolo» aggiunge, e Callie gli dà un colpetto tra le costole, nel punto in cui il suo cuore brucia per lei da tutta la vita.

Tendendo l'orecchio, Theodore capisce che Canaan si è improvvisamente sollevato su due zampe, impennandosi e ricadendo con forza, tanto da imprimere un avvertimento sul terreno. I tonfi dei suoi zoccoli sono percussivi, spaventosi, al punto che Theodore riesce a sentire il suo formidabile cavallo sopra le note del pianoforte verticale che Callie sta suonando di traverso per via del pancione.

Il mio bisnonno infila un segnalibro nella Bibbia. I suoi occhi incrociano quelli accigliati della mia bisnonna. Si alza e, notando che i bambini si sono interrotti nel bel mezzo di un inno con aria spaurita, dice loro di continuare.

Scende da solo i gradini sconnessi e non ancora verniciati all'ingresso della chiesa che verrà battezzata Hinder Me Not. Gira l'angolo fangoso e prosegue spedito di fianco all'edificio. Sarà stato un animale selvatico a provocare il suo cavallo. Rimpiange di non avere con sé il fucile per sparare un colpo d'avvertimento. Il fatto è che non gli piace tenerlo a portata di mano senza motivo se ci sono Callie e i bambini.

Non ha visto l'uomo appostato nell'oscurità. Cade a terra quando il calcio di una pistola lo colpisce al collo. Un turbinio di stelle rosse gli infiamma gli occhi mentre, con una certa fatica, viene strattonato di nuovo sui suoi lunghi piedi.

«Tirati su, prete» ordina un altro uomo che gli sta premendo la pistola contro il fianco. Theodore avanza strascicando i piedi. Gli si riempiono gli occhi di lacrime sentendo gli sbuffi e i nitriti angosciati di Canaan. «Avevi una scelta, giusto?» sta dicendo la voce vicino alla sua tempia. «Adesso non ce l'hai più, dopo tutti gli avvertimenti che ti abbiamo dato. Scommetto che ti dispiace non averci ascoltato la prima volta, bastardo di un predicatore.»

Theodore si domanda quanti uomini siano in agguato nel buio. Il sudore gli gocciola negli occhi. «Fate pure» dice, sentendo odore di cherosene. «Bruciatemi. Impiccatemi. Sparatemi. Mangiatemi gli occhi, se è questo che avete in mente. Ma vi supplico, risparmiateli. Sono innocenti.»

Nell'oscurità vede alcuni uomini versare del cherosene sul suo caro amico. Con voce roca, Theodore li implora di non uccidere l'animale: «Prendetelo vivo, no? Vale di più da vivo, anche solo per venderlo. Forza, lasciatelo vivere! Non vi ha fatto niente. Lasciatelo vivere e varrà molto di più! Gesù, lasciatelo vivere, lasciatelo in pace!».

«Portatelo qui, ragazzi» dice l'uomo. «Gli farò mangiare il suo maledetto cavallo.»

Quando sente lo sfrigolio del fiammifero, il mio bisnonno non china la testa ma guarda dritto negli occhi straziati e insanguinati del suo amico per chiedergli perdono.

L'animale formidabile strilla, saltando come un essere umano mentre il fuoco divampa dal suo posteriore. Le orecchie soffici si appiattiscono contro il cranio. Il calore lo avviluppa dalle narici alla pancia finché, sconfitto, Canaan si inginocchia in una sorta di inchino prima di cadere su un fianco. Le fiamme scure divorano il suo splendido corpo. Theodore vede la loro amicizia crollare negli occhi del cavallo morente.

Sconvolto, Theodore distoglie lo sguardo dal corpo carbonizzato di Canaan e vede la faccia di Callie alla finestra. Con le labbra forma la parola: "Scappate", ma uno degli uomini lo sta guardando.

«Bruceranno bene» dice quello ridendo.

Trascinano Theodore fin quasi dentro la chiesa. Oppone una tale resistenza che ci vogliono quattro o cinque uomini per fargli varcare il portone. Dopo averlo sbattuto dentro, ridono e sbarrano la porta dall'esterno.

Callie si preme i palmi delle mani contro il pancione, si inginocchia e chiama i bambini a sé, radunandoli al centro del santuario.

Theodore comincia a spaccare le vetrate dalla parte opposta rispetto agli uomini. Potrà spingerli fuori uno o due alla volta, in modo che scappino e si nascondano nei boschi. «Non tornate a cercarci» dice, vedendo i piccoli piangere.

Sta per rompere un altro vetro con un manico di scopa smussato quando un proiettile gli colpisce in pieno la testa.

Poi gli uomini lanciano le torce sibilanti attraverso le finestre rotte. Atterrano in un impeto verde e rosso, e immediatamente le fiamme iniziano a divorare la chiesa.

La mia bisnonna, in lacrime, si allontana carponi dai bambini e trascina a fatica il corpo del marito verso di loro. Le maniche dell'abito si strappano sulle spalle. Non aveva mai trasportato Theodore a peso morto. Chiude gli occhi e lo tira con tutte le sue forze. Il cranio spaccato traccia una lucida cometa di sangue. Alcuni bambini più grandi, piangendo e tossendo, si alzano e la aiutano a spostarlo mentre le travi del soffitto emanano gemiti agonizzanti.

Callie tossisce, sentendo il feto scalciare come un forsennato nel pancione. Si stende sul pavimento insieme al marito. Nello sguardo vitreo dei suoi occhi morti vede bruciare i loro sogni e la loro fede. Lo bacia intensamente, come ha sempre fatto, assaporando un'ultima volta gli splendidi anni trascorsi insieme. Poi chiude i suoi occhi silenziosi con le dita.

Tra la morte e il passaggio nell'aldilà, Callie ricorda sua madre e suo padre inginocchiati nelle piantagioni di canna da zucchero del Sud, in Georgia. Ripensa all'uomo bianco che una volta ha trascinato via sua madre da tavola durante la cena, e a suo padre costretto a lasciarla andare.

Ora vede sua madre emergere dal buio chiarore lunare per chiamarla a sé. Ha gli occhi rossi come rubini. In mano tiene una specie di cesto.

È la testa del suo padrone.

Le fiamme avviluppano i capelli di Callie. Le lambiscono le orecchie, staccando la pelle dal cranio come le acque rosse che un tempo il profeta separò per liberare il suo popolo dalla schiavitù. Quella gente in fuga, tempo dopo, aveva formato delle tribù. Le mani di dodici bambini le cingono i fianchi. Le mani bruciate di dodici bambini diventano milioni.

Poi pensa a una bambina in particolare: sua figlia Alma.

Nel suo ultimo respiro, la mia bisnonna pronuncia il nome della figlia.

Il tetto intero della Hinder Me Not crolla, svelando la notte innocente. Callie mormora una sola parola finché non riaccende in lei il ricordo: Alma?

Alma!

Alma?

Alma! Alma!

Al...

Con quell'unica parola, che è come un urlo, Callie entra nel regno dei morti.

Portando tra le braccia dodici bambini bruciati, la mia bisnonna incontra il marito Theodore sul fiume dell'eternità.

Come sempre, lui le spiega dove sono e cosa devono fare. «Adesso dobbiamo andare, tesoro» dice. «I bambini sono troppo piccoli. Hanno meno tempo di noi prima di smarrirsi.»

«*Alma?*» chiede Callie. Si rifiuta ancora di morire, anche se il suo spirito è con Theodore e i bambini.

«Non c'è tempo per un addio» replica lui, che non riesce a pensare all'altro loro figlio, quello non ancora nato, che non potrà raggiungere l'aldilà, perso tra le braci della terra scura.

I miei bisnonni sono sulla foce di un fiume impetuoso. Theodore si siede sulla sella del suo amato cavallo Canaan, nelle cui orbite arde un fuoco verde. Prende in braccio qualche bambino e se ne carica altri sulle spalle larghe. Alcuni sono troppo piccoli per proseguire. Andranno smarriti anche loro. Deve aiutare quelli che può, in modo che gli antenati li stringano a sé mormorando le sinfonie splendenti dei loro brevi canti.

Prima di entrare nel fiume, Theodore e Callie si voltano a guardare sopra la spalla il loro vecchio mondo e, annidata al suo interno, una piccola scintilla grezza chiamata Damascus, dove avrebbero dovuto costruire la loro libertà.

10

Era sabato mattina, e sull'autobus locale, a parte Ruby, non c'era quasi nessun altro. Con la luce del sole premuta sul viso, chiuse gli occhi assaporando le ombre che punteggiavano il rosso chiarore all'interno delle palpebre. Non era assonnata, al contrario. Strinse il piccolo fagotto avvolto in un sacco di tela che teneva in grembo. Si era strofinata bene la pelle e lavata i capelli, anche se non aveva importanza perché nessuno li avrebbe visti. Li aveva infilati nella cuffia di rete macchiata di sudore che sua madre usava per appiattire la sua chioma prima di indossare la parrucca bionda cotonata che Ruby aveva soprannominato la Bomba. «Non ho niente da invidiare a Jayne Mansfield» diceva sempre sua madre. L'aveva comprata dopo essere andata al cinema di Gunn Hill insieme a Ruby a vedere *Gangster cerca moglie.*

Ruby sentiva prudere il cuoio capelluto, ma non voleva grattarsi la testa per paura che le unghie rovinassero l'impeccabile acconciatura di mamma. L'aveva vista strofinare il viso contro quella parrucca come fosse un gattino.

Pensò ai soldi che sperava di racimolare vendendo alcune cose della sua insegnante a Briggley. Alcuni orecchini e collane sembravano preziosi. C'era un vecchio orologio, forse donato a Miss Burden dal padre o da un parente maschio. C'era anche un libretto degli assegni, ma sapeva che al momento non esisteva un modo sicuro per scoprire cosa sarebbe successo se si fosse intestata un assegno. Tanto per cominciare, doveva imparare a compilarne uno. E forse in banca sapevano già che Miss Burden era morta. Aveva più senso tentare la sorte con gli oggetti di valore. A Briggley nessuno poteva sapere dove li avesse scovati, e soprattutto nessuno al banco dei pegni se ne sarebbe curato.

Se fosse riuscita a guadagnare qualche soldo, avrebbe potuto cominciare a risparmiare per la scuola da aviatori. Ma prima aveva bisogno di alcune cose: abiti migliori, tre pasti caldi al giorno, una stanza in una pensione, per trasmettere l'immagine di una giovane donna perbene e una gran lavoratrice. Scacciò il ricordo di quando aveva esposto le sue parti intime sulla scogliera.

Con il paesaggio che scorreva sfocato fuori dal finestrino, la sua mente si abbandonò a una vivida fantasia. Provò a immaginare di salire sull'autobus e vedere in fondo al corridoio una ragazza bionda dal viso scialbo che guardava trasognata fuori dal finestrino. L'abito della ragazza era vecchio ma pulito. Era seduta con le braccia premute lungo i fianchi, perciò i buchi sotto le ascelle erano nascosti. I riccioli arruffati davano l'impressione che avesse appena sollevato la guancia da un cuscino (non che li avesse tirati fuori da una scatola per parrucche). Voleva che chiunque, guardandola, la scambiasse per la protagonista di una storia d'amore. Stava contemplando la possibilità che il suo innamorato la ricambiasse. Il punto della nuca in cui i capelli erano più scuri e aggrovigliati non era visibile, perché teneva la testa ben dritta sopra le spalle affilate. La sua determinazione era palpabile, inebriante come l'aroma pungente della calendula. C'era qualcosa di incantevole e terribile in lei.

Ruby si alzò, tremando e battendo le palpebre, quando si rese conto che l'autobus era entrato alla stazione di Briggley, già gremita di madri chiassose e bambini urlanti.

Ricordò che al sabato quasi tutte le famiglie normali andavano al mercato, a fare picnic con i parenti o a godersi una doppia *matinée* insieme.

Scesa dall'autobus, le piacque il modo in cui le donne le sorridevano. Si sentiva come Cenerentola, ma invece di indossare un paio di scarpette di cristallo incantate aveva rubato la parrucca magica di sua madre. E cosa le impediva di essere al contempo una principessa e un'aviatrice?

Si sedette da sola a un tavolo di plastica rossa al Cedar Street Diner. Il sole si riversava dalla grande finestra quadrata. Quel tavolo non sarebbe sembrato nuovo neanche con tutto l'olio di gomito del mondo. Le posate di stagno opache luccicavano sul tovagliolo sottile. Le cameriere con le uniformi color narciso danzavano tra la cucina e la sala, mentre un campanello tintinnava in continuazione e una voce maschile annoiata e untuosa sbraitava le ordinazioni.

«Cara! Sei bella come una bambola! I tuoi genitori stanno arrivando?»

«Sono a fare la spesa» si affrettò a rispondere. «Però mi hanno dato i soldi per pranzare.»

La cameriera annuì e sorrise. Teneva in mano un taccuino spiegazzato. Senza indugi, le mise davanti un menu appiccicoso e le fece l'occhiolino prima di allontanarsi. «Ti consiglio un frappè, cara. Abbiamo un latte al malto favoloso. Chiedi pure in giro, se vuoi.»

Ruby guardò il menu, ma stava ancora pensando al complimento della cameriera. Sembrava *proprio* una bambola, vero? Con i capelli di sua madre e l'abito nuovo che aveva comprato in una piccola boutique lì accanto, che ricordava una casa delle bambole? Era filato tutto liscio come sperava. L'uomo al Second Chance Pawns aveva valutato con attenzione gli orecchini, i braccialetti e le collane portati da Ruby. L'unico pezzo non di bigiotteria era un delicato anello di zaffiro, che aveva meditato di tenere perché il tizio le aveva detto che era in tinta con i suoi occhi. Invece era uscita con settantacinque dollari. Una fortuna.

Quando aveva girato l'angolo in Cedar Street pensando al brontolio della sua pancia, era rimasta sbigottita dal proprio riflesso biondo nella vetrina di un negozio che esibiva abiti color gioiello e tailleur in tweed da signora. Aveva una somma di tutto rispetto infilata nel reggiseno. Se era bastata una parrucca ad attirare tutti quei sorrisi, cosa avrebbe fatto un abito decoroso? Un bel vestito aveva bisogno di scarpe nuove, di un nuovo nastro per i capelli, e magari di un foulard con un motivo grazioso. L'abito poteva abbinarsi ai suoi occhi, che in segreto aveva sempre considerato il suo punto forte. "Questa non sei tu" aveva ringhiato una voce nella sua testa. "Non prenderti in giro, Ruby. Tutta questa roba da signora non c'entra niente con te." Un'altra voce aveva protestato: "E se adesso c'entrasse, invece? Non posso ottenere quello che voglio se non do l'impressione di avere una buona vita".

«Perché non vieni dentro, tesoro?» aveva detto una voce di donna. Ruby aveva distolto gli occhi dal prodigio del suo riflesso e si era vista accogliere da una signora snella con i capelli ramati e uno sfarzoso abito estivo verde. L'elegante cintura dorata e sottile che le cingeva la vita aveva irradiato in lei una scarica d'invidia mentre la commessa di mezza età tendeva il braccio lentigginoso e le impeccabili unghie rosa per stringerle la mano.

«Lascia che ti aiuti, cara» aveva aggiunto, e con un sospiro sommesso Ruby si era immersa nell'abbraccio dell'aria condizionata e delle bustine al profumo di rosa. Ma era stato quel "tesoro" a darle l'impressione di innalzarsi verso il cielo, trasmettendole un senso di calore e speranza con un'unica parola garbata. "Sono un tesoro" aveva pensato. "Abbastanza perché gli altri mi considerino tale."

Tolse la mano dal sacchetto appoggiato vicino alla finestra per seguire con il dito i prezzi del menu. Era un giorno speciale. Non era in grado di spiegarne il motivo. Invece di aspettare un segnale di cambiamento nella sua vita, se l'era andato a prendere.

Voleva il frappè, oh sì. Ma doveva scegliere tra cheeseburger e patatine oppure formaggio grigliato con pomodoro a fette e cetriolo sottaceto. La cameriera l'avrebbe considerata ingorda se avesse preso una bottiglia di Coca-Cola oltre al frappè? Picchiettò le dita sul menu. Aveva già speso più soldi in quell'abito da signora di quanti avrebbe voluto.

«Prendo un cheeseburger, patatine fritte, un frappè alla fragola e una bottiglia di Coca-Cola» disse, apprezzando la velocità con cui la donna appuntò l'ordinazione.

«Ti ci starà, tutta quella roba?» chiese la cameriera sorridendo prima di allontanarsi.

Anche Ruby sorrise, e appoggiò i gomiti sul tavolo per sorreggere la guancia con la mano ammorbidita dalla crema alla rosa che la commessa l'aveva incoraggiata a spalmarsi sulla pelle scottata dal sole. *Tesoro, tesoro, tesoro*. Le aveva regalato anche un campione omaggio, che Ruby aveva accettato, ma adesso pensò alla reazione che aveva avuto suo padre fiutando il profumo della sua insegnante. L'aveva accusata di esserselo messo per un ragazzo, e non era riuscita a convincerlo che non c'era sotto nessun corteggiamento. Papà aveva minacciato di andare e tornare da scuola insieme a lei da quel momento in avanti, per impedirle di vedere di nascosto la sua fiamma, chiunque fosse. Ruby scacciò quel ricordo, ripensando a quando aveva declinato l'offerta della commessa gentile che voleva assisterla nel camerino. La vista dei suoi lividi avrebbe rovinato tutto.

Accantonò suo padre e immaginò come sarebbe stato sedersi a un tavolo del genere con Ezra. Due ragazze ben vestite che giocavano a fare le signorine, esaltate per il loro futuro. Chiuse gli occhi per qualche istante e si perse nelle loro risate. Avrebbero messo una canzone al jukebox e diviso una fetta di torta alla ciliegia solo per potersi trattenere a quel tavolo, inventando storie sui clienti che entravano. Un tempo inventavano storie sugli abitanti di Salt Point, ma a un certo punto Ezra se n'era lamentata, anche se Ruby le aveva spiegato che era solo per divertirsi. L'amica si era stancata di fantasticare sulla vita dei bianchi. Quelle storie la proiettavano in luoghi in cui Ruby non aveva bisogno di andare perché somigliava a quelle persone, i cui volti inespressivi erano un riflesso dei suoi stati d'animo. Era strano, adesso, trovarsi a inventare storie sulla propria vita, sulla propria realtà, qualunque fosse, senza avere accanto l'amica.

Aprì gli occhi e notò che un uomo al bancone la stava guardando. Tolse i gomiti dal tavolo e girò bruscamente la testa altrove. Dopo essersi accertata che l'uomo fosse tornato a concentrarsi sul suo piatto, si voltò per dargli un'occhiata. Sebbene fosse di spalle, era chiaro che era giovane, forse non un adolescente ma nemmeno vecchio come suo padre. Portava un bomber di pelle nonostante il caldo. I capelli biondo scuro sembravano scompigliati dal vento. Abbassando lo sguardo, notò che indossava un paio di jeans puliti e scarponi da lavoro.

La cameriera portò la sua ordinazione, augurandole buon appetito e buon divertimento. Prima di andarsene infilò un foglietto sotto la saliera e le disse che poteva pagare il conto in cassa. «Lascia la mancia sul tavolo, cara.»

Ruby annuì, poi prese il tovagliolo e se lo stese sulle gambe. *Cara, tesoro, cara, tesoro.* All'improvviso si preoccupò dell'abito e dell'unto: patatine, hamburger. Perfino il panino era viscido. E il ketchup... non poteva non aggiungere il divino ketchup. Dopo essersi sistemata, si sporse in avanti e bevve un sorso di frappè alla fragola. «Signore benedetto» mormorò, mentre lo zucchero freddo le saliva subito alla testa. Quel pasto sarebbe stato meglio della religione.

Prese l'ultima patatina dal piatto e tirò fuori dalla sua vecchia borsa gli orari dell'autobus. La commessa l'aveva implorata di comprare una borsetta nuova, le aveva addirittura proposto di acquistarla a credito. Era stata tentata di accettare, affascinata all'idea di portarsi appresso un accessorio come quello in modo che tutti potessero vederlo. «Una borsetta appropriata comunica al mondo tutto e niente» aveva spiegato la commessa quando Ruby le aveva chiesto se oggetti del genere non invogliassero i ladri a derubare le donne.

L'uomo che la stava osservando poco prima la guardò e sorrise andando verso la cassa. Il suo viso la lasciò sbalordita. Si sentì avvampare. Appoggiò la patatina come se qualcuno le avesse ordinato di restare immobile. Quindi afferrò il tovagliolo dalle gambe e tentò di strofinare via l'unto dalle labbra e dal mento.

L'uomo rise per qualcosa che aveva detto la cameriera consegnandogli il resto. Era più alto di quanto avesse immaginato. Era come se l'aria creasse un vuoto intorno a lui, dando la sensazione che non esistesse niente di più fresco. Passò alla cameriera qualcosa che sembrava un mazzo di volantini.

Dopo aver salutato gli amici al bancone, l'uomo le sorrise di nuovo. Ruby allontanò gli avanzi del pasto e rimpianse di non aver preso il formaggio grigliato. Aveva voglia di ruttare.

Passando accanto al suo tavolo, l'uomo rallentò e la guardò.

«Mi chiamo Cullen» disse. «Sei di queste parti?»

Ruby fece una leggera alzata di spalle e si schiarì la voce. «Forse.»

«Non sai da dove vieni, splendore?» commentò lui ridendo. «Questa è nuova.»

Ruby stava fissando i suoi brillanti occhi verdi. Aveva il colletto della camicia sbottonato, e notò che portava una collana d'oro con un piccolo ciondolo a forma di mongolfiera che si contendeva lo spazio tra le clavicole con un ciuffetto di peli chiari. Temeva che l'avesse vista infilare in borsa il ketchup e la zuccheriera in vetro con il tappo d'argento arrotondato. Le si avvicinò al punto da sfiorarle la guancia con il respiro. «C'è una cosa nuova in città, se ti va di dare un'occhiata. Mi sembri il tipo di ragazza che non ha paura dell'altezza.»

Ruby annuì mentre Cullen appoggiava un volantino accanto alla bottiglia di Coca-Cola. Era incredula quando vide l'illustrazione a colori di un aeroplano che solcava l'orizzonte e il mare. Era per forza un segno. Doveva esserlo, e non importava che non se lo fosse procurata da sola. *Splendore, cara, tesoro.* Sollevando il mento con orgoglio, Ruby posò la mano ruvida al profumo di rosa sopra il volantino.

«Lo sai dov'è l'aerodromo, vero?» chiese lui.

Ruby fece segno di sì senza togliere la mano dal volantino, per paura che glielo strappasse via.

«Da Walton ci sono ketchup e zucchero scontati» le mormorò all'orecchio prima che potesse chiedergli quanto sarebbe costato salire su uno di quegli aerei. «Per pochi spiccioli puoi prendere anche della senape, e un pizzico di educazione.»

Quando l'autobus scaricò i passeggeri a Gunn Hill, Ruby si ritrovò di nuovo quasi sola. In ultima fila, si piegò in avanti per togliersi la Bomba dalla testa. La cacciò in fondo a uno dei sacchetti, e si chiese come avrebbe fatto a nascondere i suoi acquisti ai genitori. Il volantino dell'aerodromo di Briggley era avvolto intorno alle banconote umide che aveva risistemato nel reggiseno. Era nervosa anche per l'abito. Non c'erano tasche per infilare gli spiccioli, e non aveva nient'altro da indossare perché la commessa aveva inserito le splendide dita curate sotto le ascelle del suo vestito logoro, schioccando la lingua con disapprovazione alla vista della cerniera rotta che lasciava scoperta parte della schiena. «Non basta neanche per farci degli stracci» aveva commentato, portando l'abito sul retro del negozio. In quel momento Ruby non stava riflettendo, estasiata dalla nuova Ruby che la osservava dal trittico di specchi a figura intera che moltiplicavano all'infinito la sua immagine bionda.

Adesso si passò le dita tra i capelli sudati; qualche gocciolina grondò sul viso dall'attaccatura. La parrucca era fradicia e puzzava, ma a quello non c'era rimedio. Si sentì avvampare di nuovo pensando a Cullen e al modo in cui l'aveva lusingata e insultata allo stesso tempo, come se sapesse esattamente chi era. *Splendore*, l'aveva chiamata così. Era strana, la sensazione di volerlo rivedere. Non era soltanto l'idea che potesse essere un pilota. Le era sembrato che la vedesse per davvero. Non sapeva se fosse un bene, un male o qualcos'altro. Pensò agli occhi di Ezra, e a come lei e l'amica riuscivano a leggersi nel pensiero. Si erano sempre viste con chiarezza. Senza quelle parole, *bene* o *male*: passavano il tempo insieme in maniera autentica, grezza e naturale, come il vento che soffiava sulla pelle. Si chiese cosa avrebbe detto l'amica se le avesse rivelato tutto quello che pensava di se stessa. Sarebbe stato come entrare a casa dei Kindred e chiamare sua sorella per confidarle un segreto. Non certo il fatto che mangiava la loro spazzatura. Avrebbe avuto qualcosa da dirle in modo che fosse fiera di lei. Le mancavano le loro risate. E voleva sfoggiare il suo vestito nuovo.

Raggiunse Clove Road passando per il bosco. La rabbia che aveva provato per il commento di Ezra su suo padre si era finalmente placata. Forse l'amica le avrebbe chiesto perdono, lei avrebbe accettato le sue scuse e sarebbe tornato tutto come prima. Avrebbero dovuto parlare di quello che avevano provato vedendosi nude in *quel* modo, come non si erano mai viste neanche quando stavano senza vestiti da bambine. Forse Ezra aveva bisogno di parlarne, o provava dei sentimenti che doveva farle comprendere. Ruby avrebbe solo voluto abbracciarla, dirle che stava iniziando ad avere una vita diversa, come avevano sempre immaginato.

Ma non era sicura che Ezra avrebbe approvato la mossa della Bomba, o del banco dei pegni.

Doveva sperare che capisse che stava solo tentando di migliorarsi, di ottenere l'aiuto che Ezra e sua sorella avevano sempre avuto perché i loro genitori si curavano delle figlie, a differenza dei suoi. Magari avrebbero trascorso la giornata insieme, e lei avrebbe potuto essere la nuova Ruby senza rinunciare a quella vecchia.

Uscita dal bosco di fronte a Clove Road, si meravigliò trovando la porta dei Kindred chiusa, mentre in genere la lasciavano spalancata con la zanzariera appena accostata. Perlomeno le finestre erano aperte, e le belle tende cucite a mano ondeggiavano dentro e fuori nella brezza. Anche quando tutte le finestre erano aperte, Ruby sapeva che in quella casa non volava mai una mosca.

In veranda, Mrs Kindred oscillava su una sedia a dondolo di legno. Sull'altra era seduta Miss Irene. Le due donne si muovevano come i colori sfocati di un dipinto. Le loro voci si riverberavano nell'oziosa aria dorata.

«Non può uscire» disse Miss Irene prima che Ruby o Mrs Kindred proferissero parola. Aveva in mano una pistola. Non si era nemmeno scomodata ad alzarsi o a dire qualcosa di gentile. Ruby ripensò alle donne del villaggio che giravano armate per sbrigare le commissioni. Ma Miss Irene non era così, Ezra non faceva che ripeterglielo. Cos'era successo dopo che Ezra e Cinthy l'avevano lasciata sola a casa di Miss Burden? Per la tensione, il volto di Ruby cominciò a grondare sudore, ed era un peccato perché stava senz'altro rovinando il trucco che le aveva applicato la commessa.

Si avvicinò con educazione ai gradini della veranda, rivolgendo un mezzo sorriso a Mrs Kindred, che aveva parte del viso nascosto dall'ombra della quercia. Su un tavolino basso in mezzo a loro intravide due piatti di vetro con delle rose dipinte. Oh, Signore, si sentiva il profumo del pane di mais. Mrs Kindred la osservò con attenzione prima di parlare.

«Come sta tua madre, Ruby?»

«Bene, credo.»

«E tuo padre dov'è?» chiese Miss Irene. Al solito, le si rivolse con un'ostilità inspiegabile. E roteò gli occhi proprio come faceva sua figlia Lindy quando Ruby tentava di dire qualcosa. Si chiese se i piccoli cambiamenti che aveva notato di recente nell'atteggiamento di Ezra fossero imputabili a quella donna. Per molti versi la saggezza di Miss Irene aveva preso il sopravvento sulle opinioni dell'amica, al punto che a volte non le sembrava più in grado di pensare con la propria testa. *Non restare da sola con gli uomini bianchi. Non fidarti delle donne bianche, soprattutto se dicono di volerti aiutare. Le uniche cose di cui puoi fidarti sono Dio e una pistola. Se tieni aperta la bocca troppo a lungo, le mosche ti deporranno dei vermi sulla lingua. Alla sera prega sempre di essere abbastanza fortunata da poter pregare il mattino dopo.* E poi tutte le idee che le aveva inculcato sui loro antenati, anche se i Kindred non sembravano gente che credeva ai fantasmi.

Ruby aveva sempre visto i capelli di Miss Irene raccolti in una treccia, ma adesso erano sciolti e formavano una corona gonfia intorno alla testa che scendeva arricciandosi fino al seno. Il sole illuminava l'olio di cui erano intrisi, facendoli scintillare.

Ruby rispose alla domanda con un'alzata di spalle. «Secondo me sta ancora dormendo, signora. Mi sa che oggi ha un gran bel doposbronza.»

«Questa ragazzina scorrazza per tutto il villaggio» disse Miss Irene a Mrs Kindred. «Se sparisse, il primo posto in cui la polizia andrebbe a cercarla sarebbe a casa nostra, minacciando di sparare ai *miei* figli, o qui da voi, minacciando di uccidere le vostre. Farebbero su e giù per questa strada chiusa tentando di scovarla. Se invece scomparisse uno dei miei figli, il mondo intero, compreso quel diavolo di un vicecapo, non muoverebbe un dito.»

«Il Dannato Charlie non andrebbe a cercare proprio nessuno» rispose Ruby. «Di sicuro non me.»

«Questa *ragazzina* è parte del problema» sbottò Miss Irene. «Anche un cieco lo vedrebbe.»

Le sue parole erano indubbiamente crudeli, ma Ruby non disse altro mentre le si riempivano gli occhi di lacrime. La giornata era stata quasi perfetta finché non era tornata a Salt Point e si era resa conto di essere ancora la vecchia Ruby. Era andata in Clove Road in cerca di amicizia solo per ritrovarsi insultata. Comunque, conosceva già i problemi dei neri perché Ezra le aveva fatto vedere i loro giornali. Avevano ascoltato la radio di Mrs Kindred in cucina. Quando papà non era in casa, Ruby seguiva i notiziari nazionali per ore, in un angolo della veranda con gli occhi chiusi, cercando di immaginare i neri in Alabama inseguiti e colpiti con gli idranti perché pretendevano l'uguaglianza. Nella sua mente si formavano immagini di canini ringhianti affondati nelle gole dei neri che rifiutavano il silenzio, per strappare via i loro canti di libertà. Sapeva che la sua immaginazione era inutile perché quello che era appena successo a Little Rock, in Arkansas, era reale.

Aveva visto con i suoi occhi come veniva trattata la gente di colore a Gunn Hill, in particolare a Sweet Bay, una zona nera e turbolenta della cittadina, che i neri rispettabili guardavano con disprezzo. C'era un funerale quasi ogni fine settimana. Se si stancavano e reagivano, alla domenica c'erano due o tre funerali contemporaneamente. Funerali per tutto il mese, con intere famiglie che cantavano portando pale, fiori e fucili.

Ruby ricordava ancora il momento, due anni prima, in cui Ezra le aveva mostrato una fotografia su una rivista di come il Mississippi aveva riconsegnato quel giovane, Till, alla madre a Chicago. Perciò sapeva cosa vedevano Mrs Kindred e Miss Irene dalla loro veranda: vedevano Carolyn Bryant che piangeva lacrime di coccodrillo a Money, in Mississippi. Vedevano le ombre fischianti dei rami degli alberi. Buon Gesù. Si arrabbiava perché non le stavano dando nemmeno una possibilità. Si arrabbiava perché capiva il motivo per cui non potevano farlo.

«Posso tornare più tardi, signora?» chiese Ruby. «Per parlarle?»

«Ruby, è meglio di no» rispose infine Mrs Kindred, coprendosi la bocca e tossendo.

Aveva i capelli schiacciati all'indietro. La pelle scura sotto gli occhi tracciava delle specie di fiori scoloriti sopra gli zigomi alti. Teneva lo scialle stretto intorno alle spalle nonostante il caldo. Mrs Kindred non aveva una bella cera. Forse era per questo che Miss Irene era così boriosa. Mrs Kindred sembrava un fantasma.

Ruby si domandò come mai Ez non le avesse detto che sua madre era malata. Sapeva che alcuni neri avevano paura dei medici di campagna, ma c'era un ospedale per gente di colore a Gunn Hill. Sembrava che Mrs Kindred avesse bisogno di farsi controllare quella tosse.

«Signora, non sapevo che stesse male» disse Ruby. «Non sarei venuta a disturbarla.»

Miss Irene scosse la testa e roteò di nuovo gli occhi.

«È solo una ragazzina» disse Mrs Kindred con voce sommessa. «Una ragazzina povera.» Scese con passo malfermo i gradini della veranda. Aveva il viso bellissimo e posato che avrebbe avuto Ezra un giorno, e in quel viso Ruby Scaggs lesse la verità: lei ed Ezra Kindred non sarebbero invecchiate insieme, da migliori amiche, perché la mamma di Ezra e la mamma di Ruby e la mamma di chiunque non lo avrebbero permesso.

Adesso la gentilezza di Mrs Kindred era chiara. E offensiva. La vecchia Ruby e la nuova Ruby si infuriarono. Non le piaceva essere compatita, men che meno da qualcuno che la gente del villaggio considerava disagiato quanto lei se non peggio. Perché l'avevano costretta a *implorare* per vedere la sua unica amica? Perché quelle due nere non le avevano offerto neanche un bicchiere d'acqua quando era arrivata a casa loro? Miss Irene non era l'unica capace di dire cattiverie.

«Per mia mamma non c'è nessuno al mondo più povero dei negri» ribatté, asciugandosi le labbra prima di sputare sui gradini, mancando per un soffio i piedi stanchi di Mrs Kindred.

11

La nostra domenica mattina era stata tranquilla finché non aveva telefonato Miss Irene, insistendo perché andassimo a messa con lei e i Junkett quel mattino. Papà aveva sospirato quando mamma ci aveva invitate a pregare mentre lui ci ordinava di finire la colazione e indossare i vestiti per la chiesa.

Andavamo alla New Hope of Rising Star, una chiesa per neri a Gunn Hill, solo se papà e mamma erano sicuri che ci fossero anche i Junkett. Con la pelle idratata, le labbra ben chiuse e i vestiti inamidati, mia sorella e io osservavamo la parrocchia dei Junkett che urlava e fremeva di gioia.

Mr Caesar si faceva prendere immancabilmente da un tale fervore che si metteva a saltellare nella navata a un ritmo cadenzato, quasi stesse facendo ruotare una corda invisibile sopra la testa e sotto i piedi. E puntualmente Miss Irene lanciava più e più volte il suo fazzoletto candido verso il soffitto, dando per scontato che Lindy o Empire sarebbero strisciati sul pavimento, senza sporcarsi, per raccoglierlo in mezzo a un mucchio di fazzoletti che le altre signore avevano fatto librare in aria come ali di colombe.

Il pastore della Rising Star parlava e ballava con grande trasporto al momento delle offerte. In un'occasione aveva gettato in un cestino due libretti degli assegni di sua proprietà, come esempio del suo debito verso Gesù. Papà si lamentava per le bizzarrie del pastore, e mamma gli diceva in tono scherzoso che era infastidito solo perché in casa nostra c'era un unico libretto degli assegni e lo teneva quasi sempre *lei*.

Ci piaceva in particolare la fine delle funzioni alla Rising Star, quando il piccolo edificio vibrava sotto una sinfonia di tacchi sbattuti sul pavimento che si univano al coro di grida euforiche accompagnate dal tintinnio dei tamburelli dorati. La chiesa conteneva a malapena cento persone, ma c'era sempre gente all'esterno che urlava "amen" e "Gesù" dalle finestre aperte, che non erano vetrate istoriate. La nostra famiglia rimaneva incollata alle panche per tutto il tempo, ma quello era l'unico luogo in cui Ezra e io potessimo assistere al culto dei neri.

Dopo la funzione restavamo vicini ai Junkett e seguivamo la congregazione, sorridente e sudata, nel breve corridoio che conduceva a una sala ricevimenti dove non tentavamo nemmeno di occupare le seggiole di metallo pieghevoli riservate ai parrocchiani, dato che non frequentavamo abitualmente la chiesa. Ci lasciavamo accogliere dalle voci dolci delle usciere incaricate di distribuire caffè in tazze di carta e biscotti che sembrava fossero stati sfornati all'epoca in cui Gesù, sia lodato il Signore, avrebbe potuto apprezzare il miracolo di un prodotto da forno.

Era bellissimo sentirci chiamare *giovani sorelle* e sentire nostro padre e nostra madre definiti *fratello* e *sorella*. Dopo i complimenti venivamo prontamente ignorati mentre i membri della congregazione, che sapevano tutto gli uni degli altri, si mettevano a spettegolare e a lamentarsi dei bianchi, del lavoro, dei turni di notte, e di un complicato assortimento di piccoli malanni che intaccavano la loro giovinezza, inclusi alluci valghi, calli, piedi a martello, nervi lesionati, nervi saltati e denti ballerini. Quando i Junkett si immergevano nel loro gregge profumato e imbellettato, perdevamo la pazienza e sgattaiolavamo fuori per tornare a Salt Point in un silenzioso sollievo.

Se dopo una funzione mamma si sentiva particolarmente rinfrancata, cosa che non succedeva da un po', c'era la possibilità che chiamasse nonna e parlasse con lei qualche minuto prima di ricordarsi che non poteva perdonarla per averla abbandonata.

Papà diceva poco o nulla dei sermoni del pastore, o di come a volte Mr Caesar gli sgualciva la camicia buona cercando di farlo alzare in modo che tornasse anche lui a passo di danza nella Terra Promessa.

Con la radio accesa a basso volume, Ezra e io stavamo asciugando i piatti della cena domenicale. La porta di servizio era aperta in modo che potessimo odorare l'aria che stava cambiando.

A cena ci eravamo accorti di quanto mamma fosse affaticata. Nel bel mezzo di una frase aveva appoggiato la guancia sul dorso della mano e chiuso gli occhi, invece di controllare i nostri piatti per accertarsi che non avanzassimo niente. Dopo il pasto frugale non ci eravamo trattenuti a tavola. Mamma aveva chiesto a papà di accompagnarla subito a letto. Forse la funzione alla Rising Star l'aveva stancata.

«Oppure è incinta» disse Ezra. Senza bisogno di parlarne ad alta voce, mia sorella sapeva che stavamo pensando entrambe a nostra madre.

«Com'è possibile?»

«Cinthy, è possibilissimo. È *giovane*.»

«Oh» risposi, e tentai di immaginare mamma con un mio ipotetico fratello o sorella tra le braccia. Sospirai. Facevo molta fatica a visualizzare la scena.

«Una volta Miss Irene ha detto che era sempre esausta mentre aspettava i gemelli. Portava in grembo *due* figli, perciò ha senso. Ma credo che le donne possano stancarsi molto anche se aspettano un solo bambino.»

«Oh» ripetei, consapevole che mia sorella sapeva sempre qualcosa più di me. In realtà tutto ciò che sapevo sui bambini e su come venivano concepiti lo avevo scoperto da lei.

Ezra fece schioccare la lingua contro i denti. «Te lo *immagini*, se arrivasse un fratellino?»

Infilai il canovaccio in un bicchiere e lo rigirai per asciugare le goccioline d'acqua. «Un fratello non mi dispiacerebbe» dissi. «Non so se abbiamo bisogno di un'altra femmina.»

Ezra ridacchiò. «Che discorsi sono?» ribatté. «Le sorelle non sono mai troppe.»

Risi insieme a lei, asciugandomi gli occhi. Ezra cantò i brani che passavano alla radio mentre io ascoltavo la sua voce fondersi con i rumori degli insetti, il tintinnio dei piatti della batteria e i delicati strumenti a corda. Restammo per un po' in silenzio, impegnate a pulire la cucina come avrebbe fatto mamma. Se fosse scesa in piena notte per un bicchiere d'acqua o di whisky, non volevamo che trovasse disordine e si mettesse a pulire.

Stavo uscendo dalla dispensa con il canovaccio in mano quando vidi la faccia di Ruby dietro la porta a zanzariera.

«Ehi, ragazze. Ehi, Ez, sono io.»

Ezra mi lanciò un'occhiata. Non andai ad aprire.

«Cosa vi prende?»

Ezra e io ci guardammo di nuovo. Mia sorella si sporse sul lavello pieno d'acqua saponata per abbassare il volume della radio. I rumori serali della natura diventarono di colpo chiassosi, minacciando di invadere casa nostra. Ci avvicinammo alla porta quanto bastava perché Ruby capisse quello che avevamo da dire.

«Mamma dice che non sei più la benvenuta qui.»

«In che senso, Ez?»

«Dobbiamo spiegarlo *noi*?» sbottai dopo aver convinto la lingua a parlare. «A *te*?»

«Cos'è, vi siete offese?» chiese Ruby sospirando. «È per via del casino che è successo ieri con vostra madre? Ero solo di cattivo umore. Non era niente di personale. Non è mica la prima volta che vi chiamano negri, no? Avrò avuto i nervi a fior di pelle, con questo caldo. Tutto qui.»

«Se credi che insultare mia mamma e Miss Irene non sia personale, non so cosa dirti a parte che non puoi essere mia amica» rispose Ezra. I suoi occhi erano due fessure, la voce glaciale. «Né ora né mai. Pensavi che fosse tutto a posto dopo che mi hai chiamata in quel modo? Come ti sentiresti se mi presentassi in quel cesso in cui vivi e ci sputassi sopra? Quanto ci metterebbero tua madre o tuo padre a punirmi?»

«Cavolo» disse Ruby. «L'ho detto tanto per dire, ma quella Miss Irene non mi sopporta. E non si sforza neanche di nasconderlo. Non le ho mai fatto niente.»

Scossi la testa e sospirai. Ezra sollevò una mano e mi rivolse un'occhiata.

«Le cose che hai *detto*...» esordì mia sorella. «E non si sputa contro la madre di qualcuno, a prescindere dal colore della sua pelle. Avrei voluto vederti mentre lo facevi. Ti è andata bene che non ti siamo saltate addosso appena ti abbiamo vista sulla porta, dandotele di santa ragione.»

«Adesso ve la prendete con me, come se tu e Cinthy non aveste mai detto cattiverie su mia madre. Vi sentite autorizzate a farlo solo perché è *bianca*?»

Ruby mise la mano sulla maniglia come se volesse aprire la porta ed entrare in casa nostra.

«Non vogliamo più avere niente a che fare con te» dissi.

«Ho chiesto *scusa*» rispose lei lentamente, a denti stretti.

«Mamma stava cercando di essere gentile» proseguii. «Sei fortunata che Miss Irene non ti abbia *sparato*.»

«Cinthy, non dire un'altra parola» mi ammonì mia sorella.

Temevo che papà potesse scendere e vedere la faccia e le mani di Ruby schiacciate contro la zanzariera. In teoria non bisognava premere troppo sulla rete perché era delicata. Quelle porte erano costose da sostituire. Se Ruby avesse strappato la zanzariera, saremmo finite nei guai. Se mamma o papà l'avessero vista sulla nostra proprietà, sapevo che ci avrebbero punite per principio. Mamma non gli aveva spiegato nei dettagli cos'era successo con Ruby, ma Miss Irene era rimasta un'altra ora a casa nostra. Il suo teatro di guerra era diverso da quello di nostra madre. Era un campo di battaglia galattico. Ci era toccato ascoltare la sua voce alzarsi fino a raggiungere un'allerta nucleare, tanto che il bicchiere di limonata che aveva in mano sembrava lì lì per esplodere. A un certo punto mamma le aveva preso delicatamente la pistola per paura che si mettesse ad agitarla in aria. Miss Irene era ancora turbata dalla sera prima, quando il vicecapo era passato davanti a casa dei Junkett minacciandoci con una pistola immaginaria. A quanto pareva era tornato ore dopo, e aveva fatto la ronda davanti alla loro proprietà per tutta la notte. Non avevano chiuso occhio. «Non possiamo neanche più goderci un venerdì sera» continuava a ripetere Miss Irene, facendo su e giù per la nostra veranda. «Non lascerò che il diavolo spaventi i miei bambini. Il male non ha nient'altro da fare. Il male non mi fa paura. Mi avete sentito?»

E noi l'avevamo sentita. Per tutto il pomeriggio di sabato, finché Mr Caesar non era passato a prenderla per accompagnarla a casa dai figli, che sentivano la sua mancanza.

In silenzio, Ezra andò verso la porta e si fermò a pochi centimetri dalla zanzariera che la separava da Ruby. Chiuse la porta. Poi girò la chiave. Le tremavano le mani mentre tirava le tende con gli occhielli di mamma sulla finestrella quadrata. Si voltò a guardarmi con gli occhi lucidi, ma le lacrime non caddero. «Ti dispiace finire tu, qui, Cinthy?» disse, la voce debole come quella di nostra madre.

Annuii, guardando le padelle. Non mi piaceva lavare le padelle, ma quella sera mi ci sarei messa d'impegno. Senza aggiungere altro, Ezra salì la scala di servizio con un passo che la faceva sembrare più vecchia dei nostri genitori. Un peso invisibile piegava le sue spalle alla stregua dei dolori cronici che fanno camminare gli anziani come se stessero per cadere. Anch'io mi sentivo sul punto di cadere.

Rimasta sola nella nostra cucina, la musica sensuale che si riversava dalla radio di mamma mi diede i brividi. Non era rimasto niente di piacevole nell'aria. Spensi la radio. Travolta dal silenzio, ascoltai le goccioline d'acqua cadere dal rubinetto e il frinire della lancetta dei secondi nell'orologio di plastica appeso al muro, che mi faceva sempre pensare ai grilli. Battei le palpebre, appoggiai il canovaccio e andai alla porta d'ingresso, aprendola per ispezionare l'erba alta e capire se Ruby fosse ancora sulla nostra proprietà.

Quando mi parve che se ne fosse andata, uscii e mi addentrai fra le sterpaglie che circondavano la casa infestata. Le foglie e gli insetti mi colpirono il viso una volta arrivata sul retro. La luna era troppo debole per vedere qualcosa, ma non ne avevo bisogno. Ruby era prevedibile nel suo disordine. Sapevo esattamente dove aveva nascosto la valigia di Miss Burden.

In pochi minuti l'avevo tirata fuori da un buco ricavato nel muro, dove Ez e io un tempo infilavamo i nostri giocattoli. Gli eventi dell'ultima settimana mi avevano convinta che quel bagaglio portasse sfortuna, che fosse un cattivo auspicio. L'affaticamento di mamma. Le molestie del vicecapo. La crudeltà di Ruby, che aveva ferito profondamente mia sorella. Pensai alle tre figlie della casa bruciata, i cui corpi non erano mai stati rinvenuti, e alla gente del villaggio che ci credeva possedute. Forse Miss Burden non avrebbe trovato pace finché non avessimo restituito ciò che le era stato rubato. Volevo recuperare la quiete di un tempo, che sembrava sicura e infinita. Se avessi distrutto quella valigia, forse le cose sarebbero tornate alla normalità, in qualche modo. Mi premetti il bagaglio contro il petto ansante per un momento prima di voltarmi e risalire nel buio il pendio incolto fino alla strada.

Impiegai meno di cinque minuti per arrivare al nostro laghetto, e una volta lì mi avvicinai in silenzio al bordo del piccolo pontile di legno; le assi tremavano e scricchiolavano sotto i miei piedi, ma l'acqua accolse la valigia senza protestare.

12

Una nuova insegnante occupò il vecchio appartamento di Miss Burden in riva al mare. A quanto pareva, il colloquio di lavoro era stato breve. Quando papà era tornato a casa e aveva parlato di Miss Dinah Alley, mamma aveva roteato gli occhi così forte che temevo potesse farsi male.

Nessuno ci aveva chiesto la nostra opinione su Miss Alley, il cui nome, pronunciato *ally*, era un frutto maturo e perfetto che avrebbe dovuto autorizzare i nostri compagni a subissarla di scherzi, eppure non sarebbe successo perché gran parte della mia classe, se non l'intera scuola, si era innamorata di lei.

Non era il mio caso. Nel corso di quella settimana, seduta al mio banco, mi resi conto che la Hobart non era più il mio rifugio. Forse non lo era mai stato. Mi perdevo spesso nei miei pensieri, ignorando Ezra che mi pizzicava per ridestarmi. A differenza di Miss Burden, che ero convinta avesse visto qualcosa di speciale in me perché amavo leggere e scrivere, la nuova insegnante mi relegò, insieme a Lindy e a mia sorella, nella schiera anonima delle "ragazze nere". Ogni giorno venivamo trascurate da Miss Alley e prese di mira dai compagni. A differenza di Miss Burden, lei non proibiva ai suoi allievi di fare dei versi da scimmia ogni volta che mi alzavo dal banco per temperare la matita. Quando i maschi mi lanciavano delle palline di carta bagnate tra i capelli con la cerbottana, potevo impiegare un'ora intera di lezione per accorgermi che ne avevo la testa piena mentre le altre ragazze, con le loro belle code di cavallo lucenti, piangevano dal ridere. L'insegnante si accigliava ogni volta che doveva proferire i nostri nomi. Credo che a volte lo facesse di proposito. Hyacinth è facile da pronunciare come Rose o Lily, i nomi delle ragazze bianche che sedevano dietro di me in seconda fila perché faticavano a superare gli esami.

Gettare nel laghetto la valigia di Miss Burden non era servito a riportare l'ordine nel nostro mondo: l'arrivo della nuova insegnante ne era stata la conferma.

Ogni volta che Miss Alley mi chiamava per nome, non sapevo se volesse pormi una domanda o semplicemente ordinarmi di smettere di esistere. La mia vergogna era un pavimento di parquet, una griglia levigata sulla quale la mia nuova insegnante danzava e piroettava, facendo scivolare le sue scarpe di vernice sulla mia sicurezza fino a intorpidirmi.

In aula c'era odore di sudore, calzini e luce solare. Con le finestre aperte e un ventilatore arrugginito che faceva circolare l'aria stantia, tenemmo il capo chino sui quaderni, in mano le matite gialle appuntite, mentre Miss Alley ci leggeva un dettato.

Con la coda dell'occhio la vidi sorseggiare cautamente il suo caffè. La bocca rossa e luccicante sfiorò il bordo della tazza di porcellana e poi, in un gesto che non sembrò accidentale, la mano mollò la presa. Il viso si aggrottò in un'espressione misteriosa osservando il liquido che si rovesciava sul pavimento.

Era la sua seconda settimana di lavoro e aveva rotto una gran quantità di tazze, nascosto i gessi, e lamentato la presenza di topi e muffa nera negli angoli dell'aula. Questi piccoli interventi di manutenzione rientravano tra le tante responsabilità di Mr Caesar. Non c'erano altri dipendenti. A volte Ernest o uno dei ragazzi neri di Gunn Hill passava a scuola per aiutarlo a tinteggiare o a sbrigare mansioni più complicate. Ma in genere Mr Caesar gestiva tutto da solo.

Mi piaceva quando Mr Caesar entrava in aula. Svettante nella sua uniforme inamidata, una volta finito il lavoro faceva l'occhiolino o un cenno del capo a Ezra, Lindy e me, dopodiché prendeva il suo secchio o gli attrezzi e se ne andava. I suoi arrivi e le sue partenze rendevano elettrica l'aria intorno a me, come se avessi appena visto un supereroe in carne e ossa, un uomo forte che gli altri non riuscivano a riconoscere per chi era realmente. Fino a quel momento non mi ero soffermata più di tanto sulle sue frequenti presenze in aula.

Ma era ormai la sesta, settima o dodicesima tazza che Miss Alley faceva cadere per terra. Cosa voleva da Mr Caesar? Lui non poteva deriderla o lamentarsi apertamente di lei. Non poteva insultarla. Non poteva far intervenire Miss Irene, senza orecchini, con i polsini del suo abito da casa arrotolati come un'armatura e le sue conchiglie di ciprea che ondeggiavano e scintillavano in preparazione alla guerra.

In quell'occasione, all'arrivo di Mr Caesar notai che il suo viso era una maschera. Mi ricordava i disegni dei faraoni sul libro di storia che papà mi aveva mostrato nel suo studio. Si limitò a un cenno teso del capo quando Miss Alley ripeté il solito copione, dando la colpa alla sua goffaggine con una voce melensa alla Shirley Temple, e mostrandogli la pozza fumante che stava allungando le sue ustionanti dita nere sul pavimento lavato già molte volte quella settimana. Il caffè rovesciato aveva creato una scura sagoma animale.

Ezra, Lindy e io ci scambiammo un'occhiata. Era la prima volta che Mr Caesar non ci rivolgeva uno sguardo o un sorriso. Comparvero delle macchioline nere ai margini del mio campo visivo.

Sulla bocca di Ruby era stampato un sorrisetto, come se non sapesse che espressione assumere, se mostrarsi divertita o arrabbiata. Osservando il suo vestito nuovo immacolato e il nastro tra i capelli, mi resi conto che somigliava più a una qualsiasi studentessa bianca e meno a Ruby Scaggs, la ragazza che ci aveva assicurato che un giorno avrebbe pilotato la sua stessa libertà.

«Nervi, suppongo» stava dicendo Miss Alley.

Mr Caesar passò lo strofinaccio dando dei rapidi colpi sulle assi di legno duro come se l'insegnante non avesse proferito parola.

«Sei l'unico a occuparti di tutta questa scuola enorme?»

«Oh...»

Miss Alley lo esortò a parlare con un sorriso.

«Sicuro» rispose lui, visibilmente accigliato.

«Sei molto abile» disse lei.

Mrs Caesar non replicò.

Mia sorella, misericordia di Dio, decise di rispondere al suo posto. Con le mani sui fianchi e gli occhi come due frecce scintillanti, Ezra somigliava a Miss Irene, più che a nostra madre.

«Se *lei* fosse stata più *abile*, non avrebbe combinato un pasticcio del genere per la *centesima* volta.»

L'incredulità sfrigolava come un uovo rotto sulla padella bianca del viso di Miss Alley. Lindy si coprì il volto, e non capivo se i rumori che emetteva fossero dovuti al nervosismo o al pianto. La mia faccia rifletteva il timore che Ezra stesse per beccarsi la sua prima punizione corporale. Si era spinta troppo oltre. Per quanto fossi orgogliosa di lei, provai un senso di vertigine che mi fece chiudere gli occhi.

«Ezra» disse Mr Caesar. Tentò di allungare gentilmente la mano per farle segno di sedersi.

«Non osare *toccarmi*!» strillò Miss Alley. Ci sorprese con questa tattica, rivolgendo la sua collera contro Mr Caesar anziché contro Ezra. Balzò in piedi strillando: «Hai *provato* a *toccarmi*! Ci hai provato per *tutta* la settimana!».

Lindy e io scattammo nello stesso momento. Ezra non poteva salire sul ring perché la aspettava già una punizione, e sapevamo che sarebbe stata pesante. Così intervenimmo noi, sollevando le nostre voci in un unico pugno stridente.

«Cattiva! Non è *vero*! Nessuno vuole toccarla!»

«Non è *vero*! Non l'ha *toccata*!»

L'insegnante corse al pannello dell'interfono. Schiacciò freneticamente tutti i pulsanti che collegavano la nostra aula alle altre, inclusa la presidenza.

«Chiedo scusa» disse Mr Caesar in tono pacato. «Signora, stavo cercando di tranquillizzare le ragazze. Non c'è nessun problema qui. Ho pulito tutto, vede?» Fece roteare velocemente il secchio, sollevando qualche schizzo grigio d'acqua saponata. Notai che si erano formate delle chiazze di sudore dietro l'uniforme e sotto le ascelle.

«Papà!» disse Lindy, spingendo via la sedia per correre al suo fianco.

Mr Caesar si voltò di scatto. «Resta lì, piccola» disse. «Siediti, Lindy. Studia questi libri, queste lezioni. È quello il tuo compito.»

Una voce maschile gemette dall'altoparlante. Mr Caesar portò agilmente il secchio e lo scopettone fuori dall'aula prima che l'insegnante potesse ordinargli di restare.

«Buon pomeriggio, Miss Alley, le serve aiuto con la sua classe?»

L'insegnante premette il pulsante, recuperando la falsa dolcezza della sua voce stucchevole. «È tutto a posto, grazie, Mr Mitchell» disse, fissando il pavimento dal quale Mr Caesar aveva strofinato via la scura sagoma animale evitando che lasciasse una macchia.

Era chiaro: Miss Alley era una bulla. Ez e io avevamo deciso di non riferire episodi del genere a nostro padre. Erano troppi, ormai.

All'intervallo Ezra, Lindy e io ce ne stavamo in disparte, parlando poco mentre guardavamo gli altri studenti prendere a calci i palloni di gomma nel cortile di ghiaia.

«Oggi mi ha dato *veramente* sui nervi» disse infine Lindy. «Quella donna è a *un soffio* dal ritrovarsi un mio piede piantato nel sedere! Cinthy è più intelligente di lei! Cinthy potrebbe insegnare una lezione intera *da sola*, se volesse, e noi lo *sappiamo*. *Odio* i bulli! Miss Alley non vale niente. Vergogna.» La voce di Lindy era piatta. Nonostante il vento polveroso, i suoi vestiti erano immacolati. La polvere non la toccava.

«Fin da quando è *arrivata*» aggiunse Ez.

Mi bruciavano gli occhi ripensando a Miss Alley che poco prima mi aveva urlato contro senza motivo. Sentivo ancora il mio nome – *Hyacinth* – nella sua bocca, acido come vomito.

«L'hanno scelta i bianchi» disse Ez.

«A-ha.»

«Ma prendersela con *mia* sorella?» proseguì Ezra. «Oh, no, questo non glielo permetto.»

«No» convenne Lindy. «Non può farlo. Non è neanche una *vera* insegnante.»

«No, infatti. Buon Gesù. Avete visto come fa di conto?»

Lindy ridacchiò. «Mio padre dice che è la nipote di Mrs Hobart o qualcosa del genere, una lontana parente. Ecco perché ha ottenuto il posto.»

«Questo spiega tutto» disse mia sorella. «Miss Irene le staccherebbe la testa e ci giocherebbe a palla.»

Ci zittimmo di nuovo, confortate da questa immagine.

L'intervallo stava per finire. Non che mi dispiacesse più di tanto. Anni prima i nostri genitori ci avevano imposto delle regole a riguardo: l'intervallo era per i bianchi. Durante la pausa Ezra e io dovevamo leggere o pulire le lavagne per gli insegnanti. In ogni caso, non avevamo amici con cui giocare, soprattutto da quando avevamo tagliato i ponti con Ruby. In tutti quegli anni alla Hobart non eravamo mai state invitate a casa dei compagni o alle feste di compleanno al villaggio. Feste che i nostri genitori non ci avevano mai permesso di organizzare, perché avremmo dovuto ospitare a casa gli altri studenti. Non volevamo andare nelle case di bianchi perché non ci saremmo divertite né sentite al sicuro. E non volevamo che i bianchi entrassero nella nostra comportandosi come se fossero loro i padroni.

Osservammo gli studenti con cui non volevamo giocare e che non volevano giocare con noi. Poi Ruby sbucò dai cespugli verdi che bordavano il cortile di ghiaia. Vedendola avanzare, trattenni il fiato e incrociai le braccia perché mi resi conto che voleva parlare con *me*. Non avevo alcun controllo su quello che poteva farmi Miss Alley, ma di sicuro lo avevo su Ruby Scaggs.

«So che ce l'hai tu» disse, senza scomodarsi a salutare Ez o Lindy.

«Non più.»

«Cosa ne hai fatto, Cinthy?»

«Tanto per cominciare, non era *tua*» risposi.

«Cazzo, non sta a te decidere cosa mi appartiene.»

«Levati di torno» intervenne Ezra, lanciando via il bastoncino con cui stava giocherellando.

«Non posso prepararmi per la scuola da aviatori senza i miei soldi. Ne ho messi un po' in quella valigia, e sono sicura che li hai trovati quando me l'hai presa. Ho bisogno dei miei soldi.»

Sentii il sangue sfrigolare mentre la fissavo. «E sarebbe un mio problema?»

Lindy fece una risata sguaiata. «Bella, *fammi il piacere*! Ragazze, ha detto davvero "i miei soldi"? Nessuno *al mondo* metterebbe nella stessa frase le parole "soldi" e "Scaggs" senza spanciarsi dalle risate, e questo è quanto. Tesoro, spero che qualcuno si prenda *tutti* quei soldi. Te ne stai lì a fare discorsi assurdi come se non sapessimo che rubi. Sei troppo *stupida* per prenderti i soldi di qualcun altro.»

Ruby le diede uno spintone. O ci provò.

«Bella, stai buona» disse Lindy. «Spingimi un'altra volta e te la faccio vedere io.»

«Hai fino alla fine della giornata per ridarmi la mia roba.»

«*Oppure*?» ribatté Lindy, ridendole in faccia.

Mia sorella parlò con un sibilo sommesso. «Cinthy non ha *preso* niente che appartenesse a *te*.»

«E tu cosa ne sai?» rispose Ruby. Si asciugò le lacrime di rabbia dagli angoli degli occhi. Tra i suoi capelli notai un nastro sgargiante che non era nostro. Portava una collana d'oro con un piccolo ciondolo a forma di mongolfiera che luccicava sulla pelle, e una strana cintura dorata intorno alla vita che sarebbe stata più adatta a una nonna. Non le donava. «Quello che so è che sei una *codarda*, Ezra Kindred. Non ti sei mai meritata di essere la mia migliore amica. Lasci che tua mamma decida chi puoi frequentare come se non sapessi ragionare con la tua testa. Credi quello che vuoi, ma io non sono tua nemica. Non ti ho mai fatto niente di male!»

Un fischio segnalò la fine dell'intervallo, anticipando il triplice suono della campanella all'ingresso.

«Ruby, tu non hai idea di cosa voglia dire fare del male» sbottai.

«Avvicinati a mia sorella» aggiunse Ez «e capirai cosa si prova a essere a un passo dalla morte.»

Pensai di andare in infermeria per provare a uscire prima da scuola. Avevo le vertigini e la pancia in subbuglio. Avrei detto a mamma quello che avevo fatto con la valigia di Miss Burden. Le avrei detto che io ed Ez avevamo mostrato a Ruby le nostre parti intime. Perché forse era il motivo per cui Miss Burden era morta e il vicecapo si sentiva in diritto di passare davanti a casa dei Junkett fingendo di spararci senza ragione. Le avrei confessato tutto. Mamma avrebbe trovato un modo per farmi essere semplicemente Cinthy invece di entrare in un'età adulta che mi sembrava strana, disorientante, e proprio non mi si addiceva.

13

Mentre i compagni scappavano fuori dall'aula a fine giornata, Miss Alley chiese a Ruby di rimanere. «Due parole» disse. Colta di sorpresa, Ruby annuì sentendo addosso gli occhi scuri di Ezra e Lindy ridotti a fessure. Cinthy era tornata a casa prima per qualche ragione, probabilmente per trafficare di nuovo con la valigia di Miss Burden.

Il sole del tardo pomeriggio incendiava l'aula. Ruby intravide la peluria finissima e soffice sul viso di Miss Alley. I peletti sottili si erano districati dallo strato gessoso di cipria in polvere. La sua vecchia insegnante, l'insegnante morta, non le era mai sembrata disposta ad avvicinarsi così tanto a lei.

«Ruby Scaggs» disse Miss Alley con voce sommessa e misteriosa, facendo il giro della cattedra. I capelli biondi che rimbalzavano sulle spalle la fecero pensare alla parrucca Bomba di sua madre, che non aveva mai più ritrovato la forma e la lucentezza dopo che l'aveva presa in prestito. Neanche il biondo di Miss Alley era naturale.

«Vedo che oggi ti sei messa un bell'abito e un nastro tra i capelli. Tua madre ha trovato quella fantasia su una rivista?»

«Mamma non mi dà mai niente» rispose lei. «E non credo a una parola di quello che c'è scritto su quei giornali mielosi che legge notte e giorno. Sono peggio delle caramelle che mi fanno marcire i denti.»

Miss Alley buttò indietro la testa e si abbandonò a una

piacevole risata. «Oh, Ruby, secondo me sei la più intelligente di tutti noi!»

A Ruby piacevano quelle attenzioni. Era una novità che un'insegnante le dicesse che era intelligente. *Splendore, cara, tesoro.* Mai nessuna donna, neanche Ezra, le aveva detto che era speciale.

«Posso dirti tutto quello che devi fare per ottenere tutto quello che desideri. Non è difficile come sembra, tesoro» proseguì Miss Alley, guardandosi intorno come fossero in cima a uno di quegli enormi grattacieli a New York. «Cosa vuoi davvero, Ruby? Se posso chiedertelo.»

«Come, scusi?» Ruby faticava a sentire perfino la propria voce, inebriata com'era dalle parole dell'insegnante.

«Cosa vuoi dalla tua vita?»

"Voglio la sensazione che provo quando penso di volare" stava per dire. Avrebbe voluto confessarle la verità. Ma non si era mai fidata di nessuno a parte Ezra Kindred, e adesso non poteva più fidarsi nemmeno di lei.

«Sei davvero speciale, Ruby» proseguì Miss Alley, non ricevendo risposta. «Ma d'ora in avanti devi applicarti a scuola. Per prima cosa, la frequenza. Sei ancora in tempo a diplomarti in primavera, e avrai un'istruzione sufficiente a fare andare la tua vita come dovrebbe. Un tempo ero come te, però mi *applicavo*. Sarei felice di venire a casa vostra per parlare del tuo potenziale con i tuoi genitori.» Alla parola "casa", Ruby fu pervasa da un terrore devastante.

«Oh, non sarà necessario» si affrettò a dire. «I miei vivono su per le scogliere. Il terreno è sconnesso. Se non sa dove mette i piedi, rischia di calpestare un serpente o di trovarsi braccata da un branco di lupi. Potrei passare a trovarla io al villaggio.»

«Con piacere, tesoro» disse Miss Alley. «Ma ho comunque bisogno del permesso dei tuoi genitori, per alcune idee che ho in mente. Non vorrei pensassero che sto cercando di influenzarti in un modo contrario ai loro piani.»

Ruby si premette le mani sulla bocca per non riderle in faccia. Probabilmente l'insegnante credeva che stesse per piangere.

«Dietro questi modi grezzi che fingi di avere, so che si nasconde una giovane donna giudiziosa che vuole qualcosa di meglio delle carte che ha in mano. Lascia fare a me, Ruby.»

Il viso di Ruby avvampò mentre premeva le dita sul ciondolo dorato di Cullen a forma di mongolfiera. Una volta Cullen le aveva chiesto di riflettere seriamente sulle sue possibilità di migliorarsi. Le aveva detto che credeva in lei perché era diversa da qualsiasi ragazza avesse mai baciato. Ruby pensò alla propria libertà, contenta di aver battuto Ezra in qualcosa una buona volta, o perlomeno era questa la sensazione che aveva.

«Perché dovrebbe aiutarmi?»

Miss Alley annuì come se si fosse aspettata quella domanda. «A parte mia zia, non ho nessuno nella mia vita. Niente mariti, figlie, sorelle, cugini. Credo di essere rimasta colpita dal tuo coraggio quando sono arrivata qui. Vorrei tanto avere una figlia come te, o una sorella minore da coccolare, un angelo da proteggere.»

D'istinto, Ruby sorrise. Quella donna le suscitava lo stesso brivido che aveva provato la prima volta che Cullen l'aveva baciata. Ovunque guardasse, le sembrava di essere in una specie di turbinosa storia d'amore in cui tutti volevano averla, e si rese conto di poter essere qualcosa di diverso.

«Eccolo!» esclamò l'insegnante. «Un sorriso da cento watt da Ruby Scaggs! Non è stato difficile, no?»

Miss Alley tornò velocemente dietro la cattedra per aprire il cassetto scricchiolante in cui teneva la borsetta, e si mise a parlarle in tono amichevole, come se si conoscessero fin da bambine. «Ti accompagno fuori, tesoro.»

Ruby guardò l'angolo del portafoglio che spuntava dalla borsetta. Pensò a tutti quei caffè rovesciati. Miss Alley era distratta, un bersaglio facile. Con un sorrisetto, si lasciò prendere sottobraccio.

«Andiamo» disse allegramente l'insegnante.

Fuori, il padre di Ruby era da solo nel cortile della scuola. Strizzò gli occhi nervosamente vedendo una ragazza carina e ben vestita che somigliava a sua figlia scendere i gradini accanto all'insegnante. Era arrivato alla Hobart nella speranza di sorprenderla a sgattaiolare via per incontrare un amante brufoloso. Ruby era più assente del solito, e Mr Scaggs non avrebbe permesso che si credesse libera di fare quello che voleva con chi voleva.

Non essendoci nessun altro in vista che potesse essere il padre di Ruby, Miss Alley salutò quella figura alta e incurvata. Stava per chiamarlo quando notò che Ruby si era ritratta, facendosi piccola piccola.

All'improvviso in cielo scoppiò una guerra di lampi. Metà orizzonte minacciava un nubifragio mentre l'altra metà scintillava, ignorando il rapido spostamento delle nuvole scure che avanzavano come cavalli rampanti verso il centro di un grigio campo di battaglia.

Immobile sui gradini della scuola, Ruby osservò il padre temendo che il suo consueto disinteresse per l'abbigliamento e l'igiene potessero spingere Miss Alley a ritrattare l'alleanza che le aveva offerto. Con sua sorpresa, invece, il padre indossava una semplice camicia azzurra senza macchie o buchi e il suo paio buono di pantaloni grigi. I capelli biondissimi ricadevano con ordine intorno al viso. Si era rasato. Ruby non sapeva cosa pensare. Si stava spacciando per un padre amorevole per non essere giudicato dai suoi insegnanti? O si stava preparando a minacciare lo spasimante immaginario che era convinto sua figlia stesse frequentando in segreto? Quando Miss Alley gli porse la mano, lui la strinse con garbo. Tralasciando l'assenza di un cappello, sembrava un uomo semplice e piuttosto belloccio.

L'insegnante si presentò, intavolando una conversazione leggera. Sorridente e affabile, parlò della buona condotta di Ruby, enfatizzando certe piccole cose che la ragazza aveva detto o fatto per dare l'impressione che fosse una leader, la prima della classe. La paragonò a un membro della sua famiglia. «È come la figlia che non ho mai avuto» disse. «È una studentessa modello!» Ruby si vide balenare davanti agli occhi l'immagine di una ragazza meravigliosa che nessuno di loro aveva mai visto. *Splendore, cara, tesoro.*

«Ruby ha una madre» disse Mr Scaggs. «E non ha mai detto di volere una sorella o un fratello. Non so che razza di storie le abbia rifilato, ma non è un'orfana. Giusto per essere chiaro, a volte Ruby si perde in quella sua testa scombinata, e io sono qui per rimetterla in riga» aggiunse. «Anche le ragazze perbene a volte finiscono tra le mani di qualche diavolo anziché tra le ali degli angeli. Sono stato giovane anch'io. Se mai un bastardo dovesse cercare di strapparle qualcosa che dovrebbe riservare a suo marito, dovrà vedersela prima con me.»

«Oh, la capisco benissimo» rispose Miss Alley in tono incoraggiante, e si voltò in modo da pararsi di fronte a lui. «Non mi sognerei mai di lasciare andare in giro da sola una bella ragazza come Ruby, non dopo la sceneggiata che mi ha fatto quel tizio di colore. E le femmine negre sono anche peggio.»

«Vero?» rispose Mr Scaggs passandosi la mano tra i capelli. Rovistò nella tasca sinistra dei pantaloni e tirò fuori una sigaretta. Ne offrì una a Miss Alley. L'insegnante guardò sopra la spalla le finestre della Hobart e chinò timidamente il capo prima di accettarla. Comprendendo la sua cautela, il padre di Ruby indicò un angolo in fondo all'enorme prato. I tre si allontanarono dall'ingresso della scuola. Ruby lo guardò avvicinare a Miss Alley il suo fiammifero per poi accendere la propria sigaretta con un guizzo del polso.

«Intende un ragazzo dell'età di Ruby?» le chiese.

Miss Alley scosse la testa. «Il negro che fa le pulizie.»

«Ah» disse Mr Scaggs. Ruby capì che aveva attirato la sua attenzione.

«Oggi mi ha quasi aggredita» proseguì lei. «Ho rovesciato una tazza di caffè e ho dovuto chiamarlo all'interfono. Ha impiegato così tanto ad arrivare che avrei fatto prima a pulire da sola.» Abbassò la voce. «Sono stata educata a rispettare i diritti umani basilari dei neri, di *tutte* le persone, ma sono rimasta davvero sconvolta dal modo in cui mi fissava. Dal suo palese disprezzo. Nessun uomo perbene mi ha mai guardata così. Era come se fossi nuda.» Miss Alley non sapeva che, parlando di Mr Caesar in quel modo, stava toccando uno dei nervi più scoperti di Mr Scaggs. Ruby non si azzardò a correggerla.

«*Mmh*» disse lui scostandosi i capelli dal viso. Aveva alzato gli occhi verso i rami degli alberi. Si comportavano entrambi come se Ruby non fosse lì. «Quello è un borioso figlio di puttana» disse il padre. «E sua moglie se ne va in giro come se fosse la regina della giungla.»

«Sarà una selvaggia anche lei» convenne l'insegnante, «per lasciarsi amare da un bruto del genere.»

La brezza autunnale lambiva i loro pensieri. Continuarono a fumare in silenzio.

«Cosa fate da queste parti, quando un negro tiene un comportamento inappropriato?» chiese Miss Alley. «Bisogna rimetterlo al suo posto, altrimenti tutti gli altri si sentiranno i padroni del villaggio. Farete pure qualcosa, no?»

«Non *facciamo* un bel niente» sbottò Ruby senza fermarsi troppo a riflettere.

«Ruby, chiudi la bocca» la rimproverò il padre. «Sei in un mare di guai. Oggi ti è andata bene, ma prima o poi ti beccherò. Insieme a quel ragazzo, chiunque sia, ti beccherò in pieno. Puoi scommetterci.»

Miss Alley si voltò a guardare Ruby prima di tornare a fissare il padre con le palpebre socchiuse. «Ruby crea problemi?»

«Come tutte le donne» rispose lui senza un briciolo di umorismo.

Miss Alley diede un colpo di tosse. «Quelle ragazze di colore in aula sono veramente *sfacciate*» disse, fingendo di non aver sentito il suo ultimo commento. «Se avessi saputo che i negri possono sedersi di fianco alle ragazze come Ruby nella stessa aula ed essere trattati come se fossero in grado di imparare quello che sta imparando lei, avrei cercato lavoro altrove.»

«Cosa sta imparando, di preciso?»

Ruby aveva capito che Miss Alley era una bugiarda. Doveva solo capire se la cosa la disturbasse. Nella sua mente risentì la dolcezza con cui le si era rivolta in aula. Immaginò loro due unite come sorelle, o come buone amiche. Provò a pensare alla vita che avrebbe avuto con una madre del genere. Non era ancora pronta a rinunciare a quel sogno.

Poi il cielo interruppe i suoi pensieri.

Una pioggia calda scrosciò tra i rami sopra di loro, flagellandoli in volto e sulle braccia. Miss Alley strillò e si mise a ridere mentre Mr Scaggs si lasciò sfuggire un sorriso involontario.

«Che diluvio, eh?» disse lui, e lanciò via il mozzicone guardando la bocca di Miss Alley. Le labbra dell'insegnante, luccicanti di pioggia, erano addolcite da una risata argentina. Ruby tornò a fissare la borsetta premuta tra il fianco e il braccio scoperto dell'insegnante.

«Eh già!» rispose lei, infilando la borsetta sotto l'ascella. «Viene che Dio la manda!»

L'acqua le aveva lavato via la cipria e il fondotinta. I capelli chiari scurirono in un caschetto bianco sporco. Ruby intravide il colore e il tessuto del suo reggiseno sotto la camicetta. Era rosso come la sua bocca.

«Dovrò andare al villaggio a piedi con questa pioggia, ho perso l'autobus» disse. «Ammetto di non sentirmi al sicuro ad andare in giro da sola.»

«La accompagniamo noi, se vuole. Non dovrebbe avere paura» rispose lui, sistemandosi i capelli dietro le orecchie.

Ogni volta che Miss Alley girava la testa, sollevava uno spruzzo d'acqua sbrilluccicante. Una donna sotto un acquazzone è sempre meravigliosa. Anche se non è particolarmente bella.

Miss Alley prese a braccetto Mr Scaggs, e Ruby si spostò dall'altra parte. L'insegnante tolse la borsetta per stargli più vicina, e senza pensarci due volte la diede alla sua allieva. Sentendola leggera tra le mani, Ruby si ricordò della valigia di Miss Burden, che pesava poco di più. A quel punto ripensò quasi con tenerezza ai doni della sua insegnante morta mentre cercava di calcolare quanti soldi contenesse il portafoglio di quella nuova. Aveva provato un fremito quando Miss Alley aveva indotto suo padre a guardarle le labbra, e le era tornato in mente come l'aveva punzecchiata Cullen al loro primo incontro. Ogni volta che lo vedeva, e capitava di rado ormai, avrebbe tanto voluto ammaliarlo come aveva fatto Miss Alley, con una disinvoltura che sarebbe parsa naturale a chiunque avesse posato gli occhi su di lei. Sapeva trasformare le persone in specchi. Aveva il viso di una donna che discendeva da milionari. *Tesoro, tesoro, tesoro.*

Ruby si rese conto che, in effetti, Miss Alley avrebbe davvero potuto insegnarle un paio di cose.

Jonah Reuben Scaggs III

Ruby origliava da sempre gli incubi notturni del padre, ascoltando i frammenti della sua vita urlati appena prima che arrivasse l'alba a liberarlo dal terrore. Per tentare di capire quell'uomo doveva usare l'immaginazione, piazzando cuciture e cerniere dove i punti si erano strappati. Tentava di ricostruire quello che gli era successo perché gli voleva bene. Ma l'amore non aveva mai donato un briciolo di felicità a Jonah Reuben Scaggs.

Aveva appena tredici anni quando suo padre era annegato in un incidente in barca, disperso tra le onde che flagellavano la costa screziata di Salt Point. Meno di un mese dopo, sua madre si era gettata in mare dalle scogliere. La sua sofferenza aveva fatto infuriare la gente del villaggio, che aveva attribuito la sua disperazione e il suo inutile sfoggio di passione a ciò che conferiva alla sua pelle quell'intenso colorito olivastro. Si erano rifiutati di recuperare quello che restava del corpo, e dicevano che il vento l'aveva trascinata giù in mare dalla scogliera ricongiungendola al marito per un motivo che non avevano alcuna intenzione di sondare.

Il giovane Jonah era un ragazzino mezzo vuoto, pronto a riempirsi di qualunque cosa si rovesciasse nella sua forma immatura. I burberi amici di suo nonno, dal quale aveva preso il nome, lo chiamavano "ragazzo" e premevano i loro polpastrelli callosi sulle sue spalle. Un giorno, fermandosi insieme a quegli adulti nel parco pubblico di una cittadina rurale come tante altre, molto a sud di Salt Point, guardò bruciare il corpo di un nero e scoprì che tipo di uomo ci si aspettava che fosse.

Anche se tutti insistevano che Jonah Reuben Scaggs III avrebbe avuto una bella vita – *la loro vita* –, il ragazzo si rese conto che diventare uomo era l'ultima cosa che desiderava.

Non avrebbe mai dimenticato il momento in cui gli amici di suo nonno, che tra di loro si chiamavano "fratelli", assaporarono ad alta voce i ricordi delle loro uccisioni, memorie del passato risvegliate da quell'ultimo omicidio.

Ve lo ricordate Willie, quel bastardo al quale si è spezzato il collo solo al terzo tentativo? Ah, sì, chi se lo dimentica quello stronzo balbettante! Eh eh, piangeva e chiamava la mamma, quello lì. Due palle grandi come i miei palmi, aveva. Vi ricordate di Esaù? Paul ha portato qui sua moglie e i suoi figli per un gelato. Un vero spasso, eh? I vecchi tempi. I bei vecchi tempi, dicevano i nostri padri. E il bello non è mica finito, credetemi. Ve lo garantisco.

Jonah osservò quei cristiani fischiettare allegramente parlando del loro bestiame, del raccolto, di Dio, di camion guasti, di mogli rabbiose e amanti passabili, e di quello che dicevano i giornali – guerra, guerra, guerra – mentre un paio di loro si avvicinavano alla pira con gli occhi che brillavano e si sbottonavano i pantaloni per pisciare su quello che un tempo era stato un uomo. Poi, ridacchiando di gusto, spostarono la conversazione sulla ricerca di carne grigliata che potessero effettivamente mangiare, magari da Regina. Regina era una negra del Texas che faceva i barbecue migliori nel raggio di chilometri. Prima di andare a caccia di pancetta croccante, focaccine con sugo di carne e costine affumicate, diedero qualche pacca sulla testa di Jonah e si rivolsero a suo nonno accennando al poker e alle puttane.

Allontanandosi dal cadavere fumante, il bisnonno di Ruby chiese a Jonah se volesse un gelato. Lui si costrinse a sorridere rispondendo che in effetti gli sarebbe piaciuto, grazie, signore. «Bravo, bravo il mio ragazzo. E diventerai un uomo perbene, come gli altri della tua stirpe.»

Davanti alla vetrinetta, con gli occhi che bruciavano, Jonah si vide consegnare un cono fragola e vaniglia. Non lo rifiutò, però si chiese cosa sarebbe successo se avesse trovato la forza di sbatterlo per terra. Ma nell'istante in cui leccò le palline dolci e fredde, il disagio si dissolse sulla sua lingua. Riuscì quasi a convincersi che quello che stava succedendo dall'altra parte della strada non c'entrava niente con lui. Per quanto riguardava i neri, si disse, la sua pelle bianca e la sua stirpe appartenevano a una carnagione diversa. Non era dello stesso colore di quegli uomini e dei loro falò.

Guardò suo nonno scribacchiare qualcosa sul retro di una specie di cartolina. Poi alzò la testa sorridendo, e Jonah vide il suo cranio sotto l'intreccio di vene che attraversava la pelle lucida e lentigginosa come una galassia marrone e rosa. Il suo bel cappello era appoggiato accanto alla rastrelliera delle cartoline: grezze riproduzioni fotografiche di corde, colli, torsi, fianchi, inguini esposti, piedi flosci che penzolavano a pochi centimetri da terra. Dita dei piedi lunghe e scure, arricciate come petali di fiori.

Jonah continuò a leccare il cono che teneva in mano. Rimase impassibile quando suo nonno gli avvicinò la cartolina. Spostò il gelato nella mano sinistra e usò la destra per apporre la sua firma vicino alla sua, pomposa e arzigogolata. La cartolina sarebbe stata spedita a Salt Point, dove la nonna di Jonah avrebbe riposto quel souvenir insieme a molti altri in un album segreto conservato in fondo a un lungo cassetto.

Mentre il cassiere riempiva l'aria con i pettegolezzi locali, il nonno di Jonah fece un gesto brusco con la mano per indicare al nipote di finire il gelato sul marciapiede.

Jonah uscì nel vicoletto e si fermò dando le spalle alla

piazza. Neanche questo sembrò bastare, allora strizzò forte gli occhi concentrandosi sul soffice gelato alla fragola. Si decise a riaprirli perché la lingua aveva raggiunto il bordo duro del cono, una parete viscida dagli spigoli vivi e frastagliati. Soddisfatto, lo accostò ai denti. Era la sua parte preferita, l'atto intimo di masticare quel che restava del gelato. Rimase sconvolto scoprendosi osservato.

Gli occhi neri di una ragazza incrociarono il suo sguardo all'imbocco del vicolo.

Era stata in chiesa. L'orlo del suo abito bianco sfiorava la sottile pelle nera dei polpacci. Ai piedi portava scarpe di vernice bianca con i tacchi bassi. Era longilinea e più alta di lui. La punta delle dita era nascosta dai guanti bianchi che arrivavano al polso. Jonah avrebbe voluto vedere le sue unghie, per scoprire se fossero fragili o spezzate. Così avrebbe potuto capire che lavoro faceva. Una fascia di raso bianco sulla quale era cucita con un filo color lavanda un'unica parola, LILY, cingeva la vita snella.

Stava aspettando che le cedesse il passo lungo il vicolo? Non avrebbe dovuto essere lei a farlo? Jonah non conosceva le regole, non ancora. Guardò gli arcobaleni nelle chiazze oleose lungo il bordo della strada pensando alle scarpe buone della ragazza, ma non si spostò.

Lei piegò la testa, né irritata né docile. Jonah la guardò – Lily, doveva essere quello il suo nome – rovistare nella tasca del silenzioso abito bianco e tirare fuori un fazzoletto azzurro. Si premette la stoffa, dello stesso colore intenso del cielo, sul naso e sulla bocca imperlati di sudore. Senza distogliere gli occhi da lui, tenne il fazzoletto in quella posizione. Solo allora proseguì.

Lily lo superò come fosse un cattivo odore. Che razza di persona era, se perfino una ragazza negra poteva passargli accanto con aria imperiosa?

Con una collera che non seppe spiegarsi, Jonah spinse la ragazza e il suo silenzio in mezzo alla strada. Lei incespicò, ma non lasciò trasparire alcun segno di shock o sorpresa. Scattò verso di lui come se volesse colpirlo, però non lo fece, e forse sarebbe stato questo a tormentarlo per il resto della vita. Non avevano lo stesso diritto di farsi del male. O così credeva.

Non aveva mai pensato che forse Lily si fosse coperta il viso per bloccare il tanfo raccapricciante di carne bruciata. Forse l'odore del suo diritto di nascita era troppo disgustoso per lei.

Dopo quel giorno, Jonah Reuben Scaggs III non si sarebbe mai ripreso abbastanza da rimanere ragazzo o diventare uomo. Non era stato il morto a scatenare in lui quell'infinita vergogna, ma gli occhi vivi della ragazza che non si erano inumiditi per il dolore o la paura quando l'aveva spinta in strada con tutte le sue forze. Sentiva ancora i polpastrelli del nonno che imprimevano il loro calore velenoso nelle sue scapole adolescenti. Se Jonah le avesse detto la prima cosa che aveva pensato guardandola, che era la ragazza più bella che avesse mai visto, si sarebbe guadagnato il disprezzo eterno del nonno.

Anni dopo, in un pomeriggio di fine autunno, il padre di Ruby adocchiò una splendida ragazza mora a una sagra di paese, una reginetta di bellezza incoronata in un porcile mentre i campagnoli trangugiavano mele caramellate e whisky di segale, si complimentavano per i bei musi delle rispettive bestie, e ammiravano l'innocenza dei loro figli.

Sposò la madre di Ruby e poi aspettò il momento – giorni, settimane, anni – in cui lei gli avrebbe detto che lo amava, in cui gli avrebbe rivelato la sua vita interiore. Ma sua moglie era stata educata a diffidare degli uomini che chiedevano quel genere di confessioni. Dentro il corpo voluttuoso e vellutato che Jonah si era impegnato a adorare finché morte non li avesse separati, si celava una bambina capricciosa, viziata e manipolatrice.

Jonah ovviamente non era migliore. Non riuscì a diventare un vero marito perché era ancora confuso riguardo all'essere un uomo. Dentro il suo corpo adulto c'era un ragazzino che stava impalato a leccare un cono gelato fissando l'ombra muta di una ragazza nera su un marciapiede.

Tra tutti i tipi di uomo che avrebbe potuto essere, il padre di Ruby scelse l'ubriacone triste e collerico. Imparò a urlare, piangere, barcollare, imprecare e cadere.

Emerse da questa lunga nebbia il tempo sufficiente a tenere un neonato in ciascuno dei suoi palmi induriti, battezzando con il suo alito di whisky una coppia di gemelli, una femmina e un maschio. Il figlioletto era nato morto, una creaturina blu raggrinzita il cui corpo gli ricordò il fazzoletto ceruleo che una ragazza di nome Lily una volta si era premuta sul viso. Anche se pianse, era sollevato di non avere una "stirpe" da condividere con quel figlio silenzioso.

Il padre e la madre di Ruby scelsero il mare come luogo di sepoltura, gettando il fagotto senza vita nell'acqua. Mentre remavano verso riva, erano sposati e al contempo totalmente separati. Jonah imputò la morte del figlio a suo padre e suo nonno. Pensò all'annegamento del padre e a quanto era stata egoista sua madre a seguire il marito tra le onde impetuose senza curarsi del futuro di Jonah. Erano tutti colpevoli. Come lo era lo sguardo scuro di una negra che gli era passata accanto. Era convinto che quella ragazza gli avesse fatto la maledizione dell'impotenza. Per questo il bambino era morto prima che potesse mostrargli una vita diversa.

Con quegli occhi, la ragazza lo aveva tagliato completamente fuori dalla propria esistenza, e anche dalla sua. Il modo in cui si era coperta il viso, quel gesto gli aveva negato il diritto di guardarla. Allora e per sempre. Eppure non riusciva a togliersela dalla testa. Negli anni continuò a rivedere quegli occhi neri nella sua mente ovunque andasse. Una muta persecuzione. A volte sentiva le sue ciglia contro la guancia, inumidite dalle lacrime di una tacita risata di scherno. Oppure sognava che la punta di quelle ciglia fosse arrossata dal suo stesso sangue. Altre volte gli occhi della ragazza erano asciutti, duri e spietati come una giuria. Ma lo turbavano soprattutto quando erano chiusi, come se lei non avesse il minimo interesse a guardarlo.

Jonah detestava il bisogno di quel ricordo, che dopo tanti anni si era trasformato nell'espressione della sua incapacità di ereditare l'impero che dicevano gli appartenesse. Non riusciva a mantenere un lavoro stabile, e gli altri uomini si rifiutavano di condividere con lui le rimostranze sull'età adulta. In loro presenza non poteva piangere per il mutuo, le troppe bocche da sfamare, l'accumulo di risentimento tra lui e sua moglie, la gioventù perduta. La sua libido fiacca e il fatto che fosse sempre al verde rendevano impossibile mantenere una relazione segreta per diletto, come aveva fatto suo nonno. Non riusciva a ottenere un prestito, e sobbalzava come un barile rotto in un mare di debiti. Le sue giornate erano delle cripte anguste, e la paternità gli si era inacidita in bocca una volta capito che era molto costosa, più di quanto si sarebbe mai potuto permettere, almeno per una figlia.

Alla morte del nonno, Jonah rifiutò il testamento e ciò che conteneva: la conferma che il suo beneficiario vivente, Jonah Reuben Scaggs, era un uomo bianco meritevole di tutti i comfort e i beni che avrebbero correttamente indicato a quale popolo e a quale razza apparteneva. Al funerale, i parenti stettero a guardare incolleriti mentre l'avvocato del nonno gli consegnava una busta spessa con il suo nome stampato in maiuscolo. Jonah sollevò la busta all'altezza degli occhi e la strappò. Il testamento cadde volteggiando sul terriccio smosso, i petali delle ultime volontà di suo nonno portati via in silenzio.

Rifiutandosi di avere un ruolo nel futuro che suo nonno poteva aver immaginato per lui, il padre di Ruby visse combattuto tra codardia e coraggio. Era un uomo contraddittorio. La vita gli stava scivolando tra le dita, portata via una stagione dopo l'altra dai suoi accessi di piacere e repulsione.

Perciò fu uno shock quando disse alla figlia che avrebbe accettato volentieri l'invito di Miss Alley, indirizzato alla famiglia Scaggs, a trascorrere le festività invernali a casa degli Hobart ad Amity, poco distante da Salt Point.

14

«Le patate meritano di essere sbucciate con la stessa cura di una pesca» disse Miss Irene a gran voce mentre abbassava la fiamma sotto una pentola. Aveva chiesto a papà di portare Ezra e me a casa sua per "scambiare due parole" con noi. Quell'invito era una cosa seria, come se avesse minacciato di trovare una verga abbastanza lunga da frustarci entrambe sul sedere nello stesso momento.

Papà disse che sarebbe tornato a prenderci nel giro di un'oretta. Entrando nella cucina dei Junkett, rimasi sorpresa dal silenzio. Le porte delle camere da letto erano chiuse, e non c'erano le risate dei gemelli o i motteggi di Ernest, che sedeva in un angolo del soggiorno con in mano una Bibbia. A giudicare dall'estrema concentrazione con cui fissava il libro, capii che era pronto a origliare e pregare per noi, soprattutto per Ezra, che si era cacciata in guai seri dopo l'episodio con Miss Alley.

Mi guardai intorno cercando una zuppiera di patate che mi aspettavo di dover sbucciare per Miss Irene, ma non vidi niente.

«Sedetevi, signorine» disse lei. Agitò la mano verso Lindy, senza dubbio terrorizzata per essere stata invitata a sedersi nella propria cucina. «Non ho nessuna intenzione di farvi una ramanzina, se era quello che speravate. Le lascio fare ai bianchi, quelle. Non è compito *mio*, capite? Io preferisco riporre la mia voce e le mie speranze in voi, perché quello che mi auguro in questo momento, guardando voi tre ragazze, è che vi mettiate un po' di sale in zucca, e in fretta, prima che ve le suoni di santa ragione.»

«*Quella* costringeva Mr Caesar a pulire ogni volta che sporcava, lo sfruttava come se fosse una sua *proprietà*» disse Ezra.

«Signorina, se ti avessi invitata a parlare in casa mia, potresti parlare» intervenne Miss Irene. «Ti ho forse invitata a *parlare*? In questa *casa*?»

Mia sorella scosse la testa, e sapevo che avrebbe voluto piangere perché era così anche per me. Lindy era già in lacrime.

«Il mio compito è *volervi bene*» proseguì Miss Irene. «Non potete rendermelo difficile, ma potete rendere le cose difficili a voi se non capite che questo mondo è pronto a farvi a pezzi e usare le vostre ossa per accendere dei falò. Ascoltate, capisco che vi siate sentite in dovere di difendere mio marito da quella sciocchina della vostra insegnante, ma Caesar è un uomo adulto. Tre ragazze nere contro una misera donna bianca è la cosa più triste che abbia mai sentito, eppure vi garantisco che non è una novità.

«Ora, Irene Junkett non rinuncia mai alle cose che le stanno a cuore, intese? E Lena Kindred non ha portato fin qui le sue figlie per perderle a causa di una storiaccia con una donna bianca senza alcun senso. Quando siete a scuola, *chiudete la bocca* e *tenete gli occhi aperti*. Non ci *vivete* in quella scuola. Quella scuola non ha il compito di *volervi bene*, men che meno di *apprezzarvi*. Restate sulla retta via. Perché non è così battuta come ci piacerebbe credere. Mantenete la dignità, signorine. E la semplicità. Questo mondo vi strapperà via tutti i sogni prima ancora che impariate a scrivere i nomi che vi abbiamo dato. Una splendida poetessa una volta ha raccontato qualcosa che le aveva detto qualcuno. Ha condiviso queste parole: "Come vi chiamano è una cosa. A quale nome rispondete è tutta un'altra storia". Vi conviene iniziare a cercare i vostri nomi, o finirete per cercarli nella bocca di qualcun altro.»

«Mi dispiace tantissimo» sussurrò Ezra. Si era coperta il viso con le mani.

Miss Irene la raggiunse e le scostò le mani in modo che vedessimo le sue lacrime. «Non coprirti il viso davanti a noi, davanti a *nessuno*. Tieni sempre a mente chi ama questo viso. Le vostre vite sono le storie che preferisco. Pensate di ricordarvelo, la prossima volta che vorrete giocare a fare le adulte? Perché nessuna di voi è abbastanza grande da mettersi contro a una donna del genere. Troppe delle nostre donne hanno perso la vita per consentire a tutte voi di vivere il prossimo capitolo. Non lo dico per farvi sentire in debito o in colpa. È una questione di amore.»

Abbracciammo Miss Irene. La sentii tremare sotto l'ampia tunica. Mi rattristò scoprire che il nostro comportamento l'aveva angosciata a tal punto. Ero preoccupata per Ezra, che faceva sempre più fatica a lasciarsi scivolare addosso le cose. La sua indole non conosceva moderazione, tranne quando temeva che potessimo subire qualche conseguenza dolorosa. E anche in quei casi, non sempre riusciva a trattenersi.

Miss Irene ci chiese di apparecchiare la tavola con i suoi piatti e cucchiai di legno speciali. Aveva preparato uno stufato curativo, disse, pieno di nutrienti che avrebbero reintegrato e ripristinato la nostra autostima. Ero talmente spaventata da quello che ci avrebbe detto che non mi ero accorta del profumo intenso del brodo che sobbolliva sul fuoco.

«Ci sono dentro patate e pesche» aggiunse.

Non avendo la minima idea di che cosa stesse parlando, ci limitammo ad annuire e facemmo rapidamente il giro del tavolo disponendo ciotole, cucchiai e tazze prima che arrivasse nostro padre per riportarci a casa.

Mio padre era in ritardo. Ezra ed Ernest erano seduti nella veranda chiusa sul lato della casa. Miss Irene aveva lasciato aperta la porta in modo da vedere e sentire tutto. Mentre la aiutavo a sciacquare e asciugare le lisce ciotole di legno, lanciavo qualche occhiata furtiva casomai Ernest avesse chiesto a mia sorella di fare qualcosa di stupido come sposarlo o diventare la sua ragazza. Ero convinta che i miei genitori non le avrebbero mai permesso di farlo a quindici anni, anche se lui era un ragazzo rispettabile e molto bello. Il vento della sera trasportò le parole di Ernest nella cucina di sua madre, dove soffiarono come minuscoli chicchi di riso dolce.

«Posso regalarti una canzone? Non l'ho scritta io.»

«Sì, *ti prego*» rispose mia sorella, poi la sua voce si fece timida come non l'avevo mai sentita. «In che senso?»

«No, niente, è che ci sto pensando da un po'» disse lui. «Voglio regalarti una canzone vera, una musica di quelle che non finiscono mai.»

«La gente non va avanti a cantare all'infinito» ribatté lei in tono scherzoso. «Non credevo fossi uno di quei ragazzini che credono nella magia. E poi, chi mai vorrebbe ascoltare la stessa canzone a oltranza? Oh, fammi il piacere. Mi sembra una cosa così smielata...»

«Tanto per cominciare, sono un uomo» replicò Ernest. «Be', un *giovane* uomo.»

«Parola di mamma!»

«Hai ragione» disse lui ridacchiando. «Parola di mamma. Ma lei mi conosce bene.» C'era troppo silenzio, perciò mi avvicinai alla porta. «Mi piacerebbe che mi conoscessi bene anche tu, Ezra. Se e quando ti andrà.»

Avevo voglia di vomitare, ma sarebbe stato un peccato rimettere il riso, lo stufato e il pane appena sfornato di Miss Irene, che erano tutti deliziosi.

«Parlami della nostra canzone» disse Ezra.

Mi misi in un punto dal quale sarei riuscita a balzare in veranda nel caso in cui Ernest si fosse mosso più in fretta di Miss Irene. Lo vidi premere qualcosa nella mano di mia sorella. Poi le toccò i capelli, lisciandoli indietro mentre lei si accostava all'orecchio la mano a coppa. Aveva gli occhi chiusi, come se avesse assaggiato un cibo più dolce dello zucchero di canna.

«Non finisce mai, ovunque la porti» disse Ernest, la voce ridotta quasi a un sussurro. «È l'unica cosa più piccola del mio cuore ma molto più grande. Mi sembrava un'idea fantastica, e sì, probabilmente è un po' smielata. Spero non ti dispiaccia, perché ho passato l'estate intera a cercare quella giusta da regalarti. Non ce n'è una uguale all'altra.»

Quando Ezra aprì la mano, vidi appoggiata sul suo palmo una conchiglia perfetta.

Era il primo giorno della sospensione di Ezra, che sarebbe durata due settimane. Mi svegliai con questo pensiero in mente, e non riuscivo ancora a crederci. La commissione si era espressa contro mia sorella quindicenne e la sua "contestazione" del trattamento che Miss Alley aveva riservato a Mr Caesar. Terminata la sospensione, avrebbero votato per decidere se consentirle di finire l'anno. Nel caso in cui le avessero impedito di riprendere le lezioni, difficilmente ci saremmo diplomate insieme come avevamo sempre immaginato. Avvertendo la mia ansia, Ezra mi sorprese avvicinandosi al mio letto e intrecciandomi delicatamente i capelli per la scuola. Il profumo dell'olio sulle sue dita era delizioso. Feci un sospiro compiaciuto mentre usava il bordo del pettine per grattarmi leggermente il cuoio capelluto. «Sei la ragazza più intelligente di tutta la classe» disse, come se stesse riprendendo un discorso lasciato in sospeso. «Ecco perché quella strega ti dà sempre addosso. Ricordatelo.»

Mi morsi il labbro prima di decidermi a parlare. «Non sarà più come prima. Non c'è divertimento, senza di te.»

Ezra scoppiò a ridere. «Cinthy, la sai una cosa? Mamma mi terrà chiusa in casa a lavare le pareti con così tanta candeggina che sentirai l'odore fin là. Prima o poi dovrai imparare a studiare e a fare le cose anche senza di me. Un giorno potrei non essere più qui a dirti di fidarti di te stessa. Devi amare i sentimenti che provi, difenderli a ogni costo. Te ne ricorderai quando qualcuno ti farà del male?»

«Ci proverò» risposi, sorridendo per trattenere le lacrime. Ezra riusciva sempre a riporre le sue in un luogo più profondo, dove non l'avrebbero mai tradita.

«Dopo tutto questo tempo a prendere ordini da mamma, sarò ben felice di tornare in quella vecchia aula puzzolente» aggiunse con un sorrisetto.

Sorrisi, poi tacqui di nuovo. Dovevo porle una domanda che mi stava assillando. «Mamma sta male, vero?»

«Starà meglio. Non preoccuparti, okay? Quando capiremo cos'ha, potremo aiutarla a guarire.» I suoi occhi si rabbuiarono, ma ricacciò indietro i suoi sentimenti prima che scivolassero sulle guance.

«Papà dice che dovremo accompagnarla da quel dottore nero a Gunn Hill» proseguii. «Ho sentito che ne parlava con Miss Irene. A nessuno qui importa se mamma vive o muore.»

«Non dire così» ribatté lei con voce brusca. «Mamma è piena di vita. Ha solo bisogno di riposo. Miss Irene dice che le donne nere dovrebbero riposarsi ogni volta che possono, dato che lavorano sempre. Miss Irene dice che quando una donna nera sorride, sta comunque lavorando. Secondo me è vero. Miss Irene lo sa bene.»

«Mamma non è come Miss Irene, per quanto ti piaccia crederlo.»

«So quanto è forte mamma perché so quanto sono forte io» rispose Ezra. Distolse gli occhi dal mio viso perdendosi nei suoi pensieri. «So quanto sono forte e qual è il mio compito. Ci proteggerò a qualunque costo» disse. «Dobbiamo essere coraggiose. Guarda tutto quello che sta succedendo in questo paese, hai presente? È alla radio, sui quotidiani, ogni giorno. Forse mamma e papà sono troppo stanchi per pensare al Mississippi, ma io no.»

«Oh» dissi. Poi ricordai che Ezra aveva iniziato ad ascoltare i discorsi di Martin Luther King Jr alla radio, a casa nostra e dai Junkett. Due anni prima, mentre la vista degli aerei che sfrecciavano sopra di noi all'*air show* ispirava la passione di Ruby, mia sorella era rimasta affascinata dal boicottaggio degli autobus di Montgomery. Io all'epoca avevo solo undici anni e non capivo la profondità del suo struggimento. Ed Ezra tendeva a non parlarne in presenza dei nostri genitori. Credo sapesse che li avrebbe innervositi l'idea che potesse lasciare il Maine per andare a sud a dimostrare la sua devozione alla nostra razza.

«Ehi» tornò a dire, «senti che profumino, vai di sotto a prendere un po' di biscotti. Spero mi sia permesso mangiare qualche biscotto anche se in teoria sono in punizione. E quando entrerai in quella farsa di scuola, fa' in modo che sappiano qual è il tuo compito.»

«Okay» risposi, non avendo idea di quale fosse il mio compito a parte ubbidire ai miei genitori perché avevo appena tredici anni.

«Le vergate mentali durano più di quelle sul sedere, garantito. Una vergata mentale non smette mai di fare male. Me l'ha detto Miss Irene.»

«*Mmh*» commentai. Andai alla mia scrivania e infilai i libri nella cartella.

«È quello che penso che sia?»

Ezra indicò il diario di Miss Burden sulla scrivania.

«Te lo ricordi? L'ho preso da...»

«Ci penso io» mi interruppe, alzando la voce. Avrei preferito che non lo vedesse, ma una parte di me era sollevata. Non volevo più pensare a Miss Burden. Senza bisogno che glielo dicessi, mia sorella capì che stavo pensando a noi – a lei, a Ruby e a me – sdraiate supine su quelle rocce. Lo avevo fatto perché volevo convincerla di essere coraggiosa quanto lei. Non mi era mai importato niente di Ruby, eppure adesso mi rendevo conto che la cosa successa quel pomeriggio le aveva cambiate. Aveva cambiato mia sorella, e di riflesso anche me.

«Lasciati tutto alle spalle» proseguì Ezra, leggendo l'ombra sul mio viso. «E se Ruby dovesse venirti vicino, me la vedrò io. Concentrati sul tuo *spirito*, Cinthy. Tutto quello che facciamo è giusto, capito? Miss Irene dice che i nostri antenati hanno già pagato per il nostro passaggio. Non siamo schiave. Non siamo sospese. Non siamo stupide o sbagliate. È Miss Alley la schiava, e anche Ruby, suo papà e sua mamma, e tutto questo maledetto villaggio.» Mi sfiorò la spalla. «Torna qui e spiegami quello che hai imparato, così non rimarrò indietro. Portami a casa quegli stupidi compiti.»

«Tanto siamo già avanti» osservai.

«Hai ragione» disse sorridendo mentre mi accompagnava fuori dalla camera. «Vedi? Sai già la cosa più importante.»

Annuii senza capire a cosa alludesse. L'intera scuola ci guardava – Ezra, papà e me – come se stessimo finalmente diventando i negri che ci avevano sempre considerati. Avevo visto il trionfo negli occhi dei miei insegnanti e dei compagni.

La sera prima, sentendo nostro padre rispondere al telefono, il mio primo pensiero era che nonna stesse chiamando per importunare mamma. Papà era stato penosamente gentile con la persona in linea, com'era sempre con Ginny. Ma il suo viso si era rabbuiato quando era tornato a sedersi e aveva incrociato lo sguardo perplesso di mamma sopra le tazze di caffè. Dato che non c'era stato il tempo di prendere il dessert insieme ai Junkett, avevamo portato a casa qualche grossa fetta della torta red velvet di Miss Irene.

«La sospensione di Ezra potrebbe precluderle la possibilità di diplomarsi con il massimo dei voti» aveva annunciato papà. «Al momento non le sarà permesso di accedere alla proprietà scolastica per nessun motivo. Se dovesse introdurvisi illegalmente, rischierebbe l'espulsione e l'arresto.»

Mi stupiva che papà non avesse chiesto spiegazioni a Ez sull'accaduto. E neanche a me. Tralasciando l'involontario colpo di tosse di mamma, il silenzio a tavola era come una garza sottile e umida infilata nella mia bocca.

Confusa, avevo guardato Ezra posare con calma forchetta e coltello accanto al piatto. Si era pulita la bocca con il tovagliolo prima di ritirarsi in camera sua.

«Non ha fatto niente» avevo detto a mamma e papà, non capendo come mai non avessero sospeso anche me. O Lindy. Se il preside aveva chiamato Mr Caesar e Miss Irene per parlare della punizione di Lindy, io non ne sapevo niente. Anche noi avevamo alzato la voce contro l'insegnante. Poi mi ero ricordata che Miss Alley si divertiva a umiliarmi, mentre Ezra la faceva solo innervosire. E qualunque provvedimento contro Lindy Junkett avrebbe richiesto un confronto con Miss Irene. Papà non si sarebbe mai opposto. Mi turbava il pensiero che nostro padre non avrebbe lottato per Ezra, perché la sua inerzia faceva pensare che ritenesse giusta la sospensione.

«Non ha *fatto* niente» avevo ripetuto.

«Taci, Cinthy» aveva detto mamma, lasciando nel piatto la fetta di torta intonsa e alzandosi da tavola. «Non ha importanza.»

Seduta in macchina con papà nel tragitto verso la scuola, la delusione che provavo nei suoi confronti si espanse nello stomaco come lievito. Trastullai il biscotto caldo che tenevo sulle gambe avvolto in un canovaccio, e osservai il profilo di mio padre che controllava di continuo lo specchietto retrovisore. Dietro di noi c'era soltanto una striscia di ghiaia polverosa. Non era bravo a guidare come mamma. Aveva la tendenza a perdersi nei suoi pensieri, che andavano alla deriva come le vecchie barche ormeggiate al pontile del villaggio. Quel mattino la sua mente era ovunque tranne che al volante. La scarpa a coda di rondine era premuta sull'acceleratore. Stava andando troppo veloce.

«Rallenta» gli dissi. «Ho bisogno che mi spieghi. Non ci ho capito niente, okay?»

Mio padre si schiarì la voce, e mi sporsi verso di lui aspettando che dicesse qualcosa.

«Papà?»

«Sto guidando, tesoro» rispose, deglutendo a fatica. La sua voce era impastata da un misto di rabbia e rassegnazione.

«Perché non hai chiesto a *noi* cos'è successo ieri a scuola? Non vuoi conoscere la nostra versione dei fatti?»

Mi girai appena per vederlo meglio.

«Questo è l'unico lavoro al mondo che possa garantirci la vita che vostra madre e io volevamo per questa famiglia.»

«Ma non potevi almeno tentare di parlare con qualcuno a scuola di quello che è successo davvero? Non potevi chiederlo a Mr Caesar? Lui era lì. E c'era anche Lindy. C'ero anch'io. Lo abbiamo visto tutti.»

Mio padre girò il volante con il palmo piatto della mano, accostando a bordo strada. Non spense il motore, ma mise il piede sul freno prima di girarsi verso di me. La sua camicia bianca inamidata e la sottile cravatta nera luccicavano.

«Mi dispiace che tua sorella abbia dimenticato di stare al suo posto e si sia procurata una sospensione. Non c'è altro da aggiungere. Sono convinto che abbia parlato per i motivi giusti, e sono ben consapevole che Miss Alley è una donna pericolosa, stupida e incompetente. Questi sono i fatti» spiegò papà. «Ma santo cielo, Ezra è abbastanza grande, e anche tu, per capire il rapporto tra azioni e conseguenze in questo mondo. Perciò, se volevi una spiegazione logica, eccoti una spiegazione logica. Se volevi sapere cosa provo, quella è tutta un'altra storia. Sono deluso da tua sorella, credimi. Sono anche frustrato perché non sono, e non sarò mai, nella posizione di contraddire le persone che mi pagano lo stipendio senza rischiare una punizione perfino peggiore della sua. Subisco affronti di cui non voglio rendere partecipe te o tua sorella, e nemmeno vostra madre, se è per questo. Se non lo avessi notato, un uomo nero non gode di molti favori in questo mondo. Non posso sperare che qualcuno parli o agisca in mia difesa. Non posso sperare che qualcuno sfamerà mia moglie e le mie figlie o manterrà accese le luci in casa mia. Potrei trovare lavoro altrove, ma a quale prezzo?»

«Papà, Miss Alley ha *mentito*» dissi, malgrado la sua spiegazione. Le lacrime mi facevano bruciare gli occhi. «Mi ha presa *di mira*.» Singhiozzai. «Non è... non è un'insegnante.»

«No che non lo è!»

Mi ritrassi di scatto.

«Tua sorella sapeva *esattamente* a cosa andava incontro. Anche Mr Caesar lo sapeva, ecco perché, se quella donna decidesse di rompere tutti i bicchieri, le tazze e i piatti di quella dannata scuola, spetterebbe *comunque* a lui raccogliere i cocci sfoggiando uno stramaledetto sorriso. Lo capisci? Mr Caesar sa qual è il suo compito e *lo porta a termine*.

«Forse è colpa mia, perché ho avuto ambizioni troppo alte per le mie figlie, ma ti dico una cosa – e Gesù Cristo, arriveremo in ritardo adesso –, ma spero che *tu* avrai il buonsenso di tenere la testa bassa ed evitare che quella donna ignobile faccia sospendere anche te!»

Non dissi niente.

«Cinthy, io non riceverei una sospensione se dovessi affrontare Miss Alley per difendere te o tua sorella. Semplicemente, Mr Hobart mi indicherebbe la porta con quel suo squallido dito. E lo farebbe sorridendo. E dopo, tesoro mio, quell'uomo tornerebbe a casa, si farebbe un drink e si stenderebbe sul divano.» Il sospiro che uscì sibilando dalle sue labbra era pieno di risentimento. «Per lui sarebbe soltanto una normalissima giornata da uomo bianco.»

Ero più confusa che mai, gli occhi di nuovo umidi di lacrime. Una giornata da uomo bianco era qualcosa di inconcepibile per me. Eccetto il fatto che mi sentivo ripetere da quando ero nata che una giornata da uomo bianco valeva più della mia e di quella di mio padre.

«Piccola, la realtà è che non ci vogliono qui. Non ci hanno mai voluti. Non ci vogliono ma non hanno un vero motivo per cacciarci. Non ancora. L'ultima cosa di cui ho bisogno è che tu o tua sorella diate a questa gente una scusa per mandarci via dalla Hobart, da Salt Point, prima che vi siate diplomate. Allora tutti i sacrifici che abbiamo fatto saranno stati vani. Non abbiamo il tempo per ricominciare da capo altrove. Non adesso, con vostra madre che...»

Il biscotto era ridotto in briciole per la forza con cui lo stavo stringendo. Papà mi accarezzò la guancia. «Ti prego, non piangere, tesoro» disse. «Aiutami comportandoti da signorina, come ti ho insegnato. Tieni la testa bassa, va bene? Mi dispiace essere duro con te, ma devi ragionare. Puoi farlo per me?»

«E mamma?»

Con il viso corrucciato, lui si tolse gli occhiali e schiacciò le dita sugli occhi.

«Papà, cos'ha mamma che non va?»

«Non lo so, tesoro.»

La sua onestà era così orribile che dovetti aprire in fretta la portiera per non vomitarmi sui vestiti. Il vento mi strappò le gustose briciole unte dalle gambe e le soffiò via mentre rimettevo acido sul terriccio. La mia pancia svuotata bramava quel senso di sicurezza che mamma e papà avevano costruito per noi, di cui conoscevo il sapore da tutta la vita.

L'aria che dal mare era spirata nel nostro villaggio alla fine di quell'estate sembrava decisa a inghiottire tutto quello che un tempo credevamo ci rendesse le persone che eravamo.

Papà mi aveva fatto capire la sua impotenza con tre semplici parole: *Non lo so*. Forse non poteva davvero proteggerci dal mondo.

A scuola rimasi seduta al mio posto, sapendo che i miei unici amici erano il quaderno a righe aperto sul banco di legno rovinato e una matita temperata alla quale mi aggrappavo come fosse il remo di cui avevo bisogno per allontanarmi da quel posto nel quale non riponevo più alcuna fiducia.

Lindy era assente. Forse Miss Irene aveva semplicemente deciso di non costringerla più a subire le lezioni di Miss Alley.

In pratica, ero sola.

Gli occhi chiari dei miei compagni guizzavano allegri su di me, quasi sollevati che fosse rimasta soltanto una di noi. Ogni cosa nell'aula sembrava capovolta. Per esempio, Ruby era seduta in prima fila anziché in fondo. Portava un abito pulito, e anche la pelle era linda. Mordicchiava la matita al posto delle unghie. Alzò addirittura la mano quando Miss Alley fece una domanda.

Quando si voltò a guardarmi, roteai gli occhi con una tale decisione che si rigirò di scatto e non ci provò più.

Pensai a Ezra che strofinava le pareti di casa e faceva smorfie aiutando mamma a tagliare le cipolle. Senz'altro dalla radio della cucina si riverberavano opinioni su quello che stava succedendo in altre parti d'America: nove studenti neri erano incappati in una banda di bianchi all'entrata di una scuola a Little Rock. Immaginai mia sorella che si fermava ad ascoltare l'elenco dei nomi: Ernest, Elizabeth, Jefferson, Terrence, Carlotta, Minnijean, Gloria, Thelma e Melba. Forse, stanca di pensare al mondo fuori dal nostro villaggio, si era concessa di fantasticare sul timido sorriso di Ernest Junkett canticchiando *The Very Thought of You* o *You Go to My Head*. Chiusi gli occhi e vidi Ezra sporgersi dalla porta e salutarmi mentre percorrevo Clove Road con i nostri compiti. In quel momento mi dimenticai di quanto fosse orribile la scuola, perché mia sorella mi faceva sentire vista e amata. "Mia sorella sarà lì ad aspettarmi" diventarono le sei parole che mi ripetei per il resto della giornata. Ogni reiterazione era un'armatura, un balsamo. All'intervallo mi sedetti da sola, godendomi la splendida mela che mamma mi aveva dato per pranzo, e mi sentii di nuovo me stessa.

La campanella suonò troppo presto la fine della ricreazione. Miss Alley si parò sulla porta dell'aula per ispezionarci il viso e le mani. Alcuni ragazzi si allontanarono prima ancora di arrivare da lei. Arrivato il mio turno, invece, gli occhi dell'insegnante esaminarono con attenzione i miei palmi tesi.

«Hyacinth, lavati le mani, per favore.»

Sbigottita, mi guardai i palmi. Dov'era lo sporco? Avevo fatto attenzione a mangiare la mela in modo che il succo non mi appiccicasse le dita.

«Chiedo scusa, Miss Alley» dissi. «Non ho neanche giocato. Non ho toccato niente.»

«Sei sporca» ribatté lei stancamente, incrociando le braccia sul petto. Sapevamo entrambe che con quella parola, "sporca", intendeva qualcos'altro. «Ogni ulteriore disubbidienza da parte tua ti costerà una sospensione.»

Ruby mi passò accanto, rallentando all'ultimo minuto per assaporare la mia vergogna. Porse le mani all'insegnante per avere la sua approvazione.

«Grazie, Ruby» disse Miss Alley, con un tale affetto che mi sembrarono quasi parenti.

Miss Alley non mi degnò di altre attenzioni quel pomeriggio. Ci dettò un semplice test di vocabolario e, mentre sedevo al banco di legno, la mia mente si distrasse, pervasa da una solitudine gracchiante.

Uno dei ragazzi ruppe il silenzio opprimente.

Balzò in piedi sulla seggiola e poi si lanciò verso le finestre soleggiate. Si mise a urlare agitando i pugni. «Stanno arrestando quel negro! Lo sbattono dentro!» Le sue parole echeggiarono nell'aula, e un esercito di studenti si tirò su dalle seggiole e andò a inginocchiarsi accanto a lui sugli ampi davanzali di legno.

Mi alzai e andai anch'io alla finestra. Quando mi avvicinai, gli altri si scansarono e mi spinsero avanti fino a schiacciarmi contro il vetro. Notai che Ruby e Miss Alley non si erano mosse.

Dal primo piano non c'era una visuale chiara, ma ero quasi certa che quella che stavo guardando fosse la testa del vicecapo Charlie. Spingeva avanti Mr Caesar con gesti bruschi, costringendolo a trascinarsi lungo una linea retta. A ogni passo gli sferrava un calcio, sbattendo e strisciando il manganello nero sulla sua schiena. Non capivo come Mr Caesar non fosse ancora caduto in ginocchio sotto una tale forza.

«Oh, mio Dio» dissi, voltandomi. «Lo *ucciderà*.»

Ruby era seduta composta al suo banco, e fissava Miss Alley quasi che lei e quella donna riuscissero a comunicare senza parlare, come facevamo io ed Ezra. Con ogni probabilità erano le responsabili di quello che stava succedendo a Mr Caesar. Ruby aveva la schiena stranamente dritta, premuta contro la seggiola dura, sul viso un'espressione compiaciuta e volgare. Emanava un'aura di determinazione. Notando la sua mascella serrata, capii che si era finalmente resa conto di cosa fosse capace la sua pelle bianca.

Poi immaginai mia sorella nella nostra cucina con le spalle tese, una guerriera armata di un canovaccio gocciolante. Il petto si sollevava e abbassava a un ritmo regolare, l'attaccatura dei capelli era imperlata di sudore e temerarietà. Ezra aveva detto la verità quando Miss Alley aveva mentito sul nostro Mr Caesar. E ne aveva accettato le conseguenze.

Pensando al suo coraggio, corsi fuori dall'aula il più velocemente possibile. Slittai girando gli angoli, scansai gli insegnanti che tentavano di bloccarmi, spinsi il mio corpo fuori dalle alte porte della Hobart. Mi lanciai in avanti, saltando giù dalla cima delle scale in un sol balzo.

Vidi la faccia di Mr Caesar dietro il finestrino dell'auto della polizia. I polsi erano ammanettati, i palmi aperti premuti contro il vetro. Sgranò gli occhi vedendomi arrivare. Non sapevo come liberarlo, come raggiungerlo, eppure ce l'avrei fatta. *Dovevo raggiungerlo.* Mr Caesar agitò la testa con violenza. La bocca si muoveva ma non sentivo la sua voce.

Piangendo, battei i pugni contro il finestrino e lo sentii

sbatacchiare. Le mani di Mr Caesar erano ancora premute contro il vetro, anche se le nostre dita non potevano toccarsi. Aveva del sangue che colava dal naso e dalla tempia.

Il vicecapo era già seduto al volante. Si voltò goffamente a guardarmi. Scosse la grossa testa in segno di avvertimento, e nei suoi occhi scintillanti baluginò qualcosa che sembrava noia.

Sollevò di nuovo il manganello con una mossa decisa e lo sbatté sul viso di Mr Caesar, facendogli perdere i sensi. Le sue mani scure si zittirono contro il vetro. Urlando, senza riflettere, mi chinai a raccogliere un sasso dalla ghiaia. Lo usai per provare a spaccare il finestrino. Se solo fossi riuscita a romperlo. Diedi un altro colpo, e il vetro cedette sotto la forza del sasso. Ci fu una pioggia di schegge dappertutto. Alcuni frammenti mi colpirono il viso mentre cercavo di allungarmi per toccare le mani insanguinate di Mr Caesar, ricoperte di schegge come le mie. Sentii il dolore irradiarsi nei polpastrelli, nelle nocche, nelle ossa delle mani. Le sue dita scivolavano, con tutto quel sangue. Non potevo lasciarlo andare.

«Ma che *diavolo...?*» disse il vicecapo, girandosi e scendendo dall'auto. Aveva il fiato corto nel momento in cui mi raggiunse sull'altra fiancata. «Cosa cavolo credi di fare? Sei una delle negrette dei Kindred, giusto?»

Il vicecapo aveva estratto la pistola e me la stava puntando contro quando arrivò mio padre. Mi strattonò indietro, avvolgendomi con il suo unico braccio. Quello del vicecapo non era più un gesto immaginario, un'imitazione di violenza: la sua pistola era vicina al viso di mio padre. Sentii tutto il suo corpo tendersi; papà era pronto a farmi da scudo, a spingermi via. Indurì il braccio il più possibile, come se potesse impedire al proiettile di attraversarci entrambi.

Protetta da mio padre, guardai il vicecapo in faccia.

«*Non ha il diritto di arrestare quell'uomo o di puntare una pistola carica contro mia figlia.*» Non avevo mai sentito la voce di papà così dura. Mantenendo ben salda la presa, mi spostò dietro di sé ritraendosi un passo alla volta. «Circonderemo la vostra squallida prigione finché non avrete le prove, e sono certo che non le avrete, che Caesar Junkett è un criminale.»

Il vicecapo Charlie guardò sopra la spalla per controllare la faccia devastata e priva di sensi di Mr Caesar. Dopo un attimo, rimise la pistola nella fondina di cuoio. Poi, quasi distrattamente, tornò in auto e avviò il motore.

Mi cedettero le gambe e caddi a terra, dove i sassi mi si conficcarono nelle ginocchia. Sopra di me sentii la voce di mio padre. «Cinthy, potevi farti ammazzare! Ammazzare! Cosa credevi di fare? Gesù, potevi farti ammazzare. Tutti e due! Oh, povere manine. Piccola, ci sei? Resta con me, tesoro. Senti la mia voce? Cinthy, resta con me. Sono papà, tesoro, ti voglio bene.»

Sentii il braccio di mio padre tirarmi su. Il mio corpo, sollevato con forza e gentilezza, si afflosciò.

Da piccola facevo spesso un sogno in cui un uomo alto con gli occhi rossi mi prometteva di farmi attraversare uno strano fiume in sella al suo cavallo, un giorno, quando fossi stata pronta. Non lo facevo da tempo ormai, ma in quell'istante mi riempì la mente.

Per la prima volta mi resi conto che quell'uomo era il mio bisnonno Theodore Kindred, e che il suo amore aveva accompagnato mio padre e me, da sempre, per evitare che bruciassimo da soli nei fuochi di questo mondo.

PARTE SECONDA

15

Il vicecapo Charlie pretese che mio padre pagasse la sostituzione del finestrino che avevo rotto. Lui acconsentì a farsi trattenere lo stipendio da Mr Hobart finché non fosse stato installato quello nuovo. A casa non si lamentava mai della situazione, ma i suoi timori erano evidenti. Era convinto che sarebbe stato licenziato se avesse mosso una qualsiasi protesta. Era inverno, c'erano le vacanze in arrivo; papà non era tipo da credere che le cose si sarebbero aggiustate da sole o che Dio avrebbe provveduto a noi se lui avesse lasciato il lavoro, cosa che una parte di lui avrebbe senz'altro voluto fare.

Nonostante i suoi sforzi di riconciliazione, qualcosa era cambiato nell'ambiente scolastico. Il corpo docenti aveva tacitamente convenuto che non potevo più aggirarmi per l'istituto. La mia presenza era minacciosa perché adesso potevano sostenere che avessi problemi di rabbia e con le autorità degli adulti; mi era ancora permesso di frequentare le lezioni, mentre avevo il divieto di muovermi all'interno della scuola senza supervisione.

A mio padre era andata peggio. Gli avevano chiesto di pranzare in aula anziché seduto da solo nella mensa scalcinata dei docenti come faceva di solito. A volte Mr Caesar lo invitava a unirsi a lui nella legnaia, che aveva reso accogliente aggiungendo una piccola stufa, un divano e qualche poltrona, tavolo e seggiole; c'era un'ampia stanza attigua piena di attrezzi, lampade al cherosene, latte di trementina e vernice, ammoniaca, e un'infinità di provviste tenute in perfetto ordine. Anche i figli dei Junkett, Ezra e io pranzavamo lì quasi ogni giorno. Sembrava che l'intera scuola avesse tirato un sospiro di sollievo ora che finalmente ce ne stavamo al nostro posto.

La cosa che più mi infastidiva era che la vita andava avanti.

Mi chiesi se la vicenda che aveva coinvolto Mr Caesar, papà, me e il vicecapo fosse successa davvero. Impiegai un po' a capire che Mr Caesar era stato arrestato con l'accusa di aver rubato la borsetta di Miss Alley, mai ritrovata. Quando le nostre famiglie si riunivano, tendevano a non discuterne. Come gli adulti, anch'io mi sforzavo di tirare avanti meglio che potevo, grata che nessuno fosse rimasto ucciso. Mr Caesar aveva riportato tre costole rotte e una ferita nel punto in cui il manganello del vicecapo gli aveva fratturato il cranio. Aveva rischiato di perdere quattro dita della mano destra. Papà e mamma mi dicevano di lasciar perdere ogni volta che chiedevo se non ci fosse un modo per contestare quello che gli aveva fatto il vicecapo; non riuscivo a farmene una ragione.

Mr Hobart aveva costretto la nipote a ritirare la denuncia per furto contro Mr Caesar che, con mia sorpresa, non era stato licenziato. Le indagini non avevano avuto alcun seguito. Anzi, il giorno dopo l'episodio Mr Hobart gli aveva telefonato per chiedergli se e quando sarebbe tornato a scuola per gestire un'infestazione di topi in mensa. Correva voce che Mr Hobart avesse espresso la sua personale disapprovazione per il comportamento di suo nipote Charlie, minacciando di usare la sua pistola se il vicecapo non avesse adempiuto ai suoi doveri in modo più civile. Non sapevamo se fosse vero, ma il vicecapo smise di passare regolarmente davanti a casa dei Junkett.

Quando mio padre consigliò a Mr Caesar di trovarsi un altro lavoro a Gunn Hill, lui si rifiutò. Non voleva finire in fabbrica con il fiato di un direttore bianco sul collo giorno e notte. «Non sarà l'ultima volta che un codardo del genere tenta di spaccarmi la testa» disse. «Ho dei figli da crescere. Ho Dio e Irene da amare.» Chiuse con cura tutta quella faccenda dentro di sé, come se stesse ripiegando una rara banconota da due dollari in un portafoglio.

Sembrava ingenuo da parte dei miei genitori credere che saremmo riusciti a sfuggire alla minaccia del vicecapo facendoci gli affari nostri, ma in ogni caso la nostra vita a Salt Point andò avanti: giornate tutte identiche si sollevavano e si chinavano contro l'aria fredda. L'inverno prosciugava le ore di luce. Ormai non pensavo quasi più a Miss Burden. Il "gioco" che avevamo fatto sulle scogliere sembrava una di quelle cose che fanno i bambini senza rendersi conto dei problemi che potrebbero derivarne, anche ad anni di distanza. I problemi tra Ezra e Ruby erano intervenuti molto prima. Non riuscivo a smettere di pensare che in quell'istante avevo perso una parte della mia innocenza, indipendentemente dall'arrivo del ciclo.

Ogni sera i nostri paralumi gialli stampinavano burrosi cerchi di luce sugli spessi tappeti ovali dove Ezra e io sedevamo in silenzio, con l'aria frizzante che premeva contro i vetri di casa. La voce di Nat King Cole riempiva i nostri cuori, e mettevamo spesso i dischi di Sam Cooke preferiti di mamma per tirarle su il morale. Da quella postazione ascoltavamo anche la radio, cercando di profetizzare dove fosse diretta la nostra nazione. Eisenhower si stava riprendendo da un lieve ictus, mentre la Guerra Fredda si stava riscaldando. Strette insieme, mia sorella e io cercavamo di immaginare come fosse possibile lanciare delle macchine dalla terra allo spazio. Un giorno, sosteneva la radio, il genere umano sarebbe arrivato sulla luna. Bloccate sulla terra, Ezra e io cercavamo programmi nei quali fossero incluse le voci di predicatori neri e attivisti come Medgar Evers che, con un sottofondo di grida e applausi, ribadiva che i neri erano esseri umani. Nel Maine dove vivevamo c'erano pochissimi neri, perciò quasi nessuno si interessava al fatto che la polizia minacciava anche noi a Salt Point, a Gunn Hill, e perfino a Briggley. Eppure la radio coinvolgeva anche la nostra famiglia nella sua chiamata alle armi. Non capivamo come le energiche attività della National Association for the Advancement of Colored People avrebbero mai potuto raggiungerci.

Là fuori, in una nazione che non riuscivamo a comprendere appieno, moltitudini di neri marciavano impavide. Cantavano di libertà, schieravano i loro dolci corpi scuri per formare dei picchetti, danzavano tra fatali scontri a fuoco, e non sprecavano fiato per discutere della grazia bianca. A chi era destinata la grazia, se non a noi e a quelli che avevano cantato prima di noi?

Ezra e io ascoltavamo storie di libertà, e il giorno in cui i nostri genitori percorsero più di ottanta chilometri in macchina fino a Piney Hollow, dove mamma avrebbe visto uno specialista, rubammo i quotidiani di papà prima che potesse bruciarli. Nostro padre temeva che qualcuno al villaggio potesse sospettare la verità, vale a dire che lui e Mr Caesar erano molto più informati sui loro diritti civili di quanto si pensasse. A settembre Eisenhower aveva firmato il Civil Rights Act del 1957. Le ripercussioni di quella legge avevano spinto la nazione sull'orlo di una crisi.

Quando ci ritrovavamo a mangiare tutti insieme, i miei genitori e Mr Caesar leggevano con attenzione "The Crisis" e Miss Irene condivideva gli opuscoli che distribuivano a Gunn Hill. Gli stessi discorsi si ripetevano alla tavola di ogni famiglia nera del paese. Se osavamo interrompere gli adulti per avere un bicchiere d'acqua o qualcos'altro da mangiare, la loro fugace occhiataccia di irritazione era più devastante di una cinghiata o un colpo di spazzola. Ma mentre l'ascesa del movimento aveva instillato in Mr Caesar e Miss Irene un senso di azione e determinazione, il timore principale di mio padre era ancora quello di perdere il lavoro. Mamma, che ormai era sempre più stanca dopo quelle discussioni animate, si ritirava presto per non compromettere del tutto la sua salute.

In camera nostra, dopo quei pasti infervorati, ascoltavo Ezra leggere ad alta voce dal quaderno dove aveva trascritto molte delle invettive politiche dei Junkett. Mi innervosiva sentire la sua voce recitare le idee di Miss Irene. Ma al di fuori di Salt Point c'era un mondo che aveva bisogno del nostro coraggio e della nostra determinazione a cambiare, e stavamo cercando di procurarci da sole le armi necessarie.

Il primo problema era che Ezra e io non potevamo andare da nessuna parte.

Camminavamo a testa alta fino in fondo a Clove Road, poi giravamo i tacchi e tornavamo dritte nella nostra veranda. Fingevamo di tenere tra le braccia dei cartelli scritti a mano, sollevandoli sopra la testa. Trasformavamo i nostri brulli campi invernali in una sorta di piantina del Campidoglio a Washington. Immaginavamo marciapiedi, cortei e viali in cui marciare, cantare e rannicchiarci insieme agli altri neri quando la polizia lanciava i lacrimogeni o sguinzagliava i cani.

Al freddo, mia sorella e io ci esercitammo nel passo di corsa finché non riuscimmo a farlo senza ansimare. Era un gioco, ci dicevamo. Ezra mi mostrò alcune tattiche di autodifesa che le aveva insegnato Ernest. «Ma sono non violente. Così ti farai ammazzare» le ricordai. Mia sorella assunse un'espressione distaccata, ignorando le mie parole.

A volte usava la sua bella voce per distrarmi cantando un brano spirituale: *Wade in the Water*, *Lay Down Body*, o *Amazing Grace*.

Io non ricordavo mai le parole, quindi non potevo cantare insieme a lei. Ma ascoltandole sentivo un fuoco ardere dentro, una lingua di fumo sulle labbra.

A casa ero troppo concentrata sulla salute di mamma per dedicare altro tempo a chiedermi perché una persona come la mia vecchia insegnante avesse deciso di morire. Ero più preoccupata per mio padre e il fatto che si fosse quasi sacrificato per salvarmi. Le volte in cui andavo a sedermi in silenzio nel suo studio mentre correggeva i compiti e ascoltava uno dei suoi dischi blues, lui non mi scacciava e non diceva che il blues era per adulti. Non l'avevo mai sentito ascoltare quella musica prima di allora, ed era come se stessi scoprendo qualcosa delle sue tribolazioni.

Quell'inverno Ezra era più taciturna del solito; non capivo se ad ammutolirla fosse stato il freddo o la stranezza di accettare il suo essere donna. Parlava solo se era necessario, per il resto sembrava che volesse risparmiare le energie e le forze per qualcosa che la attendeva. Sentivo la sua mancanza.

Una sera di dicembre, dopo aver lavato i piatti, mi ritrovai da sola nel corridoio silenzioso. Ezra aveva chiuso la porta di camera sua, segno che non voleva essere importunata. Sentivo dentro una solitudine che non avrei saputo descrivere, se non dicendo che mi sembrava estendersi all'intera casa.

I miei genitori di solito chiudevano la porta della loro stanza quando andavano a dormire, ma forse non si erano accorti che era rimasta leggermente aperta. Mi avvicinai in punta di piedi per ascoltare la loro conversazione. Ero stanca di sentirli ammutolire ogni volta che vedevano Ezra o me entrare nella stanza.

«Non vuole ancora saperne di scusarsi» stava dicendo mamma.

«Non possiamo scegliere nostra madre» fu la risposta pacata di mio padre. La sua voce riusciva a essere contemporaneamente afflitta e allegra. Lo immaginai in maglietta bianca e pantaloni, seduto sulla poltrona imbottita che un tempo era decorata da un motivo di rose sgargianti.

«Perlomeno tua madre non ti ha abbandonato» ribatté lei.

«Mi ha abbandonato in altri modi.»

«Che razza di persona farebbe una cosa del genere, lasciare una neonata sui gradini di una chiesa?» proseguì mia madre, ignorando il suo commento. «Potevo morire, e per

Ginny non avrebbe avuto importanza a patto di continuare a riempire il suo carnet da ballo. Per lei non significavo nulla. Per tutta la vita ho visto una donna orgogliosa che ha anteposto se stessa a qualunque altra cosa, compresa sua figlia. Io non farei mai una cosa del genere a Cinthy o Ezra. O a te. Perché sono capace di amare. Mamma non sa neanche cosa significhi.» Il suo accesso di tosse zittì mio padre. La sentii mugugnare la parola "acqua". Immaginai papà che andava dalla poltrona al letto e stringeva al petto mamma con un braccio in attesa che la tosse passasse.

«Piccola, ti stai agitando troppo, ed è la cosa peggiore che puoi fare» le disse. «Questa rabbia non ti fa bene. Aggrava i sintomi. Devi essere abbastanza in forze per sottoporti all'intervento. Se Ginny si è offerta di aiutarti, forse dovremmo accettare. Finché non starai meglio.»

«Finché cosa?» chiese mamma in tono pungente. «Farò pace con il mio Signore mentre organizzo il mio funerale.»

«Non dire così.»

«È più forte di me. Non mi aspettavo che la mia vita sarebbe...»

«La tua vita è *qui*.»

«Heron» disse mamma. La sua voce era cristallina. «Non so se me la sento di dare a mia madre l'opportunità di ferirmi di nuovo. Anche se ho davvero bisogno di lei.»

«Chiamala, perdonala, sopportala, e permettile di volerti bene, una buona volta» disse mio padre. La sua voce era ovattata. Forse aveva premuto la bocca contro la sua guancia, come faceva spesso. Quando si schiarì la voce, sembrava che si fosse drizzato a sedere. «Magari è pronta a spiegarti.»

«Tua madre l'ha mai fatto?»

«Fatto cosa?»

«Ti ha mai dato una spiegazione?»

«Non poteva» rispose papà. «Ho ucciso il suo cocco.»

«Se l'è preso Dio» disse mamma. «Eri solo un ragazzino.»

«Al volante c'ero io» ribatté lui.

Alma Elizabeth Kindred

Alma Elizabeth Kindred, la mia nonna paterna, era stata chiamata sempre e solo Comfort. Quando un bambino riceve un soprannome troppo presto, può essere disastroso. Mia nonna, fin da neonata, era destinata alla testardaggine. Prima ancora che sviluppasse lacrime sue, la gente di Damascus aveva riversato dentro di lei tutte quelle piante per i suoi genitori uccisi e i loro figli perduti. Insignita della loro eredità, era la morte incarnata, un fantasma vivente. La persona che sarebbe potuta diventare era svanita nel nulla.

Nel suo intimo, Comfort sospirava ogni volta che gli abitanti di Damascus le sventolavano davanti agli occhi il regno dei cieli, l'inferno e il paradiso. Salvezza e peccato, Satana e i santi la annoiavano. Troppo intensi, solipsistici e infantili per lei. Il pendolo impolverato della punizione, del sacrificio e della ricompensa la faceva starnutire. Forse era allergica all'aria della Terra Promessa.

A volte stava nel santuario della Hinder Me Not a fissare la fotografia incorniciata dei suoi giovani genitori cercando di farsi inumidire gli occhi, ma non aveva la fantasia necessaria a immaginare la loro morte.

La sua stranezza, così diversa dall'indole garbata della madre Callie, turbava le donne di Damascus. Era una forza che non riuscivano a inquadrare. Celavano a stento l'antipatia che provavano per lei, ma erano comunque leali nei suoi confronti. Tenevano a freno parole come "sgualdrina", "zoccola" e "cafona" perché le loro orecchie ormai anziane ricordavano ancora la risata sottile e acerba e di Calliope Kindred. A tratti si sorprendevano a chiedersi se il loro disagio non procurasse un leggero piacere ad Alma "Comfort" Kindred.

Comfort crebbe. Incantevole, distaccata. Venne allevata da quelle donne fino al giorno in cui le usciere della Hinder Me Not le consegnarono un anello metallico con le due chiavi scintillanti della casa dei suoi genitori, che era rimasta chiusa, pulita e riverita. «Sei adulta, ora puoi trovare la tua strada» le dissero.

Invece di conservare la casa come una specie di museo, Comfort spalancò le finestre per far uscire l'odore stantio di naftalina, vecchie calendule e candeggina svanita.

Per prima cosa aveva bisogno di respirare. Poi voleva scopare. Come poteva fare queste due cose finché c'era un crocifisso appeso a quasi tutte quelle maledette pareti, inclusi i tre nella camera padronale? Sarebbe mai stata abbastanza delicata con il set di porcellane di sua madre da bere whisky davanti al giornale del mattino come sognava di fare? Dove avrebbe riposto i suoi vestiti, attillati e sgargianti, perlopiù in tonalità di rosso e oro, se non avesse rimosso gli abiti sbiaditi in cotonina e mussola di sua madre dall'armadio intagliato a specchio?

Il sudore e la sottomissione del sesso (sottomissione mai e poi mai sua) la mandavano in estasi a ogni respiro. Dopo l'atto, si insaponava e tirava un sospiro di sollievo sapendo di non aver rinunciato a niente, di non aver rivelato niente. Gli uomini trovavano la morbidezza solo nella sua pelle. Non c'era nient'altro di cedevole in lei.

Quando due uomini diversi le diedero un figlio maschio, gli occhi di Comfort guizzarono brevemente all'esterno per poi tornare all'isola del suo io interiore, dove i suoi pensieri maturavano come frutti intonsi, cadendo da soli in frutteti silenziosi. A volte si sorprendeva a osservare con terrore le due creature che aveva partorito. Non sopportava l'idea di raccontare loro la verità, vale a dire che non le interessava quasi nulla del loro destino.

Non sorprende, dunque, che mio padre adolescente e il fratello minore fossero scappati, rubando l'auto di uno dei vecchi fidanzati della madre che giaceva abbandonata accanto all'arbusto delle farfalle, vuota e opulenta.

Non andarono molto lontano.

Lo schianto finì su tutti i giornali locali. Il nome del fratello minore che aveva perso la vita non era mai indicato, perché era un nome talmente bello da far piangere i neri. Perfino i bianchi smettevano di parlare leggendo di quella tragica vicenda.

Il maggiore, mio padre, rimase incastrato nel parabrezza che aveva sfondato con una tale forza da ritrovarsi con le braccia ridotte a due tentacoli di muscoli, le ossa spezzate e scheggiate sotto il volante verniciato. Il minore, che era il preferito di Comfort perché era simile a lei nella sua freddezza, venne rinvenuto tra i rami di un albero poco lontano dai rottami, decapitato. Le braccia erano aperte come la traversa in legno di una croce. La testa era rotolata lontano, ci volle un po' per ritrovarla.

Gli anziani di Damascus piangevano e scuotevano la testa. Heron Kindred aveva distrutto il proprio retaggio, e anche il loro. Aveva ucciso suo fratello. Dietro le spalle lo chiamavano Caino. E la gente che venerava le ceneri di Theodore e Calliope Kindred non trovava il coraggio di ammettere che forse Comfort aveva una parte di responsabilità in quella nuova tragedia. Che quei giovani leoni avrebbero avuto bisogno di più attenzioni.

Da quel giorno mio padre, Heron Theodore Kindred, dovette vivere la vita di entrambi.

L'incidente avvenne l'estate prima del suo ultimo anno di superiori. Durante la convalescenza, che si protrasse per gran parte dell'anno scolastico, fece i compiti a casa da solo. Una o due volte alla settimana un suo compagno, o una delle usciere della Hinder Me Not, passava a ritirarli per portarli all'insegnante. Quando passava qualche ragazza, papà si accorgeva che aveva la parola "mostro" sulla punta della lingua. Con gli adulti sentiva quasi il sapore del termine "assassino" nella loro saliva.

Sua madre Comfort lo sfamò. Gli insegnò a lavarsi, vestirsi e medicarsi restando appartato e intoccabile dagli anziani, per i quali avrebbe dovuto trascorrere ogni giorno della sua vita all'inferno. Gli impartì queste lezioni in fretta, prima di tornare nell'arcipelago remoto della propria mente. Papà si sforzava di non essere irritante o bisognoso, finché non si rese conto che il vuoto interiore di sua madre di fatto gli impediva di infastidirla.

Non parlarono mai più del fratello minore, consapevoli di cosa sarebbe successo se lo avessero fatto. Mio padre sperava che magari, facendo il suo nome, avrebbe ottenuto il perdono. Ma mia nonna, con il suo silenzio, mise in chiaro che una riconciliazione non era possibile. Lui tentò invano di insistere, provò a cambiare approccio, ma alla fine riconobbero entrambi che era tutto inutile.

E così papà si rifugiò nei libri.

Innalzò il suo corpo smilzo e delicato in frasi, storie, dizionari, almanacchi, libri di astronomia e bizzarre anatomie di creature in via di estinzione. Nella sua mente visitò villaggi indigeni e gli orizzonti di altri continenti. A furia di macinare chilometri su carta – storie di guerre mondiali, genocidi incomprensibili, pagine imperscrutabili di lingue perdute – iniziò a diffidare di tutta la questione di Dio, che sembrava chiedere agli esseri umani di dimenticare e perdonare troppo.

Questo era particolarmente vero una volta all'anno, quando l'intera congregazione si riuniva su un fazzoletto di terra dietro la nuova Hinder Me Not per pregare nel punto in cui un tempo sorgeva la vecchia chiesa. Urlavano i nomi dei bambini che Calliope Kindred aveva stretto tra le braccia in mezzo alle fiamme. Premevano le dita nella terra e dicevano di sentir spuntare le ossa di Dio.

Non chiedevano mai a nonna o a mio padre di parlare, ma era fondamentale che gli ultimi Kindred ancora in vita fossero presenti per assistere alle stazioni della loro devozione. Parlavano di Theodore Kindred, un grande uomo stroncato troppo presto dai bianchi. Si asciugavano le lacrime dal viso con le mani ed elogiavano Callie Kindred, una donna rispettabile da ogni punto di vista, che si era donata anima e corpo al marito e al suo progetto per Damascus. L'intera cerimonia non durava mai più di qualche minuto, tra gemiti e sussulti, prima che comparissero frollini e limonata.

Era trascorso un anno e mio padre era un ragazzo diplomato, menomato nel corpo e nello spirito, che tentava di inquadrare il proprio futuro. L'estate, suo malgrado, aveva rianimato la gioventù che fremeva nel suo corpo.

Non aveva la vigorosa e raggiante disinvoltura dei suoi coetanei. A scuola non buttava pigramente il braccio sulle spalle delicate e soffici come angora di una sua fiamma. Non si stravaccava insieme a una banda di ragazzi arroganti che ridacchiavano di cose che avevano fatto o visto. Nessuno lo invitava nel bagno dei maschi, che esaminavano i loro lunghi e giovani peni. Non condivideva con gli altri il vocabolario grezzo eppure vellutato dell'attività sessuale. Di fronte alla spontanea meraviglia della parola "fica", distoglieva lo sguardo per la vergogna.

Dopo l'incidente, se teneva gli occhi aperti troppo a lungo coglieva uno scorcio di quello che vedevano le belle ragazze di Damascus quando si scomodavano a guardarlo: un algido mostro con un braccio solo che aveva ucciso suo fratello e la cui famiglia era stata colpita da una tale maledizione che i genitori di quelle ragazze continuavano a ripetere, ovviamente lontano da orecchie indiscrete, che sarebbe stato meglio se l'intera famiglia fosse bruciata viva in chiesa.

Un giorno d'inizio estate, dopo la commemorazione annuale dedicata ai suoi nonni, mio padre adocchiò una ragazza bella e alta, dall'aria intensa, ai margini del giardino della chiesa. Teneva le braccia conserte sul petto osservando l'edificio. I loro occhi si incrociarono e si scambiarono uno sguardo complice.

La giovane in fondo al prato spostò le braccia, rivelando il libro che teneva premuto contro il seno, e mio padre rimase senza fiato. Poi vide una splendida donna avvicinarsi a lei e parlarle. Insieme si voltarono e scomparvero lungo un sentiero che conduceva al parcheggio più distante.

Papà conosceva quella donna. Era Virginia Abbott, che molti in città chiamavano semplicemente Ginny. Ginny Abbott era famosa per le ottime torte che preparava. Papà si chiese dove avesse tenuto nascosta quella figlia meravigliosa. Com'era possibile che non l'avesse mai notata?

Quel pomeriggio la speranza si aprì un varco nella sua malinconia. Mentre era nel cimitero voluto dai suoi nonni, si disse che in fin dei conti la preghiera poteva avere un senso se gli avesse concesso di rivedere quella ragazza incantevole.

Alma Elizabeth "Comfort" Kindred sarebbe morta per un attacco cardiaco poco dopo la fuga dei miei genitori a Salt Point, che se ne andarono il prima possibile dopo la nascita di Ezra. Mio padre temeva che le fiamme del passato potessero minacciare la loro nuova felicità, bruciando quanto bastava per portare a compimento l'antica maledizione.

16

Un martedì sera, quando mancava poco più di una settimana a Natale, i Junkett vennero a cena da noi.

Alla radio stava passando *You Send Me* di Sam Cooke, e al termine del brano Ezra e Lindy corsero in soggiorno e misero su il disco. Mentre io facevo girare e piroettare i gemelli tenendoli per mano, Ernest piegò mia sorella in un casquè. Ezra faceva una risata nuova, che non avevo mai sentito, ogni volta che Ernest le sussurrava all'orecchio. Poi ascoltammo Eartha Kitt per fare contento Mr Caesar. Lui prese nostra madre tra le braccia con cautela, dicendo qualcosa che la fece ridere, e Miss Irene e papà volteggiarono per la stanza con una tale eleganza che sembravano fluttuare. La cucina era pervasa dal profumo di cibi gustosi, burro e zucchero. I nostri problemi sembravano lontani. C'erano le candele accese, ed entro la fine della settimana la finestra sul davanti sarebbe stata occupata dalla sagoma scintillante dell'albero di Natale.

Dopo che i Junkett se ne andarono, papà propose di riunirci tutti in soggiorno. Spiegò che quella sera sarebbe andata in onda l'ultima puntata del "Nat King Cole Show". C'era scritto sui giornali, e anche se non possedevamo un televisore avevamo un sacco di dischi di Cole. Potevamo celebrarlo comunque, disse.

Mamma si sedette al pianoforte e io posizionai l'ago sul vinile, attenta a non graffiarlo. La voce di Cole in *Forgive My Heart* riempì il soggiorno. Mamma suonò il brano con delicatezza, premendo le lunghe dita sui tasti.

Papà invitò Ezra a ballare. Lei, ridacchiando, gli prese la mano e si lanciò in un dolce two-step prima di girarsi verso di me indicandomi di prenderle l'altra mano, così che potessimo danzare entrambe con nostro padre.

Papà seguì il cantato con le labbra. La sua camicia bianca e la cravatta nera brillavano nella luce bassa del soggiorno. Scalze, io e mia sorella ci muovevamo intorno a lui. Papà teneva gli occhi chiusi e roteava lentamente sul posto, sorridendo. Ezra sgattaiolò via per sedersi al piano e continuare a suonare al posto di mamma.

Nostra madre si alzò tremando, e io premetti la sua mano in quella di papà. Sempre con gli occhi chiusi, lui le baciò le dita e le tenne premute contro le labbra.

Dopo aver controllato il fuoco, andai al mio sgabello basso vicino alla finestra e guardai i miei genitori. Era esaltante vederli ballare come se non volessero separarsi mai più. Possibile che sembrassero così forti e fragili insieme? La testa di mio padre era quasi completamente china sopra i capelli di mamma, che li aveva arricciati con l'aiuto di Ezra. Lei portava un abito blu scurissimo e le lunghe gambe scivolavano sotto la seta come fossero liquide.

Ezra lasciò il pianoforte e venne verso la finestra, sedendosi sul pavimento per appoggiarsi contro di me. Seguendo i ritmi dolci della musica con la testa, provai a immaginare Nat King Cole che, con uno dei suoi meravigliosi sorrisi, salutava gli spettatori invisibili raccolti nei soggiorni di tutta l'America. Speravo che anche loro stessero ballando a tempo con la sua voce raggiante.

«Domani c'è scuola» disse mio padre, aprendo gli occhi.

«Che splendida serata» disse mamma ancora fra le sue braccia.

Senza lamentarci, Ezra e io ci alzammo.

«Aspettate» aggiunse papà. Aveva la voce leggermente rotta. Sollevò il braccio, e io ed Ezra li raggiungemmo. Il suo braccio era abbastanza lungo da cingerci tutte quante. Ondeggiammo insieme, stretti come fossimo una cosa sola. Mi aggrappai alla spalla di mio padre e alla vita di mia madre. Sentii la fragranza dell'olio per capelli e del profumo di mamma. Eravamo pieni di calore e morbidezza. Mi dimenticai delle ultime settimane, degli ultimi mesi. Non avevano importanza. Avevamo trovato riparo nella nostra gioia.

«Amo le mie ragazze» ci disse papà. Stava piangendo un po'.

Ezra mi permise di dormire nell'altro letto singolo in camera sua. Dal fondo del corridoio sentimmo le voci dei nostri genitori che mormoravano in camera loro.

«Sono proprio innamorati» disse Ezra sbadigliando.

«Sì» risposi.

«Forse andrà tutto bene.»

«In che senso?»

«È stato un periodo difficile, non te ne sei accorta? Come vanno le mani?»

Scese dal suo letto e venne da me. All'improvviso la sua voce era vicina al mio viso. «Fammi vedere.» Accese l'abat-jour sul comodino tra i nostri letti.

«Sto bene.»

«Smettila» disse, infilando le mani sotto la trapunta per tirare fuori le mie. «Hai compiuto un gesto coraggioso. Ti fanno ancora male?»

«A volte» ammisi senza guardarla. «Non ci penso.»

«Certo che ci pensi.»

«Non stasera» dissi, e sentii una fitta di dolore in una mano. «Stasera non ci ho pensato per niente.»

«Bene» replicò. «Io ci ho pensato ogni giorno. Anche stasera. Ti ricordi quando papà era ragazzo? Ha sfondato un vetro con un braccio e lo ha perso.»

«Be', le mie mani sono ancora qui» dissi. «Non le ho perse.»

«Ma avresti potuto.»

«Ma non è successo.»

«Spero che non rifarai mai più una cosa così stupida» commentò Ezra. Si accostò le mie mani al viso e strofinò la guancia sulle cicatrici. «Ci hai fatto prendere un grosso spavento, Cinthy. Avremmo potuto perderti.»

«Ma Mr Caesar...»

«Lui è un adulto.»

«Sì.»

«Non ci sono molte cose che mi fanno paura» proseguì, «ma ho avuto paura vedendo tutto quel sangue. Il *tuo* sangue. Ero spaventata. Quando ti hanno portata all'ospedale pensavo...»

«Faceva male» dissi sottovoce.

«Lo so.»

Mi appoggiò con delicatezza le mani sulla trapunta e la tirò fin sopra le spalle. Poi, invece di tornare nel suo letto, rimase lì. Spense l'abat-jour e si raggomitolò accanto a me. Sentendo il peso del suo braccio sulla coperta, sospirai come se avessi trattenuto il fiato per settimane. In fondo al corridoio i nostri genitori stavano ridendo, e sorrisi nel buio. Mamma era abbastanza forte da ridere, perciò forse Ezra aveva ragione. Forse sarebbe andato tutto bene. E poi avevo colto una nota di ammirazione e rispetto nella sua voce. Questo era sufficiente a farmi affrontare qualsiasi cosa. Si riverberò un filo di musica dalla radio che mamma teneva sul comodino. Chiusi gli occhi, e mentre ascoltavo il respiro di Ezra immaginai i miei genitori che ballavano un lento in camera da letto.

«Farei qualsiasi cosa per te» disse mia sorella con voce sommessa, quasi stesse parlando a qualcuno in sogno.

La scuola chiuse per le vacanze di Natale il lunedì successivo, il 23 dicembre. Nostro padre avrebbe accompagnato a casa Ezra e me e poi sarebbe tornato alla Hobart per recuperare alcuni libri e altro materiale che voleva avere a casa. Anche Mr Caesar si sarebbe trattenuto a scuola con i figli, perché voleva portarsi avanti con le pulizie in modo da non dover pensare al lavoro, e ai bianchi, durante le feste. Mia sorella e io lo salutammo dall'auto, e Mr Caesar scoppiò in una risata tonante e parlò della pentola della fortuna di Miss Irene con i fagioli dall'occhio nero. «Siete sempre invitati quando c'è di mezzo la fortuna» commentò. Papà non voleva che restassimo a scuola con lui perché sapeva che nostra madre avrebbe tentato di pulire e cucinare da sola. «Aiutate mamma con le faccende» disse. «Lo sapete che crede di poter fare tutto lei sotto Natale.»

«Le daremo una mano» disse Ezra. «Non preoccuparti, papà.»

Il bel viso di nostro padre era striato dalle luci gialle che brillavano dietro le nostre finestre al pianterreno. Vidi il suo sorriso anche nel buio. Fui pervasa da una piacevole sensazione. Mi resi conto di essere al sicuro, anche se mia madre e mio padre non potevano sempre impedire al mondo di perseguitarci. Era l'amore a farmi sentire così. Un amore che il mondo non avrebbe mai potuto portare via a me o alla nostra famiglia.

«Date un bacio a mamma da parte mia» disse con una risatina. «E assicuratevi che il fuoco sia bello caldo quando tornerò a casa.»

Il vento di dicembre era spietato e poteva risucchiare il calore dalla pelle di un uomo in pochi minuti. Mio padre guidò fino a uno dei parcheggi tra l'edificio principale della scuola e la legnaia di Mr Caesar, per far sapere all'amico che era lì anche lui a lavorare. Mentre scendeva dall'auto, sollevando il bavero del cappotto di lana blu scuro intorno al collo, sentì dei gridolini dolci provenire dalla legnaia. Si voltò e riconobbe le sagome di tre figli dei Junkett stagliate contro la luce del capanno delle pulizie: Lindy, Rosemary ed Empire. Ernest era a casa, perché il carpentiere nero con cui stava facendo l'apprendistato a Gunn Hill gli aveva concesso qualche giorno di ferie. Miss Irene era a Gunn Hill per la funzione serale alla Rising Star, seguita dalle prove del coro e da una cena tra donne per discutere altri dettagli della consueta riunione di preghiera di Capodanno.

Papà gridò ai giovani Junkett di stare all'interno del capanno. «Chiudete a chiave la porta» aggiunse all'ultimo. Spesso Mr Hobart chiedeva al nipote di pattugliare la proprietà.

Entrò a scuola dall'ingresso laterale. Si fermò a osservare i corridoi bui, nervoso al pensiero che all'improvviso qualcuno avrebbe potuto gridare che quello non era più posto per lui. Che non lo era mai stato.

Dopo il "furto" della borsetta di Miss Alley, Mr Caesar e mio padre non erano più liberi di rimanere a scuola da soli. Mr Hobart aveva incoraggiato alcune docenti che alloggiavano nei dormitori femminili a "tenere d'occhio" i loro spostamenti. Aveva addirittura costretto Mr Caesar a restituire alcuni attrezzi che era stato autorizzato a portare a casa e a usare altrove, se trovava dei lavoretti nei paesi vicini.

Adesso, ascoltando Mr Caesar fischiettare alla radio, mio padre si incamminò verso la sua aula a passo spedito. Le luci erano già accese e il pavimento era stato lavato da poco con la miscela al limone che conferiva alla stanza un profumo solare. Provò di nuovo gratitudine per l'amicizia di Mr Caesar. Un tempo aveva tracciato una distinzione tra lui, uomo di libri, e Mr Caesar, uomo di scope. Ma le tensioni al villaggio avevano reso ogni uomo di colore uguale all'altro e, agli occhi dei bianchi, tutti ugualmente inferiori. Si erano avvicinati ancora di più da quando il vicecapo aveva ingiustamente arrestato Mr Caesar. Ora che l'istituto lo aveva implicitamente bandito da quasi tutti gli spazi comuni, papà aveva aperto gli occhi sulla realtà del nostro futuro a Salt Point. Adesso trascorreva molte serate ascoltando Mr Caesar e Miss Irene discutere della possibilità di spostarsi a sud. Parlavano di Royal, la loro città di origine, e cercavano di convincerlo a parlare di Damascus. Papà eludeva le loro domande, ma stava seriamente valutando la proposta di trasferirci tutti nel Sud come un'unica famiglia, trovando una città che fosse abbastanza grande, abbastanza nera e sicura per i loro figli. Mio padre non credeva esistesse un posto del genere. Non in America. E forse neanche altrove. La risposta immediata di Miss Irene era stata: «Africa», ma mio padre non sopportava l'idea di un simile sforzo, non con sua moglie malata.

Sospirando, mio padre si premette le dita inguantate contro la tempia destra. Gli sarebbe venuto mal di testa se non si fosse concentrato sulle cose da fare: riordinare l'aula, organizzare i suoi libri, incartare i regali di Natale per la sua famiglia che aveva nascosto lì, e aiutare Mr Caesar con le pulizie rimaste in modo che potessero andarsene il prima possibile.

In quel momento un grosso topo attraversò il pavimento asciutto dell'aula. Imprecando ad alta voce, papà pensò a quanto era meticoloso Mr Caesar con i roditori nella sua scuola. Ma quella non era più la *loro* scuola. Credere il contrario era da illusi.

Un vento pungente dalle scogliere fece sbatacchiare le finestre, e papà fu scosso da un brivido. Probabilmente Mr Caesar aveva abbassato il riscaldamento per risparmiare. Pensò ai giovani Junkett nella legnaia, dove faceva senz'altro più caldo.

Appese il cappotto al solito piolo nel piccolo guardaroba. Si concesse di prevedere cosa avrebbe avuto in serbo il 1958 per lui e la sua famiglia. Sentiva che c'erano dei cambiamenti in arrivo, e avrebbe dovuto affrontarli con una prudenza che esulava dal suo consueto riserbo. Fissò per un momento i banchi vuoti di fronte a lui. L'assente giuria di ragazzini bianchi gli trasmise una fugace inquietudine che non aveva mai provato. Con un rimprovero mentale, si scrollò di dosso la sensazione di essere osservato e prese la custodia logora della sua amata penna stilografica. Si sarebbe ritagliato un po' di tempo per leggere e annotare domande e dichiarazioni su un taccuino. Avvolgendo i suoi pensieri nel familiare e usurato conforto della logica, invitò la ragione e i fatti a guidarlo, come sempre.

L'odore di fumo trasportato dal vento pungente lo strappò bruscamente dal rifugio della sua testa. Notò un enorme alone arancione oltre gli antichi vetri imbarcati dell'aula. Balzò in piedi e corse in corridoio. Si mise a gridare a pieni polmoni, sperando che l'amico lo sentisse. «Caesar! Caesar! Caesar!»

Nessuna risposta. Mio padre si lanciò nella penombra sinistra dei corridoi, con i piedi che sbattevano come zoccoli sui pavimenti di legno sconnessi e lucidati. Arrivò ansimando all'ingresso laterale e vide che la porta era già stata chiusa a chiave. Era strano, senz'altro Mr Caesar aveva visto la sua macchina e sapeva che era ancora dentro l'edificio.

Per il momento non era nel panico. Non sapeva cosa avesse visto esattamente fuori dalla finestra. Ma cos'altro poteva essere quel bagliore? Là fuori vicino alla legnaia. La legnaia.

Girò un angolo buio dopo l'altro e percorse a rotta di collo il lungo corridoio nero che lo condusse all'ingresso principale della scuola. Le alte porte erano tutte accostate, ma sapeva che in genere Mr Caesar le chiudeva per ultime.

Spinse un battente con la spalla. Il vento sferzante dalle scogliere lo colpì con la violenza di un grido.

Incespicò verso il parcheggio in cui aveva lasciato l'auto, dove aveva visto l'intensa luce gialla vicino alla legnaia. Non sapeva spiegare come mai quella scena gli sembrasse così familiare, come un sogno, come se avesse già fatto quella corsa in passato e si fosse sempre svegliato prima di sapere se aveva vinto o perso.

Mentre aggirava una bassa schiera ricurva di cespugli potati, si fermò di scatto. Sotto la sagoma nera di un albero distinse a fatica la sagoma di un uomo in sella a un grosso cavallo con gli occhi verdi e la coda fiammeggianti. Il viso dell'uomo, notò con stupore, era quasi identico al suo, ma più giovane. La tristezza nelle sue spalle, sormontate da strane forme ritorte come centinaia di ali o di mani, gli riempì improvvisamente gli occhi di lacrime. Quando le ebbe asciugate vide che non c'era nessuno. Scosse la testa e proseguì di corsa verso la luce intensa.

Era un inferno. La legnaia stava andando a fuoco. Mio padre sentì le grida dei giovani Junkett, che erano ancora dentro. Ricordò che durante l'inverno Mr Caesar teneva le finestre ben chiuse per evitare marachelle o furti di attrezzi. Pensò ai barattoli ordinati di benzina, cherosene, trementina e propano che il suo amico conservava lì, tutti etichettati. Alle pile di fiammiferi raccolti in piccole torri di cartone. L'intero capanno era una polveriera.

Riconobbe le sagome nere ed esili dei tre ragazzini che saltellavano dietro le finestre. Un lato del tetto era completamente incendiato, e c'erano scintille, grottescamente festose, che schizzavano nell'aria secca e gelida.

Chiamò di nuovo a gran voce Mr Caesar, consapevole che poteva essere in un'altra ala dell'edificio.

Poi corse al capanno, che gli ricordò una chiesa che non aveva mai visto.

Il ruggito del fuoco lo fece pensare al mare sotto le scogliere. Usò tutte le sue forze per aprire la porta che aveva ordinato ai Junkett di chiudere a chiave. Una volta dentro, sentì i ragazzini aggrapparsi a lui e pensò soltanto a come salvarli. L'aria era pervasa da un denso fumo chimico.

Guardò sopra la spalla e capì che non sarebbe riuscito a portarli fuori dalla porta da cui era entrato. Doveva farli passare dalle finestre. Coprendosi il viso, usò il gomito per rompere i vetri roventi. I chiavistelli stavano già fondendo. Due finestre erano impossibili da raggiungere. I ragazzini strillavano, e nel luccichio dei loro occhi mio padre vide il fuoco riflettere il suo destino.

Si appese Rosemary alla spalla destra ed Empire alla sinistra. Quindi, alzando la voce, ordinò a Lindy di rimanere aggrappata a lui a qualunque costo.

Arrivato all'ultima finestra, ruppe il vetro a calci. Spinse fuori Empire nel gelido abbraccio dell'aria. Poi Rosemary. Sollevò il corpo semicosciente di Lindy mormorandole parole rassicuranti mentre lei gemeva. Anche se aveva perso i sensi, si teneva stretta a lui. Mise fuori dalla finestra il braccio con cui la reggeva, e si meravigliò sentendo due mani robuste e decise afferrare la sua per trascinare la ragazza dall'altra parte.

Mio padre sorrise sentendo gridare il proprio nome. Era stato il fuoco, o il suo amico Caesar, o il fumo penetrato anni prima nel suo sangue che non si era mai dissipato. Il vento sollevò un'ondata di calore ustionante e papà sentì distintamente una voce di donna soffocarlo con il proprio nome. *Alma,* ripeteva la voce in continuazione, finché non ebbe la certezza che stesse ascoltando, che stesse ricordando. Nel suo cuore martellante divampò la visione di una donna che rispondeva anche al nome di Comfort, sebbene non ci fosse nulla di confortante in lei. Stava per sciogliersi. Il fuoco danzava sulla sua schiena sudata e lungo le maniche bianche della sua camicia buona. *Alma, Alma,* si mise a gridare, speranzoso. Sua madre, la madre della madre e la madre della nonna lo avrebbero salvato.

Quando allungò la mano, arrivando quasi a sfiorare con le dita quella che credeva fosse la mano di Dio, una trave di legno incendiata gli crollò addosso, schiacciando la sua mente.

17

Il lunedì prima di Natale, Ruby e i suoi genitori salirono su una limousine che li avrebbe condotti ad Amity. Suo padre aveva acconsentito a cenare insieme a Miss Alley e agli Hobart. Aveva detto che era una cosa "grossa" da parte sua avere accettato l'invito, ma non poteva negare la gentilezza degli Hobart nel voler aiutare sua figlia a migliorarsi. Sembrava più allegro da quando le aveva comunicato la decisione di assecondare i buoni propositi di Miss Alley per il futuro di Ruby. Non aveva più accusato sua figlia di intrattenere rapporti illeciti con i ragazzi del villaggio, ma lei era terrorizzata all'idea che la relazione che aveva effettivamente avuto con Cullen, anche se brevissima, le avesse cambiato la vita proprio come aveva paventato suo padre.

La madre, informata della cena speciale in onore di Ruby, aveva messo il broncio per qualche settimana e si era focalizzata esclusivamente sul proprio "debutto". Le si inumidivano gli occhi pensando al trattamento che lei e la figlia avevano subito dallo zio di Miss Alley anni prima. Ma non faceva che ripetersi che Mr Hobart doveva "pagare" per i complimenti che le aveva negato in gioventù. Niente riusciva a distrarla dalle sue macchinazioni, e prestava poca attenzione agli spostamenti del marito, anche dopo aver saputo dalle sue sorelle che era stato visto dalle parti del faro con una donna molto più rispettabile di qualche paesanotta vogliosa disposta a fargli un favore. Da sempre gli Scaggs erano accompagnati da un sottofondo inquieto di pettegolezzi e insinuazioni, perciò qualunque cosa venisse detta, su *chiunque* di loro, probabilmente era una bruttura che assecondava le sprezzanti menzogne del villaggio.

Ruby, dal canto suo, si era domandata se i pensieri perversi di papà su Miss Alley c'entrassero qualcosa con questa generosità. Non poteva credere che la sua insegnante stesse usando lei o suo padre. Eppure si trovava spesso a chiedersi se quella donna volesse davvero "adottarla" come figlia, come sorella. E se invece si trattava solo di un'assurda trovata benefica? Sulle pagine delle riviste di sua madre aveva letto di donne così ricche da potersi permettere di comprare la gente povera e trattarla come un trofeo per poi abbandonarla. Adesso Ruby temeva l'abbandono più di ogni altra cosa.

Era troppo concentrata sul suo futuro per scoprire se Miss Alley avesse trascorso del tempo con papà nel suo interesse. Sulla limousine notò che, a sua insaputa, il padre era riuscito ad andare dal barbiere.

«Tutto questo è per te» le disse. «Ogni volta che dubiterai di me, ricordati che sto cercando di aiutarti.» I suoi capelli, la sua voce e il suo temperamento erano insolitamente composti. «Per darti una possibilità.»

«Di possibilità ne ha avute» intervenne la madre in tono stizzito. Avvolgendosi intorno al corpo la pelliccia spelacchiata, sistemò le gambe in una posa solenne, in modo da sedere drittissima. «Come tutti noi.»

«Ruby è diversa da noi» disse il padre con un sorriso mesto.

«Le possibilità non sono mai abbastanza» osservò Ruby. Era strano sentirgli dire che era diversa da sua madre e da lui, ma forse papà cominciava a crederlo davvero. Osservò l'abito di lana sformato di sua madre. Aveva tentato di esonerarla da quella cena, ma Miss Alley aveva insistito che fossero presenti entrambi i suoi genitori a casa degli Hobart, perché aveva un annuncio da fare.

«Io sì che ho avuto una possibilità, una volta» proseguì mamma. «Io sì che avrei potuto essere altrove, essere una persona diversa. Dio solo sa quanto vorrei essere *insieme* a gente diversa. Gente meritevole. E invece eccomi qui.»

«Taci» disse il padre, «e non pensare sempre e solo a te stessa.»

«Almeno io *penso*.»

«Ma davvero? Non ricominciare con la tua squallida tiritera sulla vecchia reginetta di bellezza. Non ricominciare, cazzo.»

La madre di Ruby cambiò posizione, tornando a guardare fuori dal finestrino. Aveva cotonato i capelli sottili in un'orribile acconciatura vaporosa. Ruby notò i suoi begli zigomi sotto le guance butterate che nessuna crema per il viso era in grado di mascherare. Eppure, dal suo profilo era chiaro che un tempo era bellissima.

«Non capisco cosa voglia questa gente da Ruby. Dovranno pur volere qualcosa. E qualunque cosa sia, probabilmente la vogliono gratis. Quello che non capisco è... perché Ruby?»

«Ma cosa vuoi capire tu» commentò il padre.

«Io valgo quanto chiunque altro» intervenne Ruby. «Non c'è nessuno migliore di me. Non c'è nessuno peggiore di me.»

«Non puoi aspettarti che qualcuno ti dica se vali qualcosa o no» fu la replica laconica del padre.

«Posso contare su me stessa, papà.»

Suo padre la schiaffeggiò con forza. Mentre scrutava la sua stessa mano come fosse un viso irriconoscibile, aveva gli occhi tristi. Poi la colpì altre due volte con il lato del palmo. «Te lo dico io su cosa puoi contare.»

La limousine cominciò a salire le dolci colline di Amity, dove il terreno accidentato di Salt Point mutava in un curato paesaggio di arbusti invernali, siepi formali e lanterne dorate già accese. Una striscia sottile di luce rossa bordava il tramonto. Con un perfetto tempismo, una polvere scintillante di fiocchi di neve scese turbinando nel crepuscolo. Era incredibile che quei due posti distassero a malapena trenta chilometri.

Amity sembrava un set cinematografico, soltanto che era reale. Ruby non aveva mai visto niente di simile al di fuori dei doppi spettacoli ai quali un tempo assisteva insieme a sua madre. Odiava quelle uscite, perché spesso loro due litigavano: Ruby faceva troppe domande, in genere durante il film, o insisteva per avere popcorn, caramelle e altri dolciumi che mamma non poteva permettersi. Quelle discussioni distruggevano l'atmosfera onirica delle pellicole. E quando aveva detto di non voler più andare al cinema, la madre l'aveva accusata di non essere capace di sognare.

Ruby resistette all'impulso di premere il viso contro il finestrino della limousine. Ma avendo la vista buona, si raccomandò di guardare con molta attenzione quel nuovo mondo. Le bruciarono gli occhi osservando le tende dietro le finestre illuminate. Non sopportava la smania di ricchezza che le stava montando in gola.

Allora si spinse in fondo al sedile di pelle, che premeva sotto la crinolina sgualcita del vestito che Miss Alley sosteneva di non poter più indossare alla sua età. Era l'abito di seconda mano più bello che avesse mai ricevuto. Nell'aria c'era odore di bruciato, perché Miss Alley aveva usato un ferro rovente per farle i boccoli. Ruby ricordò la sensazione piacevole, e un tantino spaventosa, di farsi arricciare i capelli. La dolcezza con cui l'insegnante aveva soffiato su ogni boccolo, e il sorriso della donna che Ruby aveva visto riflesso nel suo specchietto di cortesia. Malgrado quel senso di intimità, non aveva detto niente di Cullen mentre Miss Alley ridacchiava parlando di uomini. Si era soffermata in particolare su Mr Hobart, il marito di sua zia. A Ruby non era chiaro se l'insegnante aspirasse a un uomo ricco e distratto come lui, o se bramasse un rubacuori devastante, uno di quei seduttori buoni a nulla che mandavano in estasi sua madre al cinema.

Durante un'altra visita all'appartamento di Miss Alley, la donna si era informata in tono complice sul suo ciclo. Ruby aveva mentito, perché non le sembrava una domanda adatta a un'insegnante e lei, di conseguenza, non era obbligata a dire la verità. Ma la verità era che non aveva più avuto le mestruazioni da settembre.

A quel punto aveva capito che Cullen era un bugiardo adulatore. Non le aveva insegnato a volare. Non le aveva insegnato un bel niente tranne ad aprire le gambe. Il suo tocco era stato forte, energico, sconvolgente e, doveva ammetterlo, talmente breve che non si spiegava come mai gli adulti dessero tanto peso a una cosa che durava meno di una lavata di denti. Sentirsi chiamare "Splendore" era bello, certo, ma in realtà Ruby voleva sapere come ottenere la licenza di volo. Gli aveva domandato in continuazione se una ragazza come lei avrebbe avuto una possibilità di librarsi in aria come Harriet Quimby e Amelia Earhart. Quanto ci sarebbe voluto?

Quando Cullen aveva cominciato a dire di volersi prendere cura di lei, Ruby lo ascoltava distrattamente. L'ultima volta che era tornata nel piccolo hangar dimesso in cui si incontravano, gli aveva chiesto se potesse farle fare almeno un giretto veloce su uno dei suoi aerei. A quel punto aveva scoperto che in realtà Cullen non ne possedeva neanche uno. Nell'ufficio dell'hangar aveva trovato un verbale di manutenzione sul quale Cullen aveva apposto la sua firma grezza sotto una valutazione delle sue competenze e del suo rendimento come dipendente. Cullen si limitava a lavare e riparare gli aerei. Come si fa con le macchine. Era più o meno un tuttofare del cielo. L'aveva comunque implorato di portarla tra le nuvole di nascosto. Probabilmente era più sicuro che guidare l'auto di qualcun altro, aveva aggiunto, senza rendersi conto di essere stata offensiva e inopportuna chiedendogli di rischiare il posto di lavoro per esaudire quell'unico desiderio. Ruby aveva tenuto a freno l'imbarazzo dopo che lui aveva accampato una scusa, dicendo che il tempo stava cambiando. Gli aveva domandato quale poteva essere un momento migliore, ma la voce di Cullen adesso era distante, e nei suoi occhi verdi era impresso un addio. Niente più Splendore. Con un'alzata di spalle, le aveva risposto: «Mai».

Quell'episodio aveva fatto riaffiorare i sentimenti sgradevoli del momento in cui, come Cullen, anche Ezra l'aveva abbandonata mentre gli alberi erano carichi di fiori bianchi e nell'aria aleggiava quella che Ruby aveva confuso per speranza. Lei ed Ezra si erano confrontate dopo aver avuto il primo ciclo, a pochi giorni di distanza. Poi c'era stato l'ultimo dispiacere, la volta in cui avevano guardato nelle fessure dei loro corpi solo per scoprire che erano, e non erano, sostanzialmente uguali. Il dispiacere stava nel fatto che nessuna delle due poteva ignorare il proprio corpo e il valore che gli veniva attribuito. Non avrebbero mai potuto condividere gli stessi valori. Per loro sarebbe stato impossibile considerarsi sorelle.

Questo, la mancanza di Ezra, era ciò che restava dell'innocenza di Ruby, della ragazzina che un tempo conservava i ritagli di giornale in cui le aviatrici si paravano con audacia davanti agli aeroplani, le mani sui fianchi. Che masticava le loro fotografie per ingerirne la libertà.

Sulla lama del suo coltello e sul manico della forchetta, Ruby ammirò il riflesso del lampadario che illuminava dall'alto il lungo tavolo dove gli inservienti adagiavano i piatti monogrammati sulla tovaglia, con una tale destrezza da non produrre il minimo rumore.

Anche se Ruby frequentava la sua scuola da quasi tutta la vita, Mr Hobart alternava distrattamente lo sguardo tra lei e i genitori sorseggiando il suo cocktail. I pochi capelli neri rimasti erano pettinati di traverso e incollati alla testa con una brillantina appiccicosa. Indossava uno smoking. Sebbene fossero dentro casa, con i camini accesi su entrambi i lati della stanza, Mrs Hobart non si era ancora tolta la pelliccia.

L'imponente sala da pranzo, con la carta da parati vellutata e la cupola a vetri, volteggiava intorno a lei mentre beveva a piccoli sorsi lo champagne dalla sua flûte decorata. Di fronte all'offerta di un whisky, suo padre annuì con troppa smania. Ruby tentò di incrociare lo sguardo di Miss Alley per metterla in guardia dal padre e dal suo alcolismo, ma non ci riuscì. Per la prima volta ebbe la sensazione che l'insegnante stesse deliberatamente *evitando* di guardarla. Quella donna, che aveva dichiarato di considerarla una sorella, aveva un volto inespressivo che somigliava a una maschera. Nascosto sotto uno spesso strato di cosmetici, il suo viso le era estraneo. Portava un abito di chiffon rosa che sembrava uscito da un nightclub di Hollywood.

La madre di Ruby teneva lo sguardo fisso sull'abbigliamento di Miss Alley. Quando finalmente distolse gli occhi sporgenti dal suo viso incipriato, dai suoi gioielli scintillanti e dalle scarpe basse spuntate e satinate, Ruby notò l'estrema tristezza di mamma come non l'aveva mai notata prima. Le fece rivoltare lo stomaco. Ricordò il bruciore che aveva provato anni prima, la volta in cui l'aveva schiaffeggiata per poi trascorrere la giornata in lacrime spalmandosi una crema idratante sul viso. A quel punto le tornò in mente che era stato Mr Hobart a gettare sua madre in preda alla collera e alla disperazione. Sentì montare dentro un senso di vergogna e un leggero fremito di rabbia. Quel milionario se ne ricordava, oppure Ruby e sua madre erano così insignificanti che si era scordato all'istante di quell'episodio spiacevole? Sentì echeggiare nella mente il giudizio di suo padre su Mr Hobart: un furfante. Cosa gli aveva fatto cambiare idea?

Quando due spaniel caramello dal pelo curato trotterellarono imperiosi nella stanza dall'alto soffitto, la madre di Ruby si gettò sul pavimento per coccolarli, strillando con un diletto forzato. Tutti videro il buco enorme nei suoi collant e il fatto che non portava le mutandine. Lo champagne era aspro in bocca, ma Ruby non poteva sputarlo.

Poco dopo si sedettero a tavola. Ruby intuì che gli Hobart volevano chiudere quella serata il più in fretta possibile. Era come se tutti, lei inclusa, stessero trattenendo il fiato. Guardava di continuo Miss Alley sperando che le dicesse cosa fare, quale forchetta usare, qual era il suo bicchiere dell'acqua, dato che ne avevano quattro ciascuno, e Ruby continuava a trangugiare champagne perché la sagoma della flûte era facile da distinguere rispetto a quella degli altri bicchieri.

Guardò gli Hobart masticare, i suoi genitori schioccare le labbra, Miss Alley rigirare delicatamente il foie gras nel piatto. Controllò l'orologio a pendolo vicino a uno dei camini. La presenza degli Hobart stava intaccando l'immagine che si era fatta della sua insegnante. Miss Alley continuava a scambiare occhiate con Mr Hobart. Ruby trasalì quando, sentendo una pressione sulla coscia vicino al ginocchio, abbassò gli occhi e vide la mano di suo padre. Lui l'aveva scambiata per Miss Dinah Alley. Scansò la mano dicendosi che era stato un incidente, poi si accorse che era ubriaco e probabilmente era davvero convinto di stare accarezzando la gamba della sua insegnante.

Nessuno parlava, ma il rumore delle posate echeggiava, assordante, nella lunga sala. Ogni volta che Miss Alley tentava di parlare del futuro di Ruby, suo padre rispondeva con una rapida sequenza di peti o imprecazioni. La madre coglieva ogni occasione per sbandierare i suoi fallimenti come uomo, come padre. Tornava di continuo al passato, alla volta che era stata incoronata reginetta di bellezza e al fatto che il marito fosse sempre stato attratto dalle femmine avvenenti.

Più tardi una donna nera uscì dalle porte a vento, e Ruby

capì che papà era pesantemente ubriaco. Chiuso in un silenzio malinconico, fissava l'inserviente che Mrs Hobart aveva chiamato Marvella, e che aveva la pelle più scura che Ruby avesse mai visto. Più Marvella si avvicinava alla tovaglia bianca inamidata, più la sua pelle diventava nera. Alla luce del camino, l'ovale del suo viso la fece pensare alle fotografie delle donne delle tribù africane che Ezra le aveva mostrato nello studio di Mr Kindred. Quando Marvella si sporse per passare un cucchiaio a suo padre, lui le afferrò con forza il polso e lo spinse in malo modo verso la zuppiera che teneva scrupolosamente in equilibrio nell'altra mano.

Marvella lo fissò, alternando gli occhi tra la mano che le stringeva il polso e il viso di quell'uomo. Aveva un'aria offesa, annoiata, e consapevole che sarebbe stato lui a distogliere lo sguardo per primo. Aveva l'aria di una donna che abbassava le palpebre solo per dormire.

«Non mi faccio servire da te.»

Miss Alley fece un sorrisetto nervoso. Poi si mise a parlare alzando appena la voce, come per supplicare la zia e lo zio di ignorare il padre di Ruby che senza dubbio, come aveva già accennato loro in privato, era uno zotico del luogo non avvezzo alle cene mondane.

«Marvella, per cortesia, porta un altro calice di champagne a Ruby» disse Mrs Hobart. La donna si premette le dita sull'attaccatura dei capelli crespi come se le fosse rimasto solo un briciolo di tolleranza, di carità, da elargire. Mrs Hobart le sorrise, e Ruby fece una smorfia. Forse Miss Alley era tale e quale alla zia, e Ruby non era altro che un progetto narcisistico, una beneficenza vivente.

«Mia nipote ha tessuto le tue lodi» disse a quel punto Mrs Hobart. «Ecco il motivo di questa serata. Mi rallegra che tu e la tua povera famiglia abbiate acconsentito a pensare al tuo futuro. Non tutti sono così ragionevoli quando si chiede loro di valutare un'offerta generosa come la nostra riguardo al futuro di una figlia.»

«A noi non ha chiesto niente nessuno» precisò il padre di Ruby, che teneva gli occhi incollati sulle porte a vento. Come uno dei suoi segugi, la sua attenzione era focalizzata sull'andirivieni di Marvella, che aveva deciso di ignorarlo mentre serviva la cena. La domestica aveva appoggiato una zuppiera vicino al suo piatto, lasciando che lo riempisse da solo. Ruby notò i muscoli tesi sul viso della donna. «Non possiamo acconsentire a qualcosa che non ci è stato chiesto come si deve. Vogliamo fare ciò che è meglio per la nostra Ruby, nei limiti del possibile.»

I vapori dello champagne che Ruby non avrebbe dovuto bere le si depositarono nello stomaco. Era piena di gas fino all'orlo. Le cuciture dell'abito tiravano. Chinò il capo per osservare la piccola protuberanza che spuntava dalla fascia rosa, troppo stretta intorno alla vita. Era della stessa tonalità del vestito di Miss Alley. Si rese conto che quell'abbinamento era stato scelto apposta. Come se appartenesse alla sua insegnante anziché ai suoi genitori.

Poi Mr Hobart, biascicando, domandò a chi dovesse intestare l'assegno, e la madre di Ruby si affrettò a sillabare il proprio nome per intero. Lui, con un'alzata di spalle, chiese come mai non fosse l'uomo di casa a depositare il denaro sul proprio conto.

«Non ce l'ha mai avuto, un conto» rispose lei. «Non si interessa di certe cose. Non è tipo da badare ai risparmi. Vero, Ruby?»

Ruby si sentì avvampare mentre si stringeva nelle spalle con aria impotente, fissando la madre. Cosa stava succedendo? Nessuno le aveva chiesto niente sul suo futuro.

«Papà?» Con la voce tremante e gli occhi umidi, si voltò a guardarlo impaurita. «Papà, *ti prego*, cosa succede?»

«Succede che ho sposato una lurida» rispose Mr Scaggs senza indugi. «Una reginetta che è disposta a vendere sua figlia, *la nostra unica figlia*, e credeva che avrei accettato senza battere ciglio.» Dopo una pausa, puntò il dito contro Ruby.

«Mi avete incastrato, vero? Tu, tua madre, e quella puttana lì che sa a malapena scrivere il suo nome. Non dico di essere il padre migliore del mondo, ma so di non essere mai stato un furfante. Nel libro del diavolo si parla un sacco di voialtri. *Ruby, questo è un crimine.* Si chiama rapimento.»

Ruby non sentiva altro che le bollicine dorate che scoppiavano e sibilavano nella sua testa. Presa dal panico, pensò al bambino che forse stava crescendo da qualche parte sotto la sua pelle, nel suo sangue. Le madri potevano diventare aviatrici? Si era lasciata toccare da Cullen solo due volte, ma forse erano bastate? Lui non le aveva neanche chiesto il suo nome, la chiamava Splendore e metteva le labbra sulle sue quando diceva qualcosa che esulava dal copione che si era scritto da solo, o così le era sembrato.

Ma non riuscì a provare fino in fondo quella vergogna, perché era ancora più terrorizzata da quello che stava succedendo davanti a lei a tavola. A quanto pareva i suoi genitori – sua madre, nello specifico – avevano fissato un prezzo, un valore limitato, per la loro unica figlia in vita.

La madre fece segno a Marvella di portarle dell'acqua. Con quel guizzo della mano abbatté i calici di vino uno dopo l'altro. Poi, singhiozzando, bevve un sorso d'acqua e si leccò le labbra prima di indicare quello che riteneva fosse un importo equo.

Ruby fissò il suo viso, gonfiato da anni di fallimenti e frustrazione. Quella cifra era un risarcimento. Mr Benedict Hobart le doveva qualcosa che fino ad allora non aveva mai ottenuto: rispetto. L'autostima di Ruby subì un duro colpo mentre tentava di stabilire il proprio valore. Nessuno gliel'aveva detto. Aveva l'impressione di trasportare il peso di sua madre e suo padre su per una salita ripida barcollando. I suoi genitori non sembravano turbati, quasi che Ruby fosse in debito con loro per il solo fatto di essere loro figlia. Pensò al modo in cui l'aveva osservata quell'uomo alla manifestazione aerea, prendendo i soldi che aveva rubato e portandoglieli via come se il sogno di volare potesse farle male.

La madre, Miss Alley, Mr e Mrs Hobart parlavano tutti insieme, le loro voci indurite dalla sgradevole freddezza di negoziare il potenziale di Ruby, neanche fosse una merce umana. Usarono la parola "investimento". Nessuno sorrideva.

Era disorientata anche dalla rabbia che ribolliva in lei. Miss Alley l'aveva appena strappata via dalla sua vita.

Quando Mr Hobart suonò un campanello, Marvella tornò a tavola con una pila di documenti legali e un nuovo libretto degli assegni, e la madre di Ruby diede di gomito al marito. Non perché avesse contestato la misera somma richiesta per dare la figlia in adozione a Miss Alley, ma per evitare che il marito ubriaco cadesse di faccia nella portata principale della loro prima e unica cena mondana di famiglia.

Il mattino seguente, il mesto capo di Ruby era adagiato su un cuscino di seta. Non aveva mai dormito male come quella notte. I suoi sogni non avevano apprezzato la delicatezza e le premure di quel tessuto. Il suo stomaco si ritorceva per i cibi ricchi e lo champagne che aveva consumato. Temette di vomitare, scossa da un attacco di vertigini. Si drizzò a sedere e appiattì la schiena contro l'elaborata testiera in ottone.

«Buongiorno, Ruby» disse Miss Alley entrando nella stanza degli ospiti. Scostò le pesanti tende di velluto celeste, ritrovandosi immersa in una nuvola di luce biancastra.

Subito dietro di lei, Marvella portava con cura tra le braccia un abito blu scuro stirato, con il colletto, i polsini e l'orlo di pizzo color avorio. Era abbinato a quello di Miss Alley, di seta blu scuro.

Dopo averla studiata con attenzione, Miss Alley diede indicazioni a Marvella come se Ruby non fosse lì. Cominciò dai capelli, rimproverandola per aver dormito sui suoi splendidi riccioli. Perché non aveva chiesto a Marvella di fasciarle la testa a regola d'arte, in modo da preservare i suoi bei boccoli? Ruby cercò di spiegarle che aveva i capelli sottili, e con quel tipo di capelli i riccioli tendevano a cedere, solo che Miss Alley la interruppe per dire a Marvella di raccoglierli in un'alta acconciatura. Ruby odiava le crocchie, ma l'insegnante si limitò a buttare indietro la testa, ridendo delle sue proteste. Voleva che Ruby andasse in un salone a Boston dove una signora che conosceva le avrebbe fatto un bel taglio. Ordinò a Marvella di prendere un appuntamento il prima possibile. Un caschetto sarebbe stato più semplice e adatto alla ragazza che immaginava sarebbe diventata. Adesso, proseguì Miss Alley, Ruby aveva bisogno di un bagno mattutino.

«Non voglio che qualcuno mi guardi mentre mi lavo» borbottò. «Soprattutto lei.»

Miss Alley diede le spalle alla finestra per concentrarsi interamente su Ruby. Aveva i piedi nascosti dentro un paio di stivali bianchi in pelle di vitello con i tacchi di ottone, che le fecero tornare in mente una fotografia della sua eroina Harriet Quimby. «Questo lascialo giudicare a me» disse l'insegnante. «Più ti ribelli, più renderai le cose difficili.»

«Quali cose?»

«Lo vedrai» rispose, sfoggiando un sorriso glaciale. Quindi fece un cenno a Marvella e lasciò la stanza.

«Miss Marvella, io non mi faccio il bagno» insistette Ruby, risollevando di scatto il copriletto.

«Come preferisce lei, Miss Ruby. Faccia pure quello che vuole.»

«Bene.»

«Ma entrerà in quella vasca, e subito» aggiunse Marvella. «Non è lei a pagare il *mio* stipendio. Sono Miss Dinah e i suoi. Siccome lei non paga lo stipendio a nessuno e non ha idea della gente con cui si è invischiata, le conviene capire chi potrà darle una mano.»

«A proposito, qual è il suo nome completo?»

In piedi davanti a lei, la donna la guardò dall'alto in basso. «Marvella. Punto. Il mio nome è questo. Non sono una sua dipendente. Non mi interessa niente dei suoi sentimenti, e di sicuro non sono sua amica.»

«È un nome strano, da dove arriva?»

Marvella inclinò la testa e si accigliò. Capì che Ruby non avrebbe mollato. «Nessuno mi ha più chiamato con il mio nome da quando è morta mia madre» spiegò in tono più dolce. «Non voglio che nessuno in questa casa usi il mio nome, soprattutto non una poveraccia come lei.»

«Ma cosa le ho fatto?»

«E non mi chiami mai più *Miss* Marvella» aggiunse bruscamente. «Qual è il suo problema? Fa tante storie per innervosire tutta la casa? Non badi a me. Non provi niente per me. Niente di niente. Forse pensa di fare del bene mostrandomi rispetto o qualunque cosa creda che sia il rispetto, ma io mi rispetto già abbastanza da sola.»

A Ruby si inumidirono gli occhi, come se avesse sentito l'odore che aveva fatto corrucciare in quel modo il viso della donna. «Se io sono una poveraccia, lei cos'è?»

«Io sono me stessa, Miss Ruby» rispose Marvella, sospirando e roteando gli occhi. «E valgo molto più di lei e di tutti questi cretini messi insieme.»

18

Mr Caesar e alcuni uomini della Rising Star stavano fumando nella nostra veranda. Si passavano una fiaschetta, malgrado il freddo. Dall'altra parte della strada, i gemelli Junkett strillavano lanciando la neve sopra le loro teste. La casa infestata era ammantata di bianco. Era la vigilia di Natale.

Ero in camera mia in vestaglia, seduta vicino alla finestra, anche se mamma ed Ez mi avevano raccomandato entrambe di farmi trovare vestita quando una di loro fosse salita di nuovo. Avevo dormito poco o nulla. Stavo vivendo un incubo. Nella mia mente balenavano immagini della sera prima. Non riuscivo a smettere di sentire l'urlo di mia madre appena prima che collassasse. Mr Caesar aveva riportato a casa la nostra macchina. Sul sedile posteriore, avvolto in un telo, c'era il corpo di mio padre. Un incendio dovuto a un guasto all'impianto elettrico difettoso che Mr Caesar non aveva avuto il tempo di riparare. Papà aveva salvato Lindy, Rosemary ed Empire. «Ha salvato i miei figli» continuava a ripetere Mr Caesar. Tutto il suo corpo era coperto di sporco, fumo, sudore. Dopo essersi inzuppato d'acqua, aveva scavalcato una finestra ed estratto il corpo di mio padre dal capanno in fiamme. Quando aveva aperto la portiera posteriore dell'auto, l'odore di carne bruciata mi aveva provocato una tale nausea che per poco non ero svenuta. «È meglio se voi ragazze entrate in casa» aveva detto con gentilezza.

Poi Miss Irene si era avvicinata al marito da dietro, e i tre figli dei Junkett, con ancora addosso i vestiti anneriti dalla fuliggine, erano corsi ad abbracciarci, a prendersi cura di noi. «Ha salvato i nostri figli, le nostre vite» ripeteva senza sosta Mr Caesar tra sé.

Mi sentii di nuovo male e mi asciugai gli occhi con l'orlo della vestaglia, picchiettando tra loro le dita dei piedi dentro un paio di calzini di lana che avevo preso dalle scarpe di mio padre, disposte con ordine sul pavimento vicino al suo armadio. Ripensai a quello che mi aveva detto appena prima di andarsene, di tenere vivo il fuoco. Eravamo rimaste a casa ad aiutare mamma con i preparativi per le feste, come ci aveva chiesto lui.

All'improvviso vidi Ezra ed Ernest in piedi in mezzo alla mia stanza. Non li avevo sentiti entrare. Faticavo a sentire le parole o le voci, a meno che non fossero vicinissime.

«Cinthy, *ti prego*» disse Ezra. «Ci servi di sotto.»

«Lui dov'è?»

Sapeva che intendevo papà.

«Miss Irene ha detto che Mr Caesar e gli uomini della chiesa porteranno papà a Gunn Hill per farlo vestire.»

«Vestire per *cosa*?»

«Mamma dice che il becchino nero di Gunn Hill lavora trecentosessantacinque giorni all'anno» intervenne Ernest. «La vigilia di Natale non fa eccezione.»

«Posso andare con loro?» chiesi.

«È nelle mani di Dio» disse Ernest. Alla parola "mani" gli si ruppe la voce. In quella rottura sentii un baluginio della gioventù che aveva ceduto il posto a quel ruvido e virile baritono. Stava tenendo la mano di mia sorella.

«Mamma ha bisogno di aiuto» disse Ezra. «Miss Irene e Mr Caesar dicono che hanno dovuto seppellire parenti per tutta la vita. Dicono che è troppo doloroso farlo da soli e sarebbero felici di rendersi utili.»

La parola "felici" mi sembrava fuori luogo. Avevo ricominciato a tremare.

Ernest si avvicinò alla finestra dov'ero raggomitolata. La sua mascolinità, densa e inconfondibile come l'odore della cannella, mi fece piangere ancora più forte. Volevo il mio papà. Volevo sentire la sua voce. Invece fu Ernest a parlarmi con gentilezza. Anche se avevo le gambe lunghe ed ero decisamente troppo grande per essere presa in braccio, mi sollevò senza difficoltà stringendomi tra le braccia. «Piccola, devi farti forza. So quanto stai soffrendo.»

Attraverso la nuvola dei miei capelli spettinati, vidi Ezra asciugarsi gli occhi arrossati. Le sue lacrime fecero scattare qualcosa dentro di me. Ringraziai Ernest con un filo di voce e mi divincolai in modo da reggermi sulle mie gambe.

«Ez, potresti aiutarmi?»

«Sempre» rispose lei, sforzandosi di sorridere. Aveva le braccia abbandonate lungo i fianchi, ma gli occhi lampeggiavano sotto le palpebre gonfie.

«Il mio maglione preferito è nell'armadio.»

«Scenderemo tra un attimo» disse Ezra a Ernest.

«Certo.» Ernest passò le dita sui capelli di mia sorella mentre usciva dalla stanza. Quando si voltò, sul suo viso riconobbi gli occhi di Mr Caesar, quasi identici. «Mi dispiace tantissimo per vostro papà. Era molto intelligente. E un brav'uomo. Mio papà dice che è una combinazione rara. Giovane sorella, siamo un'unica famiglia, qui. Lo siamo sempre stati. Cerca di ricordartelo.»

Casa nostra era piena di voci conosciute e fidate. Ma per me era difficile fidarmi del mondo dopo che mi aveva portato via senza preavviso una delle cose più importanti. Piangendo, ascoltai il suono rassicurante che proveniva dagli uomini all'esterno. Faceva un freddo pungente, eppure le loro voci creavano una calda armonia. Intonavano parole antiche, quei canti che li avevano accompagnati per tutta la vita, come *Roll, Jordan, Roll*. La loro fede si diffondeva tra i rami spogli della quercia fuori dalla finestra. Mi chiesi quali canzoni avessero accompagnato mio padre a Damascus, dov'era nato. Ricordai che appena prima di morire si era appassionato al blues.

Quando Mr Caesar e gli altri smisero di cantare, Ezra mi raggiunse, fermandosi dietro di me. Le sue dita afferrarono delicatamente un pettine per scostarmi i capelli dal viso. Il tocco della sua mano sul collo era così tenero che mi trovai di nuovo sull'orlo del pianto. Ricacciai giù le lacrime, lasciando che cadessero in altre parti del mio corpo. Quindi girai piano la testa e vidi il profilo di mio padre nello specchio appeso all'anta dell'armadio. In quello specchio, guardai le labbra parlare con una voce di donna.

«Cosa ci succederà, adesso?»

19

La vista del nostro pino artificiale la mattina di Natale era grottesca. Era carico di addobbi gioiosi, festoni, ghirlande di popcorn stantii, tozze lampadine colorate che lampeggiavano dai rami dritti come fusi. Guardando oltre, rividi papà che allungava il braccio sopra la cima dell'albero per infilare una grezza stella di cartone a tre punte ricoperta di lustrini dorati che avevo creato anni prima, il nostro amato puntale. Era sempre papà a posizionarla, essendo il più alto, e ogni volta mi prendeva in giro perché mi rifiutavo di fare una nuova stella più graziosa.

C'era la poltrona di papà, con una rientranza tonda e unta nella parte alta dello schienale dove appoggiava la testa quando si appisolava. C'era il nostro pianoforte nero luccicante, uno splendido modello a mezza coda che nel tempo mamma aveva suonato sempre più di rado. Sedici anni prima i miei genitori l'avevano comprato insieme come regalo di nozze. Lo shock mi travolse. La nostra famiglia aveva decorato quell'albero solo la settimana prima. Papà aveva riso. Sistemati gli addobbi, Ezra aveva preparato un pentolino di cioccolata calda. Avevamo ascoltato gli album di Nat King Cole appollaiati davanti al fuoco. La rinnovata gioia sfavillante che accompagnava la fine di un altro anno e la nascita del Figlio di Dio ci spingeva a osservare il nostro soggiorno come fosse qualcosa di diverso.

Era la mattina di Natale, e non avrei mai più sentito la voce di mio padre.

Il fuoco si era abbassato di nuovo, ma il freddo nella stanza non era ancora sgradevole. Seduta in silenzio sul divano tra mia sorella e mia madre, che piangevano con gli occhi chiusi, mi costrinsi a non pensare a papà, il cui corpo era nel suo studio avvolto in un lenzuolo come una mummia.

Tra pochi istanti Mr Caesar e Miss Irene sarebbero tornati dalla messa natalizia mattutina alla Rising Star. Di solito i Junkett trascorrevano l'intero giorno di Natale a Gunn Hill. Quell'anno lo avrebbero passato con noi. Avrebbero portato con sé cibo e canti. Miss Irene diceva che dovevamo tenere a portata di mano qualcosa da mangiare per rimanere in forze, anche se ci veniva da vomitare solo a guardarlo. Ci assicurò che sarebbe arrivato un momento in cui avremmo avuto bisogno di assaporare un piatto casalingo per dare libero sfogo alle lacrime raccolte dentro di noi. Disse che avrebbe tenuto il caffè in infusione, il tè pronto. Disse che lei e Mr Caesar avrebbero aiutato mamma con quelli che tutti continuavano a chiamare "i preparativi".

Mamma era troppo catatonica per protestare, ed Ezra accettò la loro gentilezza per via della sua ostinata devozione verso Miss Irene. E, ne sono convinta, anche per la dolcezza con cui la trattava Ernest. Serio e timido, il suo sguardo la seguiva con meno discrezione da quando aveva capito che apprezzava i suoi sorrisi e il tocco leggero e rispettoso delle sue mani. Da parte mia, sapevo che avrei scontentato tutti se avessi detto che avevamo bisogno di starcene un po' da sole. Ma dentro di me albergavano sentimenti di cui non potevo parlare: mio padre era morto per salvare i figli dei Junkett. Io non volevo un *eroe*: volevo il mio *papà*.

Mr Hobart aveva licenziato Mr Caesar appellandosi alla sua negligenza e alla distruzione di una proprietà scolastica. Avevo sentito lui, Miss Irene e mia madre parlarne a bassa voce. «Ci conviene andarcene prima che diano fuoco anche a noi» aveva detto Mr Caesar. «Comunque, non potrei più lavorare in quella scuola schifosa, neanche se mi pagassero un milione di dollari.»

Lasciai vagare lo sguardo per il soggiorno.

La carta da parati era blu oceano, con fiori avorio che si attorcigliavano e spiegavano dai rampicanti intrecciati con foglie verdi e oro alle sagome di cavalli di razza, capre, volpi, uccelli e pallidi cervi radunati in un armonioso zoo. Una volta mamma ne aveva vista una simile durante un'asta immobiliare ad Amity. Dopo qualche ricerca, aveva trovato un'imitazione più economica su un catalogo. Ma costava comunque troppo, perciò aveva tappezzato solo metà soggiorno, dandogli un'aria perennemente incompleta. Ci aveva spiegato che a Damascus quasi ogni casa aveva il soffitto o una parete blu all'interno, perché era un colore che scacciava i fantasmi. Per lo stesso motivo, aveva aggiunto, gran parte delle lapidi nel piccolo cimitero di Damascus era dipinta in una tonalità di blu.

Mi dissi che papà era ancora in casa con noi, il suo spirito circondato dai libri che aveva studiato e amato. Immaginai la sua testa silenziosa avvolta in uno spesso sudario sul giaciglio che Mr Caesar e Miss Irene avevano preparato per lui. Avevano usato strisce di stoffa pulita per avvolgere stretto il suo corpo. Sotto quel tessuto c'era una specie di cataplasma alle erbe che aveva un intenso aroma di lavanda e qualcosa di simile all'incenso che non riuscivo a identificare. Ma non bastava a coprire l'odore di bruciato.

«Sono arrivati» disse Ezra aprendo gli occhi. A giudicare dalla luce acquosa che illuminava le finestre, doveva essere appena passato mezzogiorno.

Invece di strillare come al solito, i Junkett entrarono in casa nostra parlando sottovoce. Lindy e i più piccoli attraversarono il soggiorno portando dei sacchetti di cibo in cucina, come se Miss Irene avesse già impartito gli ordini. I gemelli erano vestiti in oro e avorio, come due angeli. Lindy si era messa un rossetto che faceva sembrare le labbra macchiate. Rimase in silenzio, senza nemmeno salutarci. Miss Irene spiegò che la figlia si riteneva responsabile della morte di nostro padre. Non aveva potuto aiutarlo a portare fuori i gemelli dalla finestra perché era svenuta per la paura e il fumo inalato. Mamma si ridestò di colpo e la pregò di non incolparsi dell'accaduto. Io non sapevo cosa dirle, ma non volevo che si dispiacesse per essere sopravvissuta.

Fuori, Mr Caesar e un altro uomo si stavano avvicinando in retromarcia a bordo di una specie di furgone per le consegne. Lo parcheggiarono di traverso sul lato della casa, accanto alla porta a vetri dello studio di papà.

Lo scopo di quel furgone era evidente, eppure la sua vista mi diede le vertigini, come se stessi viaggiando a bordo di un'auto senza volante, né freni, né parabrezza.

Verso le tre, Miss Irene portò il cibo in tavola nella nostra cucina con l'aiuto di Lindy. Il suo abito svolazzava mentre faceva avanti e indietro con un fiore di seta d'oro appuntato dietro l'orecchio. Alzando la voce, invitò tutti a riunirsi.

Aprii la porta della dispensa dov'ero seduta. Ero intirizzita per essere stata tutto quel tempo accovacciata contro lo schienale duro della seggiola. Mi faceva male la testa, ma mi sforzai di sorridere quando i bambini si misero a saltellare alla vista delle luccicanti aureole di ananas che decoravano il prosciutto alla ciliegia. Sollevarono gli occhi adoranti verso la meravigliosa montagna di crema di marshmallow abbrustoliti che sormontava le morbide patate dolci in un piatto di vetro.

«Ogni misericordia proviene da Dio» disse Miss Irene chiudendo gli occhi. «Possa il nostro amato fratello Kindred banchettare alla grande tavola eterna del Signore nella sua nuova pace. Possiamo noi ricordare per sempre il coraggio del nostro fratello e la gentilezza che ci ha donato. Possiamo ricordarci di lui, il nostro nuovo angelo, per trovare un passaggio sicuro in questo mondo che ha dimenticato l'amore di Dio. Possiamo ricordare, sempre e per sempre, che l'amore è Dio, e donare Dio gli uni agli altri così come Dio ci ha donato oggi questo cibo. Amen.»

«Amen» disse mamma prima di chiunque altro.

«Si sbaferanno tutto se non prendi qualcosa, Cinthy» disse Lindy con dolcezza.

Miss Irene mi tese la mano. I suoi bracciali di legno e ottone emisero un tintinnio musicale. «Prova le patate dolci, fidati, sono irresistibili. Tuo papà non diceva mai di no se gliele preparavo.» Prima che potessi rispondere, mi stava già riempiendo il piatto.

«Sedetevi dove volete» disse Miss Irene, e così ci sparpagliammo.

In passato ero sempre stata obbligata a mangiare al tavolo della cucina, ma adesso andai sui gradini della scala di servizio e mi appoggiai il piatto sulle ginocchia. Quella scala mi piaceva alla sera, con le sue misteriose ombre violacee e verde oliva. Al mattino, poi, l'intonaco creava un'accecante galleria di luce. Rimasi seduta lì, riconoscendo la perfezione delle patate dolci di Miss Irene, talmente silenziosa che gli adulti non si accorsero di me quando mia madre e Mr Caesar tornarono e raggiunsero Miss Irene in cucina.

«Caesar, Irene, vi ringrazio di cuore per tutto quello che state facendo» disse mamma. «Ero convinta che me ne sarei andata prima di lui. Avevamo deciso di fissare il mio intervento dopo Capodanno. C'è un ospedale giù a Boston. Volevamo dirlo alle ragazze solo dopo aver curato il cancro. Lo so che secondo voi non dovrei posticiparlo, ma ho deciso di aspettare. Se dovessero esserci delle complicazioni, sarei costretta a rimanere a Boston per Dio solo sa quanto. Le ragazze hanno bisogno di me.»

«Non so se sia saggio prendere tempo» replicò Mr Caesar. «A volte il cancro divampa come le fiamme che si sono portate via nostro fratello Heron.»

Miss Irene annuì e parlò in tono esitante. «Questo cancro è curabile? I medici sono sempre pronti a mettere mano al bisturi senza lasciarci il tempo di vagliare le opzioni. È successo anche nella mia famiglia. Non voglio vederti soffrire.»

«*Soffrire?*» Lo stupore ruppe la voce di mamma mentre pronunciava quella parola.

«Hai preso una decisione?» le chiese Miss Irene, cambiando argomento. «Riguardo a Heron?»

La voce di mia madre vacillò. «So che le vostre intenzioni sono buone, ma noi, lui... Non era religioso come te e Caesar. Non possiamo seppellirlo qui nella nostra proprietà? Così lo avremo sempre vicino. Questo terreno è *nostro*.»

«La terra è gelata» rispose Mr Caesar. «E questa zona non va bene per seppellire delle ossa. Non le nostre, almeno. I bianchi ci vandalizzano ovunque, e la morte non fa eccezione. Le ossa devono stare al sicuro. E in compagnia. Se mai tu e le ragazze doveste tornare nel Sud, per qualunque ragione, mi chiedereste di esumarlo. E non ho intenzione di tirare fuori le sue ossa da due metri sottoterra.»

«Capisco» disse mamma. Aveva passato tutta la giornata a ripetere quella parola, "capisco", ma sapevo che era priva di significato. Era come se una persona dicesse "sto bene" dopo che un incendio aveva raso al suolo tutto quello che possedeva e amava. «Che alternative abbiamo?»

«La cremazione?»

«Oh, no, non potrei mai.»

«Ti propongo una cosa» intervenne Mr Caesar mentre accettava un piatto da Miss Irene e si voltava per appoggiarlo sul piano della cucina. «Lascia che lo porti a sud, nel Delaware. Ti assicuro che lo riaccompagnerò a casa dalla vostra gente.»

«Lo rimetteranno a posto» disse mamma con una strana

voce assente che non avevo mai sentito. «A Damascus lo rimetteranno a posto. È così che dicono, invece di seppellire. Credono che la morte sia un luogo familiare come la vita. Perciò, quando uno spirito viene "rimesso a posto", è come se tornasse in un luogo che conosce già. La gente che ci ha cresciuti sostiene che vada fatto il giorno dopo la morte entro mezzogiorno, ma è già troppo tardi.»

Miss Irene guardò Mr Caesar.

«Warren è fuori sul furgone. Se gli dai qualcosina per il disturbo, aiuterà Caesar con i preparativi» disse. «Dacci un paio di scarpe buone e lo faremo preparare. Puoi spiegarci come arrivare dalla vostra gente? Perché questi uomini non conoscono la strada. Se Damascus è come Royal, dove siamo cresciuti Caesar e io, immagino che non sarà sulle cartine.»

«Hai ragione, Irene. Non lo troverete su una cartina, questo è certo. Chiamerò mia mamma.»

«*Aspetta*» replicò Miss Irene. «Mi stai dicendo che tua madre è *viva*? Misericordia, ragazza, in tutti questi anni non mi hai mai parlato di tua madre!»

«Sì, mamma è viva, credo» rispose lei. «Anche se probabilmente userebbe una parola diversa.» Andò al fornello e si versò una tazza di caffè. «Mia madre non ha mai voluto una figlia, e io non ho mai finto di esserlo.»

«Il caffè è freddo, cara» disse Miss Irene. «Te lo riscaldo.»

«Irene, ormai non sento neanche più i sapori. Va benissimo così.»

«Le ragazze tengono duro?»

«Sono due brave ragazze.»

«Certo, questo lo so» rispose lei. «Voglio solo sapere come *stanno*.»

«Sono sconvolte, come me.»

«Ci dispiace *tantissimo*» disse Mr Caesar. «Quello che Heron ha fatto per noi... Quando si è lanciato tra le fiamme non poteva sapere che avrebbe dato la vita per i miei figli. Solo Dio poteva saperlo.»

«Forse hai ragione» commentò mia madre. «Per fortuna non saprò mai tutto quello che sa Dio. Renderebbe la vita impossibile.»

«Non parlare così, Lena» disse Miss Irene. «Non lasciare che il dolore ti avveleni la lingua.»

«Chiamerò mia madre. Magari riuscirà ad arrivare qui entro domattina, neve permettendo. Potrebbe tornare in macchina con Caesar per mostrargli la strada per Damascus. Io non credo di ricordarla abbastanza bene da dare indicazioni precise.»

«Certo, può venire in macchina con noi, se è più semplice» rispose Mr Caesar. «Ma forse preferisci che resti qui con te e le ragazze per un po'.»

A quel suggerimento, mamma fece una risata caustica e scosse la testa.

«Vuoi altre patate dolci, cara?» chiese Miss Irene, accorgendosi finalmente di me. «Ci sono un sacco di maccheroni al formaggio in forno. E il pane di mais.»

Feci segno di no e mi sorpresi a parlare. «Quella non è la casa di papà. Lui ha sempre chiamato casa questo posto, *noi*.»

«Hyacinth Kindred, questa è una conversazione da adulti» disse mamma. «Tu sei ancora piccola. Io sono la madre. Tu la figlia. Sono stata chiara?»

«Scusa.»

Miss Irene mi prese il piatto di mano con gentilezza e mi fece una carezza sopra la testa.

Avrei voluto dire che la chiarezza degli adulti era priva di significato, inutile. Nemmeno l'aria che entrava e usciva dai nostri corpi durava abbastanza da essere chiara.

Invece di raggiungere Ezra, Ernest e Lindy di sopra, o di raggomitolarmi da sola sul divano, sgattaiolai fuori di casa. Mr Warren dormiva sul furgone con la testa appoggiata contro il finestrino, nascosta alla vista. Scesi di corsa i gradini tenendo le braccia strette intorno al corpo, feci il giro della casa ed entrai nello studio di papà attraverso la porta a vetri rimasta aperta. Raggiunsi il lato del tavolo dov'era disteso e gli diedi un bacio sulla testa velata. «Mi manchi già» sussurrai.

La morte di mio padre mi si para davanti agli occhi.

Il corpo indossa il suo abito più elegante, con una camicia inamidata ad avvolgere il collo. Sulla testa è adagiato un drappo di velluto nero. L'unica mano di papà, protetta da un guanto bianco, è piegata sul petto. Sotto l'acqua di colonia si avverte un odore di bruciato e di morte che mi fa arricciare il naso. Anche se il cadavere è in orizzontale, non riesco a pensare ad altro che alla sua statura. Quando ero piccola, il grattacielo del suo corpo ombreggiava la terra. Sento di nuovo le sue falcate, i passi che fendevano l'erba alta. Lo sento di nuovo canticchiare piacevolmente sottovoce mentre eravamo seduti insieme, con il sole che ci lambiva la pelle, sbucciando arance e raccontando storie sulla barchetta robusta con cui uscivamo sul nostro laghetto, un anno dopo l'altro. Penso ai desideri che ha espresso per mia sorella e per me in tutti questi anni e, anche se non ricordo con precisione le parole, serbo ancora nelle viscere la cadenza della sua fede e della sua voce. Mio padre mi incoraggiava ad arrampicarmi sugli alberi alti, a fidarmi dei vecchi rami. Mi baciava i graffi e mi faceva il solletico sotto i piedi. Diceva che ero la sua stella e la sua storia preferita. Quanto era bello vivere in compagnia di una persona che sapeva cos'era una storia e cos'era in grado di guarire. Diceva spesso che eravamo i suoi miracoli incarnati.

Rivedo la sua mano placida e ispirata scivolare sulla lavagna stringendo un gessetto. Mio padre si è dedicato a un istituto che non ha mai meritato la sua mente né tantomeno la sua risata, capace di rinfrancare il mio cuore in un dialetto che non troverò più in nessun angolo del mondo.

Nella quieta stanza in cui mio padre aveva sognato, letto e condiviso con me le sue idee, osservai quell'intimo museo di pietre, piume, ossa, ali e fiori essiccati, caleidoscopi crepati, bussole rotte, e un telescopio, le straordinarie reliquie del suo corpo e della sua immaginazione.

Baciai la sua silenziosa mano guantata con tutto il mio amore di figlia. Era stata proprio quella mano gentile a farmi capire quello che una figlia poteva conoscere del cuore del padre.

A quel punto mi sedetti su una delle amate poltrone di papà. Appoggiai la testa sul mio braccio, confortata dalla pressione delle molle sotto il cuscino. La sagoma nera della testa di mio padre si offuscò davanti ai miei occhi mentre sprofondavo in un sogno che mi fece sentire orfana, perché sapevo che al risveglio non avrei potuto condividerlo con lui come un tempo.

Avrei voluto raccontargli di più dei miei bei sogni, ma ero felice che mi avesse incoraggiata a cercarne le interpretazioni nei suoi libri. «Potresti anche avere un dono» mi aveva detto una volta, controllando il significato di un colore o un animale o un numero rimasto impresso nei miei pensieri mattutini. Un giorno gli avevo chiesto dei suoi sogni, ma lui si era schiarito la voce e aveva menzionato la sua pessima memoria, il bisogno di svuotare la mente prima di adagiare la testa sul cuscino. «Quando tua mamma mi dà il bacio della buonanotte, mi sembra sempre di sognare» aveva detto una volta a mia sorella e me. Poi ci aveva dato un bacio dicendo che eravamo i sogni migliori che un uomo come lui avrebbe mai potuto fare.

La vista del corpo di papà mi sconcertò al risveglio, quando sollevai la testa dalle braccia. Credevo stesse gridando sotto il tessuto nero che avvolgeva il suo viso, invece era la voce di un altro uomo. Mr Caesar. In casa c'era un frastuono che si stava avvicinando a mio padre e me. Un rumore di passi frettolosi. Chinai il capo, impaurita al pensiero di non poter spostare mio padre, e corsi verso l'angolo opposto dello studio appena prima che la porta si spalancasse con una tale forza che la maniglia si conficcò nell'intonaco del muro.

Miss Irene e mamma entrarono incespicando e si rimisero in piedi a fatica. I ceri sfarfallavano nei candelieri. Miss Irene li aveva sparsi per tutta la stanza insieme a ciotole d'erbe e incenso. Quell'odore rilassante rendeva l'aria elettrica, pulita, eppure sentivo il petto serrato come se lo studio fosse invaso dal fumo. Mi schiacciai contro la parete in fondo, e il mio corpo si svuotò al punto che non ebbi difficoltà ad abbandonarlo, a zampettare via come un ragno nell'impero della sua tela.

Il vicecapo era nello studio di mio padre, in piedi sopra il suo corpo.

«Per favore» disse mamma. «Per favore, esca subito da casa mia.»

«Zitta.»

«Porti il suo culo bianco fuori di qui prima che la *sbatta* fuori» sibilò Miss Irene.

Il vicecapo Charlie osservò il corpo di mio padre con aria confusa. «Ci avevano detto che era bruciato vivo nell'incendio. Che non c'erano resti. Di chi è questo cadavere? Chi vi ha autorizzati a rimuovere il corpo dalla proprietà di mio zio?»

Nessuna risposta. Ruotò lentamente su se stesso fissandoci, gli occhi lucidi per la consapevolezza di non avere alcun controllo su di noi. Quando completò la seconda rotazione, c'era una crudeltà implacabile nel suo sguardo. I suoi occhi riflettevano il disprezzo che bordava le labbra crudeli.

Guardò gli scaffali ordinati dello studio. Il suo viso si distorse in un sorrisetto mentre picchiettava una busta bianca sulla tempia velata di mio padre. In seguito avrei scoperto che la busta sigillata conteneva la comunicazione ufficiale del licenziamento di papà, che doveva essere consegnata a mano a mia madre. Mr Hobart temeva che mamma potesse intentargli causa o, peggio, che avrebbe cercato di strappare alla scuola una sorta di risarcimento per la sua morte. Poco prima l'avevo sentita discutere dell'assicurazione sulla vita di papà con Miss Irene e Mr Caesar. Mi chiesi se l'arrivo di quell'uomo bianco ci avrebbe portato via anche quella. Ma a suscitare la curiosità del vicecapo fu la vista del furgone della Rising Star. Sapeva che la nostra famiglia non aveva mai abbracciato nessuna religione.

«Ci sono delle regole, in questi casi» stava dicendo.

«Intende la legge?» chiese Mr Caesar. «Non abbiamo infranto la legge.»

«Questo sarò io a stabilirlo.»

«Dica quello che ha da dire e ci lasci stare» intervenne mamma. Aveva gli occhi infuocati. «Mi lasci seppellire mio marito in pace.»

Il vicecapo si strinse nelle spalle. «La gente si è stancata di voialtri già da un pezzo. Potrebbero sentirsi in diritto di dire la loro.»

«È tutto?» domandò Mr Caesar.

«No» rispose lui. «Non è tutto.» Senza preavviso, il vicecapo strappò il sudario dal viso di mio padre e gli sputò addosso. Quindi si asciugò la bocca e indietreggiò dal tavolo barcollando, con le mani sugli occhi. «Buon Dio.» Quando scostò le dita, aveva la canna della pistola di Miss Irene puntata contro la tempia.

Mr Caesar la trascinò subito via, cingendole la vita con un braccio e mormorandole parole frettolose all'orecchio. Ernest, Lindy e i gemelli erano comparsi sulla porta. Come me, stavano fissando il buco nero carbonizzato che era stato il volto di mio padre.

«Lo sapete anche voi che, se doveste uccidere un bianco da queste parti, vi accenderebbero come un albero di Natale.» Il vicecapo sollevò gli occhi dapprima verso i bambini e poi verso Ernest, che si era avvicinato tenendo i pugni serrati lungo i fianchi. A quel punto sistemò la fondina e scappò fuori dalla stanza. Sentimmo i suoi conati di vomito mentre sbatteva la porta.

«Misericordia» commentò Miss Irene in lacrime. Accorse da mio padre e tentò di coprire quello che ormai avevamo visto tutti. Mamma si lasciò scivolare lungo la parete che la sorreggeva.

«Codardo» disse Mr Caesar. «Non ha nessun rispetto per i nostri morti.»

Lindy portò via i gemelli, ed Ernest abbracciò Ezra stringendo a sé il suo corpo rigido. Dal punto in cui mi trovavo, vidi gli occhi di mia sorella: la sua rabbia era imperscrutabile quanto le fiamme che avevano divorato il viso di papà. Ci scambiammo uno sguardo, incrociando i fuochi che ardevano in noi finché non battei le palpebre, consapevole di essere più vicina di quanto pensassi a diventare donna. Quando Ezra chiuse gli occhi, le lacrime solcarono le sue guance. Sopra le fiamme delle candele e l'aroma pungente dell'incenso, la voce di Miss Irene riempì la stanza con le sue preghiere.

Andai da mamma e mi inginocchiai per aiutarla a rialzarsi.

20

Dopo la visita del vicecapo, Mr Caesar insistette perché passassimo la notte tutti insieme. Lui e Miss Irene andarono a casa e tornarono con i pigiami per i gemelli e Lindy, oltre a due fucili che Mr Caesar teneva in mano quando salì pesantemente i gradini scrollando via la neve dalla punta degli scarponi da lavoro. Dentro, i suoi passi e quelli di Ernest crearono un ritmo percussivo mentre facevano la spola tra la porta sul retro e quella principale per un tempo che mi sembrò interminabile. «Tornerà, e questa volta sarò io il suo bersaglio. Quell'uomo vuole vedermi sepolto accanto a nostro fratello Kindred» disse Mr Caesar. «Ma non ci impedirà di compiere la volontà di Dio. Devo portare nostro fratello a Sud, dove potrà riposare in pace con la sua gente. Non deluderò quest'uomo. Ha salvato i miei figli, ci ha salvato la vita. Figliolo, voglio vederti un'altra volta caricare quella trentotto come se ne andasse della tua vita. Dovrai aiutare tua madre fino al mio ritorno.»

Anche se la mezzanotte era passata da un pezzo, Miss Irene aveva preparato altro caffè. Era strano sentirne l'aroma a quell'ora. L'odore intenso pervase casa nostra come una chiamata alle armi. Sapevo che serviva a farci sentire al sicuro. Quando scesi a berne una tazza, Miss Irene aveva in mano uno dei machete che di solito erano appesi al muro nel loro salotto.

Lo appoggiò per abbracciarmi. «Vieni a darmi una mano con tua madre» disse. Dovevano essere quasi le due o le tre del mattino. La seguii di sopra e la guardai sollevare con cura le coperte intorno al suo viso addormentato e rigato di lacrime. Poi accompagnò a letto me e i bambini, che erano ancora svegli, e recitò una preghiera prima di piazzarsi nello studio insieme al corpo di nostro padre, come un soldato durante la ronda notturna.

Nell'aria livida del mattino, mi svegliai sentendo uno scricchiolio di pneumatici ovattato dalla neve. Misi un paio di jeans sotto la vestaglia e infilai dalla testa un vecchio maglione, tirandolo giù fino a incontrare la cintola dei pantaloni. Presi tra le braccia un paio di stivali gialli di gomma e scavalcai Empire, che russava piano sotto una trapunta. Uscita di corsa in corridoio, feci scivolare i piedi negli stivali nel modo più silenzioso possibile. Decisi di usare la scala di servizio, che era vicina alla camera di mamma, per non svegliare tutti. Ma in cucina c'era già il caffè in infusione, e sentendo le folate di vento da una porta aperta capii che non ero la sola a essersi alzata presto.

Trovai Mr Caesar e Miss Irene in veranda, senza cappotto. Stavano guardando un'auto lucida che si avvicinava lungo la strada.

L'auto si fermò davanti a casa nostra. La portiera del passeggero si aprì, e dall'interno riverberò una musica di ottoni.

Scese una donna avvolta in varie sciarpe. Scese anche il conducente, un uomo ben vestito che stava maledicendo la neve. Raggiunse il bagagliaio incespicando senza aspettare le indicazioni della donna. Lei era alta, formosa. Non si scomodò nemmeno a chiudere la portiera del passeggero, e si mise a salutare agitando la manica rossa della giacca e pronunciando due sole parole: «Come state?». Aveva le labbra dipinte di un rosso natalizio. Si avvicinò e cominciò a togliersi gli indumenti da viaggio. Prima i guanti, poi due sciarpe, mentre saliva rumorosamente i gradini della veranda.

La voce dolce di Miss Irene la accolse con un saluto cordiale, al quale lei rispose con un cenno secco del capo e un sorriso di approvazione. Faticando a decifrare la sua parlata strascicata, decisi di aspettare che si rivolgesse direttamente a me.

L'uomo raggiunse i piedi delle scale trasportando una valigia. La appoggiò su un cumulo di neve, quindi si voltò indietro con le braccia tese per non perdere l'equilibrio. La penna sul suo bel cappello rosso ondeggiava briosamente nelle prime luci del giorno.

«Grazie, Jeremiah» gridò la donna.

Ammaliata dalla sua voce, smisi di tremare.

«Buongiorno, e che Dio la benedica. È la madre di Lena?» chiese Miss Irene con garbo. «Suppongo di sì... È raro che qualcuno si perda in questo vecchio vicolo cieco. Lena e le ragazze saranno felicissime di vederla.»

«Lena *chi*? Io ho una figlia di nome Jolene.»

C'era una nota malinconica nelle sue ultime parole, il canto di un merlo dispiaciuto per il destino del tordo, del pollo e del pappagallo.

«Ho una figlia di nome Jolene» ripeté inarcando le sopracciglia. «*Mmh*, quando quella figlia mi ha chiamata, mi è sembrato meglio venire il prima possibile. A Damascus non si danno cattive notizie per telefono, se si può evitare. Non chiedetemi il perché. Ma non appena abbiamo attaccato, sapevo che era successo qualcosa di brutto. Ho chiamato Jeremiah e ho riempito una valigia. A Damascus quello che non diciamo si sente comunque forte e chiaro. Così stanno le cose» dichiarò, ed entrò in casa passando accanto a Mr Caesar e Miss Irene. La sua voce fendeva l'aria come un raggio di sole. «So solo che lei non può essere morta, perché mi ha telefonato ieri sera tardi, ma lo vedo con i miei occhi che c'è della morte in questa casa.»

Credevo non mi avesse vista, ma mentre avanzava dentro casa il suo viso si corrucciò. Fece un respiro profondo ed espirò come se avesse corso una maratona.

«Signore, Signore, *Signore*.» Girò su se stessa e si fermò, puntando gli occhi su di me. Non capivo se fosse accigliata o sorridente. Aveva il rossetto sui denti.

«Papà è morto in un incendio» dissi. «Il giorno prima della vigilia di Natale.»

La donna annuì, svolgendo ancora un po' del tessuto in cui si era avvolta. "Questa donna è mia nonna?"

«Merda, è durato più di quanto pensassi» disse tra sé, e buttò il cappotto in soggiorno dove atterrò su una poltrona, come se avesse già memorizzato la disposizione di ogni cosa. Sentendola parlare così di papà mi si gelò lo stomaco. Poteva prendere le sue opinioni e tornare da dove era venuta.

«Mi chiamo Ginny» disse. «Virginia, secondo il governo, ma io tengo fuori il governo dai miei affari il più possibile.» Mi osservò succhiando l'aria tra i denti. «Merda, cosa ti è successo?» Senza mostrare pazienza né interesse per quello che avrei potuto dire – ma come avrei potuto rispondere a una domanda del genere? –, Ginny proseguì dritta verso la cucina.

Chiese a gran voce un caffè e del pane tostato. Senza che nessuno le domandasse niente si mise a parlare, trascinando Miss Irene, Mr Caesar e me nelle sue ferme convinzioni sui suoi denti ballerini, sulle lastre di ghiaccio in autostrada, su come guidavano i bianchi rispetto a Jeremiah, su quanto era bravo Jeremiah a gestire la velocità, talmente bravo da sapere esattamente quando era il momento di rallentare. Soprattutto in posti come il suo letto.

Disse qualcosa a Mr Caesar che gli strappò una risata sincera. Continuò a parlare come fosse una visitatrice abituale. Disse che la nostra casa le ricordava quelle dei bianchi, che tenevano la temperatura bassa di proposito anche se potevano permettersi di stare al caldo. Faceva troppo freddo per la sua artrite, e a volte, se passava del tempo in case del genere, il suo intestino ne risentiva e rischiava di finire costipata. Anzi, casa nostra era il ritratto stesso della costipazione, aggiunse, aprendo i cassetti di mamma e controllando le posate lucidate. Poi si inginocchiò e aprì un'anta per ispezionare le pentole e i tegami di mamma. Premette un dito contro la sua padella in ghisa in cerca di tracce d'olio. Accostò lo stesso polpastrello alla manopola della radio, regolando il volume in modo che un sommesso torrente di strane voci formali si riversasse nella stanza. Al notiziario parlavano di Elvis Presley che aveva ricevuto la cartolina militare e di un assassino chiamato il Macellaio di Plainfield che aveva ucciso e decapitato una donna.

Mentre guardava fuori dall'alta finestra sopra il lavello della cucina, ebbi l'impressione di avere davanti una versione più matura di mia madre. «Ragazzina, posso darti un consiglio? Va' in soggiorno e accendi quel fuoco prima che mi si geli in sangue nelle vene» disse, rendendosi conto che la stavo osservando. «Questa furbetta ha il coraggio di stare lì a fissarmi come se fosse al mondo da tanto tempo quanto me. Oh, deve ancora farne di strada. Ehi, ragazzina, forza, va' ad accendere quel fuoco prima che perda un dente. Con tutti questi spifferi, non si riuscirebbe nemmeno ad accendere una sigaretta nascosta tra le tette di due streghe. Mi basta guardarti per capire che sei tu quella incaricata di tenere calda la casa, giusto? Quando ero ancora giovane, molto prima che tuo padre venisse al mondo, dicevano che voi Kindred eravate fissati con il fuoco.»

«Desidera vedere il fratello Kindred?» domandò Miss Irene. «Prima che scenda sua figlia?»

Ginny si lavò le mani con l'acqua bollente. Quando si voltò a parlare sopra la spalla, aveva le lacrime agli occhi. Lei e mamma avevano lo stesso modo di piangere. E anche di parlare, adesso che era passata a un tono più intimo, stanco. «Buon Dio, non guardo mai la morte di prima mattina se posso evitarlo, tesoro» rispose la donna che in teoria era mia nonna. «Se guardi la morte al mattino, dopo non puoi stupirti se quel negro si presenta da te proponendoti di dividere il letto. Per quanto mi piaccia avere una compagnia maschile regolare, non ho mai incoraggiato un negro a dividere il letto con me. Mi sono spiegata? Al diavolo, non ho nessuna intenzione di dividere il *mio* letto con la morte di nessuno nell'immediato futuro.»

21

Ginny passò gran parte della mattina in camera di mia madre.

Mi avvicinai furtivamente alla porta e accostai l'orecchio. Avrei voluto essere in quella stanza con mamma, accoccolata vicino a lei al posto di papà.

Di sotto, in cucina, Ez, Lindy e Miss Irene si tenevano impegnate riscaldando i piatti per i bambini e preparando il cibo che avrebbe sfamato Mr Caesar e Mr Warren nel lungo tragitto fino a Damascus.

Miss Irene alzò gli occhi e mi accolse con un sorriso, notando il mio vago interesse per i profumi deliziosi che provenivano dal fornello. Indossava un maglione lilla e un paio di pantaloni da uomo a righe arancione scuro. Spesso Miss Irene sembrava una pittrice, o una persona che viveva in una città come Harlem, dove la gente sceglieva i vestiti perché erano belli o audaci e non necessariamente per la loro praticità. La sua splendida risata zittì la voce dentro di me che era a disagio al pensiero della donna al piano di sopra che aveva messo al mondo mia madre.

Miss Irene ci parlò del suo luogo di nascita, Royal, e spiegò che Ginny si sarebbe trovata benissimo con le donne di quella città. Per questo Miss Irene e Mr Caesar ridevano quando mia nonna diceva qualcosa di indelicato.

«Taglia un altro po' di pane, Ezra. Lindy, hai lavato quella patata? *Davvero?* Be', lavala di nuovo, e se non riesci a pulirla più di così mettila là vicino al pane. Quella povera patata sembra troppo stanca per andare nella mia insalata. Che fine hanno fatto i gemelli?»

«Sono dall'altra parte della strada» risposi.

Miss Irene annuì. «Almeno si svagano un po'. Non abbiamo avuto neanche un attimo per dargli i loro giocattoli nuovi.»

«Potremmo riportarli a casa vostra ad aprire i regali» propose mia sorella, scostandosi i capelli dal viso mentre si concentrava a tagliare delle fette spesse di pane fresco tutte identiche.

«Ernest dov'è?» chiese Lindy.

Miss Irene lanciò un'occhiata a Ezra, che era arrossita all'istante sentendolo nominare. «Lui e tuo padre stanno vegliando il fratello Kindred. Mr Warren è di ritorno dalla chiesa.»

«Portano via papà *stasera*?» domandai, la voce troppo alta per sembrare normale.

«Lo portano a *casa*, piccola. Dove potrà riposare insieme alla vostra gente. Meglio pensarla così» disse Miss Irene. «La bufera continua a peggiorare. Peccato che vostra nonna debba girare subito i tacchi e rimettersi in strada. Avete a malapena bevuto una tazza di tè insieme.»

«Non passano prima alla Rising Star?» si informò Ezra, chiudendo la porta della dispensa.

Miss Irene scosse la testa. «Questa bufera è bella tosta. Non c'è tempo. Dobbiamo sbrigarci. Caesar e Mr Warren non potranno stare via troppo tempo, altrimenti resteranno bloccati.»

Poi mamma e Ginny entrarono in cucina.

Notai subito che Ginny aveva gli occhi rossi. I suoi riccioli tinti erano flosci intorno alla scriminatura. Le punte sottili faticavano a stare piatte. Il rossetto sbiadito si era impresso nei solchi delle labbra screpolate. Una riga di kajal sbavato bordava le palpebre superiori e inferiori lungo le ciglia. Di quelle finte che sfoggiava al suo arrivo, e che mi avevano fatto pensare a delle tarantole, non c'era traccia.

«Verseresti un bicchiere d'acqua a tua nonna, per piacere?»

«Ci penso io, mamma» rispose Ezra, rivolgendo un sorriso timido a Ginny.

«Buon Dio, questa è proprio tua figlia» disse nonna, fissando mia sorella. Era la prima volta che la vedeva. «Jolene, spero che non la prenderai come un'offesa, ma non saprei dire quale delle tue figlie sia più strana.»

«Oh, mamma, *ti prego*.»

«Ti prego cosa? E poi, non ti avevo detto di non chiamarmi mamma davanti agli altri? Queste sono le mie nipotine, giusto? Be', non mi hanno ancora abbracciata o detto una parola gentile. Non sono troppo vecchia per la gentilezza.» Mi guardò imbronciata. Poi roteò gli occhi. «Quella là è gentile come un ictus.»

«Le mie figlie non hanno niente che non va» protestò nostra madre. «Tanto per cominciare, non ti *conoscono*. Sono due ragazze timide, molto intelligenti e molto affettuose.»

Il mio cuore si calmò per un momento, prima che mia nonna tornasse all'attacco.

«Hyacinth, sei una brava ragazza?»

«Sì» risposi, sperando che mi credesse.

Ez le diede l'acqua con aria perplessa, e guardò Miss Irene per capire come comportarsi. A differenza di Miss Irene e di nostra madre, noi due non eravamo cresciute in posti come Royal o Damascus. Non eravamo abituate alle voci potenti di donne come Ginny, il cui umore poteva passare da dolce ad acido in pochi secondi. Quelle donne, adornate da paramenti invisibili a chiunque tranne che a loro stesse, sembravano andarsene in giro con un'aria di forza impenetrabile, lamentandosi perché nessuno era capace di tenere insieme il mondo come avevano sempre fatto loro. Era una cosa che non si poteva insegnare. Ma queste donne nere di una certa età davano anche l'impressione di essere state ferite, talvolta mortalmente, dal mondo, quello stesso mondo che avevano accudito con amore e lealtà. Come potevano essere così leali, così *sicure* della loro sovranità, della loro grazia? Quali sofferenze avevano stroncato i loro sogni alla mia età?

Noi eravamo cresciute a Salt Point, e non ci eravamo mai trovate in compagnia di donne del genere, tranne quando distribuivamo pasti durante le feste a Sweet Bay o partecipavamo a una delle magnifiche cene parrocchiali della Rising Star.

«Sorella, c'è qui un piatto per lei» disse Miss Irene. «So che è abituata a mangiare molto meglio di così, ma mio marito e il nostro amico Mr Warren della chiesa torneranno a momenti. Non voglio che se ne vada di qui affamata, con tutta la strada che ha fatto. Probabilmente arriverà a casa in piena notte o domattina presto, a seconda di come sono messe le strade.»

«Mr Warren è single?»

«Vedovo, mi pare» rispose lei, facendoci l'occhiolino mentre Ginny si sedeva al tavolo della cucina.

«Vorrei una tazza di tè con un po' di limone, se ne avete» disse Ginny con la bocca piena. La guardai masticare con malcelato orrore, più a lungo di quanto avrei dovuto. Mia nonna tirò fuori la lingua ricoperta di briciole umide e spappolate, poi si voltò e chiamò mia madre, che si era allontanata.

«È andata da Heron» disse Miss Irene sottovoce. «Dovrete sbrigarvi. La bufera è bella pesante, poco ma sicuro. Potremmo rimanere chiuse in casa per qualche giorno senza elettricità. La corrente salta ogni anno, ma adesso Lena e le ragazze sono da sole.»

«*Mmh*, non abbiamo tormente così, a Damascus. Non abbiamo niente di così cattivo, almeno a livello meteorologico» osservò Ginny, deglutendo. Il suo viso si aprì in uno dei sorrisi più raggianti che avessi mai visto. Si leccò le labbra emettendo un gridolino di gioia. «*Ooooh, cara*... Questo pane di mais è fantastico! Ezra, piccola, incartami il resto. Sì, *tutto* quanto. Questa donna incantevole mi ha conquistata, e non è facile. Caspita, questo pane di mais da solo potrebbe convincermi a venire al Nord, e ho sempre detto che non c'è un solo posto sopra Baltimora che valga il mio tempo.»

Ridendo, Miss Irene indicò le uova sode perché Ezra e Lindy le sgusciassero.

«Era un bel ragazzo» tornò a dire Ginny con voce sommessa, premendosi il tovagliolo sugli occhi improvvisamente umidi. «Sono felice che Alma se ne sia andata prima di assistere a questo giorno. Signore, Signore, *Signore*, rimettere a posto tuo figlio prima di te è *insopportabile*. Non potrai mai fartene una ragione.»

«Amen» disse Miss Irene.

«Jolene ha la testa dura, ma in amore è sempre stata brava» proseguì Ginny. «Non lo vedevo da tanto, tanto tempo. Adesso non lo rivedrò mai più. Aveva preso da suo nonno, Theodore Kindred. Quell'uomo sì che era un bel vedere.»

«Vado ad aiutare mamma» dissi.

«No» risposero in coro Miss Irene e Ginny.

«Va' a sistemare quel vecchio camino, altrimenti saremo tutti intirizziti come cadaveri sul furgone della chiesa che hanno portato qui per accompagnare a casa tuo papà» aggiunse nonna, mettendosi comoda sulla seggiola della cucina. Mi puntò contro un dito curatissimo. «Nell'istante in cui sono scesa dalle scale, hanno cominciato a farmi malissimo i denti. In casa non dovrebbe esserci freddo come fuori, mi spiego? Già sarà un inferno viaggiare in furgone per tutto quel tempo, con l'artrite che mi ritrovo. Che Dio abbia pietà di me. Ho messo le sciarpe e il cappotto sul termosifone per scaldarli. Ci manca solo che mi prenda una polmonite.»

Miss Irene mi fece un cenno.

Dopo essermi congedata, sentii la voce sfrontata di Ginny raggomitolarsi in un brontolio felino mentre parlava a Ezra e Lindy dei loro Futuri.

«L'unica cosa che può impedirvi di ottenere ciò che volete dalla vita è la convinzione di sapere già tutto. Il pericolo più grande a questo mondo è che non vi crediate degne di amare voi stesse. Ma dovete amare voi stesse più di ogni altra cosa, ed è una consapevolezza difficile a prescindere da come vi sembra che stia andando la vostra vita. Sguscia quelle uova senza romperle, Ezra, capito? Misericordia, possibile che mia figlia abbia scovato un nome come *Ezra* e abbia pensato che fosse una buona idea per una figlia? Tieni gli occhi fissi su quelle uova, se ti becco a rotearli verso di me te li faccio saltare a suon di pugni. Io conosco il passato, il presente e il futuro. Non mi sfugge niente, è chiaro?»

Virginia "Ginny" Abbott

La mia nonna materna, Virginia Abbott, era una sedicenne con una bella voce quando partorì la sua unica figlia. Dal modo in cui descriveva la nascita di mia madre sembrava stesse parlando di una canzone d'amore o un pezzo blues, soprattutto la parte in cui aveva abbandonato la figlia neonata per inseguire un sogno nel quale la sua estensione vocale di quattro ottave le avrebbe consentito di calcare ogni singolo locale e palcoscenico tra Parigi e Tangeri.

Ma prima che questo potesse accadere, Ginny aveva raccontato a cani e porci che la nascita di sua figlia l'aveva squarciata al punto da sentire il proprio odore. Parlava della cicatrice lasciata dai punti di sutura. Ricordava i fiumi di feci che avevano macchiato le lenzuola del proprietario di casa. Stringendo i denti, aveva ansimato e spinto. «Immaginatevi di partorire, di creare una nuova vita, e di non possedere nemmeno le lenzuola su cui dormite» diceva con stupore. Spiegò che le due ostetriche, che avevano il ruolo tanto di interlocutrici quanto di bastoni da rabdomante, al primo vagito di mia madre avevano sorriso e si erano strette intorno al letto: «Rendi grazie al Signore, sorella. Rendi grazie al Signore per la vita che hai e per quella che hai creato. Dio è colui che dona».

Ridendo, con le lacrime che sgorgavano dagli occhi e le

pungevano la lingua, Ginny aveva premuto il viso contro gli strilli della figlia neonata. Poi aveva sollevato la testa, con il corpo indolenzito dal miracolo appena compiuto, e aveva detto: «Merda! Rendere grazie *a chi*? Io rendo grazie a *me*. A me. Alla mia stramaledetta persona!».

Nelle prime settimane di vita di mamma, nonna cantava senza sosta alla figlioletta tenendo gli occhi fissi sulla strada vuota, fuori dalla pensione dove stava aspettando un segno. Durante l'attesa, aveva deciso di chiamare mia madre Jolene Abbott. La bambina aveva assorbito la sua attenzione finché i punti non erano guariti.

All'epoca il centro di Damascus era una piccola griglia con solo una o due strade asfaltate. La via principale era asfaltata fino alla Fourth Street, e dopo un tratto di ghiaia e polvere cominciava un sentiero roccioso che si assottigliava in un cunicolo tra gli alberi e raggiungeva la sponda del fiume che scorreva a ritroso. Da quel lato del fiume c'era Booby's, un locale in cui Ginny cantava da quando aveva tredici anni. I Pearson, proprietari del bar, possedevano anche lo stabile di cui avevano affittato una stanza a mia nonna e a un'altra ragazza, Ernestine. Dato che i Pearson scalavano l'affitto dagli stipendi di mia nonna e deducevano piccole spese aggiuntive di ogni sorta, più o meno possedevano anche lei.

Dopo la nascita di Jolene, però, venne coinvolta la chiesa.

Gli uomini e le donne di Damascus pensavano a una parola ben precisa ogni volta che vedevano Ginny. A volte gliela dicevano in faccia, ma di solito la sostituivano con un'altra: *Quella facilotta. Quella ragazza facile. Facile come bere un bicchier d'acqua. Ecco quanto è facile. Be', se nascono così che ci vuoi fare? Che ci puoi fare? È sempre stata una facilotta. Che poi, di chi è figlia? È figlia di Dio, ci mancherebbe, ma la parte della facilotta? Chi gliel'ha data e perché dobbiamo sorbircela noi? Strano che non se ne sia ancora andata, visto che è la cosa più facile da fare. Vi ricordate che da giovane si toccava sul-*

la panca della chiesa? E diceva quanto piacere le dava Dio? Sua mamma era un angelo, ma qualcuno avrebbe dovuto incollare le ali alla figlia.

Adesso c'era una neonata innocente che non si poteva gettare fra gli avidi denti dorati dei pagani lascivi. La Hinder Me Not fece girare il piattino di ottone e raccolse un po' di soldi. Erano tempi duri a Damascus, fin da quando la chiesa originaria era andata distrutta in un incendio nel 1902. Eppure avevano racimolato abbastanza denaro da mettere la bambina al sicuro altrove.

Poi arrivò un gruppo di musicisti in tour e rovinò tutto.

Alla sera Ginny lasciava mamma tra le braccia di Ernestine e tornava nella loro stanza solo al mattino. I capelli lucidi per la libido notturna, la pelle che trasudava whisky o peggio. La sua voce roca raccontava sogni su Harlem, Chicago, Detroit, St Louis. Si struggeva per ogni singola città su questo lato dell'Atlantico, e anche per Roma o Il Cairo. Le fantasie alimentate dallo champagne che le riempivano la testa avevano spazzato via la responsabilità del cordone che un tempo l'aveva unita all'ombelico di mia madre. Nonna non parlava d'altro con Ernestine, mentre l'amica le acconciava i capelli in onde impeccabili. Sollevando il corsetto sui fianchi, Ginny ignorava gli strilli della figlia nella sua culla. Le tappava la bocca con il biberon, versandosi qualcosa di forte dalla bottiglia di alcol clandestino che nascondeva nell'armadio, e non la smetteva di descrivere la musica che avrebbe innalzato la sua voce fino alla vita patinata dei suoi sogni, una vita che non contemplava la maternità. Nel frattempo, le donne della chiesa la accusavano di essere una donna facile, una sempliciotta capace di accudire una sola persona al mondo, vale a dire se stessa.

Ginny bramava i lustrini, il sesso e i brani lenti che le permettevano di sorridere mostrando tutti i denti. La sua voce, le sue gambe, il suo sedere alto e perfetto sopra le cosce infaticabili. Mia nonna era uno schianto! Era quello che continuavano a ripeterle Jimmy, Johnny, Eddie, o forse Freddy. Aveva preso l'abitudine di portarsi a letto un uomo diverso ogni sera, e roteava gli occhi quando le donne della Hinder Me Not le ricordavano i punti di sutura e i suoi doveri. Ginny non sopportava le ingenue ninnenanne che parlavano di correre incontro a Gesù. Disse a Ernestine che i vecchi usavano Gesù contro di lei come usavano i tacchi delle scarpe della domenica per schiacciare gli scarafaggi.

Reclamare se stessa era un furto dolcissimo ed estremamente pericoloso. Strappare la sovranità su se stessa dall'Onnipotente, e da quelle bocche arricciate che ogni domenica si aggrappavano alle loro sofferenze per venerarle, era molto meno offensivo nei riguardi del Salvatore rispetto all'oppressiva dottrina concepita in teoria per proteggerla e salvarla. A volte il pastore non le sembrava poi molto diverso dalla polizia. L'audacia di mia nonna era quasi un crimine in quel santuario che rinchiudeva in sé le esistenze di tutti i suoi parrocchiani.

Un giovedì pomeriggio Ginny cullò la figlia tra le braccia. La vista dei due incisivi della bambina la fece trasalire come i rintocchi di un orologio. Mentre fissava il minuscolo viso color crema, ammirando gli occhi tondi e adorabili e le labbra umide, Ginny capì che, non appena qualcosa di luccicante fosse avanzato lungo la strada vuota con indosso stivali di coccodrillo, lei lo avrebbe seguito.

Consapevole del modo in cui la chiesa avrebbe cresciuto sua figlia, si limitò a fare spallucce e ad augurare alla piccola buona fortuna.

Ginny pensò a Ernestine, all'idea di chiederle di "tenere" la bambina per un anno o due, ma dubitava che la chiesa l'avrebbe ritenuta idonea come tutrice.

Ernestine era una nota adultera. Ginny sapeva che aveva baciato i mariti di troppe donne, indossato abiti rosso fuoco alle funzioni infrasettimanali della Hinder Me Not, e che sarebbe stato sciocco lasciare una borsetta o un portafoglio in bella vista in sua presenza. Ernestine non nascondeva ciò che era. Se le chiedevi di restituire qualcosa che aveva rubato, lei ti guardava con aria ferita e gli occhi sgranati e te lo ridava, sempre che lo avesse ancora. Poi piangeva quando vedeva i topi di campagna schiacciati dagli pneumatici nel tratto di strada asfaltata, e singhiozzava a squarciagola per gli uccelli che andavano a sbattere contro le vetrine di un negozio, trovando una morte solitaria, istantanea e vivida sul marciapiede. Ernestine dava da mangiare ai piccioni nella piazzetta del villaggio, e questo infastidiva tutti perché era una cosa che facevano i bianchi. Chi poteva permettersi di sprecare pane e cracker per degli uccelli che alla fine imbrattavano con i loro escrementi le belle cose che la gente tentava di tenere pulite? Chi aveva il tempo di piangere l'insensatezza della morte? Se capitava che un merlo si schiantasse contro una vetrina, invece di rendersi utile e raccoglierlo con una pala o una scopa, Ernestine lo prendeva tra le mani mentre donne e uomini che facevano il turno di notte, il turno di giorno, che tagliavano i capelli nelle loro cucine per arrotondare, la osservavano con una voglia matta di darle un ceffone.

Ernestine era proprio come quegli uccelli. Per tutta la vita era andata a sbattere contro uno specchio dopo l'altro credendo che la strada fosse libera. A volte la colpa non era sua, ma dopo un po' insospettiva che una ragazza non riconoscesse il proprio riflesso neanche in pieno giorno.

Mia nonna guardò la bambolina con gli occhi socchiusi che teneva tra le braccia. Forse sarebbe tornata non appena la cosa avesse avuto senso. Ma Jimmy-Johnny-Eddie-Freddy diceva che si sarebbe dimenticata di quel postaccio. Tranne quando cantava. Allora avrebbe fatto affiorare il ricordo di Damascus come una vena sulla superficie della sua musica. Per il resto, era meglio che imparasse musica nuova, nuove melodie capaci di liberarla.

Era tempo che mia nonna avesse ciò che le spettava: salvezza, estasi, e un'auto lucida e scintillante piena di bei ragazzi di colore che, cantando e fischiettando nei loro corpi meravigliosi, le ricordavano la Pasqua e la Giornata dell'Emancipazione. Accolse la loro risata spontanea e la durezza annidata tra le loro gambe. Ogni giorno, tra sospiri e canzoni sussurrate, Ginny guardava dal parabrezza del suo futuro aspettando l'attacco del suo assolo.

Durante il servizio del giovedì sera alla Hinder Me Not, fece saltellare la figlioletta in grembo intonando *Jesus, oh Jesus*. Si asciugò le lacrime strofinando il viso sulla testa della bambina. Uscita dalla chiesa, si rimise il rossetto che aveva sbaffato sulla fronte di mia madre come un segno del destino. Ginny aveva voglia di urlare, per quanto era viva. La figlia pesava sul braccio come il borsellino di un'anziana signora. Avrebbe voluto metterla giù e andare a cantare. Canticchiando, fece un cenno ai parrocchiani che le rivolgevano occhiate perplesse mentre mormorava alla bambina addormentata tra le sue braccia, in modo forse troppo forte e impulsivo: «Gesù, fa' che non succeda niente di brutto alla mia creatura. Perché amo la mia creatura».

Venerdì mattina, quando Ernestine si svegliò, Ginny era sparita.

Ernestine disse a Miriam Pearson che doveva portare la figlia di Ginny dal dottore e le serviva una macchina in prestito. La donna la osservò, senza degnare Jolene di uno sguardo, e acconsentì con un cenno del capo. Ernestine mise la bambina sul sedile del passeggero. I neri in quel momento erano impegnati a lavorare, a sbrigare le loro faccende, a mettere i fagioli a mollo in pentola per il pranzo della domenica e a prepararsi per la caduta del cielo, perciò non si accorsero di Ernestine al volante.

In autostrada, Ernestine lesse ad alta voce i nomi stampati sui cartelli alla bambina in fasce che dormiva accanto a lei. Forse credeva che mia madre li avrebbe memorizzati, che avrebbe ricordato il suono della sua voce amorevole subentrato al canticchiare distratto di mia nonna.

Imboccò un vicolo e, tenendo il motore acceso, si fermò vicino a una chiesa con un rosone istoriato. La cittadina aveva un nome biblico che dimenticò all'istante: Calvary, Hagar, Bethlehem o New Christ.

Il portone aperto le diede la certezza che quello era il dio giusto, l'ingresso giusto per una piccola orfanella. Dopo aver scritto "Jolene" sul lembo di una busta, firmò con il proprio nome e poi con quello di Ginny. Erano le sue madri. Infilò quei tre nomi sotto una generica coperta bianca da neonati, quindi prese in braccio il fagotto cullandolo a mo' di scusa. Infine, adagiò la bambina all'interno del portone della Sacred Heart Roman Catholic Church. Ernestine sperava che avrebbe ottenuto il perdono, avendo lasciato Jolene nelle mani di Dio. In un istante di rimorso tirò fuori una matita dalla borsetta e scribacchiò la parola "Damascus" e un codice postale sotto il nome della piccola.

Mentre si allontanava frettolosamente dai gridolini di una figlia non sua, Ernestine pregò che nessuno la vedesse. Il suo cuore batteva all'impazzata, gravato da possibilità, da accuse. Maledetta Ginny, che aveva cacciato lei e la bambina in quella situazione spinosa. Non aveva scritto neanche un biglietto, non l'aveva supplicata di portare pazienza. E non aveva lasciato un soldo.

Ripensò alla bambina, una dolce vita nuova che non poteva sopravvivere senza le cure e l'amore di un altro essere umano.

La macchina aveva il serbatoio pieno. Ernestine pensò che a Miriam non sarebbe dispiaciuto perdere qualcosa che avrebbe potuto sostituire. I Pearson si compravano auto nuove ogni due anni. Allora pestò il piede sull'acceleratore. Sfrecciò via recitando i nomi delle cittadine con la voce confusa, i finestrini abbassati e la radio a tutto volume.

A quattordici anni, quando mamma ebbe il ciclo per la prima volta, le Daughters of Divine Charity che l'avevano allevata dissero che era giunto il momento di tornare dalla sua gente. L'unico sangue che loro potevano onorare era il sangue bianco di Gesù, il Figlio di Dio. Le mestruazioni per loro erano un ricordo lontano, dato che gran parte di loro aveva superato da un pezzo i sessant'anni, e discutendone privatamente giunsero a una conclusione unanime: il sangue di una ragazza di colore non avrebbe portato altro che guai. Una volta arrivato il ciclo, mormorarono, una ragazza nera era incline a rubare, fornicare, ballare, pavoneggiarsi e mentire spudoratamente.

La primissima volta che ebbe le mestruazioni, mamma riuscì a lavare le lenzuola di nascosto. Ma il mese successivo sorella Loretta la sorprese in lavanderia. Era la seconda volta che mamma si svegliava prima dell'alba con quella sensazione di umido. Nel buio, con le dita appiccicose, capì che non era più una bambina.

Inoltre, sorella Loretta e sorella Prudence si accorsero che la presenza di Jolene cominciava ad attirare l'attenzione dei fedeli. Notarono le occhiate lacrimose di preti e monsignori. I diaconi che indugiavano al santuario finché Jolene non si ritirava. Le suore la controllavano. Si preoccupavano perché non avevano parole per esprimere ciò che le portava a temere la sua pelle scura, malgrado sostenessero che era anche lei figlia di Dio. Nemmeno le preghiere bastavano a sciogliere quella tensione, e così nel loro intimo attribuivano tutte le loro paure all'odore intenso del suo sangue.

Considerando la valida istruzione che Jolene Abbott aveva ricevuto al santuario e la sua bravura con le pulizie, le preghiere e l'organo, le sorelle erano convinte che avrebbe fatto bene a sposarsi, legandosi a un pastore e alla sua parrocchia. Mia madre parlava francese e sapeva leggere un po' di tedesco. Apparecchiava la tavola per vescovi e cardinali, i cui spessi anelli tempestati di gemme luccicavano sopra i coltelli decorati con cui tagliavano le loro carni pregiate mentre le figlie di Dio bevevano un brodo allungato e mangiavano pane secco in cucina.

Le Daughters of Divine Charity trattavano mamma come un animale domestico, addestrandola a ignorare i suoi stessi pensieri, i suoi sentimenti e il suo corpo. Coglievano ogni occasione per farla stare in ginocchio, sentendosi minacciate da quella ragazza che cresceva a vista d'occhio. Quando diventò alta quanto loro, trovarono altri modi per sminuirla. Provavano una tacita soddisfazione notando le ustioni alle mani e alle braccia che si procurava cucinando e usando il forno della loro gigantesca cucina soleggiata. Le suore decisero che la muta, servizievole e gentile Jolene Abbott sarebbe stata un'ambasciatrice della sua razza.

Un giorno, mentre spolverava l'ufficio privato della madre superiora in biblioteca, Jolene si ritrovò ad aprire un armadietto metallico che le era sempre stato proibito. La madre superiora, che di recente stava perdendo colpi, aveva dimenticato la chiave nella serratura invece di lasciarla appesa alla catena che portava intorno alla vita, con il suo tintinnio di chiavi luccicanti. Nell'armadietto c'era una cartellina verde oliva con un'etichetta stampata sopra: JOLENE X. La cartellina era sottile come un'unghia. Il primo foglio era la sua ammissione ufficiale, e includeva informazioni che le suore non le avevano mai nascosto. Con una grafia femminile, le parole "Jolene", "Nera", "Abbandonata" erano scritte in grande. Ma sul secondo foglio era riportato un codice postale con la parola "Damascus" stampata tra parentesi. Nessun numero. Solo due nomi vergati a matita: "Ernestine" e "Ginny".

Le si sfocò la vista leggendo la parola "Damascus". Perché le Daughters of Divine Charity le avevano tenuto segreto quel luogo per quattordici anni? Senza strepito, si rimise al lavoro. Più tardi, però, avrebbe cercato quella cittadina e trovato un modo per raggiungerla. Ogni mattina, quando era costretta a inginocchiarsi per la confessione, mia madre teneva a freno gli accessi di rabbia che guizzavano come lingue sacre sopra la sua testa. Con il loro velo di ordine, scopi, santità, quelle donne le avevano celato il mondo. Adesso quel velo era stato strappato via come un cerotto dalla sua pelle, talmente in fretta da toglierle il fiato.

Le sorelle, addestrate a riconoscere i turbamenti emotivi, intuirono la sua presa di coscienza. Erano irritate dalla furia che reprimeva a stento. Alcune suore più giovani, che nutrivano un sincero affetto nei suoi confronti, erano addolorate per quello che sapevano sarebbe successo.

Una sera, durante la cena, sorella Loretta chiese a mamma il motivo di quel suo stato d'animo, definendolo il clima del suo cuore.

«Avevate un indirizzo per me» rispose lei senza accampare scuse. Non ne poteva più dei loro discorsi vaghi su previsioni meteorologiche e sulla volontà di Dio. «Vengo da un posto *reale*.»

Le loro labbra sottili si strizzarono per succhiare la zuppa fumante senza controllare che non scottasse troppo. «Credevamo che questa sarebbe stata una casa migliore, cara.»

«Cucinare e pulire giorno e notte per voi?»

«Non per noi, cara» rispose sorella Anne. «Noi compiamo l'opera del Signore. Prendiamo i voti nel nome del Padre.»

«Ma io non sono come voi» ribatté mamma.

«Certo, sei di colore. Lo abbiamo sempre tenuto a mente pensando al tuo futuro» disse sorella Maria, appoggiando il cucchiaio con la fronte aggrottata. «Tanto vale parlare chiaro. Hai ricevuto un'educazione e un'istruzione che la tua gente non avrebbe mai potuto darti. Quando ti hanno portata qui, abbandonata dalla tua stessa madre, abbiamo trovato una visione diversa, un altro modo per continuare la nostra missione come serve del Signore. Ti abbiamo dato tutto quello che potevamo, alla luce dei nostri voti. Ti abbiamo dato la vita che ti avrebbe dato Dio se fossi nata diversa. Se fossi nata con le nostre stesse opportunità.»

Mamma colse il sottinteso. Se fosse nata bianca, anziché di colore, le avrebbero potuto offrire un'altra vita, magari una famiglia disposta a tenerla con sé. Ma essendo nera nessuno, incluso Dio, la voleva. Le suore si consideravano la sua ultima spiaggia.

«Jolene, adesso hai una scelta da compiere» disse sorella Loretta. La sua voce, di norma melodiosa, era piatta. «Puoi decidere di rimanere con noi, conducendo una vita semplice in questa sacra dimora e continuando a lavorare insieme a noi per servire Dio. Se invece preferirai tornare dalla tua razza, scriveremo delle lettere di referenze. Ti aiuteremo a iscriverti a una buona università per donne nere nel Sud. Abbiamo mandato altre ragazze come te a Tuskegee, ad Atlanta, in Mississippi. Potresti anche ottenere una borsa di studio, cara.»

«Oh, una borsa di studio» commentò una delle suore più anziane. «Una borsa di studio è sempre un bene.»

Sorella Loretta si schiarì la voce. «La terza possibilità è che ti riportiamo nella miseria da cui sei venuta. Se la tua scelta dovesse essere questa, non potremmo più aiutarti.»

«Mi punirete perché voglio sapere chi sono?»

«Dio è la nostra casa» spiegò sorella Loretta. «La volontà di Dio è il modo in cui viviamo, il luogo in cui viviamo e il motivo per cui viviamo. Noi non viviamo per i frutti di questo mondo. Sappiamo che ce n'è un altro ad attenderci.»

«Damascus» disse mamma, e sentì in bocca il sapore del sangue scatenato da quella parola e dal suo ricordo «dista appena trenta chilometri.»

«Il paradiso è molto più vicino» rispose un'altra suora. Si misero tutte ad annuire e sorridere. «Il paradiso è molto, molto più vicino.»

Le Daughters of Divine Charity lasciarono Jolene all'ufficio postale.

Mr Davis, che sedeva su una panchina, alzò gli occhi dal giornale e guardò mia madre, splendida e slanciata, scendere da una modesta station wagon con quattro donne bianche a bordo. L'auto ripartì nell'istante in cui la ragazza ebbe preso la sua valigia dal bagagliaio, quasi temessero di vedersi puntare addosso un'arma da un momento all'altro, o peggio.

Incuriosito, l'anziano si batté il giornale sulle ginocchia e spostò con la lingua lo stecchino che teneva appoggiato nella fessura tra due denti fin dall'alba, nell'angolo appiccicaticcio della bocca. Aveva visto una delle religiose affondare il volto corrucciato in un fazzoletto bianco, mentre la ragazza si girava per dire addio.

Mr Davis salutò mia madre.

I soli uomini che le avevano rivolto la parola negli ultimi quattordici anni portavano un collarino intorno alla gola e avevano la voce impastata dal catarro. Certo, ogni tanto qualche signore le aveva parlato brevemente in chiesa, e i fattorini le facevano domande sulle riparazioni e la spesa, ma non era mai rimasta sola in presenza di un uomo, men che meno di un uomo nero.

«Buon pomeriggio, sorella, come stai? Sei venuta a trovare qualcuno?»

Mamma annuì, asciugandosi il viso con la mano.

«Il gatto ti ha mangiato la lingua? Non leggiamo mica il pensiero, da queste parti.»

«Le sorelle dicono che questa è casa mia» rispose lei. «Sono nata qui a Damascus, signore. Ho quattordici anni. Almeno credo.»

«Sei alta per una quattordicenne» osservò lui con un sorriso. «Bene, bene. Una donna alta è una donna forte.»

Mamma si sorprese a sorridere mentre afferrava il manico del suo bagaglio.

«Come ti chiami, ragazza?»

«Jolene, signore» disse. «Mi chiamo Jolene Abbott, credo. Ho provato a cercare il nome di mia madre sull'elenco telefonico prima che mi riportassero qui. Si chiama Ernestine o Ginny.»

L'uomo si appoggiò allo schienale della panchina e spostò le vecchie cosce gelatinose scuotendo la testa. «*Mmh*, be', qui c'è una sola Abbott. È scappata tempo fa e poi è tornata. Virginia. Ma se la chiami così ti manda a quel paese. Preferisce Ginny. Ho sentito che è rimasta un po' in Alabama prima di decidersi a tornare a casa. Vive fuori città, vicino a Owl Mill. Sta lì da parecchio. Però di figli suoi non ne ho mai sentito parlare.»

«Forse mi sbaglio su quella donna.» Mamma avvampò al pensiero di essere figlia di una criminale, o di un'ex criminale. «Allora mia madre dev'essere Ernestine, signore» aggiunse. «Ernestine Abbott.»

Il viso dell'anziano si rabbuiò.

«Impossibile» replicò. «Sei troppo carina.»

«Le sorelle dicono che erano indicati due nomi, Ginny ed Ernestine. Ho visto il foglio con i miei occhi. Le sorelle dicono che una di loro dev'essere mia madre.»

«Chi se ne importa di cosa dicono? A loro non frega niente di te, a giudicare dalla la velocità con cui se la sono filata. Non si sono neanche fermate a vedere se avevi qualcosa da mangiare o un posto dove dormire al tramonto. Quelle suore là ti avranno detto tutto tranne la verità. Ma io? Merda, io so già tutto.»

«Devo trovare mia mamma.»

«E io ho già capito chi è.»

«È viva?»

«Sei la bambina che è scomparsa quando Ernestine ha rubato la macchina di Booby Pearson. Nessuno ti stava cercando, erano tutti convinti che quella ragazza ti avesse buttata nel fiume prima di andare a Chicago o chissà dove. Ma non eri figlia sua. Tu appartieni a Ginny Abbott. Mi basta guardarti per saperlo.»

Mamma fissò il terreno.

«Ginny è una donna diversa, ora che è tornata» proseguì l'uomo. «Più fumo che scintille ora, ma è una tipa veramente originale.»

«Originale in che senso?»

«Te lo dirà lei» rispose Mr Davis. Poi, ridacchiando, si alzò e tirò fuori dalla tasca un mazzo di chiavi. Si picchiettò la pancia, che sporgeva sopra la cintola dei jeans incrostati, e le sorrise di nuovo. «Hai mangiato qualcosa oggi, ragazza? Come altezza vai bene, ma con il peso non ci siamo proprio. Dovremo farti tornare l'appetito.»

«Io voglio andare a casa» disse lei. «Sono stata lontana per quattordici anni, signore. Mia mamma ha sentito la mia mancanza. Lo spero, almeno.»

«Be', chiedile anche questo. Tutti da queste parti sanno che Ginny Abbott è una donna generosa. Canta come un angelo. Di solito quelli che se ne vanno tornano sempre appena prima di morire. Mi sorprende che lei sia tornata così presto.

«Ha trovato lavoro alla fabbrica. Ho sentito che ha avuto qualche fidanzato. E per arrotondare prepara e vende torte. Le torte di Ginny curano qualsiasi malanno, è l'unica donna da queste parti che sa davvero cucinare un pasto come quelli che mangiavamo da ragazzi. Adesso la gente è taccagna con il burro vero e abbonda con il sale, tanto che non si sente la differenza tra un pomodoro e una bistecca, e un piatto di spaghetti potrebbe essere benissimo una torta al cioccolato. Queste donne sono troppo stanche per pensare alla cucina come un tempo. Al diavolo, non le biasimo neanche un po'.

«È tornata dopo essere stata in prigione e chissà dove. Se Ginny Abbott è davvero tua madre, sei fortunata. Ti toglierà dalla testa tutte le baggianate di quelle suore. Ginny Abbott è una donna fantastica e sfido chiunque a dire il contrario.

«Le donne come lei devono proteggere ciò che sono.»

22

Mr Caesar, Mr Warren e mia nonna erano partiti a bordo di quel brutto furgone, portando via papà. Era come se avessero tagliato l'elettricità a casa nostra e ci avessero chiesto di imparare a vivere con la sola luce del fuoco.

Guardando mia nonna infagottarsi in vista del brutto tempo e del viaggio, mi ero chiesta se l'avrei mai più rivista. La tenerezza con cui aveva trattato mia madre era commovente, e mi riusciva difficile considerarla una nemica. Senza dubbio mamma e nonna avevano bisogno l'una dell'altra. Sentendola sussurrare: «Ci vediamo, piccola», avevo ripensato alla triste ballata su un disco di Billie Holiday che mamma ascoltava in continuazione quando ero bambina. Sentendole pronunciare quelle parole, mia madre aveva annuito e aveva stretto con foga il corpo di Ginny, chiudendo gli occhi e scostando le labbra per mormorare: «Ti voglio bene, mamma».

Dopo aver preparato qualcosa da mangiare per lei, Miss Irene lavò il pavimento nello studio di papà e diede una pulita, togliendo le candele e ogni residuo del suo incenso e dei fiori secchi. Ricontrollò il frigorifero per accertarsi che avessimo cibo in abbondanza, casomai ci fosse venuta fame, quindi disse a mamma che doveva riportare i suoi figli a casa. I più piccoli avevano bisogno di un bagno e del loro letto. Era preoccupata per Lindy, che si riteneva ancora responsabile per la morte di mio padre e il licenziamento di Mr Caesar. I suoi figli avrebbero avuto gli incubi su quell'incendio per molto tempo. E poi voleva assicurarsi che casa sua fosse pronta a reggere la minacciosa tormenta in arrivo. Si offrì di lasciare Ernest da noi, ma mia madre declinò con un sorriso riconoscente. «Tu e i bambini avrete bisogno di Ernest, Irene» disse. «Non preoccuparti. Quel vicecapo non baderà a noi. Sarebbe troppo rischioso. Anche per lui.»

Annuendo, Miss Irene gridò ai gemelli e a Lindy di salire in macchina e consegnò le chiavi a Ernest, che ci abbracciò a turno prima di uscire a scaldare il motore. Finsi di non accorgermi quando indugiò vicino a mia sorella, mormorandole qualcosa all'orecchio. Gliene fui grata, perché la fece sorridere.

«Guida lui?»

«Il ragazzo ha diciassette anni» rispose Miss Irene. «Anche se di testa va per i settanta. Non dovrei lamentarmi. Lavora sodo. È così da sempre. Ha una pazienza che a me manca, poco ma sicuro. Fin da piccolo sembrava che mi stesse lasciando il tempo di capire come fare la madre. Non piangeva quasi mai e non mi dava del lavoro extra da fare.»

Mia sorella si strinse contro la spalla esile di mamma. Aveva gli occhi gonfi, la bocca irritata. Il modo in cui avevano portato via papà l'aveva lasciata senza parole.

«Un'ultima cosa» disse Miss Irene a bassa voce. Tirò fuori una piccola pistola lucida e la appoggiò sul tavolino traballante dove un tempo nostro padre impilava libri e saggi.

«Irene» replicò mamma in tono sommesso, incrociando il suo sguardo. «Oh, Irene...»

«Ezra sa sparare, gliel'ho insegnato io.»

«Sparare a cosa?» chiesi, di colpo nervosa.

«Tanto tempo fa mia madre, Ginny, lo ha insegnato anche a me. Era una delle cose che sono stata ben felice di dimenticare appena ce ne siamo andati» aggiunse mamma. «All'epoca c'erano un sacco di sparatorie a Damascus. Probabilmente anche oggi. Erano soprattutto i bianchi. Ma gli uomini di colore sparavano per il cibo, per difendere la loro proprietà. Usavano le armi per altre ragioni, quando non avevano scelta e i bianchi minacciavano le loro mogli e i loro figli.»

«Be', sorella, speriamo che non ci siano altre ragioni questa sera.» Miss Irene diede un bacio a mamma sulla guancia e a noi sopra la testa. Rivolse lo sguardo alle pareti pulite, sulle quali guizzava il riflesso del fuoco. Poi lei e i figli se ne andarono. Gli pneumatici emisero degli scricchiolii rumorosi schiacciando le dense distese di neve.

Quella sera il fuoco ruggiva in soggiorno, e faceva molto caldo. Pensai ai denti ballerini di nonna e mi sfuggì un sorrisetto. Non si sarebbe più potuta lamentare per il freddo, anche se era chiaro che era pronta a lamentarsi più o meno per qualsiasi cosa.

Seduta sulla poltrona lisa di mio padre, tentai di incastrare la mia nuca dolorante nella sagoma ombrosa del suo cranio, la prova che era ancora con noi. Tra uno sbadiglio e l'altro, Ezra si stava sforzando di rimanere sveglia. Mamma, esausta, si rannicchiò in un sonno leggero all'altro capo del divano logoro.

La quiete, interrotta solo dagli scoppiettii del caminetto, mi diede una sensazione sgradevole, come se avessi mangiato troppo. Invece di abbandonarmi al calore come mia sorella e mia madre, affinai la mente cercando di immaginare come avremmo sopportato quelle serate senza un padre. La testa mi si riempì di domande scaturite l'una dall'altra. Quando era fissato l'intervento per il cancro di mamma? Quanto tempo ci restava prima che dovesse andare in quell'ospedale di Boston? Magari Ez e io potevamo stare dai Junkett. Purtroppo, però, dopo il licenziamento di Mr Caesar c'erano buone probabilità che la famiglia voltasse pagina, magari tornando a Royal, per la gioia di Miss Irene. Provai a immaginare di finire l'anno scolastico in un posto del genere. Papà voleva che mia sorella e io andassimo all'università, ma non avremmo mai e poi mai lasciato mamma da sola, soprattutto non lì a Salt Point.

Un altro rumore di pneumatici che si avvicinavano mi strappò dalle mie preoccupazioni. Posai subito lo sguardo sulla pistola. Era lucida e nera come la vernice del pianoforte di mamma. Ezra era già in piedi, la testa piegata in direzione dell'auto. Il suo corpo era teso. Accostò le dita alle labbra per farmi segno di non disturbare mamma, quindi prese l'arma e la nascose nella tasca dell'abito. Ci stringemmo nell'angolo vicino all'albero di Natale per guardare in fondo alla strada.

«È un *carro funebre*?»

«*Ssst!* Non svegliare mamma» disse Ez, trascinandomi fuori dal soggiorno. Aprimmo la porta d'ingresso e ci parammo una di fianco all'altra sulla soglia.

«Sembra un carro funebre, ma non lo è» osservai, strizzando gli occhi dietro la cortina di neve che turbinava nella veranda come un lenzuolo paillettato. Non vedevamo quasi nulla. «È il vicecapo Charlie?»

Pensai alla pistola che mia sorella si era infilata nell'abito. Ezra aveva la mascella serrata come quella di papà. Intorno agli occhi c'era uno spettacolo pirotecnico di fragili muscoli che si contraevano e vibravano. Ogni nervo segnalava un allarme, una trasmissione frenetica su un quadro di comando sepolto nella sua testa furiosa. «È una limousine» disse infine.

Non l'avevamo sentita arrivare, ma il calore del corpo di nostra madre si irradiò dietro di noi. Mi girai e incrociai il suo sguardo. Nell'aria scura e limpida, mi resi conto che lei, Ezra e io avevamo lo stesso fuoco implacabile negli occhi. Mamma annuì come per ricordarmi di tenerlo a mente.

Mi mise una mano sulla spalla mentre cercavamo di distinguere il visitatore che si stava avvicinando a casa nostra.

Miss Alley.

Quella donna, per qualche motivo, aveva corso il rischio di guidare nella tormenta da Amity e Salt Point. C'era un che di gioioso nel modo in cui scese dall'auto di lusso, le portiere aperte da un uomo di colore con un paio di guanti bianchi.

«Buonasera, Miss Dinah, mi chiedo cosa possa esserci di tanto importante da farla venire fin qui sfidando il maltempo. Vuole entrare?» La voce di mamma era cristallina, e i nervi nel suo corpo si intrecciarono a formare un tono metallico che ci ammonì a non intrometterci in quello che stava per dire. Per quanto la morte di papà l'avesse distrutta, non avrebbe tollerato le sciocchezze di Miss Alley nel soggiorno di casa sua.

Ezra e io rimanemmo fuori in veranda; con i nostri vestiti spaiati probabilmente sembravamo due vagabonde. Ferme vicino all'auto c'erano due persone di colore, un uomo con una divisa da chauffeur e una donna che ci guardava tremare con i suoi occhi scuri. Studiò la nostra casa mezzo illuminata prima di fare un timido cenno di saluto.

Ezra cercò di sbirciare dalla finestra sul davanti, ma l'orribile albero luccicante ci impediva di vedere quello che stava succedendo tra Miss Alley e mamma.

«Può espellerci?»

«Cinthy» sospirò mia sorella. «I suoi zii sono i proprietari della Hobart, perciò in pratica quella scuola è sua.»

«Ma non è giusto. Non dovrebbero sospenderci per quello che è successo a papà. È *morto.*»

Ezra scosse la testa. «È proprio per questo, tontolona. Non devono più fare un accidente per noi. Abbiamo perso tutta l'influenza che poteva avere papà, e già era poca. Se Hobart non fosse stato un furfante, papà non si sarebbe tenuto il lavoro per tutto questo tempo. È raro vedere una scuola di studenti bianchi con un insegnante nero. Una volta Miss Irene ha detto che la nostra situazione è sempre stata compromettente. Be', aveva ragione.»

La voce di papà mi riempì le orecchie. L'istruzione era tutto, per lui. Diceva sempre che gli aveva salvato la vita, e che il sapere era l'unica cosa che avrebbe potuto salvare anche noi. Essere espulse dalla Hobart avrebbe messo a rischio tutto quello che voleva farci raggiungere, tutto quello che si era impegnato a darci. Perciò, anche se non dissi niente, la cosa non mi stava affatto bene.

La portiera posteriore della limousine si aprì di nuovo. Temevo fossero Mr e Mrs Hobart o, peggio, il vicecapo Charlie in persona.

Invece dall'auto fece capolino una ragazza avvolta in un lungo cappotto bordato di pelliccia. L'autista nero rischiò di scivolare e cadere nella fretta di aprirle la portiera.

La ragazza non ci sarebbe riuscita da sola perché aveva le braccia infilate in un manicotto di pelliccia. I riccioli scuri svolazzavano in modo teatrale intorno al viso, una scena studiata che avevamo visto soltanto nei film. Indossava stivali di pelle lucida che non lasciavano quasi traccia sul terreno. Mentre aspettava che la riconoscessimo, sollevò la testa e fece qualche altro passo. Pensai fosse una delle figlie fantasma che non erano mai state ritrovate in fondo al nostro laghetto.

Restammo diversi secondi ad ascoltare il vento.

Guardai il respiro uscire dalle narici della donna di colore. Probabilmente stava congelando. Mi chiesi come fosse la sua vita, e perché avesse il compito di sorvegliare quella ragazzina viziata neanche fosse un soldato.

Ruby si avvicinò come se i gradini di casa nostra le appartenessero, e anche noi. Si sedette sul bordo di una delle seggiole che avevano occupato Mr Caesar e gli uomini della Rising Star alla vigilia di Natale, intonando inni a Gesù. La sua voce uscì a fatica nell'aria gelida.

«Ho pensato di venire a porgere le mie condoglianze alla vostra famiglia, quando ho saputo che avete perso vostro padre» disse. «Sono desolata che sia morto. Se n'è andato da eroe, salvando quei bambini.»

Ezra stava scuotendo la testa. «Come osi?»

«Non pronunciare il nome di nostro padre» le intimai, chiedendomi se il mio sputo sarebbe ghiacciato prima di colpirla.

«Attente» ribatté lei, alzandosi dalla sedia a dondolo. «Questa sera fa troppo freddo perché mi lasci insultare da voi. Marvella, ti dispiace raggiungerci? Nelle mie condizioni non posso permettere che queste negre mi diano sui nervi.»

«Cosa succede, Miss Ruby?»

La donna salì i gradini, chiaramente irritata da quell'ordine, e si piazzò dalla parte opposta della veranda, lontana da tutte e tre. L'idea che Ruby potesse comandare a bacchetta una donna nera mi fece avvampare di rabbia e vergogna, malgrado l'aria tagliente.

«*Miss Ruby?*» dissi in tono di scherno.

«Sapreste che la mia vita è cambiata se eravamo... se *fossimo* ancora amiche.»

«Cos'è cambiato?» chiese Ezra. «Il letame è letame.»

Ruby batté le palpebre con aria incredula. «Sono venuta a vedere come stavate! Ero dispiaciuta per Mr Kindred. Senza il suo stipendio, non so come potrete permettervi di rimanere al villaggio. Immagino che vostra madre potrebbe trovare lavoro, una buona volta, ma dipende se la salute glielo permette, giusto?»

«Non c'è cosa più povera al mondo di te» sbottai.

Ruby mi fece un cenno con la testa, sorridendo. «Ez è in grado di sopravvivere, come me, ma il *tuo* piccolo mondo è andato distrutto. Tu avevi bisogno della scuola più di tutte noi, non sai neanche chi sei, a meno che non esista un libro a ricordarti che sei viva.»

«Quella donna bianca ti ha educata bene» disse Ezra. «Se proprio vuoi parlare di qualcuno che ha bisogno di qualcosa, parliamo di te. Ti ci è voluta una donna bianca per capire come si fa a essere bianchi, vero? Perché il bianco di tua mamma non funzionava? O forse hai sempre saputo cos'eri e Miss Alley ti ha solo detto che non c'era niente di male ad ammetterlo. Mi pare che sia *tu* quella che ha bisogno di qualcuno che le dica chi è, soprattutto se credi che si interesserà ancora di te quando avrà ottenuto quello che vuole, qualunque cosa sia.»

Invece di rispondere al suo commento, Ruby proseguì con un tono che avevamo sentito usare spesso dagli adulti. Era il tono di una persona che si interessava solo ed esclusivamente alla propria voce. Nella mia mente risentii mio padre parlare di compassione. Rividi gli occhi devastati di Ruby il giorno in cui avevamo lasciato la manifestazione aerea. Aveva sempre bramato qualcosa che non era riuscita a condividere con noi, nonostante tutto quello che avevamo condiviso mentre vagavamo insieme nelle lande desolate di Salt Point. Ma forse Ruby aveva finalmente capito che non potevamo condividere con lei il nostro essere nere. Non potevamo offrirle quello che avevamo tra le gambe, né l'amore dietro i nostri occhi che ci faceva adorare il viso dell'altra. Non potevamo donarle il sangue sgorgato dalle gole e dai canti dei nostri antenati. Ruby doveva cantare da sola, ed era una cosa veramente triste. Ma non eravamo tenute a scusarci con lei, né con noi stesse.

Adesso Ruby viveva in nuove lande desolate, e mi sforzai di provare un briciolo di solidarietà, di speranza che ne uscisse viva. Ma dato che si rifiutava di lasciarci in pace, non provavo altro che pietà per lei. Nessuno mi aveva insegnato a porgere l'altra guancia.

«La carità è finita» disse Ruby. «Mr Hobart avvierà una trattativa importante subito dopo Capodanno per vendere l'intera scuola e trasferirsi a Ovest. Per la gente del villaggio sarà un duro colpo, ma riusciranno a superarlo. Si è svenato per cercare di mantenere in attivo la scuola. Dice che la California è il posto per lui. Un giorno ci andrò anch'io. Magari lavorerò nel cinema.»

«Vuoi parlare di carità? Abbiamo appena portato fuori la

spazzatura, se hai fame» rispose Ezra. «Credevi che non lo sapessi, eh? Hai idea di quanto mi costasse fingere di non sapere che eri affamata?

«E guardati adesso. Hai del fegato, il tipico fegato dei bianchi. Parlando di fortuna, che fine ha fatto tuo padre, e perché ha lasciato che diventassi la cagnolina di Miss Alley?»

«Miss Alley ha un interesse speciale nei miei confronti» spiegò Ruby. Il suo mento tremolante si drizzò nella luce ambrata del caminetto che fuoriusciva dalla finestra. Il commento sulla nostra spazzatura aveva aperto una crepa sottilissima sul suo nuovo viso. Si spostò appena perché la vedessimo meglio. «Ha dato dei soldi a mamma e papà come investimento per il mio futuro. Si è parlato di adozione. Miss Alley ha sempre voluto una figlia come me.»

«Quindi ti hanno *venduta*» disse Ezra. «Forza, raccontaci altre balle. Non sarebbe la prima volta che menti a te stessa.»

«Il mio futuro vale qualunque investimento! Andrò in Europa con Miss Alley. Parteciperemo a un galà di ballo a New York, e da lì partiremo per nuove avventure. Avrò tutte le cose che ho sempre voluto, e non tornerò mai più qui, se non sarò io a volerlo.»

«E il sogno di diventare aviatrice?» chiesi. «Credevo fosse l'unica cosa che volevi. Essere libera.»

«Ho già ottenuto la mia libertà» disse. Chinò il capo e premette il manicotto contro la cintura di feltro che portava in vita. «E molto di più.» Il vento riguadagnò forza, come se Ruby avesse coreografato ogni aspetto della sua rivelazione. C'era speranza sul suo viso mentre pronunciava quattro parole nitide sopra il freddo sibilante.

«Sono in dolce attesa.»

«In attesa di cosa?» domandai.

Non rispose, ma guardò Ezra negli occhi come se sperasse ancora che sarebbero tornate a volersi bene.

«Diventerò madre, e dovrò essere forte perché ci sarà una creaturina al mondo che dipenderà da me. Oggi Miss Alley mi ha fatta visitare da un medico privato ad Amity. Non ero mai stata dal dottore prima d'ora. Avreste dovuto vedere la faccia di Miss Alley! Continuavano a chiedermelo, ma io so che non importa *chi* è il padre. Più pensavo a questo bambino, più avevo la sensazione di volare in alto. Posso essere libera amando mio figlio. È semplicissimo. Non so perché non ci avevo mai pensato.

«Sentite, posso aiutare tutte voi. So come sono i tempi duri, e credetemi, è quello che vi aspetta. Possiamo andare al vostro laghetto ed esprimere un desiderio insieme. Proprio come sorelle! La situazione potrebbe peggiorare prima che sorga il sole» insistette. «Il Dannato Charlie dice che sbatteranno fuori dal villaggio voi e quei Junkett prima di Capodanno. Dopo che Miss Alley ha parlato con suo zio gli è sembrata la soluzione migliore, perché temono che Mr Caesar possa essere il padre di mio figlio.»

Ezra le diede uno spintone. «È una schifosa bugia!»

Invece di rialzarsi in fretta e furia come in passato, Ruby fece con calma. La voce brusca della donna nera che aveva chiamato Marvella ci raggiunse dall'altro lato della veranda. «Ragazza, non osare mai più alzare le mani contro Miss Ruby. Non si picchia qualcuno che porta in grembo una vita.» Il suo tono e il modo in cui la stava proteggendo ci fece sorgere il dubbio che Ruby non stesse mentendo, almeno riguardo al bambino.

«È stato davvero *lui*?» chiese Ezra, incrociando le braccia sul petto. «Secondo Lindy tua madre ti lasciava sempre da sola con tuo padre. Magari sapeva di non poter competere con te per avere il suo amore.»

«Mamma non mi ha *abbandonata*!»

Ez fissò la pancia di Ruby come se riuscisse a vedere attraverso l'elegante cappotto di cachemire, attraverso la sua pelle chiara, fino al punto in cui un grumo di vita si stava contraendo, inspirando ed espirando nella sua gelatina. «Dov'è tuo padre, Ruby? Possibile che abbia da fare qualcosa di più importante che salvarti da quello che stai facendo a te stessa?»

«Sarà svenuto vicino alla stufa come ogni Natale» rispose lei. «Oh, papà si è arrabbiato quando mi sono rifiutata di tornare da lui. Ma perché mai dovrei tornare da *lui*? Preferisco vivere ad Amity. È come essere in un film. Povero papà. Il Dannato Charlie doveva sbatterlo dentro per ubriachezza quasi ogni giorno. Dice che mamma lo ha fatto rinunciare a me con l'inganno. Dice che sono stata rapita. Dice che ha dei diritti.»

«Aspetti davvero un bambino?»

Ruby colse il mio tono di voce e drizzò il mento. «Forse. Be', sì. Non... non ho più il ciclo.»

«Credevo volessi bene a tuo papà» tornò a dire Ezra. «Finirà in galera, in una prigione vera, se non lo aiuterai.»

«Finirà sottoterra, con un po' di fortuna» ribatté Ruby con la voce di Miss Alley.

«Noi daremmo qualsiasi cosa pur di avere papà qui con noi» sbottai. «E tu hai il coraggio di augurare una cosa così terribile al tuo.»

«Marvella, aiutami a tornare in auto» disse Ruby, chiudendo un'imposta sulla finestra blu scuro dei suoi occhi. «Credo che quest'aria non mi fa... non mi *faccia* bene.»

«Sì» ribatté Ezra socchiudendo gli occhi. «Porta il tuo culo in macchina e non farti mai più vedere da queste parti.»

«Miss Dinah sta arrivando» la avvertì Marvella.

«Non potete farmi gli auguri?» chiese Ruby con il viso tremolante. «Essere felici per me? Non so quando tornerò, dopo che avremo preso il piroscafo per l'Europa. Miss Alley dice che festeggeremo Capodanno al mare. Forse non tornerò mai più. Nessuno mi ha dato un motivo per farlo. Pensavo solo...»

«Felici per te?» esclamai.

«O cresci o ti arrendi» disse Ruby, appoggiandosi al braccio di Marvella.

«Tu ti sei arresa con tuo padre?» ribatté Ezra. «O ti sei arresa prima con te stessa?»

«Se non si decide a salire in macchina...» intervenne Marvella, strattonandola. «Non ho intenzione di perdere il lavoro a causa sua.»

«Non l'abbiamo vista allo stesso modo, vero, Ez?»

«Di cosa parli?»

«Il giorno in cui ci siamo guardate» chiarì. «Non avremmo mai potuto.»

Era stata l'indole sfrenata di mia sorella ad attrarre Ruby, quella sua lealtà inquietante e imprevedibile. La sua freddezza. Ruby ed Ezra avevano visto sbocciare una femminilità estranea, fra la tarda primavera e la fine dell'estate. Sotto quel sole brutale, la loro giovinezza era crollata esangue sulle rocce. Avevano avuto a malapena il tempo di dire addio alla loro adolescenza. Un nuovo linguaggio si era eretto come un recinto di filo spinato attraverso il quale si erano osservate, stentando a riconoscersi. Il ciclo di Ruby aveva sancito la sua disponibilità a sposarsi e a mettere su famiglia. Anche se era povera, la sua pelle l'avrebbe resa comunque ricca.

Nel caso di mia sorella, la maturità del corpo rappresentava qualcosa di pericoloso per le persone intorno a noi. I nostri genitori erano preoccupati perché all'improvviso era diventata il soggetto, il bersaglio, di storie orribili. Non aveva garanzie che prima o poi avrebbe ottenuto una dignità o un rispetto tali da potersi considerare al sicuro da qualche parte, perfino in casa propria.

Ricordai il velenoso disprezzo di Ruby verso il mondo mentre ci strappava di mano le mutandine umide, portandoci via i nostri indumenti più intimi. Non potevamo sapere che, non appena avessimo rimesso quel capo sottile sulla parte che ci avevano ammonite a considerare come un'arma, sarebbe stato troppo tardi per dimenticare quello che avevamo visto.

Il corpo di Ruby si afflosciò tra le rimostranze di Marvella. Appena prima di salire sulla limousine, alzò la testa per parlare. Le sue mani, dentro la pelliccia nera, sembravano imprigionate in una camicia di forza.

«Non avrebbe mai potuto essere il padre di cui diceva che avevo bisogno. Era troppo triste, cattivo e furioso. Ma a volte le cose furiose ti lasciano, o le lasci andare tu» disse. «Anche se fanno parte di te.»

23

Il mattino dopo, sul letto dei nostri genitori, il profumo di mio padre era una membrana invisibile avvolta intorno a noi. Mi ero addormentata dal lato di papà con la schiena rivolta all'esterno. Il petto di mamma si sollevava e abbassava piano. Respirava lentamente nel sonno, e il suo corpo era chiuso su se stesso in posizione fetale. Era stato confortante riposarmi nel ricordo del peso di mio padre. Ero nata sul loro grosso materasso in piuma d'oca. Spesso mamma ci stringeva a sé su quello stesso letto quando eravamo piccole, finché papà non aveva insistito perché dormissimo da sole.

Adesso Ezra era sdraiata tra me e nostra madre. La sera prima, aspettando il sonno, mamma aveva cantato per noi come fossimo ancora due neonate attaccate al suo seno. *Goodnight, Irene* era diventata una luttuosa ninnananna. La malinconica invocazione di quel nome di donna ci aveva calmate e trasportate in un rollio di onde oceaniche. Mamma aveva canticchiato: «*I'll see you in my dreams, I'll see you in my dreams*» finché non ci eravamo fuse insieme in una fantasia liquida, protette dalle minacce del mondo dalle pareti della sua voce afflitta.

Battendo le palpebre nel silenzio del mattino, il monito di Ruby mi echeggiò nella mente come una goccia d'acqua gelida sulle calde pieghe dei miei pensieri. "Sbatteranno fuori dal villaggio voi e quei Junkett prima di Capodanno."

Ezra aprì gli occhi tremolanti e mi trovò in un'atterrita catalessi. Non l'avevo vista piangere, eppure il leggero gonfiore delle palpebre era la prova della sofferenza che stava tentando di nascondermi. Così vicina al suo viso, con il suo dito che mi picchiettava le labbra, rimasi sbalordita dal modo in cui mi osservavano i suoi occhi, identici a quelli di papà. Mi prese il viso tra le mani, trasferendomi il suo calore. Seguì il profilo del mio naso, degli occhi, poi l'intera sagoma del volto, quindi si premette il dito sulla bocca e sorrise con lo sguardo. Era una cosa che faceva sempre quando ero piccola. Giuro che ricordo ancora le volte in cui, dalla mia culla, osservavo i suoi grandi occhi castani sopra di me mentre mi faceva scorrere amorevolmente la punta delle dita sul visino.

Nell'istante in cui buttai giù le gambe dal letto mi sentii rianimata. Ez si spostò dal mio lato e si alzò anche lei, stiracchiando le lunghe braccia. Insieme sollevammo la trapunta per coprire nostra madre, che gemette nel sonno e strofinò la guancia avanti e indietro sul cuscino che forse, nel suo sogno, era il respiro di papà, il suo petto intatto.

Ezra preparò il caffè mentre controllavo i cubotti gialli di pane di mais che avevo infornato sopra una teglia per biscotti. Appoggiai sul tavolo il burro fresco, grata di avvertire la presenza di Miss Irene. Il cibo che aveva cucinato per noi era quasi come la sua voce che riempiva la cucina. La radio era accesa a basso volume. Tendemmo l'orecchio per sentire la voce maschile incalzante che stava ripetendo le previsioni: bufera imminente, probabili blackout lungo la costa.

«Il fuoco è a posto» disse mia sorella.

«C'è un sacco di cibo» replicai. «Ho messo le torce vicino alla porta d'ingresso.»

«Se i tubi gelano, possiamo portare dentro un po' di neve e metterla a bollire.»

«Ho qui i fiammiferi.» Indicai la scatola rettangolare con la striscia ruvida incollata lungo il bordo.

«Ce la caveremo finché non tornerà Mr Caesar» mi assicurò Ezra. «Ci sono delle batterie di scorta nel cassetto, così almeno avremo la compagnia della radio. Abbiamo tutto quello che ci serve. Più tardi andiamo a spalare tutta la neve che riusciamo. Possiamo spargere il sale sui gradini e sul vialetto. E anche sui gradini sul retro, casomai gelassero...»

Lasciò la frase in sospeso. Stavamo pensando entrambe a papà. Invece di arrenderci, stavamo cercando di fare quello che avrebbe voluto lui. Ricordai di aver sentito altre persone riferirsi ai morti in questo modo, come se potessero ancora dire la loro, come se le loro voci si potessero ancora ascoltare dall'oscurità.

«Probabilmente dormirà finché il peggio non sarà passato» osservò Ezra. «Forse dovremmo darle il latte caldo al posto del tè. Secondo me sta meglio con il pane di mais, e almeno così non sarà troppo vigile.»

«Va bene.» Mi inginocchiai davanti all'armadietto vicino al fornello e cercai la nostra amata pentola ammaccata che usavamo per riscaldare il latte o la minestra. Misurai poco più di una tazza, così avrei potuto berne un po' anch'io.

«E se dovessimo andarcene?»

«Andarcene?» chiese Ezra, concentrata sul caffè.

«Da Salt Point» dissi. «Se il vicecapo cercasse di sbatterci fuori di casa?»

«Questo è un vecchio paesino insignificante» rispose. «Non possono cacciarci, se non glielo permettiamo. La gente di colore si sta facendo valere in tutta la nazione. Te lo sei dimenticato? Stanno protestando, si espongono in prima linea per darci il diritto di non essere cacciati da quello che abbiamo costruito con il nostro sangue e sudore. Stiamo correndo *verso* il potere, non il contrario. Noi neri non possiamo aspettare un minuto di più che i bianchi ci concedano una libertà che ci hanno negato da sempre. E la sai una cosa? Miss Irene dice che non ce l'hanno neanche loro la libertà, non la libertà *vera*, senza di noi. Noi abbiamo forza di volontà. Noi siamo azione. I bianchi hanno debiti da ripagare, noi no. Chi se ne importa se non riusciremo a diplomarci in quella stupida scuola. Siamo abbastanza grandi da imparare da sole. Non dimenticarti che abbiamo in casa la migliore biblioteca nel raggio di chilometri. Papà l'ha creata per noi. I suoi libri sono proprio qui. Possiamo essere le insegnanti di noi stesse. Possiamo decifrare da sole la nostra vita. Quelli non vogliono che siamo gli eroi delle loro storie? Qui c'è la nostra terra. La nostra storia. Forse è meglio così.»

Ezra era convinta del nostro destino, ma io mi sentivo male. Per un momento ripensai all'annegamento di Miss Burden e a come il mondo, o il fato, aveva bruciato vivo mio padre. Le persone più intelligenti che facevano parte della mia vita erano morte. Non volevo essere l'insegnante di me stessa. Temevo che questo significasse che non ero forte come mia sorella e che se lei si fosse liberata avrebbe potuto abbandonarmi.

«Forse è meglio così» ripeté, toccandomi la mano con cui reggevo il cucchiaio.

Il latte sarebbe bruciato se non avessi continuato a mescolarlo. Annuii, chiedendomi come sarei riuscita a tenere in mano i libri di mio padre senza crollare e addirittura imparando qualcosa.

Nello studio di papà, pennellate di luce screziavano i suoi libri silenziosi. Le lancette del suo orologio indicavano mezzogiorno. Mamma diceva che a Damascus i morti venivano rimessi a posto a mezzogiorno. Provai a immaginare la tomba di papà riempita di terra in un paesino che non avevo mai visto. La gente di Damascus avrebbe inciso il suo nome completo su una lapide blu, e quel nome avrebbe vissuto insieme alle sue ossa tra le tombe dei suoi antenati, e dei miei.

In soggiorno, il pianoforte si zittì. Mia sorella aveva smesso di distrarsi con accordi complicati. Stava urlando.

Corsi all'ingresso e trovai la porta aperta. L'aria fredda mi respinse mentre andavo verso una sagoma stagliata contro la luce del giorno. Per un momento mi illusi che fosse nostro padre. Poi mamma scese di corsa le scale passandomi accanto, e lei ed Ezra trascinarono l'ombra in casa perché avevano riconosciuto Ernest Junkett, che adesso era in mezzo al nostro soggiorno e non riusciva ad aprire l'occhio sinistro o le labbra. Fiutai il suo terrore sotto l'odore della neve.

«Cos'è successo?» chiese nostra madre.

«Mamma» riuscì a dire Ernest.

«Irene?»

«Gesù» rispose lui. «Mamma.»

«I bambini dove sono?»

Singhiozzando, Ernest scosse la testa e si premette la base dei palmi sulla bocca. Mia madre lo strinse tra le braccia meglio che poté per evitare che cadesse. La sua voce era chiara, il suo dolore trascinato via, fuori dagli occhi e dalla bocca. «Ernest. Dove? Sono? I? Bambini?»

«Il vicecapo si è presentato da noi dicendo che il papà di Ruby sosteneva che fosse stata rapita. C'era anche lui sul furgone.»

«Non era con l'auto della polizia?»

«No, signora» disse Ernest. «Erano su un furgone. Quello della scuola che usa mio padre per sbrigare le commissioni e cose così. Sono entrati in casa dicendo che papà aveva preso Ruby. Quando gli abbiamo spiegato che papà non era con noi, hanno detto che era perché aveva portato la ragazza da qualche parte per farle Dio solo sa cosa.» Si interruppe un momento, tremante, come se non se la sentisse di pronunciare quelle parole davanti a noi. «Ho provato a dirgli che è partito ieri con Mr Kindred per seppellirlo a dovere, ma quelli insistevano sulla loro versione» proseguì in tono rancoroso. «Non ha senso, perché il vicecapo dovrebbe sapere che è stato suo zio a prendere Ruby. Eppure sembrava che non gli importasse, continuava a ripetere che l'avrebbe riportata a casa. Tra l'altro, il papà di Ruby non stava per niente bene. Aveva gli occhi impazziti e scombussolati dall'alcol. Il vicecapo diceva che non avevamo il diritto di lasciare il villaggio con il corpo di Mr Kindred. Parlava di certe scartoffie e multe esorbitanti e del certificato di morte non firmato. Mamma gli ha detto che il cadavere di Mr Kindred non era proprietà loro. Ha detto che non siamo schiavi dei porci. Allora il vicecapo l'ha colpita con forza.»

«No» esclamò Ezra.

Ernest deglutì di nuovo. «Mamma si è alzata come se ne avesse prese di peggio in vita sua. Ha detto che non avevamo idea di dove fosse Ruby. Allora Mr Scaggs si è messo a blaterare cose orribili. Ci ha dato dei negri, ha detto che ci avrebbe ammazzati tutti, e che ammazzandoci tutti non sarebbe neanche arrivato vicino a quanto valeva Ruby.»

Nostra madre corse a sedersi sulla poltrona di papà.

«Mamma ha tirato fuori il suo machete e io la pistola di papà... Ma in realtà non avevo mai sparato prima e...»

Ezra affondò il viso nella manica. Io mi sentii fluttuare via, verso il soffitto.

«Hanno preso Lindy. Il vicecapo le ha puntato la pistola alla tempia. Ha detto che se mamma non andava con loro avrebbe fatto saltare la testa a mia sorella proprio lì davanti a noi.» La voce di Ernest era quasi un sussurro. «E così mamma ha appoggiato il machete sul tavolo. Io ho messo giù la pistola. Il vicecapo l'ha presa subito dicendo che sarebbe stata una prova più che valida se Ruby non fosse tornata sana e salva. Ha preso la pistola di mio padre e mi ha colpito in faccia con tutte le sue forze, finché mamma non si è messa a urlare che sarebbe andata con loro a patto che ci lasciassero in pace. A quel punto se ne sono andati trascinandola via. L'hanno caricata sul furgone.»

«Dove l'hanno portata?»

Nuove lacrime solcarono il viso di Ernest. Si strinse nelle spalle come un bimbetto. Era difficile guardarlo senza pensare a quello che ci aveva fatto il vicecapo quando era piombato in casa nostra strappando via il sudario dal volto di mio padre.

Ezra sollevò la testa. «Ha una pistola nella borsetta. Loro non lo sanno.»

«Sì» disse Ernest. «Ma quelli sono in due. Lei è da sola.»

«Ha una buona mira» insistette lei.

«Ho lasciato mio fratello e le mie sorelle a casa.»

«Ti sei messo alla guida in questo stato?»

«Sì, signora.»

«È meglio se resti qui. Il tuo occhio è messo male, caro. Non vorrei che lo perdessi. Te lo cucio con del filo. Cinthy, portami la mia sacca con l'acqua ossigenata. Non appena la bufera si calmerà, ti accompagneremo al Gunn Hill General. Credevo che Caesar sarebbe tornato entro sera, ma forse con questo tempo hanno cambiato programma.»

«E Miss Irene?» chiese Ezra. «Come facciamo con lei, mamma? Cosa le...»

«Oh, Ezra, non possiamo... Non possiamo andare a cercarla. Irene è sola» rispose lei. «Dio non la abbandonerà. Se la caverà. Non è giunta la sua ora.

«Al momento posso fare solo quello che vorrebbe che facessi, prendermi cura dei suoi figli. Per il resto, abbiamo le mani legate.»

«Non basta» protestò Ezra incrociando le braccia sul petto.

Nostra madre prese Ernest per un braccio.

«Cinthy, dovrai riaccompagnare Ernest al villaggio in macchina. Adesso come adesso, temo che tua sorella non mi ubbidirebbe.»

«*In macchina?*»

«Puoi farcela» si affrettò a dire Ezra. «Riportali qui prima che la nevicata peggiori.»

«È *già* peggiorata.»

«Ti dirò io cosa fare» intervenne Ernest. La sua voce era un misto di disperazione e determinazione. «Se dovrò tornare al villaggio strisciando, lo farò. Empire e Rosemary non possono camminare fin qui con questo freddo. E Lindy, non lo so. Piangevano a dirotto, non volevano neanche che me ne andassi. Ma ho detto a tutti e tre di nascondersi in casa e aspettarmi. Non sapevo se il vicecapo mi avrebbe teso una trappola vedendomi in strada. Mi è sembrato meglio venire da solo. Ho detto che sarei tornato a prenderli. Quando quegli uomini si ripresenteranno, sarò lì. Mio padre mi ha spiegato cosa fare.»

«Misericordia, devo fare qualche telefonata» disse mamma. «Il pastore della Rising Star. Ernest, hai il suo numero?»

Ezra serrò i denti contro la lingua emettendo un sibilo sonoro. «*Telefonate*, mamma? Tutto *qui*?»

«Signorina, ti conviene usare il buonsenso prima di rivolgerti a me con quel tono.»

La pelle del viso di nostra madre si tese in una maschera. «Irene ce la farà. Dobbiamo prepararci a darle quello che le serve, quello che serve ai suoi figli. Hai capito, Ezra? Tieni a freno la mente. Qui c'è bisogno di te.

«Non appena avrò sistemato questo ragazzo» proseguì mamma, voltandosi di scatto e guardandomi negli occhi, «devi essere pronta a partire. Fatti forza, Cinthy. Ora uscite, ragazze. Spargete il sale in strada. Liberate l'auto. La neve è ancora leggera, non dovrebbe volerci molto. Dobbiamo usare la testa. Non sappiamo cosa succederà quando farà buio.»

«Quando farà buio saremo dei bersagli facili» commentò Ezra.

«Adesso basta!» sibilò mamma mentre accompagnava Ernest in cucina.

Ezra osservò il mio viso con aria concentrata. I suoi occhi erano due alveari. «Nella Bibbia ci sono i cacciatori» disse, e le api sotto le sue palpebre si liberarono.

Sentii l'odore di papà nella lana del suo maglione, che indossai sotto il suo voluminoso impermeabile da pesca. Era come avere mio padre avvolto intorno al corpo, e il suo profumo era il mio talismano. Gran parte dei miei capelli era infilata in uno dei berretti di lana fatti da mamma, ma i fiocchi di neve misti a sudore mi imperlavano le radici, i bordi del corpo, e la nuca dove il berretto continuava a sollevarsi.

Sotto le raffiche di aria gelida, conficcai la punta arrugginita della pala nella neve immacolata. Ansimando, girai più volte intorno alla macchina per aggredire i cumuli ruvidi ancora intonsi. I guanti non mi consentivano di impugnare il manico a dovere, perciò li tolsi. In un attimo i palmi diventarono arrossati e pieni di vesciche. I jeans erano bagnati e freddi all'altezza delle ginocchia. L'acqua era penetrata negli stivali gialli di gomma. La perdita di sensibilità nei piedi mi costringeva a camminare su quelli che sembravano due monconi congelati. La paura mi stringeva stomaco e vescica in una morsa. Mi sforzai di tenere la testa alta, di resistere al panico. "Farò quello che mi ha detto mamma. Libererò l'auto dalla neve. La guiderò. Farò quello che mi ha detto mamma. Libererò l'auto dalla neve. La guiderò."

Con gli occhi umidi, continuai a muovere la pala. Il vento acciuffò i ricordi della voce di mio padre e sollevò l'elegia del suo respiro in mezzo ai trefoli di nuvole solitarie. "Tieni duro. Piccola Cinthy. Tieni duro." Alla fine lasciai cadere la pala e osservai il terreno ridotto a un campo di battaglia di montagnole bianche. Di fronte a casa nostra, sbalorditiva nella sua rovina, c'era la casa infestata, tozza e nera nonostante la neve, e vidi Ezra emergere da lì e venirmi incontro.

Non mi ero accorta che fosse uscita, e mi chiesi dove avesse trovato il tempo di andare a curiosare dall'altro lato della strada con tutti gli ordini che ci aveva dato mamma.

«Sali in macchina» mi disse.

«Cosa?»

Senza rispondermi, si era già portata sul lato del passeggero. Con le dita intorpidite, armeggiai sulla maniglia cromata. Quando riuscii finalmente ad aprirla e mi sedetti al posto di guida, non potei fare a meno di ripensare a papà. Il vento ululava fuori dall'auto, ma all'interno c'era uno strano silenzio. Le nuvolette del nostro respiro si dissolvevano in fretta. Mia sorella mi porse la chiave. Adagiata sul mio palmo era leggera, familiare, tiepida al tocco.

«Comincia ad accendere il riscaldamento» disse Ezra, cambiando posizione in modo da lasciare un po' di spazio tra di noi.

Non parlammo mentre la macchina si avviava scoppiettando. Non sopportavo di guardare il sedile posteriore perché mi ricordava il momento in cui Mr Caesar era arrivato a casa nostra con il corpo carbonizzato di papà avvolto in un telo.

«Non pensarci» ordinò mia sorella. «Ti devo parlare, ma devo essere sicura che mi ascolti. Ogni singolo giorno della tua vita ti ho vista andare in giro con cento chilometri di pensieri in quella tua testolina, ma adesso ho bisogno che tu stia qui con me. Ce la fai, Cinthy?»

Annuii, alitandomi sulle dita. Avevo il viso accaldato. Non volevo che Ezra ce l'avesse con me, però aveva ragione. Faticavo a concentrarmi, in parte a causa del freddo, ma soprattutto per la bufera di ricordi che sembrava decisa a spazzarmi via.

«Devo trovare Miss Irene» proseguì. Tirò fuori dal cappotto la pistola che Miss Irene aveva dato a nostra madre. Se la premette in grembo con forza. Iniziai a tremare, e avevo la sensazione che la nuova età adulta di Ezra avesse preso in ostaggio lei e tutti noi.

«Mamma ha detto...»

«Non me ne frega un bel niente di *cosa* ha detto» ribatté Ezra. «Ti ho chiesto di *ascoltare*, e tu ti metti a parlare di cosa ha detto mamma. Posso fidarmi di te?»

«Sì» risposi di getto, anche se tenevo gli occhi fissi sulla pistola. Come la morte di mio padre, l'orribile silenzio di quell'arma aveva riempito l'abitacolo.

«Lo sai che ti voglio bene più che a chiunque altro al mondo, vero?»

«Di cosa parli?»

«Di amore, Cinthy» rispose. «Ho bisogno di sapere che mi conosci.»

«*Credo* di conoscerti.»

«Allora saprai che non posso starmene qui seduta davanti al camino mentre quei diavoli fanno chissà cosa a Miss Irene» disse lei, rimettendo in tasca la pistola. «Andrò là e la riporterò indietro. Ho bisogno del tuo aiuto.»

«Cosa posso fare?» chiesi, intimorita. «Come faccio ad aiutarti? Sai anche tu cosa potrebbe succedere.»

«Non mi interessa cosa succederà a me» ribatté Ezra. «Se dovrò mentire, mentirò. Se dovrò uccidere, ucciderò. Se mi bloccherò, mi bloccherò. Ma riporterò a casa Miss Irene. È nostra madre anche lei.»

«Uccideresti?»

«Senza pensarci.»

«Lo sai che Miss Irene è una donna adulta, lo ha detto anche mamma» ribattei. «Potresti *morire*. Lei sa badare a se stessa, Ez. Non gliela darà vinta.»

«Qui non è questione di vincere» disse. «Qui si tratta di *vivere*, di non morire. Tutti questi discorsi che facciamo, tutti questi insegnamenti che diciamo che ci torneranno utili. Tutta questa storia caotica di difendere e proteggere idee che non possiamo neanche vedere perché il più delle volte facciamo fatica a vederci tra di noi senza essere spaventati e arrabbiati. Miss Irene è sopravvissuta a tante cose, e non lascerò che quello sbirro, o il padre di Ruby, ce la porti via. Non posso starmene seduta qui a piangere e pregare. Non dico che il mio modo di essere sia migliore, ma lo è per me perché l'ho scelto, per *me stessa*. Io devo *agire*. Questo significa vivere, per me.»

«Oh» dissi, annuendo come se sapessi esattamente cosa intendeva. «Credi che Miss Irene vorrebbe che lo facessi? Ci dice sempre di sollevare il nostro spirito verso la luce. Che ne sarà del tuo?»

«Preferisco non aggiungere altro» rispose Ezra. «Meno ti dico, meglio è.» Poi mi prese la mano e se la premette sul viso prima di appoggiarla sul volante, stringendomi le dita in modo che lo tenessi ben saldo.

«Puoi farcela» disse. «Papà ti farà vedere come.»

24

Mamma ed Ernest riorganizzarono lo studio di papà, perché era l'unica stanza di casa che avrebbe permesso ai figli dei Junkett di dormire insieme. Ernest si mise a sua disposizione, facendo avanti e indietro, insistendo per spostare da solo i mobili di nostro padre. Poco prima era stata la sua adrenalina a guidarmi al volante fino ai margini del villaggio, seguendo stradine sconnesse per raggiungere la casa dei Junkett. Ernest e Lindy avevano portato fuori al freddo Empire e Rosemary e li avevano sistemati sul sedile posteriore della nostra macchina mentre io tremavo al volante, dov'ero rimasta di guardia. Se qualche automobile si fosse avvicinata, Ernest mi aveva ordinato di partire immediatamente.

Ora, Ezra saliva e scendeva la scala di servizio portando trapunte, lenzuola e cuscini di scorta nello studio di papà. Il suo viso era una maschera di pietra. Ogni volta che tentavo di dirle qualcosa, si limitava a guardarmi come per imprimersi nella mente la mia faccia. Per quanto fossi nervosa, sapevamo entrambe che non avrei detto niente a mamma. Tra l'altro, cosa avrei potuto dire? Mamma stava dando fondo alle sue energie per occuparsi dei bambini più piccoli, che sembravano quasi ignari dei pericoli in agguato intorno a noi.

In cucina, Lindy e io versammo la cioccolata calda nelle

tazze dei bambini facendo attenzione a riempirle solo per metà. I gemelli accostarono i loro dolci visini al vapore, concentrandosi sulla musica che avevano potuto scegliere alla radio. Nella luce bassa della cucina, rividi entrambi i loro genitori in quei volti. Sentii gli occhi bruciare.

«Lindy» chiamai a bassa voce.

Ridestata dai suoi pensieri, Lindy mi guardò e, notando il piatto di pane di mais che avevo allungato verso di lei, scosse la testa.

«Non mangerò niente finché mamma non sarà qui» disse. «Niente di niente.»

Capii che il suo rifiuto di mangiare un cibo che adorava faceva parte di un sacrificio privato, una preghiera perché la madre tornasse a casa sana e salva. Solo se Dio le avesse ridato sua madre si sarebbe concessa quella consolazione.

«Dopo che avranno sistemato tutto, potremo stendere le trapunte. Vai a scaldare la stanza» disse in automatico. «Mamma sarà infreddolita, al suo ritorno. Si gelava quando l'hanno presa.»

Non potevo e non volevo immaginare la scena descritta da Ernest, di come Miss Irene era uscita dalla porta di casa sua incespicando, trascinata nella neve per i capelli e poi sbattuta su un furgone da quei bianchi. Ma guardando il viso di Lindy capii che lei la stava rivivendo in continuazione.

Entrai nello studio di papà con gli ultimi cuscini e mi premetti con forza la mano sulla pancia. Non ero ancora pronta a vedere la sua stanza smantellata.

Le trapunte erano state ammucchiate per isolare l'ambiente dagli spifferi. Il tavolo da lavoro era addossato alle portefinestre come una barricata. La scrivania era stata spinta in un angolo. Sul pavimento era rimasta una sagoma rettangolare, come il solco di una porta o di una tomba, dove la scrivania era rimasta immobile per anni, affondando nelle assi di legno.

«Non abbiamo buttato via niente» disse mamma guardandomi. Aveva il fiato corto mentre spazzava e riordinava. «Abbiamo solo spostato alcune cose. Ti prego, Cinthy, non fare quella faccia.»

Annuii, indietreggiando.

«Di' a Ezra che ci servono le trapunte. Prendete anche quelle di camera mia. Io dormirò sul letto singolo nella stanza di tua sorella. Ernest mi aiuterà a portare giù il materasso grande, non appena avrò finito di raccogliere la polvere. Mr Caesar dovrebbe arrivare prima di mezzanotte. Sarà stanco e affamato.»

«Sì, mamma.»

«Chiedi a Lindy di preparare un piatto e lasciarlo coperto sul fornello. Poi dai una mano a tua sorella. Quelle trapunte pesano. E non trascinatele sul pavimento.»

«Sì, mamma.»

Si chinò di nuovo per arrotolare uno dei tappeti sottili di papà formando un tubo. Quando si raddrizzò, con una mano sul fianco, le sue parole erano illuminate e riscaldate dal fuoco. «Signorina, vai a prendere quelle trapunte, ubbidisci!»

Corsi via, attraversai la cucina e salii a rotta di collo la scala di servizio. Mi fermai nella piccola tromba delle scale per asciugarmi le lacrime con il lato delle mani. Ma non sarei mai riuscita a ricacciare giù il vomito, così ricominciai a correre, trattenendo il sapore acido contro i denti finché non arrivai in bagno, dove mi buttai in ginocchio davanti alla tazza del gabinetto che condividevo con Ezra.

Avevo la gola ostruita da pezzetti di pane di mais e grumi di burro. Strinsi le braccia intorno alle ginocchia, raggomitolandomi.

Mamma aveva torto e ragione.

Tutto quello che conoscevo era stato buttato via, rimosso dalla sua posizione abituale. Era tutto pesante, sì. Essere intelligente poteva ucciderti, annegarti, bruciarti vivo senza alcun motivo apparente. Certi tipi di intelligenza ti facevano ammalare di cancro dall'interno. A volte sembrava che il mondo avesse capito chi eri prima ancora che lo sapessi tu. Le fiamme della morte potevano trasformarti in un eroe. Amare te stesso poteva significare che un uomo bianco, in nome della legge, ti trascinava fuori di casa sotto gli occhi della tua famiglia. Niente e nessuno poteva salvarti.

Dopo essermi sciacquata la bocca e il viso andai in camera mia, e mi accolse uno schiaffo d'aria gelida. La finestra era aperta. Poteva essere stato solo qualcuno da dentro casa.

Vidi comparire delle macchie nere ai margini del mio campo visivo. Il cuore risalì il viscido pozzo del mio corpo. Con il respiro affannoso, mi guardai intorno e poi uscii in corridoio per accendere la luce.

Provai a mormorare il suo nome, quell'unica parola. Lo shock salì dentro di me come acqua in una nave che stesse affondando.

Era solo questione di tempo prima che mamma chiamasse Ezra aspettandosi di vederla arrivare. Non volevo neanche pensare a cosa sarebbe successo in quel caso, se avrei tenuto la bocca chiusa o mi sarei finta sorpresa quanto lei scoprendo che mia sorella era uscita di nascosto. Anche se mamma mi avesse interrogata, non le avrei mai detto tutta la verità, vale a dire che Ezra era pronta a uccidere un bianco pur di salvare Miss Irene. Caddi in preda al terrore mentre mi sforzavo di non pensare all'alternativa, e cioè che mia sorella finisse uccisa da uno di quegli uomini. Raccolsi le trapunte con cura, come aveva ordinato mamma, e intorpidita, riuscendo a malapena a vedere sopra la montagna di tessuto, scesi la scala di servizio ed entrai in cucina.

Lindy era seduta a tavola con Empire e Rosemary. Mi rivolse una strana occhiata mentre io passavo in tutta fretta, per paura che mi chiedesse notizie di Ezra.

Feci un altro respiro prima di varcare la porta dello studio di papà. Rimasi in silenzio sulla soglia guardando Ernest, che era chino su mia madre e le stava applicando sulla fronte una specie di garza. Quando mi vide arrivare, mamma si scostò il fazzoletto dalla bocca. Aveva le labbra e i denti sporchi di sangue.

«Non avevo detto a te e a tua sorella...»

«Vado subito a prendere il resto» dissi. «È il massimo che sono riuscita a portare da sola.»

Mamma tossì di nuovo, scossa dai tremiti. Chiuse gli occhi mentre il respiro le scuoteva il corpo. Lentamente, si pulì di nuovo la bocca con il fazzoletto. Aveva ancora gli occhi chiusi. «Perché Ezra non ti dà una mano?»

Ernest mi fissò. Avevo detto la verità ad alta voce? No, no, stavo parlando con tutta la calma possibile, imitando il tono che avevo sentito usare agli adulti se avevano delle pessime notizie che non erano pronti a condividere con i loro figli. «Abbiamo un sistema» dissi. «Così è più facile.»

Aspettai che mia madre dicesse qualcosa, e dopo un po' lo fece. Invece di guardarmi, fissò lo sportello rosso della stufa e poi abbassò gli occhi sul fazzoletto che teneva appallottolato con forza tra le dita. Il suo sguardo studiò le macchie scarlatte che erano sbocciate e seccate sul suo fazzoletto.

«Lo sai che capisco quando mi menti.»

Decisi di usare la poca voce che mi era rimasta per proteggere Ezra. Ma quella bugia mi spezzò il cuore.

«Mamma, non lo farei mai.»

Ernest comparve sulla porta della camera di mia sorella e mi trovò seduta su uno dei letti singoli. Stavo fissando il pavimento. Mamma era giù in cucina. Sentivo il profumo dei cibi in cottura. La radio era sintonizzata su un notiziario, e per la prima volta da molto tempo sapevo che mia madre non si sarebbe rintanata nel suo cuore con Sam Cooke e il suo whisky. Non era arrabbiata con me perché non sapeva ancora quello che sapevo io: Ezra, la sua primogenita, era fuori, armata, in balia di una fitta tormenta fatta di ghiaccio e vendetta. Di sotto, non riuscivo quasi a sollevare un bicchiere o un piatto senza tremare, perciò mi ero rintanata al piano di sopra.

Il piccolo abat-jour sul comodino di Ezra emanava la sua femminea luce corallo. Non l'avevo spento per paura che mamma potesse salire e insospettirsi passando di fronte alla camera buia. Probabilmente credeva che mia sorella fosse arrabbiata perché non avevamo fatto niente per aiutare Miss Irene. Non aveva le forze per affrontare Ezra.

«Lei dov'è?»

Risposi con un'alzata di spalle, stringendo le braccia intorno al busto per evitare che mi vedesse tremare, ma dimenticavo che Ernest aveva due sorelle. Accostò la porta, entrò nella stanza e si sedette accanto a me sul letto.

«Sapevi che sarebbe scappata per aiutare mia madre, vero?» Si alzò e andò all'armadio di Ezra, che avevo lasciato aperto mentre radunavo le trapunte da portare nello studio. Strofinando via le mie lacrime angosciate, lo guardai tastare il tessuto degli abiti e dei maglioni di mia sorella. Diede un'occhiata al vassoio a specchio sulla sua toeletta. Dopo un istante prese la conchiglia che le aveva regalato. Non mi sembrava più goffo come prima. La sua tenerezza mi fece arrossire. La amava.

«Dovevamo andare a salvare mamma insieme, non appena foste andati tutti a letto. Suppongo ci sia andata senza di me.»

«Non ti dirò niente.»

Provai pena notando la sofferenza sul suo viso. Sapevo che Ezra teneva molto a lui. Ernest era parte di Miss Irene, e mia sorella voleva bene a Miss Irene. Ma non avrei saputo dire se lo amasse come si amavano papà e mamma. D'altro canto, se Ernest sapeva quello che sapevo io, forse avrebbe potuto aiutare lei e Miss Irene a tornare da noi sane e salve.

Ripeté: «Ci è andata senza di me, anche se mi aveva detto che lo avremmo fatto insieme. Non mi ha aspettato».

«Sai che non poteva rivelarti cosa aveva davvero intenzione di fare» risposi.

«In che senso?»

«Ezra conosce tutti i segreti di questo posto. Be', parecchi» proseguii, cercando di addolcire la voce. «Tu saresti stato più in pericolo di lei. Ez questo lo sapeva. Sei un uomo nero. Il vicecapo avrebbe mirato prima a te.»

«Almeno non sarebbe stata in giro da sola. Potrebbe succederle di tutto.»

«Sì» ammisi. «Ma Ezra non è sola. È come tua madre, da questo punto di vista. Miss Irene ha detto che è circondata dai suoi antenati e da una dose micidiale di buonsenso. Miss Irene possiede una fede naturale. Che non si può insegnare. Ti ricordi quello che ha detto di lei mia madre? Dio non la abbandonerà. Forse questo Ez l'ha imparato da lei. Non preoccuparti per mia sorella.»

«Però potremmo salire in macchina e andare a cercarla.»

«È buio» dissi. «Con questo tempo voleremmo giù da una scogliera.»

«Serve la luce» ammise, quasi tra sé.

«Sai anche tu che se il vicecapo Charlie ci beccasse da soli per strada...» Feci una pausa. «Be', a quel punto sarebbe meglio cadere in mare da una scogliera.»

«È già morta» disse, «se si è messa contro quello sbirro.»

«Non era lui il suo obiettivo.»

«Di cosa cavolo parli?» Capendo che non avrei aggiunto altro sospirò, chiuse l'anta dell'armadio di Ezra e andò alla sua scrivania. Sollevò una fotografia incorniciata e se la accostò al viso come se mia sorella potesse dirgli cosa fare.

Era una foto di famiglia. Papà mi stringeva in grembo mentre Ez era appoggiata alle braccia di mamma, la bocca aperta in una risata. Risaliva a tantissimo tempo prima, quando secondo mamma non camminavo ancora. Papà mi portava sempre in braccio. Lo sfondo era oscurato da un bagliore onirico di sole, e mamma diceva che non ricordava dove l'avessimo scattata. Papà diceva che non aveva importanza, per lui contava solo che fossimo così palesemente felici.

«Caspita, eravate bellissimi» disse Ernest.

«È stato tanto tempo fa» risposi.

Usai l'attizzatoio per ravvivare il fuoco, gettando spirali di carta di giornale nel camino. Mi resi conto che stavo bruciando gli ultimi giornali letti da mio padre. Erano sempre stati importantissimi per lui, e adesso non aveva nemmeno più bisogno delle notizie che contenevano. Sollevai il bordo della trapunta sotto la curva del mento di mamma – si era addormentata sul divano del soggiorno – e mi sedetti accanto a lei, nel posto che di solito era di Ezra.

Ernest era sulla poltrona di papà, le braccia incrociate sul petto. Aveva gli occhi chiusi, ma sapevo che era sveglio e in ascolto.

A quell'ora tarda, lunga e vuota come un palmo teso, aspettammo il ritorno delle nostre famiglie. Ascoltammo l'avarizia del tempo che scorreva in un'implacabile oscurità.

Cercai di guardare le cose dalla prospettiva di mia sorella, ma mi trovai tagliata fuori dalla sua innata riservatezza. Pur sapendo che mi voleva bene, ricordai quanto a volte mi sentissi sola anche mentre camminavo accanto a lei.

Nella mia mente evocai il villaggio ammantato di neve. Ezra poteva essere ovunque: al faro, a scuola, nel bosco, oppure sulle scogliere. Non mi sarei meravigliata se avessi attraversato la strada e l'avessi sorpresa, accovacciata e armata, nell'aria gelida della casa in rovina.

Era stata proprio questa sua indole sfrenata a convincerla di poter salvare Miss Irene dalle autorità bianche. Guidata per tanti anni dalle convinzioni radicali di Miss Irene, Ezra non avrebbe mai preso in seria considerazione gli atteggiamenti, le fantasie o i sistemi dei bianchi. Soprattutto se c'erano di mezzo le donne nere. Miss Irene apparteneva a noi, e sarebbe sempre stata nostra tanto quanto noi stessi.

Quando riaprii gli occhi, mamma stava entrando in soggiorno. Si accostò un dito alle labbra indicando Ernest che russava. Mi alzai e la seguii in cucina. Aveva messo su la caffettiera e un bollitore per il tè.

«Era Mr Caesar al telefono» disse scostandosi i capelli dal viso. Teneva gli occhi fissi sul bollitore come se potesse fare molto più che scaldare l'acqua. «Ha posticipato il rientro a causa della bufera.»

«Gli hai detto di Miss Irene?»

«Non ce n'è stato bisogno» rispose. «L'ha capito dalla mia voce. Radunerà un po' di uomini da Gunn Hill. La troveranno. Alcuni sono già in viaggio. Alla Rising Star hanno una specie di società segreta di uomini che si occupano di queste cose. Farsi giustizia con le proprie mani.»

«E la polizia di Gunn Hill, mamma? Non possono essere tutti come il vicecapo Charlie.»

«Sono peggio» rispose mia madre. «L'intera contea sa come funziona la giustizia per loro. Capisci?»

«Sì, mamma.»

«Papà e io volevamo tenere te e tua sorella lontane da tutto questo» aggiunse, versando l'acqua bollente nella mia tazza sopra una delle sue bustine di tè fatte in casa. «E guarda com'è andata a finire.»

Mamma era alla sua seconda tazza di caffè quando suonò il campanello. I suoi occhi si sollevarono di colpo, annebbiati, come se si fosse svegliata di soprassalto da un sonno profondo. Strinsi le mani intorno alla tazza di tè ormai tiepido. "Non possiamo sopportare altro" pensai, chiedendomi chi potesse essere alla porta. Eravamo praticamente alla fine del mondo. Mi alzai e seguii mia madre, consapevole che avevo la responsabilità di prendermi cura di lei.

Il freddo entrò di nuovo come un padrone di casa, spiegando le sue dita gelide sul mio viso mentre chiudevo la porta contro il vento. Girai la chiave sforzandomi di fare respiri profondi. Il mio cuore era come una scatola metallica nel petto.

In soggiorno, mamma e Miss Irene si abbracciarono. Con il freddo che emanava dal suo corpo, temetti di avere di fronte un fantasma. Ma non appena si scostò da mia madre e mi attirò a sé, sentii il calore delle sue lacrime e il cuore nel suo petto.

Mamma mi ordinò di andare di sopra a prendere dei vestiti puliti e qualche asciugamano. «Non svegliare i bambini» soggiunse ansimando. Ma era troppo tardi.

I gemelli accorsero nella stanza, seguiti da Lindy ed Ernest. Il corpo di Lindy tremava quando si buttarono tutti e quattro per terra intorno alla madre, avvolgendola nelle fiamme del loro amore. Sotto le trapunte, Miss Irene sussurrò i loro nomi mentre i figli piangevano. Aveva il viso coperto di graffi e tagli come quelli provocati dai rami degli alberi, ed era malconcia dopo essere stata esposta alle intemperie.

«Cos'è successo, Irene?»

«Hanno provato a spaventarmi» disse lei. «Non ci sono riusciti.»

«Hai bisogno di un medico? Caesar ha radunato un po' di uomini dalla chiesa, dicono che cercheranno di arrivare qui il prima possibile. La tormenta è peggiorata.»

«Sto bene» disse Miss Irene. «Mi hanno portata a fare un giro in macchina. Giù al faro. Quei codardi mi hanno sbattuta fuori dall'auto in corsa.»

«Potevi morire» disse Lindy, che piangeva a dirotto.

«Ma non è successo» rispose la madre dandole un bacio. «Quando sono arrivata a casa nostra e l'ho trovata vuota, sapevo dove eravate. Dovevo venire qui da voi. E l'ho fatto. Mi hanno guidata i miei antenati.»

«Oh, Irene.» Mamma si coprì la bocca. Era pallida.

«Devo togliermi il freddo dalle ossa.»

Lindy balzò in piedi e mi trascinò con sé. «Forza, ragazzina! Aiutami a prendere gli asciugamani e i vestiti. Serve dell'acqua calda.»

«Prendo anche gli unguenti. E le bende» aggiunsi. «Posso scaldare la minestra.»

«*Cinthy!*»

La voce di Miss Irene era bassa ma tesa come una freccia. Stava tenendo in braccio i gemelli. Avevano gli occhi assonnati. Pensai con sollievo che forse, crescendo, avrebbero rimosso quei ricordi. Lasciai cadere la mano e Lindy si fermò a pochi passi da me.

«*Cinthy*» ripeté Miss Irene alzandosi, «dov'è tua sorella?» I suoi occhi spalancati mi fissavano sotto le palpebre scure. «*Dov'è Ezra?*»

La collera le spezzò la voce mentre pronunciava il nome di mia sorella. Le luci del fuoco che danzavano sulla parete si alzarono come in risposta a un suo comando.

«Voleva salvarla» mormorai. «Ha detto che poteva farcela.»

25

Ezra corse tra gli alberi spogli fino alle scogliere. Il sangue nelle sue vene scacciava il vento freddo dalla pelle. La sua mente era un pugno serrato. Non si concesse di pensare a suo padre, che non avrebbe capito quello che stava per fare. Lui era un uomo buono, contrario alla punizione, disgustato dalla collera. Spesso si era chiesta se fosse nata nella famiglia sbagliata. Non era un modo per mettere in discussione il suo affetto verso i genitori e la sorella, ma piuttosto un'ammissione interiore di chi era davvero. Ezra non sarebbe mai stata il tipo di donna che porgeva l'altra guancia o accettava passivamente che il mondo rifiutasse la sua esistenza. Lei *esisteva*, senza bisogno di conferme da parte degli insegnanti, degli abitanti del villaggio, e nemmeno della sua famiglia. Per quanto strana, era una verità che era pronta a difendere con tutte le sue forze, con la sua stessa vita. Forse era stato proprio questo che l'aveva spinta e legarsi a Ruby Scaggs, e a ritrarsi da lei con violenza quando si era lentamente resa conto che i loro cammini erano a stento paralleli, figurarsi identici. Lo aveva capito da sola il giorno in cui lei, Cinthy e Ruby si erano drizzate a sedere, battendo le palpebre sotto il sole e fissandosi in silenzio. Ezra aveva provato a ignorare le contraddizioni tra lei e l'amica: era Ruby a essere povera, mangiava la spazzatura della sua famiglia, e i suoi genitori la trattavano in un modo che era peggio della negligenza o dell'abbandono. A volte Ruby diceva che c'era stato uno scambio, che *lei* avrebbe dovuto vivere la vita di Ezra, più simile a quella destinata alle ragazze bianche, piena di affetto, attenzione e protezione. Ezra non si era accorta di quanto fossero ignoranti e pericolose le opinioni generali di Ruby sulla libertà, sui neri e sull'amicizia fino al giorno in cui il ciclo le aveva rese donne.

La infastidiva che i suoi genitori insistessero sull'importanza di stare in silenzio perfino in casa propria, e di riconoscere che le loro vite erano periferiche rispetto al villaggio. Non volevano attirare l'attenzione, ma Ezra non capiva come si fossero potuti illudere che sarebbero riusciti a rimanere invisibili. Non sopportava il loro bisogno di quel tipo di istruzione che secondo lei aveva schiavizzato il suo amato padre. Detestava quei libri polverosi, sapendo che i loro autori erano bianchi convinti che i neri fossero perlopiù analfabeti.

Si fermò nella radura, tentando di distinguere la baracca di Ruby attraverso la fitta cortina di neve che turbinava all'impazzata intorno a lei. I suoi capelli rosso scuro erano incollati alla testa. Il cappotto pesante era zuppo, e per poco non la trascinava a terra. Avvicinò le dita gelide alla tasca. Pensò a Miss Irene, che aveva sempre considerato una madre spirituale. Le aveva insegnato ad amare se stessa, a difendere ciò che amava, e ad andare incontro al bene e al male con un coraggio da guerriera.

Adesso c'era il male davanti a lei. Non riusciva a non pensare alla scena descritta da Ernest, quando il vicecapo aveva sbattuto per terra Miss Irene e l'aveva trascinata fuori da casa sua. Lui e Mr Scaggs l'avevano uccisa? La sola idea era insostenibile quanto la morte di suo padre. Doveva sentirsi in potere di cambiare ciò che i suoi genitori avrebbero sommessamente accettato come destino. Era pronta a sparare in mezzo agli occhi azzurri di quel Destino.

Avrebbe costretto il padre di Ruby a dirle dov'era Miss Irene e cosa le avevano fatto. Avanzò incespicando tra i cumuli di neve, e immaginò la testa velata di suo padre e l'odore dell'olio per capelli egiziano di Miss Irene che l'aveva abbracciata ricordandole che Dio li avrebbe tenuti al sicuro. Ezra aveva deciso di prendere il comando anche su Dio.

Vide il flebile chiarore delle candele dietro una finestra. Tremò al pensiero dei tanti giorni che lei e Ruby avevano trascorso giocando in quel cortile fangoso. Ruby aveva deciso di imbarcarsi su una grossa nave per cominciare una nuova vita senza voltarsi indietro. Poteva diventare chiunque, perfino se stessa. Ezra sapeva che non sarebbe mai tornata a Salt Point. E neanche lei, non con quello che era pronta a fare se il padre di Ruby avesse detto la cosa sbagliata. Pensò a quell'uomo, con i suoi occhi tristi, e a Ruby che diceva di volergli bene nonostante la persona che era.

Miss Irene l'aveva aiutata a capire che ci sarebbero state sempre delle differenze tra lei e Ruby. Seduta nella sua cucina, ascoltando le storie di com'era stata allevata a Royal, di come la gente di colore avrebbe avuto bisogno di un altro colore, il verde dei soldi, per ottenere la propria liberazione, e di quanto Ruby volente o nolente sarebbe cambiata, Ezra aveva sviluppato dei sentimenti che sapeva di non poter condividere con nessuno, neanche con Cinthy. Sua sorella era troppo sensibile, troppo giovane nonostante i suoi occhi vecchi, troppo concentrata su una forma di ubbidienza che Ezra non aveva mai concepito.

Sentì i guaiti distanti dei segugi dietro la baracca. Il sangue le martellava nelle orecchie mentre saliva i gradini innevati.

Lui era lì. Barcollava avanti e indietro sul pavimento sporco. Era entrato un velo di neve da una finestra aperta. C'era un baule rovesciato vicino alla piccola stufa, che la sorprese con il suo calore intenso. Era convinta che, entrando in quella casa, avrebbe trovato Miss Irene legata, o peggio. Invece Mr Scaggs era solo. Quando si voltò verso di lei, Ezra notò che aveva mezza faccia squarciata fino all'osso. Una mano era coperta di sangue. Fiutò l'odore intenso del liquore guardandolo barcollare in agonia. Sentì montare in gola la rabbia. Miss Irene doveva averlo ferito, ma lui aveva ferito lei? Strinse la mano intorno alla tasca. Aveva un ronzio d'api nelle orecchie, fumo in bocca.

«*Lily?* Sei tornata a trovarmi?»

«Lei dov'è? Cosa le ha fatto?»

«Non me lo ricordo» rispose. Il sangue gli gorgogliava in bocca. «Credo che Charlie l'abbia buttata in mare.»

Ezra tirò fuori la pistola di Miss Irene dalla tasca. Aveva la mano ferma nonostante i tremiti che scuotevano il suo corpo.

Vide un luccichio metallico nei suoi occhi mentre rideva di lei.

«Ti sei decisa a uccidermi? Merda, l'hai già fatto tanto tempo fa.»

«Chi è Lily?»

Il padre di Ruby sputò sangue sul pavimento. «Lo sai benissimo chi sei. E sai cosa sono io, perché sei stata tu a darmi questo dolore.»

«Lei non sa niente del dolore» rispose Ezra.

«È stata Ruby a mandarti qui? Non tornerà mai più. Gliel'ho letto negli occhi.»

«Io non sono Ruby. Non sono Lily. Sono Ezra Kindred.»

«Non sei sua amica? Sei qui per questo, per sbattermi nella tomba?»

«Sono qui per Miss Irene.»

«Li hai aiutati a rapirla? È un crimine, quello che avete fatto. L'ho detto a quel bastardo di un riccone, che ero disposto a lavorare per riprendermi Ruby. A diventare il suo schiavo. Ma è troppo tardi.»

«Non sono qui per lei o per Ruby. Sono qui per Miss Irene.»

«Quella puttana ha provato a tagliarmi via la faccia» disse, lasciando cadere la mano dallo squarcio profondo su un lato della mascella. Il sangue gocciolò dalle dita al pavimento. Abbassò la voce. «Sparami al cuore, Lily, così che io non veda la verità.

«Sono sempre stato convinto che sarebbe stata mia figlia a farmi fuori. E mi stava bene. Ho messo le mani sui suoi sogni, l'ho riempita di pugni, e Dio solo sa quante volte mi ha ripetuto che mi voleva bene lo stesso, ma alla fine ha smesso. Che storia, eh? Sai, io non sono come mio padre o mio nonno. Sono stato punito tutta la vita perché non ho seguito le loro dannate orme. Non volevo che il male compiuto da mio nonno distruggesse la mia vita. Ho fatto del mio meglio per sottrarmi al destino della mia famiglia, ma ogni volta che ho tentato di guadagnarmi qualcosa sono andato in pezzi. Per un uomo è facile diventare niente, più facile di quanto si pensi. Tutto quello che mi ero convinto di poter diventare mi si è sciolto in bocca prima ancora che ne sentissi il sapore. Non ho mai potuto essere l'uomo che volevo, perché ovunque andassi e qualunque cosa facessi... non cambiava niente.»

«Lo hai guardato buttarla in *mare*» disse Ezra avvicinandosi di un passo. «E non hai fatto niente. Perché non sei niente. Lo sai cosa ti meriti?»

«Lily, ti ricordi quella domenica? Sul marciapiede? Buon Gesù, quel tuo silenzio, sapevi benissimo che mi avrebbe offeso. Avrei potuto ucciderti, lo sapevamo entrambi. Ti avrebbero gettato sulle ceneri di quell'altro negro, invece ho mantenuto il nostro segreto. Non avrei mai potuto confessare quanto avessi bisogno di te. Perché mi hai costretto a ricordarmi cos'ero?»

Mr Scaggs si girò di scatto, come una frusta. Aveva in mano anche lui una pistola. L'altra mano era stretta in un pugno floscio e insanguinato.

Ezra indietreggiò lanciando un grido. Mentre si copriva il volto vide il padre di Ruby che, anziché puntare l'arma contro di lei, si infilava la canna della pistola in bocca e premeva il grilletto.

La stanza si riempì di particelle argentee, dell'odore del sangue, del tanfo di polvere da sparo.

In preda al terrore, Ezra si raggomitolò sul pavimento tremando. Aveva camminato da sola nella tormenta, convinta di avere il potere di togliere la vita a un uomo. Ma non lo aveva fatto. Mr Scaggs aveva rivendicato quel potere per sé. Lasciò cadere per terra la pistola di Miss Irene e si guardò le mani come se le avesse tenute troppo a lungo sopra una fiamma calda. Pensò alla vita protetta che avevano vissuto lei e sua sorella. Ezra aveva quindici anni. I suoi genitori avevano costruito una casa, un sogno in un mondo totalmente infiammabile. Con ogni probabilità Miss Irene era morta, come suo padre, ed Ezra temeva che sua madre non sarebbe arrivata a primavera. La rabbia divampò nei suoi vestiti fradici. Ognuno di loro le aveva insegnato tanto, eppure si sentiva inadeguata. La vita non era un mucchio di lezioni raccolte nel cuore. Il suo cuore turbinava nel petto. Gli ultimi residui di gioventù la abbandonarono come un dolce respiro al sapore di latte. Pensò che forse era il suo spirito.

Attraversò la stanza strisciando verso il padre di Ruby. Al posto della bocca c'era uno squarcio insanguinato. Sporgendosi sopra di lui riconobbe gli occhi di Ruby, le ciglia bionde sporche di rosso. Il suo sguardo spento fissava in silenzio un punto sopra la testa, come se avesse visto una buona volta qualcosa di onesto, un destino che apparteneva a lui soltanto. Aveva fatto qualcosa con le proprie mani. Jonah Reuben Scaggs III era riuscito a voltare le spalle al suo passato, consegnandosi alla giustizia. Tormentato per tutta la vita, finalmente poteva andare altrove, nel suo futuro, forse. I suoi occhi senza vita si illuminarono al pensiero di un lungo viaggio.

PARTE TERZA

26

Era di nuovo estate, luglio.

Dopo aver vissuto da Ginny per sei mesi, mamma e io non ci eravamo ancora abituate ai suoi modi. Damascus ci confondeva nei rari momenti in cui riusciva a farsi largo nelle nostre lunghe ore di disperazione. Trascorrevo quasi tutto il tempo pensando alla nuova vita di Ezra, che era distante da noi, a Royal con la famiglia Junkett.

Quando Mr Scaggs si era suicidato, Mr Caesar, Miss Irene e mia madre avevano deciso che non potevamo più illuderci di essere al sicuro a Salt Point. Temevano che il vicecapo avrebbe scoperto la pistola di Miss Irene non appena avesse trovato il padre di Ruby.

A quel punto, però, noi saremmo stati già lontani da un pezzo. Mr Caesar aveva convinto mamma che era meglio dividerci, per proteggere Ezra. Lei sarebbe andata a Royal con loro mentre mamma e io avremmo raggiunto Damascus per stare con Ginny.

Da gennaio, Mr Caesar telefonava a casa di mia nonna ogni due settimane e parlava con mamma. Chiamava da città diverse, per sicurezza. Ci aveva sconsigliato di scrivere lettere o lasciare tracce che le autorità avrebbero potuto seguire. Diceva che Ezra sentiva la nostra mancanza, che cresceva in fretta in altezza e in maturità, e che non si lamentava quasi mai di niente. Ernest aveva deciso di iscriversi all'università, e Miss Irene cuciva trapunte e faticava a tenere il ritmo con la montagna di ordini che riceveva. Stava insegnando a Ezra a lavorare con le mani, a tenersi impegnata con ago e filo, impastando il pane e lavando le verdure.

Non potevo dimenticare la sera in cui Ezra era tornata da noi convinta che Miss Irene fosse stata uccisa. Era entrata in casa tremando, ed era rimasta sconvolta vedendo Miss Irene alzarsi e spalancare le braccia. Le era corsa incontro in lacrime e l'aveva abbracciata, rischiando di farla cadere. A quel punto eravamo scoppiati tutti a piangere, ascoltando il suo racconto su quanto era stato difficile tornare a casa in mezzo alla tormenta. Poi avevamo pianto ancora di più quando ci aveva detto che il padre di Ruby si era affidato alla misericordia della sua stessa pistola. Senza farne parola a nessuno, mi ero chiesta se ci fosse un significato nel fatto che noi avevamo perso nostro padre e adesso anche Ruby aveva perso il suo.

Il mio compleanno cadeva a maggio, e questo significava che adesso avevo quattordici anni, la stessa età che aveva mamma il giorno in cui le Daughters of Divine Charity l'avevano riportata a Damascus. Provai a immaginarla da ragazzina, mentre vagava per il villaggio. Avevo passato già molti pomeriggi lungo il fiume che scorreva a ritroso, e osservato il disgelo in primavera.

In una giornata di sole, quando il terreno aveva ritrovato la sua dolcezza, Ginny aveva accompagnato mamma e me alla Hinder Me Not per portare dei fiori sulla tomba di papà, una lapide blu scuro con sopra il suo nome completo – HERON THEODORE KINDRED – come voleva mia madre. La prima volta che avevo visto il suo nome su quella pietra era stato devastante.

Qualcosa nel mio spirito era caduto con un tonfo e non si

era più risollevato. Da quel momento avevo iniziato a conversare perlopiù nella mia mente. Tanto non c'era nessun altro ad ascoltarmi.

All'inizio di giugno Ginny mi aveva ordinato di smetterla di andare alla Hinder Me Not, standomene seduta al cimitero come se non fossi una persona in carne e ossa. «Sei ancora lontanissima dalla tua tomba, giovane sorella» aveva detto. «E non voglio più sentirmi dire che qualcuno ti ha vista in quel camposanto. Ricordati, le ossa di tuo padre saranno anche là sotto, ma il suo spirito no. Il suo spirito è dentro di te e dentro tua madre al piano di sopra, che sta lottando con tutte le sue forze. Ed è anche dentro tua sorella, ovunque sia.»

Di solito la bella stagione mi metteva di buonumore, invece adesso avevo il cuore affranto. Se stavo al sole troppo a lungo mi sentivo male. I margini dei miei ricordi immediati di Salt Point cominciarono a raggrinzirsi come i bordi delle fotografie di famiglia che avevo strappato dagli album quando mamma mi aveva ordinato di caricare le nostre cose in macchina finché ce ne stavano.

Anche se erano passati mesi dalla nostra partenza da Salt Point, tendevo ancora ad assumere atteggiamenti da fuggiasca. Avevo paura di parlare troppo. Facevo incubi terrificanti sul vicecapo Charlie o altri uomini bianchi che scovavano Ezra a Royal e facevano del male a lei e alla famiglia Junkett. Ma le autorità non ci stavano cercando, a quanto ne sapevamo.

«Torneremo non appena sarà sicuro» ripeteva spesso mamma nei primi tempi.

Ma stava mentendo.

Lo avevo già capito mentre infilavo le nostre cose in valigia.

Le mie giornate a Damascus erano piene di domande senza risposta e ricordi, con mia madre che si spegneva in una stanza al piano di sopra senza quasi sollevare la testa dal solco lasciato nei cuscini. A volte era talmente immobile a letto che Ginny teneva uno specchietto sul comodino per controllare che respirasse.

Perciò trascorrevo quanto più tempo possibile in veranda.

Nell'afa di luglio, l'aria di Damascus tremolava come fosse infiammabile. Le mosche mi ronzavano intorno al viso, e all'inizio avevo provato a scacciare le zanzare, ma a un certo punto ero troppo accaldata per preoccuparmi di avere braccia e gambe coperte di punture. Intorno alla veranda di nonna lo stridio di cavallette e grilli riempiva l'aria. Le farfalle svolazzavano intorno ai grandi vasi di fiori di campo. Se passava una libellula mi ridestavo dal mio torpore e la osservavo incantata, ricordando che mio padre adorava guardarle. C'era una collezione di vasetti assortiti, tutti blu perché a Ginny piaceva l'effetto che creavano durante i temporali, o quando una semplice brezza alitava sui bordi di vetro. Quegli oggetti banali diventavano un'orchestra di strumenti sublimi che davano vita ai colori nella mia testa. In casa di nonna non c'era una sola stanza che non avesse una parete o il soffitto tinteggiato di una sfumatura di blu.

Mesi prima, all'inizio del nuovo anno, avevo chiesto a mamma perché fossimo andate a Damascus, e lei aveva parlato del suo bisogno di essere rimessa a posto. Non era più riuscita a ignorare il richiamo di casa, e ormai aveva aspettato troppo per sottoporsi all'intervento che secondo il dottore avrebbe potuto allungarle la vita.

Da parte mia, avevo rinunciato da tempo a insistere che potevamo fare qualcosa per salvarla.

Era il giorno delle infornate. Ginny aveva delle ordinazioni di torte da consegnare. In cucina echeggiavano i tonfi e i tintinnii dei piatti. Quando mi offrivo di dare una mano, come facevo ormai da mesi, nonna roteava sempre gli occhi o rispondeva «per l'amor del cielo» senza nemmeno alzare lo sguardo verso la mia faccia offesa. Indesiderata nella sua cucina, reclamavo il mio solito posto sulla sedia a dondolo in veranda.

I raggi del sole mi imperlavano di sudore l'attaccatura dei capelli mentre allungavo le gambe per spingere la sedia avanti e indietro. Mi tenevo impegnata calcolando quanta forza avrei potuto esercitare prima che la sedia andasse a sbattere contro le ringhiere laterali e mia nonna uscisse con le guance infarinate per lamentarsi e imprecare. Era un modo per non pensare a tutte le cose che eravamo stati costretti a lasciarci alle spalle.

Non trovavo le forze per ricordare le ultime parole di Ezra prima che salisse sulla macchina carica della famiglia Junkett stringendo in mano una valigia marrone rigida. Indossava il cappotto in feltro verde di mamma, quello con la fodera di velluto. Quel capo non la inghiottiva più nella sua sagoma. Aveva la stessa taglia di nostra madre. Era troppo. Sentivo ancora le sue dita premute sul viso, le mie lacrime.

«Se non dovessi tornare da voi prima che mamma...»

«Ti prego, resta» avevo strillato, tremando. «Ti prego.»

«Sono sempre con te.»

«Ti voglio bene, sorella» avevo detto, sentendo il suo respiro caldo sulla guancia.

«Non amare il tuo dolore» aveva risposto lei, afferrandomi le dita prima di accogliermi tra le braccia. Aveva scacciato via le lacrime e si era aperta in un sorriso solare. «Questo mondo è deciso a ferirci, e non c'è niente che tu possa fare tranne avere il coraggio di amare la tua vita.»

Damascus era un luogo vanitoso. L'intera vallata che circondava la casa di Ginny sbandierava la propria bellezza. I fiori non tremolavano ma attiravano a sé il vento per sommergerlo con la loro dolcezza. Le foglie verdi sugli alberi proiettavano una splendida ombra tra le dure chiazze soleggiate. Al mattino, prima che facesse troppo caldo, le peonie erano così rigogliose che mi suscitavano un fremito interiore quando le annusavo. Sapevo che stava per arrivare il mio momento, il momento in cui sarei passata dalla giovinezza all'età adulta. Stavo seguendo le orme di mia sorella, e avrei tanto voluto risentire la sua voce. Ezra appariva nel fruscio sommesso dei rami ondeggianti. I semi danzavano nell'aria facendola frizzare. All'alba il terreno stendeva il suo florido ventre sull'orizzonte. La bellezza si asciugava la bocca su tutto ciò che assaggiava.

Eppure avevo nostalgia di Salt Point: quell'odore di mare che pervadeva l'aria brusca, e la luce estiva che si gonfiava spandendo spirali dorate nelle giornate interminabili. Pensavo a mio padre e a mia sorella finché mi faceva male la gola, e il mio cuore spezzato si agitava come le campane a vento che tintinnavano nella veranda di Ginny.

Negli ultimi mesi, l'impotenza di mamma mi aveva resa invisibile, facendomi scomparire in bella vista. Ero piena di risentimento per il modo in cui tantissimi adulti sembravano tollerare il dolore, anche il più forte, fino a che non diventava ordinario, l'ennesima clausola nella loro accettazione di un mondo fuori dal loro controllo. Gli occhi di mia madre avevano l'espressione di chi sta aspettando che succeda qualcosa di definitivo.

27

Ginny abitava talmente lontano dal centro che bisognava fare una lunga camminata anche solo per sbrigare una semplice commissione. Per il bene di mamma, mi sforzai di trovare un modo per integrarmi a Damascus. A febbraio nonna era andata a scuola dicendo al preside che avrei ripreso le lezioni soltanto in autunno. Nel frattempo avrei trascorso parte delle mie giornate leggendo, il che mi stava bene. Quando avevo provato a ringraziarla, Ginny aveva agitato una mano. «Agli Abbott non interessano queste sciocchezze. Noi preferiamo il buonsenso. Chiunque abbia un briciolo di sale in zucca capirebbe che non sei nelle condizioni di stare seduta in un'aula. Hai sofferto troppo. Ormai gli unici Abbott rimasti siamo io e Jolene. Poveretta. Non ha mai fatto del male a nessuno. Ha vissuto con tutta la tenerezza di questo mondo. Lei e tuo papà... quanto si amavano.»

Ginny aveva alzato gli occhi al soffitto. «Ti conviene passare più tempo possibile con tua madre. Non stare lì davanti a lei a piangere e a fare storie. Non lasciarle intuire i tuoi problemi, se puoi evitarlo. Portale il sorriso più raggiante che riesci, sorella. Dille cosa succede nel mondo. Jolene sta gettando le reti della sua prossima vita, ma per il momento tiene duro. Tiene duro per te e per tua sorella. Raccontale del sole che splende, del canto degli uccelli, di tutto il blu che hai visto in una sola ora. Descrivile i frutteti e il fiume. Parlale dell'aria fresca, e soprattutto di' a tua mamma che le vuoi bene e gliene vorrai per sempre. Dille che può andare avanti. Accompagnala con il canto. Dille che ti sta lasciando in buone mani.»

Cominciai a trascorrere molte ore esplorando i terreni a ridosso del fiume. Quasi ogni pomeriggio, l'acqua dorata era increspata da onde bianco verdognole. Il fiume spandeva un venticello fresco nel raggio di chilometri. Mi avevano avvertita di non farci il bagno perché non capivo le sue correnti volubili. Ma quando immersi le dita dei piedi nell'acqua per la prima volta fui scossa da una strana sensazione. Il fiume mi aveva riconosciuta e accolta con un affetto spontaneo.

Mamma mi raccontò che lei e papà si erano dati il primo bacio nella corrente di quel fiume. Si erano incontrati con il buio perché papà era timido, e all'epoca si imbarazzava un po' per il fatto di avere un braccio solo. Di sera, si erano immersi nel fiume, nudi, sotto una luna metallica. Le ombre dei loro corpi erano sagome liquide e argentee sulla superficie quasi immobile dell'acqua. Mamma diceva che baciandosi avevano accolto parte del chiaro di luna dentro di loro, gustandone il sapore. Al fiume da sola, mi piaceva pensare a mamma e papà vivi e innamorati. Non era stata mamma a rivelarmi che erano nudi, me lo aveva detto il fiume quando mi ero fermata sulla sua sponda.

C'erano solo uccelli, insetti e ombre a osservarmi. Schiacciai il mio corpo sui sassi bagnati, e la terra si aprì un varco tra l'acqua e le rocce, entrando dentro di me. Una schiuma dorata ribolliva intorno ai miei piedi scalzi e alle caviglie. Le nuvole scorrevano sopra le mie palpebre chiuse mentre mi ambientavo in questo mondo nuovo, sollevata per una volta di accettare una saggezza più antica. "Torna", sembrava dire l'acqua ogni volta che me ne andavo.

Incamminandomi dal fiume verso casa di mia nonna, ripensai all'ultima volta in cui ero andata di nascosto alla Hinder Me Not. Avevo visto una pala appoggiata contro la lapide indaco di mio padre. Non potevo dimenticare l'attrezzo arrugginito, lasciato con noncuranza da un addetto alla manutenzione vicino a un fazzoletto di terra cordonato di fianco alla tomba di papà. La Hinder Me Not era pronta a seppellire mamma. Sapevo di non poter implorare il cielo di respingerla. Era vicina ai cancelli. Questa certezza mi ammutolì per giorni.

Una sera di luglio, mamma e io ci sedemmo insieme nel salotto buono di Ginny. Adesso era quasi sempre mia madre ad appoggiarsi a me, troppo debole per reggere il mio peso. Era strano pensare che il mio corpo fosse il più pesante dei due, e che avrei potuto stancarla. Ci tenevamo per mano. Dal giorno in cui avevamo lasciato Salt Point, c'erano molte cose che avrei voluto chiederle, ma avevo imparato a essere paziente. Vedendo la sua impotenza pulsare sotto le vene delle mani, mi fingevo coraggiosa nella convinzione che un giorno, come aveva suggerito nonna, sarei riuscita ad affermare la mia forza. L'audacia si fonda sulla ripetizione. Dovevo essere vulnerabile ogni giorno senza darlo a vedere a nessuno. Spalmavo l'olio sulle mani di mia madre, rendendomi utile per distrarmi dalle sue sofferenze.

Quella sera mi sussurrò di cantarle qualcosa.

«Ma non sono Ezra» risposi, guardando i fiori dipinti sulle pareti blu di Ginny. «Non so cantare, mamma. Non sono mai stata intonata.»

«Prova lo stesso» disse lei sospirando. «Ti fa stare bene anche se sei triste. È proprio questo il bello del canto. Non importa se hai una voce migliore di qualcun altro.»

«Fino a quando ci proteggerà il blu, mamma? Ci sono altri modi per tenere fuori i fantasmi?»

Mia madre si tirò su con cautela. «Tua nonna aveva paura che le suore venissero a riprendermi. O quelli dei servizi sociali. Aveva anche paura del suo passato. Temeva che il suo vecchio io sarebbe riaffiorato portandole via la nuova vita che si era scelta.

«Ormai ci siamo messe il cuore in pace, perciò non va bene che riversi su di te le nostre ferite. Mia madre ha lavorato tutta la vita per evitare di tornare in prigione. Forse un giorno te ne parlerà.» E costringendosi ad abbassare la voce aggiunse: «Quando io non ci sarò più».

Mi zittii per un attimo, poi cambiai argomento, non riuscendo a dire niente sulla sua morte.

«Certe volte esco e continuo a vedere del blu anche dove non c'è. Ci metto un po' a vedere le cose come sono davvero. Devo battere le palpebre e strizzare gli occhi finché il blu non scompare. È come quando guardi un'insegna al neon. Mi dà quasi la nausea. Forse è troppo.»

«Troppo? A me piace che Ginny abbia fede in tutte quelle cose che non sempre riusciamo a vedere. Soprattutto cose come il male. È meraviglioso che mia madre, come tanti anziani, si creda capace di distrarre o respingere il male come se fosse reale. Ma guarda cosa mi sta facendo il mio corpo.»

«Lo so, mamma.»

«L'unica cosa che posso fare con tutto questo blu è godermelo. Perché questo blu simboleggia la nostra fede nella bontà. Forse dovresti provare a godertelo anche tu. Lo sai che questa un giorno sarà casa tua, vero?»

«Io non la *conosco*, mamma. Non mi *piace*» dissi, e poi mi sentii un po' in colpa per aver finalmente pronunciato quelle parole. Non era bello parlare male della mamma di qualcuno, e nel mio caso era ancora peggio perché quel qualcuno era mia nonna. «Dice un sacco di parolacce e dà sempre la sua opinione anche se non interessa a nessuno. Ha i denti che ballano e il gas... è incessante. Il suo modo di fare la nonna è spaventoso.»

Invece di rimproverarmi, mia madre annuì debolmente.

«Se avessi saputo quello che aveva passato, forse non sarei scappata con tuo padre in quel modo.»

«Ma non è stata proprio lei a farti scappare?»

«Oh, no» rispose. «È stato l'amore. E io sono scappata, a gambe levate! Tuo padre e io non potevamo rimanere qui a vivere l'amore che avevamo trovato. Io ero stata scaricata a Damascus da un mondo claustrale. Alla gente di qui questa cosa non piaceva, non si fidava di me. Ero impacciata, timida, ma avevo il coraggio di parlare come i bianchi. I bambini mi prendevano in giro. Perfino gli adulti mi guardavano con sufficienza.

«Anche tuo padre si sentiva a disagio qui, dopo l'incidente. Aveva distrutto l'immagine che questa gente aveva di lui e della santa famiglia Kindred. Non voleva sacrificare la sua vita prima ancora di avere avuto l'occasione di viverla. Quelli non sopportavano l'idea che fosse qualcosa di diverso da un eroe, e gli eroi fanno fatica a respirare. Per poco non lo impiccavano, con tutti quei discorsi sulla sua Eredità. Perché a volte ci si spinge troppo oltre in queste cose. Finisci per dipendere dal passato e dal futuro al punto da dimenticarti come devi essere in questo momento.»

«Ma non è stata colpa sua.»

«Colpa? Oh, non era una questione di colpa. Non lo è quasi mai, con le tragedie. Dove c'è una tragedia non c'è mai giustizia. Anche se la gente di qui forse la vede diversamente, e può anche darsi che abbia ragione. Qui vivono brave persone. Persone sagge. Hanno permesso a me e a tuo padre di andarcene solo perché sapevano che saremmo tornati.»

«Ma noi siamo qui perché il padre di Ruby si è suicidato e ci avrebbero dato la colpa e...»

«E io sto morendo, Cinthy. Siamo qui perché sto morendo.»

L'indomani dopo il tramonto, che avevo cominciato ad apprezzare anche se non mi piaceva ammetterlo, mi alzai dalla sedia a dondolo di nonna e mi intrufolai in casa. Dentro c'era troppo silenzio. Come mia madre, anche Ginny aveva sempre una radio accesa. Mi tolsi i sandali con cautela e salii furtivamente la scala storta e inclinata. Temevo che mamma fosse morta. Temevo spesso che mamma fosse morta, e questo mi rendeva irrequieta e trasformava il paesaggio rigoglioso intorno a me in una sorta di spettacolo degli orrori.

Arrivata in cima alle scale, feci un sospiro di sollievo. Sentii le loro voci – quella sommessa di mia madre e quella sfrontata di Ginny – in camera da letto. La porta era socchiusa.

«Cinthy è una brava ragazza, mamma» stava dicendo mia madre. «È un po' particolare, ma quando imparerai a conoscerla, e vedrai la profondità con cui sente il mondo, capirai. È intelligente come suo padre. E sensibile com'ero io. Te lo ricordi?»

«Oh, sì che me lo ricordo» rispose nonna. «Piangevi per qualsiasi cosa.»

«Avevo le mie buone ragioni per piangere» ribatté lei. «Con tutto quello che avevo passato. Per tutta l'infanzia sono sempre stata sola. Non voglio che succeda lo stesso anche a Cinthy. Mi sono lasciata alle spalle il nostro passato, tuo e mio, ma ho bisogno di sapere che posso affidarti la *sua* vita, mamma.»

«Parli come se potessi mettermi a frustarla o chissà cosa» commentò Ginny. «Merda, sono una donna perbene. Ho chiesto perdono per il male commesso, e non ho trattenuto il fiato aspettando che il mondo chiedesse perdono per il male che ha fatto a me. Nessuno è venuto a scusarsi per gli anni che ho passato in cella. L'unica cosa di cui ero colpevole era il bisogno di essere amata.»

«Io ti amo» disse mia madre.

«Jolene, sono consapevole di tutto quello che ho fatto.»

«Mi preme che Cinthy si senta *voluta*. Non so quando tornerà Ezra, ma almeno so che è in buone mani, mani simili alle mie. Il giorno in cui arriverà, dovrai voler bene a entrambe.

«Mamma, non so quanto tempo mi resta. Non voglio lasciare questo mondo. Ma soffro tantissimo. Voglio stare con mio marito. E quando sarò nell'aldilà, voglio dirgli che le nostre ragazze potranno sempre contare su un grande amore.»

«Non hai niente di cui preoccuparti, piccola» disse Ginny. «Tua figlia ti somiglia tantissimo. Sarà come se ti avessi vista crescere in tutti quegli anni che ho passato in galera. E l'altra? Non crucciarti per Ezra. Si vede subito che è forte. Ha preso da me.»

«È stata dura per me lasciarla andare con Caesar e Irene. Ma sapevo che potevano proteggerla, aiutarla, come io non ho mai fatto. Nei miei sogni sono sulla banchina di una stazione ferroviaria, e mentre guardo i treni passare lei mi saluta da un finestrino. Sta sorridendo, ma va troppo veloce perché riesca a vedere i suoi occhi. Devo credere che la mia bambina sia al sicuro» disse mamma. «Solo così posso morire. Devo usare questi ultimi giorni per concentrarmi sulla ragazzina di sotto, che dovrà crescere con una sofferenza che non avrebbe mai dovuto provare.»

«Il mondo va così» disse Ginny. «Gesù, il mondo è un lutto, un torto, un miracolo.»

«Il mondo è tutte queste cose e tante altre» convenne mia madre. «Non avrei potuto amarlo meno, malgrado le sofferenze.»

«Hai la fronte calda. Vado a prenderti un panno fresco» disse Ginny. «Hai parlato troppo, sei piena di preoccupazioni.»

«Oh, io sono in pace» rispose lei. Sentii la sua voce rallegrarsi. Poi mi chiamò. «Cinthy? Sei tu? Ti sento zampettare dietro la porta, sento l'odore dell'aria aperta. Vieni qui con me e tua nonna, per favore.»

Entrai in camera. Ginny era seduta sul bordo del letto, mentre mamma era sdraiata sotto la trapunta, esile come un filo. Tese una mano perché gliela stringessi, facendo scivolare l'altra nel palmo di mia nonna.

«Mamma, la affido a te» disse a voce bassa, e mi guardò

negli occhi sorridendo tra le lacrime. Vidi le mani di mia nonna tremare, ma lei si voltò a guardarmi. Avrei voluto scappare dai suoi sorrisi tristi, ma sapevo che sarebbe stato troppo doloroso per mia madre. «Mamma, la mia bambina ha bisogno di te. *Ma io resterò sempre sua madre.*»

Senza parlare, mia nonna si alzò e tese le braccia verso di me.

Quella sera, dopo che Ginny ebbe lavato, pettinato e messo a letto mia madre, la sorpresi ad asciugarsi le lacrime dagli occhi. Quando si accorse di me, mi disse di raggiungerla in cucina. La stanza non era enorme, ma i nostri sentimenti la riempirono al punto da trasformarla in un ripostiglio soffocante.

«Ho sete» mormorai, provando un certo imbarazzo per entrambe. La vista delle sue lacrime mi fece bruciare gli occhi. Premetti le dita contro un brufolo che mi era spuntato sulla guancia.

«Non mi piace che qualcuno mi si avvicini di soppiatto in casa mia» disse. «Non sono abituata ad avere... Non sono abituata ad avere una famiglia. Non l'ho più avuta dopo che tua madre è scappata. Direi che me lo sono meritato. Una sorta di rivalsa, mi spiego?»

«Sei mia nonna» replicai. «Perché devo chiamarti Ginny?»

Si tolse con cura la parrucca che aveva indossato per il suo turno serale in fabbrica, fece un sospiro profondo. Era un caschetto di capelli neri sottili e soffici, con qualche colpo di sole ramato, simile a qualcosa che avevo visto su Dorothy Dandridge o Diahann Carroll nelle riviste di cinema che un tempo mia sorella e Lindy adoravano.

«Ragazzina, chiamami pure come ti pare, se può servirti ad accettare l'idea che d'ora in avanti tu e io passeremo un sacco di tempo insieme.» Scosse la testa e la grattò con le unghie, facendo un altro sospiro brusco. Sul suo cuoio capelluto notai un labirinto lanuginoso di treccine argentee.

«Ossignore, non ricominciare a parlarmi di vita e di morte. Non voglio sapere *niente*. Mi interessa solo riposare.»

«Perché non usi un po' dei soldi che abbiamo portato con noi? Potresti preparare le tue torte. Fai delle torte molto carine» dissi in tono esitante, ricordando quando ero entrata in camera dei miei genitori mentre facevamo i bagagli per lasciare la nostra casa a Salt Point e avevo visto mamma arraffare mazzette di banconote da un buco sul fondo del loro armadio, sotto i completi di mio padre. «Lui non metteva mai tutto in banca» aveva tentato di spiegarmi mamma, facendomi segno di aiutarla. «Non avevamo la certezza che fossero onesti.» Ricordavo il peso di quei soldi tra le mani, come se stessi raccogliendo i frammenti dei sogni di mio padre.

Ginny mi guardò. Poi sorrise. «Mi fa piacere che pensi alle bollette e ai risparmi, Cinthy, ma tesoro, ho finito di pagare questa casa anni fa. Vivere non mi costa più molto, ormai. Niente che potrebbe attirare l'attenzione della banca o di quelli del fisco.

«Se mi limitassi a preparare torte, ne farei troppe. Nessuno le vorrebbe. Andrebbero sprecate, poco ma sicuro. E so tutto dei soldi, piccola. Jolene me ne ha parlato. Le ho detto che li avrei messi in un conto di risparmio per te e tua sorella. Può darsi che non vorrai rimanere in questo posto per molto tempo. Te lo auguro. Jolene dice che potresti essere già all'università, intelligente come sei.»

La guardai versarsi un bicchiere di tè freddo. Ne bevve un sorso, osservandomi. Aveva un'aria quasi timida. «Ho proprio una nipote intelligente» aggiunse dopo una lunga pausa.

«E io ho una nonna» dissi con un sorrisetto. «Una nonna che impreca e dice le parolacce davanti a me anche se non dovrebbe.»

«Ti consiglio di provare a considerarmi come la tua famiglia» commentò lei, stringendosi nelle spalle. «Imprecare non è crudele, e chi lo dice che dovrei essere gentile in questo mondo? Sono tenera solo in casa mia. Non vedo perché dovrei cambiare, visto che finora mi è andata bene.» Infilò la parrucca nella borsetta consumata di vernice marrone che portava sempre con sé, perfino in casa, e chiuse la cerniera. Dai denti della zip spuntavano alcune ciocche simili a piume.

«Fatti un bagno e prova a riposare un po', tesoro» disse. «Dopo magari ti insegno a preparare la crostata di frutta. Ti piace la crostata?»

Mi si inumidirono gli occhi mentre mi aprivo in un sorriso sincero.

«Sissignora» risposi. «Mamma ce la preparava sempre. E cantava per tutto il tempo.»

Ginny chiuse gli occhi e si appoggiò al piano della cucina. «Sia lodata mia figlia» disse abbassando il capo. «Sia lodato il Signore per avermela data. Dio solo sa quanto poco me la meritassi.»

Mia nonna si alzò in piedi nella cucina celeste. Il suo sudore si era asciugato. Nella brezza serale, la sua pelle emanava un profumo di polli, polvere e sabbia.

«La cosa migliore che una donna possa imparare» proseguì «è prepararsi dei dolci, così non dovrà aspettare che qualcun altro le dia quello che ha già. Tienilo a mente, signorina. Per quanto mi riguarda, tu sei una Kindred *e* una Abbott. Una combinazione più unica che rara.»

Diedi le spalle alla sua voce e uscii in veranda.

Nel buio sempre più fitto, una costellazione di lucciole spandeva un tenue bagliore giallo e verde lime. Mi fluttuavano pulsando davanti agli occhi, come la porta di accesso a un altro mondo. Dovevano essere centinaia, e avevano avvolto la fattoria nel loro brillio. Sentivo le rane e gli insetti poco distanti.

Più mi sforzavo di non pensare a Ezra, più la vedevo. Collegando tra loro le lucciole come fossero puntini, creai la sagoma del suo viso nell'aria di fronte a me. La sua voce mi echeggiava nella testa. Sentii il suo sorriso irradiarsi nella pelle, e fu al contempo splendido e orribile perché mi mancava da impazzire. Ero arrabbiata che non fosse con noi, ma iniziavo a capire che eravamo stati tutti costretti a cambiare per sopravvivere.

Guardai il kudzu rigoglioso dietro il velo di lucciole, e mi tornarono alla mente i capelli di Ezra, e il modo in cui si era sempre presa cura dei miei. Sentii le sue dita premere l'olio sulle mie trecce, i suoi polpastrelli che mi massaggiavano la punta delle orecchie, e le mani con cui voltava la mia testa verso di lei, trasformandoci in specchi. Mi dondolavo sulla sedia cercando di non pensare alla mia vita senza Ezra, senza papà, senza mamma. Il dolore mi si irradiò in tutto il corpo.

«Magiche, vero?» disse nonna, premendomi una mano sulla spalla.

Risposi con un cenno, deglutendo mentre il viso di mia sorella svaniva davanti ai miei occhi. «Ci sono anche a casa, a Salt Point. Ma non così.»

«Le prendevate? Tu e tua sorella?»

«Sissignora» risposi. «Ci facevamo degli orecchini. Le usavamo come smalto. Le infilavamo nei barattoli.»

«Da queste parti non le catturiamo» spiegò Ginny. «Le lasciamo in pace. Ci godiamo semplicemente le loro lucine. Non azzardarti a toccarle con un dito. Sei troppo grande per certe cose. Lasciale volare e brillare come natura vuole.»

«Non le toccherò» promisi con le lacrime agli occhi. Per una volta non avevo paura che sarei volata via e non sarebbe importato a nessuno. Una sensazione forte, che mi resi conto di non aver mai provato a Salt Point, mi scivolò sul viso come un respiro. Forse avevo trovato il mio posto.

«Non vivono a lungo, quelle lucciole» proseguì nonna. «Il fatto che lampeggino dal sedere è una questione di attrazione. Hanno più o meno due mesi per darci dentro prima di morire. Gli anziani dicono che le femmine mangiano i maschi. Non sempre, ma abbastanza da rendere le cose interessanti. Le femmine usano la luce per illudere i maschi che abbiano trovato qualcosa di dolce, quando in realtà hanno soltanto fame. Interessante, eh? A volte gli animali imbrogliano. Devono pur sopravvivere. Proprio come noi.»

«Sissignora.»

«Con il temporale in arrivo, tra poco si metteranno al riparo» mi spiegò. «A te piacciono i temporali? Perché la pioggia qui è perfetta. *Mmh,* dopo essere arrivata in capo al mondo sono tornata qui di corsa, per quanto mi mancavano i temporali. Dopo che mi hanno sbattuta dentro, o tratta in arresto, come dicono loro, ho passato un sacco di tempo ripensando a questi temporali. In quella cella buia i lampi illuminavano le pareti, e i rumori delle porte di ferro che si aprivano e chiudevano tutt'intorno somigliavano un po' ai tuoni. Non c'era traccia di Dio nel cuore delle guardie che mi pestavano, mi lasciavano morire di fame e facevano anche di peggio. Nella mia cella non c'erano alberi. Allora fantasticavo di aiutare Noè a costruire quell'arca, come facevo da bambina. Dovevo mantenermi in forze e impedire che mi si spegnesse la mente. Quelli mi avevano abbandonata lì dentro con poco o nulla da mangiare e qualche straccio da buttarmi addosso. Erano decisi a trasformarmi in un animale. Ma non è successo. Più credevano di ferirmi, più io viaggiavo nella mia testa.

«Ricordavo i bei ragazzi con cui avevo girovagato su un rettilineo senza meta al punto da non riconoscere quasi più la mia voce. Dopo quei bagordi mi ero ritrovata fatta e spiantata. L'unica cosa che riuscivo a cantare, ridotta com'ero, era la mia condizione di tossica. All'inizio le mie canzoni parlavano di non implorare mai l'amore di nessuno tranne il mio. Non mi piaceva cantare del bisogno di avere un uomo e i suoi casini. Preferivo cantare d'amore, e non sapevo, non lo sapevo proprio quando me l'ero data a gambe, che stavo scappando da un amore puro che avevo creato con le mie mani.

«Ho cercato di rintracciare il padre di Jolene, ma mi sono resa conto che non sapevo chi fosse, da dove venisse, anche perché all'epoca avevo sempre le gambe aperte. Ed erano delle belle gambe robuste. *Mmh.* Lo so che adesso non si direbbe, eppure la gente all'epoca faceva girare un cappello solo per ammirare queste gambe.

«Dopo un po' non ci capivo più niente. Ero confusa, angosciata. Mi sono cacciata nei guai che cantavo nelle mie canzoni e che adesso erano diventati reali. Reali come il tempo trascorso in prigione. È stata dura. Non voglio spaventarti con questi discorsi, ma ora che Jolene mi ha perdonata credo di dover chiedere scusa anche a te. Nelle nostre famiglie riusciamo a trasmettere la sofferenza ai nuovi nati proprio come trasmettiamo la vita. Piccola, non voglio che tu riceva altra sofferenza.»

«Nonna» dissi, quasi bisbigliando. La mia voce svanì nel torrente delle sue parole. Ginny indicò le stelle, nominò uccelli che non riuscivo a vedere. Pensai a papà che mi aveva insegnato a riconoscere il mondo, che era descrivibile ma intoccabile nel suo mistero. A ogni parola di mia nonna mi sentivo più leggera, più forte, migliore. Si stava fidando di me come aveva fatto Ezra.

Ginny continuò a parlare, attingendo ai suoi ricordi e alla loro solitudine.

«Vedi, piccola, si sente l'odore del terriccio, vuol dire che la pioggia sta arrivando. Buon Dio, non ha piovuto abbastanza quest'estate. Se stanotte scenderà un bell'acquazzone, forse i miei poveri pomodori sopravvivranno.»

28

Quando salii al piano di sopra, decisi di andare in camera di mia madre anziché nel piccolo ripostiglio in fondo al corridoio dove Ginny aveva sistemato una brandina per me. Se avessi dormito lì, non avrei potuto ascoltare la pioggia. Sentivo già l'elettricità nell'aria. Bramavo i lampi e il rombo secco del tuono, sapendo che sarei stata al sicuro nella robusta fattoria di mia nonna.

Infilai una camicia da notte sottile e oltrepassai la stanza di Ginny in punta di piedi, anche se non era necessario. Russava come un branco di elefanti.

In fondo al corridoio c'era una finestra. Il bagliore improvviso di un lampo illuminò ogni cosa per poi svanire di colpo. Invece di spaventarmi, sorrisi. C'era stato qualche temporale a giugno, ma a sentire Ginny e mamma quelli di luglio erano un vero spettacolo.

Raggiunsi la finestra in fondo al corridoio in attesa del lampo successivo. Aspettai che gli occhi si abituassero al buio, quindi osservai il giardino di mia nonna nel punto in cui le querce bordavano il vialetto che conduceva alla strada principale.

Con mia sorpresa, vidi quello che mi parve un uomo a cavallo in mezzo alle due file d'alberi. Indossava un cappello che sembrava molto vecchio, di un'altra epoca, ma nell'istante in cui piegò indietro la testa come per incrociare il mio sguardo lo salutai, perché era mio padre. Non lo avevo mai visto a cavallo, e quello era bello grande, con degli strani occhi umani. Per qualche motivo sapevo che non dovevo chiamarlo. E così premetti la mano contro il vetro rischiarato dalle rapide scariche dei lampi. Mi chiesi se papà fosse venuto dal paradiso o se fosse un fantasma, il suo corpo tornato perfettamente integro come al momento della nascita. Poi mi resi conto che non poteva essere mio padre, perché teneva le redini del cavallo con entrambe le mani. Nella mia mente sentii dei bambini gridare e un impetuoso scroscio d'acqua, più forte della pioggia che tamburellava sul tetto di mia nonna. Quando tornai a guardare, non c'era niente. Mi strinsi tra le braccia provando una solitudine insopportabile e la paura di andare incontro a un futuro in cui l'aria sarebbe stata troppo triste e precaria per consentirmi di respirare.

Dopo aver scacciato questi pensieri mi intrufolai in camera di mia madre, e trasalii sentendo la sua voce che mi salutava.

«Ciao, piccolina.»

«Ciao, mamma» dissi. «Volevo sentire il temporale. E fa troppo caldo nello stanzino dove mi ha messa a dormire. Posso ascoltarlo qui con te?»

«Certo, piccola.» Aveva la voce stanca, ma capii che era felice di avermi accanto.

«Potresti socchiudere la finestra, per favore? Sentirai la dolcezza della pioggia che sfiora tutti quegli assurdi vasetti e ti sembrerà di essere dentro una sinfonia.»

«Ascoltavi sempre la pioggia quando vivevi qui da ragazza?»

«Oh, sì» disse mamma. «Ogni volta che stava per arrivare un bell'acquazzone, lo trattavo come un amico. Ero entusiasta!»

«A papà piaceva?»

«Sì, a modo suo» rispose. Fece una pausa. Poi riprese a parlare in tono pensoso. «Dopo che ci siamo trasferiti a Salt

Point, spalancavo le finestre durante i temporali. Mi sedevo in veranda, oppure uscivo in cortile per sentirli sulla pelle. A tuo padre piacevano gli acquazzoni perché il mondo si fermava. E gli piaceva leggere quando pioveva.»

«Da bambine avevamo paura del temporale?»

«Vieni qui» disse, spostandosi appena sotto la trapunta. «Senti come si è rinfrescata l'aria. C'è l'odore di tutto quello che è vivo in giardino. E si sente anche il fiume.

«Tanto tempo fa, anche se in teoria è impossibile che me lo ricordi, sono nata in una giornata di pioggia in un letto come questo. Non proprio questo, ma uno con il materasso di piume. Riesco davvero a ricordare la sensazione dell'aria addosso, il suo odore. Ricordo la voce di mia madre. Era una voce fiera. Come adesso.»

«Sì, è proprio fiera» dissi. «Ma com'eravamo Ezra e io, mamma? Da piccole?»

«A Salt Point tu dormivi durante i temporali, oppure ti tenevi occupata in casa» rispose. «Ma Ezra... Ezra mi chiedeva il permesso di uscire, anche quando i lampi erano vicini.»

Mi raggomitolai contro di lei. La sua voce si fece distante mentre il mondo rimbombava fuori dalla finestra. «Hai mai desiderato avere una sorella?»

«Oh, non saprei» rifletté mamma con voce assorta. «Ho avuto tutto quello che desideravo. Ho le mie figlie. Ho fatto del mio meglio con quello che il mondo mi ha dato. Ormai chi può dire una cosa del genere? In un altro mondo saremmo sorelle, tu e io. In un'altra epoca potresti essere mia madre. E io tua figlia. Nella prossima vita non mi importerebbe cosa sono, a patto che tu sia ancora mia.»

«Mamma.»

«Sarò sempre con te» disse mia madre. «Perché ci vogliamo bene. In ogni mondo, questo amore resterà sempre lo stesso.»

«La terra ha sempre la pioggia» riflettei sbadigliando.

«Sì, proprio così» disse mamma. La sentii sorridere.

Al mattino, le querce ondeggiavano fuori dalla finestra. Strisce di luce dentellate screziavano le pareti pervinca della camera di mia madre. Il vento sollevava le tende sottili come se il tessuto diafano fosse smosso dalla nostalgia di cose ormai passate. Dopo la pioggia intensa, il sole splendeva. I cinguettii degli uccelli erano audaci.

Come ogni sabato mattina dal nostro arrivo, sentii il profumo del caffè forte in infusione. Ascoltai il canticchiare di mia nonna giù in cucina, simile a quello degli uccelli nell'aria blu detersa dalla pioggia.

Senza toccare mamma, che stava ancora dormendo, mi spostai leggermente in modo che la brezza mi sfiorasse la pelle sulla punta dei piedi. Sentii echeggiare il piacevole tintinnio delle campane a vento. Ricordai il turbinio di lucciole la sera prima, la flottiglia di stelle che brillavano in cielo, e il modo in cui il mondo naturale riusciva sempre ad allontanarmi dalla parte riflessiva della mia mente.

Era proprio una giornata da fiume. Il temporale doveva averlo ingrossato. Avrei provato a rimanere fuori, lontana dai pensieri che mi tenevano sveglia la notte. Mi bastava una semplice giornata in riva all'acqua con un libro e il mondo che s'innalzava intorno a me. Rientrando a casa avrei potuto seguire la strada più lunga, per accertarmi che ci fossero dei fiori sulla tomba di mio padre. Magari più tardi mamma avrebbe voluto che le spazzolassi i capelli. Ci saremmo sedute insieme sul dondolo aspettando che si librassero le lucciole. Sapevo che le avrebbe adorate.

Ginny stava salendo le scale, e dal suo respiro capii che portava il vassoio con la colazione di mamma, come faceva spesso al sabato mattina. Si mise a parlare prima ancora di aprire la porta.

«Jolene, come avete fatto tu e questa bambina a dormire con quel temporale! Sembrava che il diavolo stesse strofinando i suoi denti schifosi sul mio bel tetto pulito. Mi sono svegliata presto. Devo far venire Mr Davis e suo nipote. È caduta qualche tegola, e il vento ha sradicato il piccolo mirto vicino al capanno. Ci sono anche un sacco di vetri rotti sul davanti. Non capisco perché quel temporale abbia distrutto i miei vasetti. Non facevano del male a nessuno.

«Giuro che non mi farò fermare da questo temporale. Merda. Che disastro. Come se non avessi già cento cose da fare al sabato.»

Spinsi indietro le coperte e misi giù le gambe dal letto. Non volevo che le lamentele di Ginny disturbassero mamma, che non si era ancora mossa.

«Non ti avevo detto di non sdraiarti a letto con lei?» Nonna guardò torva la mia camicia da notte sottile. Appoggiò il vassoio. «Chi ha aperto la finestra?»

«Mamma. Me l'ha chiesto lei» risposi, facendo una smorfia per la durezza della sua voce.

«Lo sapevi cosa ti stava chiedendo di fare? Davvero non sapevi cosa voleva ottenere? Non capisci la pioggia?» Vidi della saliva agli angoli della sua assurda bocca dipinta.

Feci il giro del letto, portandomi dal lato di mamma in un gesto protettivo. Quando le presi la mano non incontrai resistenza, neanche una parola. Sentii un accenno di calore, ma non molto. Premetti le dita sul polso ascoltando con gli occhi chiusi. La chiamai nella mia mente. "Mamma?" Toccandole la spalla, vidi la brezza mattutina accarezzare i riccioli sciolti che si erano liberati dalla sua folta crocchia. La vena del collo che avevo osservato per mesi, come un orologio, era ferma.

«Jolene?»

Ginny mi spinse via. La stanza fu pervasa dal profumo di Shalimar, uova sbattute, Nu Nile, zucchero di canna. La gola di mia nonna gemeva mentre scostava la trapunta dal viso di mia madre e le lisciava i riccioli scuri con i polpastrelli.

«*Jolene?*»

Le sue lacrime scivolarono tra le labbra aperte, e cadde in ginocchio di fianco al letto. Aveva spalancato la bocca nel tentativo di buttare fuori aria dal corpo. Poi però, prima di farlo in mia presenza, richiuse la bocca e ricacciò giù il grido. Scosse la testa con le sue treccine, e da quella vulnerabilità scaturì un'atroce consapevolezza. Ginny affondò il viso nella grezza coperta di ciniglia color avorio. Erano passati pochi minuti, eppure sembrava che nonna e io fossimo rimaste paralizzate per anni prima di tornare a muoverci.

Mamma aveva gli occhi socchiusi, abbandonati.

«Jolene *lo sapeva*» disse, tirandosi su. «Non c'è orologio al mondo che possa tenerti la mano quando giunge la tua ora.» Il suo corpo si sollevò, tra i gemiti delle assi del pavimento. Si arrampicò sul bordo del letto e si premette addosso il silenzio di mamma. «Buon Gesù, ho fatto proprio una bella figlia. Non è una meraviglia? Non dovrà mai più chiedere niente a questo mondo.»

Mi fece segno di raggiungerla, e chiuse gli occhi senza vita di sua figlia. Accostò le mie dita al viso di mamma. Toccai la pelle soffice delle palpebre. Lo shock di non vederle battere ciglio, di non vederla girare gli occhi verso di me con aria interrogativa, mi riempì la bocca.

«Non dovrà mai più implorare di ricevere qualcosa in questa vita. Niente di niente» disse Ginny tra i singhiozzi. «E neanch'io, misericordia. Chi se lo immaginava che la pace di Jolene mi avrebbe spezzato il cuore?»

Ore dopo, il mio lutto si trasformò in qualcosa di duro e inflessibile. Non mi interessava più prestare ascolto, o ubbidire, a quello che diceva mia nonna. Se mi fossi concessa di aprirmi, di ascoltare, avrei rischiato di perdere la voce di mia madre alla quale mi stavo tenendo aggrappata mentre una tempesta esplodeva e imperversava dentro di me.

Quando dissi a Ginny che non era mia madre e non poteva *costringermi* a fare la doccia, lei mi guardò con gli occhi arrossati scuotendo la testa. «Sei rimasta sdraiata di fianco alla morte per tutta la notte, devi lavarti. E se sei tanto egoista da credere che la morte di tua madre riguardi te» aggiunse, «non sei la figlia che Jolene mi ha descritto.»

«Ho paura di tornare di sopra» ammisi.

Mia nonna aveva in mano la cornetta di plastica gialla del telefono, piena di macchie. Era attaccata a una spirale di plastica sporca lunga circa un metro che poteva allungare fino alla veranda, se voleva sedersi lì a parlare.

«Ha detto che mi avresti aiutata» proseguì Ginny. «Senti, io ho delle telefonate da fare. Ormai non hai più molto tempo per avere paura. Non stare a protestare per delle sciocchezze. Sei stata vicina a tua madre in vita, devi starle vicina anche mentre compie il passaggio.»

«Sissignora» dissi, sentendomi in colpa per la rabbia che provavo nei suoi confronti. Non potevo ammettere che ero arrabbiata anche con mia madre, per avermi lasciata con quella donna.

«Siamo d'accordo?»

Ma a quel punto stavo già uscendo dalla cucina a ritroso, allontanandomi dalla sua voce roca. Avevo un piede sul primo gradino della scala quando sentii l'orologio a pendolo battere l'ora nel salotto buono. Furiosa, mi girai di scatto e corsi nella stanza con i divani rivestiti di plastica e i giaggioli finti disposti in dozzinali vasi di cristallo sui davanzali. Aprii lo sportello dell'orologio per zittirlo.

Ginny mi aveva seguita. Mi superò, bloccando la mia mano.

«No, Hyacinth, non servirà a niente. Quello è il *tempo.* Non ti appartiene. Non puoi smettere di vivere. Non puoi fermare il tempo o la vita solo perché hanno ferito i tuoi sentimenti. Al diavolo il tempo e i sentimenti. Tu devi vivere.»

Profumata e vestita, mi sedetti in veranda. Avevo i vestiti zuppi di sudore e nervosismo. Era il crepuscolo. Il tempo scivolava via come sciroppo. Incrociai le braccia sul petto e irrigidii le gambe puntandole sul pavimento.

«Mr Randall e suo nipote passeranno tra poco a prendere tua madre» disse Ginny dietro la porta a zanzariera. «Non hai caldo, a startene seduta lì così? Questa è l'afa della campagna. Credevo che il temporale avrebbe rinfrescato l'aria ma, Gesù, è ancora peggio di prima.»

Dando le spalle alla sua voce, fissai le basse colline che ripetevano senza sosta le loro curve verdi e gialle fino a sfiorare l'orizzonte sempre più scuro.

«Devo uscire per un'oretta a consegnare queste torte» spiegò mia nonna. «Porta in macchina quelle rimaste sul piano della cucina, e abbassa i finestrini, altrimenti si sciolgono. Non posso perdere soldi. Ne avrò bisogno per i fiori e qualcosina da dare a Louise che canterà al funerale di tua madre. Louise non chiede mai niente direttamente, ma lo sanno tutti quanto costa la voce di un angelo.»

«Un angelo come mia madre?» chiesi. «A lei quanto è costato quando l'hai lasciata sola, abbandonandola peggio della spazzatura?»

«Se non ti riempio la faccia di sberle è solo perché ho di fronte gli occhi di mia figlia che mi guardano» disse Ginny. «Questo non riguarda soltanto il lutto. Cosa c'è che non va?»

«Mi porterai da qualche parte e mi lascerai a degli sconosciuti?» le domandai sottovoce. «Dimmelo e basta.»

«Non ti lascio proprio da nessuna parte» rispose nonna uscendo in veranda. Le si ruppe la voce sotto il frinire delle cavallette. «Misericordia, non sai quanto vorrei sedermi. *Tantissimo.* Ma non posso, non ancora. Se mi sedessi, rischierei di non rialzarmi *più.*»

«Sì» replicai. Non sapendo se sarebbe stato più facile alzarmi o cadere, non aggiunsi altro.

«È stata la mia amica Ernestine a portare tua madre a quell'ente benefico dei bianchi» spiegò Ginny. «Non posso biasimarla per quello che ha fatto. Non ho trattato bene tua madre, ma non permetterò ad anima viva di infamarmi parlando della mia bambina. Non in questo mondo, e nemmeno nel prossimo. Io e tua mamma abbiamo fatto pace. Sia lodato il Signore.

«Adesso è meglio se torni in te, e in fretta, se pensi di potermi insultare nella *mia* veranda. Sei una brava ragazza. Non riesco neanche a immaginare cosa si provi a perdere la mamma e il papà com'è capitato a te. Sorella, so che dire "mi dispiace" non serve a niente. Ma devi sapere che questo maledetto mondo non cercherà nemmeno di scusarsi.

«Tempo fa i neri sparivano di continuo. Svanivano nel nulla. Intere famiglie bruciate negli incendi, in catene. Annegate negli oceani. Uccise da qualche malattia, o da un massacro compiuto dai bianchi che sbatteva le loro ossa e i loro nomi in un unico buco nero. A volte succedeva un miracolo, ma in generale restava solo un punto interrogativo. Una ferita. Una tomba anonima. E non si poteva fare altro che andare avanti. Per fortuna tu hai me. Te ne stai seduta lì e hai il coraggio di fare come se io non valessi niente. Non te lo permetto. Mia figlia ti ha cresciuta meglio di così.»

Fissando le mie ginocchia ossute, lasciai cadere le braccia e afferrai il bordo di legno screziato della sedia a dondolo.

«Scusa se ti ho mancato di rispetto, io...»

«Non scusarti» disse Ginny. «Ma non farlo mai più, capito? Gli Abbott non hanno niente a che spartire con la vergogna, con la cattiveria. Gli Abbott sono in stretto contatto con il loro spirito. Se vivi nel tuo spirito, tenendolo il più vicino possibile, puoi superare più o meno qualsiasi cosa. Prima cercherai di vivere così, prima troverai un modo per continuare a soffrire e a sorridere come tutti noi.»

29

Alcune delle signore arrivate a casa di Ginny dissero che mamma sarebbe stata *rimessa a posto*, mentre altre usarono l'espressione *richiamata indietro*, e mi trovai a pensare che nessuna di loro aveva detto una sola parola sulla morte.

Essere richiamata indietro significava tornare a casa.

Essere richiamata indietro significava che la casa di mamma era altrove rispetto a quella che aveva costruito sulla terra, che aveva costruito per la nostra famiglia in tutti quegli anni al villaggio di Salt Point.

Essere richiamata indietro significava che qualcun altro, forse Dio, aveva una voce.

Essere richiamata indietro significava che mamma aveva ascoltato per tutta la vita quella voce che le aveva ricordato come la sua dimora in questo mondo fosse temporanea.

Le donne – Miss Lyrae, Mrs Porter, Miss Tina Lee – erano arrivate a bordo di un furgone scassato. Nell'istante in cui erano scese, mi ero accorta che erano tutte vestite di bianco. Si era sollevata una nuvola di polvere ai loro piedi quando si erano fermate a osservare le schegge di vetro blu che Ginny e io avevamo ammonticchiato da una parte in modo che i visitatori non si ferissero.

Mia nonna uscì a salutarle, anche lei vestita di bianco. In

quel posto andava tutto a rovescio. Perché non erano vestite di nero? C'entrava qualcosa il caldo?

Le signore attraversarono l'ombra delle querce di Ginny per raggiungere la veranda. Avevano gli occhi umidi e scuri. La pelle luccicava contro il tessuto bianco. Restai in silenzio, guardandole mentre abbracciavano mia nonna. Una brezza di lavanda mi riempì le narici, inframmezzata da note di erbe, limoni, ricordi e sapone fatto in casa.

«Oh, tesoro» disse Mrs Porter, rispondendo a voce alta al saluto di mia nonna. «Mi dispiace tantissimo. So che hai il cuore spezzato.»

«Lei dov'è?»

«Nella stanza sul davanti.»

«E la sua bambina dov'è?»

«Dietro di te, Lyrae.»

Miss Lyrae si voltò e mi venne incontro. Non potevo indietreggiare nell'angolo della veranda senza inciampare nella sedia a dondolo. Mi strinse con forza tra le braccia. «Cinthy? Sei entrata in un club complicato, piccola, un club molto complicato. Mia mamma è morta dieci anni fa per un attacco di cuore. Per metà del tempo faccio ancora fatica ad accettarlo. La sua presenza è comunque intorno a noi, e mi vuole bene, proprio come ti sarà vicina tua madre.» Si scostò e mi prese il viso tra le mani. «Misericordia, che bella ragazza. Passa pure quando vuoi. Potresti essere mia figlia. Ho perso entrambi i miei anni fa.»

«Come?» chiesi, guardandola negli occhi.

«Non ho permesso loro di dirmi chi erano realmente. Ero troppo impegnata a volere che fossero come credevo che dovessero essere. Adesso hanno le loro vite, e queste vite non includono me. Rispetto le loro decisioni, però mi pento di tutto. Il mio modo di fare pace con loro è stato lasciarli andare. Ma la pace non è un evento isolato. È qualcosa che devi fare in continuazione, come respirare.» La donna mi liberò il viso. Avevo la sensazione che si fosse portata via un pezzetto del mio cuore. Miss Lyrae tornò dalle altre donne che stavano accarezzando le braccia e il viso di Ginny. Le loro voci erano rassicuranti.

«Dobbiamo prepararla per Mr Randall. Poi andremo ad aprire la chiesa» disse Miss Tina Lee. «Vuoi venire di sopra per il lavaggio?» mi chiese.

Scossi la testa, incupita. Mamma non avrebbe voluto che tre estranee, men che meno sua madre, toccassero il suo corpo in un modo così intimo.

«Con te posso stare tranquilla?» Mia nonna aveva la testa avvolta in un tessuto avorio. Il fondotinta compatto era colato in alcuni punti, gocciolando sulla camicetta bianca che indossava e lasciando una sottile macchia color fango.

«Devi lavarti di nuovo anche tu» disse. «Non me lo sono dimenticato.»

«Ho già fatto la doccia, signora. Non mi va di fare il bagno.»

«Non avrai dormito in quel letto con tua madre? *Nel suo letto di morte?*» La voce di Mrs Porter era implacabile come un ottone. «*Nel suo letto di morte?*»

«Sorella, adesso riempio la vasca» disse Miss Lyrae osservandomi. «E quando ti chiamo, Buon Dio, sarà meglio che tu sia la figlia che tua madre ha cresciuto.»

Fu proprio Miss Lyrae a lavarmi. Le setole della spazzola tracciavano dei cerchi premendo la carne contro l'osso. La mia pelle portava già impresso il profumo di un ricordo difficile, orfano di madre. Quella sensazione mi fece venire voglia di gridare, di sospirare. Di piangere. Per tutto il tempo, Miss Lyrae continuò a cantare.

«Non dire niente di cattivo mentre hai addosso quest'acqua» mi ammonì. «Quest'acqua ascolta. Quest'acqua sente. Quest'acqua è stata sanata dal fiume. E ti libererà dal lutto prima che la riversi nel fiume da cui l'ho presa. Nel fiume il lutto si ripulirà e troverà la gioia nella riunificazione non appena si getterà di nuovo nell'oceano.»

Uscii dalla vasca, stremata dalla mia resistenza al mondo intero, e tesi timidamente le braccia lasciandomi asciugare con un tessuto che sembrava al contempo raso e iuta.

«In ginocchio» ordinò, e così mi inginocchiai sul tappeto lavorato a mano di mia nonna, lasciando che Miss Lyrae mi versasse l'olio sui capelli, premendo con la punta delle dita finché la fragranza di menta non scatenò un formicolio su tutta la testa. Il tocco delle sue mani sui capelli mi fece ripensare a Ezra. Avrei dovuto aspettare la telefonata di Mr Caesar per dirgli di mamma. Mi si torse lo stomaco al pensiero che non avrei sentito la voce di Ezra, che non glielo avrei detto di persona. Chi l'avrebbe abbracciata mentre piangeva? Provai una piccola consolazione sapendo che Miss Irene l'avrebbe confortata. I nostri genitori erano morti a pochi mesi l'uno dall'altra, e adesso Ezra e io non avevamo idea di quando ci saremmo ricongiunte. Come potevo accettarlo?

Miss Lyrae mi vestì di bianco e mi avvolse la testa in una stoffa candida. Mi accompagnò in camera di mamma, dove le ombre delle altre donne si allungavano verso la sommità delle pareti ripiegandosi sul soffitto. Mia nonna piangeva in silenzio. C'erano candele ovunque, e l'odore di salvia bruciata attirò i miei sensi nella sua chiarezza. I profumi e i misteri di quelle donne mentre cantavano *One Morning Soon* riempivano la stanza al punto da lasciarmi senza fiato. Una di loro mi sfiorò le palpebre e disse che dovevo guardare dall'interno.

«Apri le mani, Cinthy» disse Miss Lyrae. «Chiudi gli occhi.»

Poi mi mise qualcosa in mano, sembravano dei fiori pensanti. I petali erano morbidi e caldi. Nella mia visione al buio, il volto di mamma brillava mentre memorizzavo la forma delle sue labbra, quelle labbra che mi avevano donato un sorriso ogni volta che avevo avuto bisogno di lei. La sua voce echeggiò, così cristallina che sentii le lacrime bruciare dietro le palpebre: "Sei la mia misericordia".

Miss Lyrae mi invitò a tenere gli occhi chiusi per vedere la pace di mamma nel luogo in cui avrebbe albergato dentro di me. «Impara a raggiungere quel posto» disse, ed era come se la sua voce fluttuasse sopra la mia testa. «Stai tenendo in mano il cuore di tua madre.»

Mia madre sembra la primavera. L'hanno coperta di fiori come se fosse già distesa in un campo. È adagiata su un catafalco ricoperto da un tessuto verde e blu. Le hanno messo al collo un sottile crocifisso d'oro. I capelli pettinati si arricciano fin sotto le spalle. Dalla tasca del mio abito bianco estraggo gli occhiali con la montatura d'oro di papà, tenendoli lontani dal viso per non imbrattarli con il mio mare di lacrime. Tocco una delle fini stanghette di metallo che un tempo poggiavano sulle sue orecchie, ricordando la cura e l'amorevolezza con cui li inforcava per vedere meglio. Voglio che mamma abbia una parte di lui e che lui stia con lei, in modo che siano uniti per sempre nella morte. Infilo gli occhiali in una piccola fessura tra le sue mani conserte. È come se lo stesse premendo contro il suo petto. Tiro fuori anche la piccola conchiglia che Ernest ha regalato a Ezra. L'ho rubata dalla sua scrivania prima che fossimo costretti a lasciare casa nostra. La incastro sotto la piega di un dito di mia madre. Le donne mi afferrano quando le ginocchia cedono sotto il mio peso.

«Bacia il viso di tua madre» dicono le donne.

«Ricordati la sua bellezza» dicono.

«Piangi per lei» dicono. «Guarda com'è raggiante» dicono. «È il sole della Terra Promessa. La gioia sarà il suo fardello e le sue ali.»

30

Mr Randall era dentro con Ginny a definire i dettagli per portare il corpo di mamma fuori dalla fattoria. Mi accigliai guardando il nipote di Mr Randall, che mi ignorò tuffandosi sul piatto di carne grigliata che aveva in grembo.

Miss Lyrae, Mrs Porter e Miss Tina Lee erano già andate alla Hinder Me Not. Miss Tina Lee aveva detto che potevo unirmi a loro, ma io avevo risposto che preferivo rimanere con mia nonna. In casa, i convenevoli scambiati da Ginny e Mr Randall si mescolavano al frinire delle cicale. Sapevo che, non appena il nipote avesse finito il suo piatto di carne e Mr Randall il suo pollo fritto, sarebbero saliti e avrebbero sollevato sopra la testa il giaciglio su cui era steso il corpo di mamma, ammantato di fiori. Mentre guardavo torva il furgone coperto e il nipote di Mr Randall, di cui mi rifiutavo di chiedere il nome, sentii la frustrazione ingrossarsi come un livido sotto la pelle intrisa di lavanda.

«Ti piace la campagna, ragazzina? Ti ci sei già abituata?»

La sua voce era squillante, dolce e maschile, la testa ancora china sul cibo. Avrei voluto che alzasse gli occhi e notasse la mia espressione esasperata, ma era troppo educato per farlo. Non ricevendo risposta, continuò a parlare e masticare. «Mi spiace per tua mamma. È durissima. Lavoro con mio nonno fin da quando ero piccolo, lo aiuto a portare le mamme e le nonne e le zie della gente fuori di casa. Affari di famiglia e quant'altro, ma per come la vedo io siamo tutti una grande famiglia, qui.»

«Io non conosco nessuno» risposi.

«Tua nonna è lì dentro» osservò, guardandomi come se avessi detto un'assurdità. «Caspita, quanto mi manca la mia. Mi manca ogni giorno. Non c'è niente di meglio delle nonne, poco ma sicuro.»

«Io so a malapena chi è.»

«Non importa» insistette, riempiendosi la bocca di cibo.

Risucchiai l'aria tra i denti con forza.

Lui scosse la testa prima di deglutire. «Lo sai quanto sei fortunata ad avercela ancora? A poter mangiare le torte che prepara? Cavolo, Miss Virginia piace a tutti perché non si fa mettere i piedi in testa da nessuno.»

«Vorresti dirmi che ti piacerebbe passare tutta la vita qui a portare via la gente morta?»

Il nipote di Mr Randall si strinse nelle spalle e si leccò la punta delle dita. «Quanti anni hai?»

Incrociai le braccia sul petto.

«E va bene» proseguì. «Non sai un bel niente, e dovrai rimanere a vivere qui a Damascus per qualche anno prima di poter decollare per la luna. Magari a quel punto non vorrai più andartene da questo posto, se gli darai una possibilità. Non è niente male.»

«È solo che non ci sono abituata.»

«È normale» disse, abbassando la voce come se stessimo condividendo un segreto. «Ma se ti concederai di amarlo almeno un po', credo che ti piacerà. Tu e la tua gente provenite da qui. Non è cosa da poco.»

Appoggiò con educazione il piatto sul gradino vicino ai suoi piedi. Le scarpe della domenica lucidate sembravano troppo rigide per il suo corpo sciolto. «Caspita, quanto avrei voglia di una fetta di torta» disse con un sorriso.

«Ne vuoi un po'?»

«Non c'è spazio» rispose picchiettandosi la pancia. Mi fissò con i suoi occhi gentili. «Stai molto bene con quella stoffa. Hai un viso bellissimo.»

«Di solito non mi vesto così» replicai, arrossendo per i suoi modi diretti. «Mi hanno costretta a mettere questo coso.»

«Io mi chiamo Will» disse lui, drizzandosi e buttando indietro le spalle.

«Cinthy.»

«Sì, lo so.» Will batté le mani e tirò fuori un paio di guanti bianco candido dalla tasca dei pantaloni stirati. «Cinthy, avrai bisogno di qualche amico da queste parti. Almeno un amico ci vuole, tanto vale che sia io.»

A quel punto entrò in casa come se avesse colto un segnale, il tintinnio di una campana che soltanto lui e suo nonno riuscivano a sentire. La sua giovane ombra incrociò la sagoma di Mr Randall ai piedi delle scale, e salirono insieme.

Ginny comparve sulla soglia. Aprì la porta a zanzariera e mi venne incontro. Non disse niente, ma stava tremando.

C'era qualche lucciola. Provai a concentrarmi su quelle.

Quando tornai a guardare la porta, i due uomini stavano uscendo e ogni tanto parlavano sottovoce tra loro. *Piano adesso, va bene? Rallenta, ragazzo. Sì, nonno, ce l'ho. Spostala un po' da quel lato, ragazzo. Oggi mi fanno male le braccia. Sissignore. Adagio, come ti ho insegnato, va bene? Questa signora è leggera come una piuma. Povera creatura. Sollevala di lì, non far cadere neanche un fiore, ragazzo. Neanche uno. Tieni alte le spalle come faccio io. Vedi? Sissignore, ma non vedo granché con questo buio. Il buio non c'entra niente, ragazzo. Te l'ho già spiegato, è tutta questione di rispettare una vita.*

Portarono mamma giù dalle scale solennemente, rallentando per darci il tempo di guardarla.

«Gesù» disse Ginny stringendomi il braccio.

Sotto le prime stelle della sera, osservai l'ombra velata di mamma. Alzai gli occhi verso il viso di Will, e rimasi colpita vedendo le sue robuste guance marroni rigate di lacrime.

«La chiesa è aperta?» chiese Mr Randall.

«Lyrae, Tina Lee» sussurrò mia nonna. «Sono tutte là.»

Poi sentii il respiro penetrare dentro di me come una scheggia di vetro scuro. Senza parlare, strinsi mia nonna tra le braccia.

«È tutto a posto, Ginny» disse lui annuendo. «Una bellissima ragazza sta tornando a casa. Una brava donna, davvero. Ricorda, non ci lasciano mai. Dio l'ha presa con sé.»

La testa silenziosa di mia madre tremolò appena tra le sue braccia.

«Fuori da casa mia e nella casa del Signore, mia figlia si siede alla Sua grande tavola» disse Ginny. «Non possiamo abbandonare i morti e loro non possono lasciare noi. Non possono lasciarci.»

«Amen» concluse Mr Randall. Poi disse qualcosa a Will, che in automatico si voltò nella direzione giusta in modo da caricare agevolmente mamma sul pianale pulito del furgone.

Abbassarono una sponda metallica e adagiarono mia madre sul pianale. Will rialzò la sponda e la bloccò. Quel rumore mi terrorizzò nella sua normalità. Avevano caricato lì sopra il corpo di mia madre come fosse un mobile. Mi tornò in mente quando Mr Caesar era arrivato a casa nostra a Salt Point con il corpo carbonizzato di mio padre sul sedile posteriore. Anche papà era stato portato via su un furgone. Il tonfo della portiera a Salt Point e lo scatto del blocco di sicurezza qui a Damascus si scontrarono violentemente dentro di me.

Corsi sul retro del furgone e lo tempestai di pugni. Il tessuto mi scivolò dalla testa. Sotto una volta di lucciole sempre più vasta, strappai manciate d'erba. Artigliai la terra. Ginny mi venne mestamente incontro e cercò di stringermi tra le sue braccia forti. Il sudore mi imperlò il collo e scivolò dietro la testa mentre mi divincolavo. Lanciai le mie grida verso la terra. Vedendo lampeggiare le luci rosse del furgone, mi abbandonai nella polvere per non rischiare che investissero mia nonna.

Sulla ghiaia del vialetto di Ginny, la carne di mia madre si stava allontanando dalle nostre vite.

Nella polvere della mia gente, l'acciaio della mia vita strofina la pietra focaia della mia memoria.

Ed ecco la camicia lucida che un tempo copriva le ossa di mio padre, l'istruzione che avvolgeva le sue costole come un'armatura. Ricordo la sua pazienza, e lui che mi insegnava ad affrontare con calma ogni compito, ogni storia. Io sono la pazienza di mio padre. Ed ecco mamma che fugge dalla finestra, la sua sofferenza dissolta nel tenue chiarore lunare mentre le stelle lontane splendono come oceani. Io sono la luce nelle ossa, che dal mare si innalza verso il cielo; ricordo quello in cui credevano quelle ossa. I canti dentro le conchiglie, i bambini diventati corallo, perle e ancore.

Vedi brillare la terra dura intorno alle fondamenta della casa che mia madre e mio padre hanno costruito per me? Ti ricordi del sangue? Io sono Theodore, Alma, Calliope. Li vedi i miei bisnonni baciare tutti quei bambini che non hanno potuto salvare dal loro sogno? Ti ricordi del nostro sangue?

C'è un ricordo talmente vecchio che si è ben guardato dal mostrarci il suo vero volto.

Io sono nel sangue di quel ricordo, nel bagliore del fuoco che il mio bisnonno ha fissato prima che quegli uomini bianchi gli sparassero in mezzo agli occhi. Sono l'eternità che il mio bisnonno ha cullato tra le braccia raggiungendo l'aldilà. Sono le volute di fumo che si sollevano dalla terra dove le lapidi indaco aspettano la giustizia e un sublime e pacifico riposo. Sono un'unica voce, e ci sono tantissime donne oscure che vivono in fiumi, ceneri, lune e oceani. Ricordo quando lanciavano il mio nome contro le stelle fino a farmi espandere. Ricordo cos'ero prima di diventare carne: il sangue dell'atto intrepido di amare, dell'amore e della sua vita ultraterrena.

E da qualche parte, con i suoi occhi lampeggianti e il pugno alzato contro l'orizzonte come una nova nera, mia sorella sta andando incontro alla nostra gente.

Lo sai per quanto tempo ancora il nostro sangue macchierà questa storia? Lei è protetta dai nostri padri, dai nostri eroi, dalle nostre madri, dal nostro potere. È la forza di una nuova memoria. E tornerà per me.

La voce limpida di Ginny si levò all'improvviso sotto le querce. C'era una canzone che avevamo vissuto, una canzone che conoscevamo entrambe. E sarebbe andata avanti, seguendo la partitura delle nostre ossa nere. Unendo la mia voce acerba alla sua, tesi la mano e sfiorai il viso di Ezra nel buio. Sentii cantare anche lei, la sua voce sospinta dai polmoni nel cielo serale.

Canta dove sgorga il sangue.

A quel punto mi alzai e inserii i nostri nomi in una vecchia canzone, limpida come il cuore di un uomo che ci aveva dato la sua parola, la sua vita e il suo sangue. Un giorno la sua storia mi avrebbe portata tra le braccia al di là del fiume. La mia famiglia sapeva, credeva, che sarei stata abbastanza forte da ricordare chi ero e il potere dal quale ero scaturita.

Circondata da antenati incandescenti, avrei lodato tutto ciò che serviva per cantare, per ridere, e per avere il coraggio di assaporare il banchetto dolceamaro dell'amore.

Ringraziamenti

L'affetto di mia madre e mio padre è la spina dorsale che mi ha creata e mi permette di respirare.

Mamma, con il tuo esempio mi hai insegnato ad amare. Lo sto dimostrando al mondo intero.

Papà, le tue sincere attenzioni, le tue premure e il tuo sostegno mi guidano ancora oggi quando ho paura.

Non dimenticherò mai il potere che entrambi avete attribuito all'essere fedeli alle proprie parole e alle proprie azioni. Il linguaggio che ho imparato da figlia e da donna è scaturito dall'amore che vi ha uniti e che avete donato alla nostra famiglia. Vi vorrò bene per sempre.

Questo libro esiste grazie alla saggezza e alla meraviglia della rete di comunità che mi ha cresciuta.

La mia famiglia: mamma (1952-2014), papà, Chris e Leigh-Anne, CJ, Michele, Adam e Jeff, Melissa ed Eumir, Peggy Manel, Jacqueline Deneen, Ellen, Deborah, Carolyn, Arthur, Darren, Harvey, Elyse, Kandasi, Wanetta, Pinky, Michelle. E tutti i cugini da entrambi i lati della famiglia! Zio Ronald: piango la tua prematura scomparsa, ma l'affetto che hai donato a questa famiglia ti farà rimanere al nostro fianco per sempre. Stephanie, mia amata nonna: la tua risata, la tua fiducia, e la musica dei tuoi braccialetti di ottone sono i miei talismani. Non dimenticherò mai le tue ultime parole. Grazie per avermi insegnato a essere coraggiosa e a ridere con tutta la bocca.

Melissa: le sorelle di questo romanzo non esisterebbero senza il mio affetto per te. La tua luce mi fa danzare il cuore.

Kamilah Aisha Moon: riposa e risorgi nell'amore, sorella. Non ho potuto mettere questo libro o questa storia tra le tue dita morbide, ma so che ci terremo sempre per mano, unite nella nostra solidarietà e nella poesia. Resterai in eterno la mia "Stevie Wonder-lovely". La tua improvvisa dipartita mi ha cambiata in modo irrimediabile. *girl, girl, girlgirlgirl.* Ci incontreremo comunque in quella veranda alle otto, come avevamo deciso, e mi racconterai quello che hai visto ovunque tu sia, dolce stella.

Le vite e i poteri dei miei anziani – James Baldwin, Lucille Clifton, Audre Lorde, Toni Morrison – cantano le loro verità, gioie e visioni nella lingua che hanno forgiato dalla carne delle loro parole e delle loro vite. Quando ho pensato di arrendermi, loro hanno ascoltato le mie lacrime finché non sono riuscita a rialzarmi.

Walter Mosley: non potrò mai scordare la gentilezza, l'umorismo e l'incoraggiamento della nostra amicizia. Grazie per avermi ricordato l'arte della creazione. Grazie per il tuo genio, per aver letto e riletto, ancora e ancora, le mie pagine. Le prime bozze non avrebbero mai compiuto progressi e balzi in avanti senza la chiarezza dei tuoi occhi e della tua voce.

Sheldon Itzkowitz e Garrett Deckel: la vostra consulenza e il vostro appoggio hanno mantenuto ancorato il mio cuore e la mia mente in nome della resilienza e della possibilità. Dottor Itzkowitz: casa nostra ti accoglierà sempre come uno di famiglia. Grazie alla tua cura ho imparato a fidarmi della verità delle storie che ho vissuto. Te ne sono grata.

Ci sono molti individui e organizzazioni che mi hanno accolta e sostenuta negli anni. Desidero ringraziare le seguenti persone per il loro aiuto professionale e/o emotivo: Chris Abani, Jeffery Renard Allen, Sarah Arvio, Paul Auster, Jill Bialosky, Nicholas Boggs, Mahogany L. Browne, Marie Brown, Margaret Busby, Christian Campbell, Jan Castro, Rachel Cobb, Edwidge Danticat, Toi Derricotte, Kiran Desai, Natalie Diaz, K.A. Dilday, Barbara Dimitratos, Cornelius Eady, Morgan Entrekin, Danielle Evans, James Fenton, Nikky Finney, Nick Flynn, Suzanne Gardinier, Aracelis Girmay, Angela Guerra, David Haynes, Rufus Scott Heath, Siri Hustvedt, Marcus Jackson, Mitchell Jackson, Marlon James, Riis Laurentiis, Canisia Lubrin, Valeria Luiselli, Nina Angela Mercer, Dante Micheaux, Ella Montclare, John Murillo, Steven e Annie Pleshette Murphy, Darryl Pinckney, Maya Pindyck, Iain Haley Pollock, Katie Raissian, Nicole Sealey, Taryn Simon, Oberon Sinclair, Safiya Sinclair, Tracy K. Smith, Suphala, Cheryl Boyce

Taylor, Nafissa Thompson-Spires, Margaret Porter Troupe, Quincy Troupe, Sally Van Doren, Jenisha Watts, Phillip B. Williams e L. Lamar Wilson.

Le versioni precedenti di questo libro sono state rese possibili dal supporto delle seguenti istituzioni: la Cave Canem Foundation, Kimbilio, la Robert Rauschenberg Foundation, la Civitella Ranieri Foundation, e Yaddo.

Una delle mie più grandi fortune in questo viaggio è stata godere della fiducia di due incredibili editor, Robin Desser e Caitlin McKenna. Robin: tu hai detto di sì. Mi hai subito riconosciuta in quel modo immediato e necessario che è fondamentale per un'autrice agli esordi. Le tue competenze e la tua voce ci hanno trasportate in un tumulto di idee e immaginazione. Questa alchimia mi ha portata a nutrire un affetto e un rispetto profondi nei tuoi confronti. Caitlin: il dono di averti come mia editor è indescrivibile. Le tue domande, la tua chiarezza, il tuo affetto e il tuo stupore sono il testimone che sto portando con me verso questo traguardo. Sono piena di riconoscenza, e a dir poco euforica. Non potrò mai ringraziarvi abbastanza. Sono grata anche alla squadra di Random House: Tangela Mitchell, Rachel Rokicki, Clio Seraphim, Noa Shapiro. Mi preme elogiare la genialità e la gentilezza della mia editor, la dottoressa Yvonne Battle-Felton, della mia editrice Jocasta Hamilton, e dell'intero team di John Murray Press nel Regno Unito.

La mia agente e amica Jin Auh mi rappresenta dal 2017. La sua fede e il suo incoraggiamento incredibili sono stati un dono immenso per me. La sua premura, il suo rispetto e la sua intelligenza mi hanno permesso di avere una visione più grande di quanto avrei mai creduto possibile. Jin, che splendido viaggio abbiamo intrapreso! Vorrei una parola più esaustiva di gratitudine per descrivere quello che provo per te. Un giorno la troverò. Grazie, sempre. Desidero ringraziare anche l'intera Wylie Agency, e oltreoceano Jennifer Bernstein e Tracy Bohan.

Salman, possa il nostro amore dimostrare a questo mondo impossibile che niente è impossibile. Ti amo con ogni cuore e ogni storia che abbia mai albergato in me, e con ogni storia che deve ancora venire. Salman, la mia gioia, la mia casa, il mio sogno e il mio miracolo. *Sempre.*

PEFC
PEFC/18-32-03

Certificato PEFC
Questo prodotto è realizzato con materia prima da foreste gestite in maniera sostenibile e da fonti controllate
www.pefc.it

Mondadori Libri S.p.A.

Questo volume è stato stampato
su carta HOLMEN
con fibra vergine proveniente da foreste sostenibili holmen.com/paper
presso ELCOGRAF S.p.A.
Stabilimento - Cles (TN)

Stampato in Italia - Printed in Italy